大明長歌

卷六

大明歌〔下〕

酒徒 著

目次

第一章　疑雲

朝長光子面色蒼白的縮在房屋一角，渾身顫慄，眼淚也不受控制地往下淌。

多年來，她拚命學習舞技，拚命討好自己養父一家，甚至假裝忘記了自己原本的姓氏。她天真的以為，只要自己態度足夠恭順，只要自己能夠用舞姿給養父朝長家老帶來足夠的利益，自己就能擺脫當年那個噩夢。然而，噩夢卻始終如影隨形。

縱然被稱為全長崎最美的女孩兒，縱然她已經成為舞姿最優美的能劇行首，養父朝長家老，在需要的時候，一樣毫不猶豫地將她出賣。就像港口裡的雜貨商販，將一件精美的布偶擺上了貨架。布偶沒有逃走的本事，也沒有選擇主人的權利。

她，也一樣沒有。

這一點，甚至不用養父朝長家老過多的暗示，她就領會得一清二楚。

親生父親龍造寺政家此刻正在隱居修行，弟弟龍造寺高房尚未成年。前者能修行多久和後者能否平安長大，不取決於他們身體是否健康，而取決於上帝會不會保佑。而這個寫在聖經中的上帝，顯然沒工夫管兩個異信者的閒事。真正負責的是，祖父的好朋友鍋島直茂。

數年前，祖父陣亡，他的好朋友鍋島直茂，「擔心」父親積勞成疾，逼著父親交出了所有權利，去山中隱居修行。也「擔心」自己和幾個姐妹缺乏父愛，分別將姐妹們送到了不同的人家，成為別人的養女。

如果自己敢逃走，朝長光子知道，自己很快就能聽聞父親病故的消息，甚至還有弟弟。她不用賭養父朝長家老會心存善念，更不用賭鍋島直茂會對父親高抬貴手。

「撲，撲通，撲……」一陣粗重的腳步聲，夾在侍女們的細碎腳步聲之間，從門外傳來，剎那間打碎了她心中所有自怨自艾。

祖母信佛，在父親被迫交權給鍋島直茂那天，曾經親口告訴她，一切都是佛陀的安排。

既然是佛陀安排的命，凡夫俗子只能承受。

門被推開了，然後又被輕輕合攏。

鋪天蓋地的酒氣迅速湧了滿屋，巨大和黑影遮住了搖曳的燭光。心臟猛地停止了跳動，她原本就嬌小的身子，瞬間縮的更小。心裡恨不能披上鼠皮，直接到床下，甚至順著窗縫逃之夭夭。

那個黑影在向床榻靠近，呼吸聲沉重得宛若野獸。恐懼瞬間穿透了她，讓她的身體忽然彈了起來，一個縱躍奔向了門口兒。

「嘭」，額頭猛地與一堵肉牆接觸，將她瞬間又彈了回去。來不及閉上的眼睛裡，一張白淨、方正的面孔，忽然顯得格外清晰。

下一個剎那，光子淚如泉湧，隨即，緊緊地閉上了嘴巴，唯恐自己故意染黑的牙齒，被對方看見。

佛陀終於看在她這麼多年的努力上，為她開了一條活下去的縫隙。雖然，這個縫隙比頭髮絲粗不了多少。今夜被養父專門送上門來找她「夜這」的，不是魔鬼和野獸，而是在宴會上，及時攔腰將她抱住，避免了她被撞得頭破血流的異國英雄。

那個英雄的懷抱，給予了她平生從沒有過的溫暖，也讓她感覺到了平生從沒有過的安全。然而，那個英雄當時厭惡的表情和本能地推開的動作，卻又給了她當胸「一刀」。

她原本以為憑藉自己的美貌，未來的丈夫即便不寵愛自己，也不會輕易給予傷害。然而，所有自信，卻都在被推開的瞬間破碎，她當時就像一隻被剝掉殼的海螺，只剩下了屈辱和哀傷。

既然嫌我醜陋，為何又逼著養父將我送給你糟蹋！當溫暖從回憶裡消失，有股恨意又打心底迅速湧起。緊跟著，就是能吞沒一切的自暴自棄。

「來吧，就當我是一隻布偶！」抬手抹掉了眼淚，她咬著牙低聲發出哀鳴，同時將四肢張開，就像教堂裡被釘在十字架上的那個異國神子。

居然命中注定要做一個布偶，落在這個明國人手裡，總好過大村家的那些武士。至少，至少這個明國人，在嫌棄她醜陋之前，曾經給過她一絲溫暖。

也不知道等了多久，期待中的痛苦，卻始終沒有降臨。強忍著屈辱和恐懼，她悄悄將眼睛張開了一條縫隙，卻驚訝地發現，那個明國英雄不知道什麼時候已經倒在了地板上，安靜得如同一個嬰兒。

他爛醉如泥！

剎那間，劫後餘生的快樂從光子心中湧起，令她恨不得跳到地上，且歌且舞。即便此人躺在地板上睡了一夜，她的任務也算完成了。第二天將頭髮弄亂一些，再偷偷於脖子、大腿、胸口等處捏出幾處瘀痕。然後再撕破幾件衣服，再，再……

猛然想起傳說中一個明國的習俗，她以跳舞般的敏捷身手，竄下床，直奔衣櫃。然後從裡邊扯出一件白色的裡衣，狠狠撕成了兩片。

綢布撕裂聲，在深夜裡顯得格外清晰。門口處，有窸窸窣窣隨夜遠去。令她嘴角微微翹起，隱約帶上幾分報復的快意。隨即，憋細了嗓子，發出了一連串斷斷續續的呻吟。「不要，啊，好疼……」

聽牆角的侍女們走了，養父朝長家老很快就能得到她已經將身體奉獻給地上那個明國人的消息。而一直垂涎自己美色的某個人，肯定也會勃然大怒。

想到接下來有可能發生的一連串衝突，以及養父利用自己的身體討好明國人的計劃終將落空，她臉上的快意愈濃，手上的動作也越發俐索。很快，就將白布撕成了方塊，然後咬破自己的手指，重重塗上了一道血痕。

既然是作戲，就得做全套。憑藉能劇中和雜書中學到的經驗，她將白布在蠟燭旁烘到半乾，然後蹲下身體，輕輕地塞向地上那個人的胸前。

微風透窗而入，將屋內的酒氣吹淡稍許，燭火搖曳，照亮地上那個人的面孔和身體。年輕、高大、英俊，還帶著一股說不出、道不明的氣概。如同堤壩，如同大樹，如同屋檐，可以遮擋住滔天巨浪和狂風暴雨。

雖然平素獻舞宴客，見過許多出色的年輕武士。但是，她卻不得不承認，自己以前見過的所有武士，加在一起，都沒腳下這個沉睡的明國人好看。那是一種不加雕琢的美，不帶浮誇、做作和偽裝，也沒帶著絲毫的謙卑和諂媚。讓人看上一眼之後，就忍不住想再看一眼，然後還想摸上一摸，確定一下如此好看的面孔，到底是雕塑還是真實的血肉。

帶著幾分調皮，她將手探了過去，輕輕地摸了一下張維善的臉孔、鼻梁，還有喉結。然後，又鬼使神差般，摸向張維善的胸口。

常年練武之人的胸膛，與普通人截然不同。結實、厚重，且有稜有角。帶著酒氣的呼吸，從他的嘴裡噴了出來，一次次噴入她的鼻孔。然而，她卻忽然發現，這種味道並不像以往那般難聞，甚至，甚至還讓她有點渴望。

今晚如果錯過，下一個人，肯定不會比他更好。

眼淚，忽然又從龍造寺光子眼睛裡流了出來，緩緩滑過她光潔的面孔。

她沒有去擦，任由那些淚水流下，滴滴答答打濕他的胸口。

良久，良久，她終於哭夠了，輕輕吸了下鼻涕。站起身，輕輕吹滅了蠟燭。

張維善做了一個夢，在夢裡，他獨自升帆遠航於一片粉紅色的海面。初時風平浪靜，春光融融，身上極為受用。誰料才過了一小會兒，海面上就開始波濤翻滾。然而，那些波濤卻溫柔體貼，只管推著他和他的船兒上下起伏，如在雲端徜徉，愜意無比。

又過了稍許，只聽耳畔鶯啼陣陣，恍若天籟，他也累的渾身是汗，卻更加激起心中的豪氣，誓要征服這一片海。於是用盡全力掌穩船舵，向前衝刺。粉紅色的海面上，一道道波浪迎面打來，他一聲聲大吼著衝過去，櫓槁所過之處，雲雨水霧珠圓玉碎，美輪美奐。

緊跟著，一輪紅日冉冉升起，遠方海面終於恢復平靜，一位擁有絕世容顏的女神，從深邃的海底裊裊現身，腳踏碧波，身無寸縷，長髮翩翩，紅唇勝火……

第二天早上，當他終於心滿意足的醒來，女神、粉紅之海和小船卻統統消失不見。只有一張薄薄的絲綿被子，蓋著他光溜溜的身體。信手向枕邊摸去，佩刀在，衣服在，鞋襪也在，都擺放得整整齊齊。

非常奇怪的是，他身體下面，卻只有地板，而一張寬大奢華的木床，與他近在咫尺。

「我怎麼會睡在地上，這是哪？」宿醉令人頭腦遲鈍，茫然地坐了起來，他舉目朝床上張望。沒有人，也沒有任何衣物、飾品之類的線索，只有一塊手帕放在床上的枕頭前，隱約帶著水漬。

「壞了，老子昨晚不知道把誰家姑娘給睡了！」下一個瞬間，他恍然大悟，抬起手，輕拍自己的額頭。

作為大戶人家的嫡長子和當年秦淮河上的風流讀書郎，他怎麼可能會對男女之事一無所知？然而，像這般在夢裡稀裡糊塗地與某個女子共赴巫山，卻是他平生以來頭一遭！所以，隱約猜到了事實真相後，他的頭腦愈發懵懂。而更可怕的是，他甚至連對方是美是醜都不清楚，更甭提對方姓甚名誰？

正恍惚間，忽然聽到門外傳來一陣細碎的腳步聲。張維善警覺地扭頭，卻又看到一群如花少女快步走了進來，先齊齊跪倒在地，向他行禮，然後七手八腳地伺候他洗臉更衣。

「看這屋子裡的陳設，和丫鬟們的模樣，房主應該是個紅倌人！」悄悄地安慰了自己一句，張維善努力抬起手臂，以免少女們伺候得過於吃力。類似的場景，他在秦淮河上經歷了不止一次，而過去的經驗當中，這些丫鬟都不能白使喚，他得根據對此間主人的滿意程度，給予丫鬟們一定數額的賞賜。於是乎，又信手摸向腰間和荷包，胳膊頓時僵了僵，剎那間想清楚了自己此刻到底身在何處。

不是十里秦淮！他也早不是那個終日偎紅倚翠的張公子！他現在是大明三品參將，安遠將軍，坐領舟師營！他這回打扮成海商前來長崎，是為了探明倭寇主動請和，又百般拖延，令和議歷經兩年多都未能最後達成的幕後真相。既然行走於敵國，隨時都可能發生搏殺，他當然不可能像當年在南京時那樣，荷包裡總是裝滿了飛票、金豆子和小元寶兒。

抱著紅倌人睡了一整晚，卻付不起賞錢，這人可丟到姥姥家去了！而萬一因為賴帳跟龜公起了衝突，他自己除了丟人之外，身份還有可能當場暴露。接下來，倭寇只要順藤摸瓜，船上的那些兄弟們……

晨風透窗而入，涼快舒爽。然而，細細密密的汗珠，卻湧滿了張維善的額頭和鬢角。正急得如熱鍋上的螞蟻一般之際，忽然間，窗外又傳來了一陣細碎的腳步聲，緊跟著，朴七的聲音如天籟般鑽入了他的耳朵，「張老闆，您可是睡醒了？李老闆派小人來，派小人來接您回去！」

「朴七，你趕緊滾進來。還有誰？樹兄他們呢？問他們誰身上帶著錢，統統給我拿出來！」彷彿吃掉了一根萬年老山參，張維善心中底氣陡生。扯開嗓子，對著窗外大聲吩咐。

昨晚他之所以喝得爛醉，是因為兩個好兄弟都在。既然好兄弟李彤今天早晨能派朴七來接他，那昨晚肯定也不會放任他胡亂睡在一個陌生的地方。那樣，他就不用擔心身份暴露，更不用擔心壞了大夥的事兒。好兄弟李彤是出了名的謹慎，更何況，好兄弟身邊還有劉穎這個女中諸葛。

接下來的事實，也正如他所期待，朴七果然不是一個人來的，身邊還跟著張樹、張柳、張柏、張梧等十多名精幹家將。大夥雖然沒有進屋，卻委託朴七將一個小箱子放在了門口兒。箱子中間，首飾、珠翠，金銀等物早就替他準備得整整齊齊。

張維善大喜，立刻準備按照以往在秦淮河上的經驗，了卻這段孽債。然而，那些伺候他的少女們，卻堅決不肯收下他的賞賜，並且一個個嚇得花容失色。好在門外站著朴七這個通譯，張維善又費了一番力氣，才從女孩子們小心翼翼的解釋聲中得知，自己昨天是來此處「夜這」，而按照長崎的規矩，「夜這」是雙方你情我願，如果貴客覺得昨夜被伺候得還滿意，今後常來就行，不需要給予此間女主人和奴婢任何賞金。

「還有這規矩？」張維善將信將疑，但是也不願意難為幾個小丫鬟，只好先將箱子合攏起來，然後以告辭為由頭，請丫鬟們叫女主人現身一見。卻不料，這個理所當然的要求，又讓丫鬟們為難得花容失色。其中一個年齡看起來稍微大一些的，拎著衣服腳來回跑了好幾趟，最後才一邊鞠躬賠禮，一邊求饒般獻上了一塊手帕：「我家，我家女主人想說的話，都寫在這塊手帕上了。還請貴客原諒她臉薄，不敢移步相送！」

「給我的？他家小姐居然會寫漢字！」聽了朴七的翻譯之後，張維善一把搶過手帕，定神看去，只見上面用工整的蠅頭小楷寫著：「妾身蒲柳質，不堪侍君子。盡此一夕歡，雲水兩相忘。落款則是女子的名姓，朝長光子。」

張維善原本已經放鬆的精神，頓時又是一緊，隨即，有股說不清，道不明的愁緒湧上心頭，久久縈繞不散。

彷彿繼續逗留下去，會弄髒了對方的屋子一樣，他命令朴七帶上箱子，匆匆忙忙離開。直到雙腳又踏上了沙船的甲板，才終於長長地嘆了口氣，望著雲間的鴻雁和水中游魚，悵然若失。

偏偏劉繼業不解風情，又笑著湊上來，問他昨晚風流滋味。這次，他終於忍無可忍，抬手將對方用力推開，一頭栽進了自己的臥艙。害的劉繼業好生鬱悶，跳著腳在門外大呼小叫半晌，實在得不到他的回應，才悻然作罷。

「行了，你別胡鬧了，再鬧，把二丫招來，問你昨夜去了哪裡，我看你如何解釋給她聽？」察覺張維善有心事，李彤笑著走上前，一邊將劉繼業強行拉回甲板，一邊低聲提醒。

「實話實說唄！我跟你，還有那個叫高野山弘的傢伙，帶著弟兄們，在花船上喝了一整夜的酒！都是一群男人，她還能拿我怎樣？」劉繼業翻了翻眼皮，臉上的表情更加悻然。

昨夜如果不是為了替自家姐姐監督李彤，他相信自己肯定會像張維善一樣快活。但「職責」在身，他也只好做一回正人君子。可今天聽到孫、馬、范、陶等海商們，聚在一起大吹特吹倭國女子是何等地銷魂，又看到張維善那滿臉痴呆模樣，他又禁不住覺得好生遺憾。

「姐夫，永貴，你們兩個也去夜這了？」有些就是禁不住念叨，劉繼業的話音剛落，王二丫已經風風火火地趕了過來，純淨的臉上寫滿了好奇，『夜這』是什麼把戲，有意思嗎？」

「夜這，夜這就是……」心中的遺憾，瞬間化作了惶恐，劉繼業紅著臉用力擺手，「我沒去，你別聽他們瞎說。我昨夜一直跟姐夫在一起，替我姐看著他。不信，不信你去問小方！」

正急得火燒火燎之際，忽然聽見港口上傳來一陣嘈雜之聲，緊跟著，顧君恩滿臉凝重地衝了進來，手中的長劍寒光閃爍，「將，李老闆，劉老闆，外面來了幾十個倭國武士，一直叫罵不休！」

「難道是看出了我們的破綻？」李彤大吃一驚，隨即乾脆俐落地吩咐，「朴七，出去聽聽他們在喊什麼。鄧舶主，隨時準備開船離港！周建良，崔永和，你們兩個去檢查火炮。其他人，備好兵器，隨機應變。」

「是！」眾人如臨大敵，立刻分頭行動。還沒將裝火藥的木桶從作為掩飾的雜貨箱子下取出，朴七卻已經去而復返，帶著一臉苦笑，大聲回稟：「老闆，那些日本武士，是為別的事而來。領頭的一人說，昨夜，昨夜我們中有人，睡了他沒過門兒的媳婦兒，名字叫朝長光子。」

「可惡。」感覺到王二丫向自己投來銳利目光，劉繼業立刻破口大罵，「誰這麼不知道深淺？倭寇安排的大夥兒酒後去夜這，怎麼可能安著好心？這裡是長崎，又不是大明，就不知道收斂一些？學學我跟姐夫，昨夜拉著那高野山弘，喝了整整一宿的酒。」

「不是我！」

「我沒有！」

「我也沒有！」

顧君恩等人又想笑又不敢笑，全都把頭搖的跟撥浪鼓一般，堅決不肯承認，自己昨夜曾經去偷香竊玉。

王二丫頓時就明白了，「夜這」兩個字到底是什麼意思。又羞又氣，狠狠踩了劉繼業的腳尖兒一下，撒腿逃向了船艙。

唯恐她心裡還懷疑自己，劉繼業朝著她的背影繼續大聲追問：「誰幹的，趕緊站出來。男子漢大丈夫敢作敢當……」

「別問了，是我！」一句話沒等問完，有個熟悉的聲音，已經擦著王二丫的肩膀傳出。先前躲進臥艙的張維善，快步登上甲板，方正的面孔上寫滿了內疚。

話音剛落，甲板遽然一靜，十數道目光齊刷刷聚攏在他身上，說不出羨慕還是慶幸。

張維善感覺格外彆扭，連忙擺著手大聲解釋：「我，我當時不知道她是別人的老婆。不不不，她肯定不是別人的老婆。她，她頂多是定了親。她，她心裡頭未必喜歡——」

硬生生將後半截話忍住，一張白淨的臉，紅得像是熟透了的山楂。除了床上那張被淚水潤濕的，臨別時寫滿字句的，剛才他在自己衣服貼身內袋裡，還發現了第三塊手帕。上面那團殷紅色的血跡，如火焰般燒痛了他的眼睛。

且不說那團血跡對大明女子意味著什麼，即便是秦淮河上的女校書，在決定將自己交給某個風流才子之前，也會反覆考慮，直到相信對方的確不會辜負所托，才會做出最後決定。雖然事實證明，秦淮河上的女校書們，大多數眼光都不怎麼樣，經常被所托之人始亂終棄，但至少在將自己交出去的那一刻，她們心中有過一個美好的憧憬。然而昨夜，他卻連一句溫存話都沒跟對方說過，稀裡糊塗就拿走了對方所有的一切。

「盡此一夕歡，雲水兩相忘！」忽然間，手帕上的字句，又浮現在心頭，讓他宛若當胸遭了一記重錘，紅色的臉上瞬間發白，魁梧的身軀也更加顯得形單影隻。

作為曾經的國子監貢生，秦淮河上的風流公子，他能清楚地想到，前一句出自唐朝人所做的《古他心中的柔軟。

別離》，後一句則出自宋人晏殊的《清平樂》。他不敢說這兩句詩有多好，只是，只是恰恰戳中了

「仙人跳，我知道了，他奶奶的，倭寇在玩仙人跳！」肩膀上忽然傳來重重一擊，劉繼業的聲音，緊跟著響徹了整個甲板，「守義，你別上當。這肯定是仙人跳。否則，昨晚去『夜這』的其他海商沒事兒，你走之後又撿了剩餘幾處便宜的顧君恩、周建良、關叔、李盛都沒事兒！怎麼偏偏輪到你，就成了別人的老婆？」

話音落下，先前還一本正經的關叔、周建良等人紛紛躲避，唯恐閃得慢了，被劉繼業這個大嘴巴將更多的「無辜」給抖落出來。然而，張維善本人卻不為所動，只是苦笑著搖頭，「罷了，永貴，你別給我找理由了。男子漢大丈夫，做了就做了。她未婚夫找我賠償，我應著就是。只要他不再找光子的麻煩……」

他對日本的風俗缺乏瞭解，所以只管按照大明人的思維去替那個名叫朝長光子的女孩著想。未婚之前失身於人，退婚是必然的結果，此外，肯定還要付給男方家一大筆賠償，她的父親和哥哥們，也會因為她而感覺顏面無光。

而為了讓她今後不至於永遠活在世人的白眼和家人的記恨之下，此時此刻，張維善能想到的最好的解決辦法，就是自己出面，賠償給光子的未婚夫和父親各自一大筆錢，甚至挨上對方一頓痛打，讓所有人都出了心中惡氣，然後將光子帶回大明。雖然日後朝長光子可能與她的娘家人，再無相見之機，但是，至少她能夠開開心心地活下去，而不是留在娘家飽嘗風言冷語和白眼兒。

有了想法就去做，這一點，張維善與李彤很像，絕不把時間和精力浪費於毫無意義的廢話上。

然而，沒等他將雙腳走上棧橋，李彤卻輕輕拉住了他的手腕，「張老闆，你先不要著急。劉老闆說得未必沒有道理。昨晚的事兒，是高野山弘一手操辦的。他能成為當地商人的行首，不可能如此隨意，找個有夫之婦給你。」

「少爺，李，李老闆說得對，那個光子的未婚夫要找麻煩，也應該找高野山弘，賴不到您頭上！」張樹也忽然發現了一絲陰謀的味道，跟過來拉住了張維善的另外一隻手臂。

「張老闆，昨晚姐夫和我就發現了，高野山弘根本不是隨便帶著咱們去找地方夜這。甚至，夜這根本不是長崎當地的習俗。」得到了李彤和張樹的支持，劉繼業的思路愈發清晰，「林老闆他們是道聽塗說，然後酒後色心大盛。而今道純助和高野山弘，則是為了討好咱們，曲意逢迎，臨時安排了女人和地點。」

假象和事實之間，往往只隔著一層窗戶紙。被劉繼業捅破之後，頓時，所有人都恍然大悟。

「對，對，對，肯定是這樣。當時我記得，很多指路的木牌上面，墨汁都沒乾！」

「對，對，對，人是他們自己送來的，跟咱們有什麼關係？」

「仙人跳，就是仙人跳！倭人看上咱們的貨物了。這高野山弘，可真他奶奶的不要臉！」

「他娘的，居然敢來陰咱爺們，弟兄們，抄傢伙！」

昨晚最後參與「夜這」的，在沙船上，可不止張維善一個。正如先前劉繼業大嘴巴所點，當時扮做侍衛頭目的顧君恩、關叔、周建良、李盛等人，也因為高野山弘準備的女人和場所太多，或者是故意多準備了一些，各自跟著分了一杯羹。如今發現張維善遭到了「仙人跳」，頓時人人自危。

紛紛從躲藏處又鑽了出來，擦拳摩掌要跟前來問罪者討還「清白」。

聽眾人你一言我一語地叫嚷不停，彷彿他們才是苦主，李彤頓時有些哭笑不得。再看看仍舊兩眼發直，心事滿腹的好朋友張維善，嘆了口氣，輕輕將手掌下壓，「行了，都別叫了，就跟你們真吃了大虧一般。昨晚我讓人留下陪我和劉老闆喝酒時，你們可是跑得一個比一個快。」

「這，這，老闆，不是，不是您，不是您吩咐我們儘管放心去玩的嗎？我們，我們也是，也是奉命行事！」顧君恩、關叔、周建良、李盛等人再度羞得老臉發紅，咬著牙死不認帳。

李彤也沒功夫跟他們算帳，又將手向下壓了壓，快速補充：「高野山弘究竟是何居心，我也不敢保證都猜得準。可就算是仙人跳，也不該玩得如此破綻百出。這樣，關叔，周管事，你和鄧舶主帶著弟兄們繼續在船上暗做準備。顧管事、李管家、張管家、崔帳房，你們四個，跟著張老闆、劉老闆和我，去岸上會會那些人。大夥一會兒見機行事，不用過於緊張，但也不能太掉以輕心。

「是！」關叔、周建良、鄧子龍、顧君恩等人齊聲答應，然後分作兩波。一波繼續留在船上嚴陣以待，另外一波則裝作漫不經心模樣，跟著李彤、張維善和劉繼業哥仨身後，邁步上岸。

轉眼便來到碼頭上，李彤凝神一瞧，果然看到不遠處站著二十幾個日本人，皆手持倭刀狂吼亂叫，彷彿是一群討高利貸的打手般氣焰囂張。其中為首者又矮又胖，穿著一件寬大的黑色武士服，雙目赤紅，面容扭曲，口角處白沫飛濺。

察覺船上有大批人馬靠近，矮胖子武士非但不覺得害怕，竟又向前衝了幾步，舉起左手向大夥戳戳點點，嘴裡發出的聲音越發尖利刺耳。就算沒有朴七在旁翻譯，大夥兒也能猜出他在用日語罵街，頓時一個個都火冒三丈。

「不知死活的東西！」劉繼業向來就不是個肯忍辱負重的主兒，從腰間掏出短銃，徑直瞄準對方腦門兒，「有種你再罵一句，老子崩了你！」

「不要開槍！」張維善手疾眼快，一把按住了他的肩膀，同時連連搖頭，「不要開槍，先弄清楚情況再說。萬一，萬一他真的，真的是光子的未婚夫，我，我不能……」

剛才雖然將劉繼業等人的剖析，全都聽在了耳朵裡。但是，不知道為何，他心中卻寧願相信昨晚自己並未遭遇仙人跳，哪怕即將面對別人的丈夫，也在所不惜。

昨夜他醉的連手臂都舉不起來，如果光子真的喜歡她自己的矮胖未婚夫，完全可以和衣而臥，一覺睡到天光大亮。甚至哪怕是奉命設仙人跳，在當時的情況下，也完全可以讓自己無任何便宜可占。然而，她卻沒有！

所以，夜這可以是假的，未婚夫可以是假的，但她昨晚對自己的付出，卻是唯一的真實。

如果大夥按照劉繼業的想法，不由分說，將前來討要公道的日本武士打跑，固然可以避免身份暴露，並且過後也能用貨物吊住高野山弘的胃口，令此人不敢拿大夥如何。可光子的未婚夫，肯定要把火氣全撒在她的頭上。

想到這兒，張維善的心臟又是一陣抽搐。輕輕推開劉繼業，就準備獨自前去與矮胖日本武士交涉。主動承擔昨夜那份責任，既不能壞了大夥兒要辦的大事兒，也要對光子有個交代。

劉繼業哪裡肯依，橫邁一步，死死擋住他的去路。二人正糾纏不下間，忽然聽見，李彤在背後吩咐：「劉老闆，把鳥銃收起來，多大的事兒啊，用得著你死我活嗎？張老闆，你也別著急去認罪，大夥一起來長崎做生意，當然是共同進退。」

「姐夫！」劉繼業回過頭，跺腳抗議，見李彤不肯改口，只能悻然領命。張維善雖然有心一人做事一人當，卻素來知道李彤比自己穩重，所以又嘆了一口氣，緩緩停住了腳步。

「大夥不要衝動，不要衝動，有話好好說，好好說！」恰恰孫、馬、范、陶等海商聞訊趕至，發現雙方劍拔弩張，嚇得魂飛天外。連滾帶爬衝到雙方中間位置，高舉著雙手大聲勸解。

「怎麼啦，發生什麼事情了？」

「Qué pasó?」（西班牙語，什麼事情？）

「gueule! gueule!」

港口中難得有熱鬧可看，周圍的商船裡，也鑽出無數頭髮五顏六色，衣著光怪陸離的水手，海盜，揮舞著手臂大聲鼓譟。

「馬老闆，麻煩你們幾個先讓到一邊！」李彤絲毫不為周圍的嘈雜聲所動，皺皺眉頭，低聲吩咐。「大夥既然推舉我做會首，就交給我來解決。」

這句話說得頗為強硬，登時，讓孫、馬、范、陶等海商都訕訕退避。又緩緩向前走了七八步，緩緩來到矮胖武士及其同夥面前三步遠位置，李彤上上下下看了對方幾眼，低聲向對方詢問：「各位是不是找錯了人？我等昨晚受大村家所邀，前去赴宴。酒後助興的活動，也是大村氏的家臣今道純助和長崎商會的行首高野山弘兩個安排。如果哪裡有冒犯之處，各位應該先找他們兩個問個清楚才對，怎能不分青紅皂白就打上門來？至於某人的未婚妻受到侮辱，一則我等不知道她是否已經有婚約，二來，既然是未婚妻，總得有憑有據才對，總不能隨便冒出一個人，就可以自認是別人的夫君！朴七，如實翻譯給他，不要添油加醋！」

「是！」原本還打算借機添點「佐料」的朴七趕緊收起小心思，將李彤的話一句一字，如實翻譯給對面的矮胖武士及其同夥聽。誰料，那矮胖武士不聽則已，一聽竟然好像是受到了更大的侮辱般，舉起倭刀，指著李彤的鼻子，大聲咆哮：「……けっとう！……………けっとう！」（決鬥）

「けっとう！けっとう！」

「けっとう！けっとう！」

「けっとう！けっとう！」

周圍各艘船上的看客，唯恐天下不亂，揮舞著手臂，高聲煽風點火，彷彿雙方只要打起來，自己就能賺到大便宜一般。

「他說，是我們提出夜這，才導致他的未婚妻受辱。他要跟侮辱他未婚妻的人決鬥。如果咱們幾個當中還有男人，就出來跟他決鬥。如果沒有，就把船和船上的貨物都給他，咱們自己滾蛋！」朴七扭過頭，將所有聽到的信息轉換成大明官話，「至於其餘船上的人，他們看熱鬧不嫌事兒大，在給矮胖子加油！」

「就他？」顧君恩將手按在劍柄上，滿臉不屑地主動請纓，「老闆，我是護衛。你們歇著，我去給他一個教訓。」

「顧管事且慢。」不等李彤表態，張維善已經大聲阻止。隨即，又深吸一口氣，笑著說道，「他既是來找我，就該由我去。」

「我跟你一起去。」生怕好友遇險，劉繼業想了想，也毫不猶豫跟著往前走。

他相信張維善的身手，絕非眼前那個愚蠢的矮胖子能比。若是雙方真的可以用決鬥來解決麻煩，他當然歡迎之至。可日本人是出了名的陰險狡詐，難保輸了後，會使盤外招。因此他自己必須拎著兩支短銃跟上去，隨時以備不測！

「大夥都做好準備，就當是在三年之前。」李彤與劉繼業一樣，相信上過戰場的張維善絕對不可能輸給一個只懂得欺壓百姓的紈袴子弟。短時間內，也拿不出比決鬥更好的解決方案。因此，快速讓開道路，扭過頭，朝著張樹、李盛等人小聲吩咐。

「明白！」張樹、李盛等人重重點頭，隨即拔刀的拔刀，舉槍的舉槍，替張維善壓陣。只要對方的同夥敢於一擁而上，就立刻還以顏色。

「けっとう！けっとう！」

「けっとう！けっとう！」

「けっとう！けっとう！」

四下裡，叫喊聲宛若雷動。附近所有船隻上的閒人，都跑到了甲板上。揮手頓足，對即將發生的流血事件翹首以盼。

就在此時，遠處忽然傳來一陣悠長的海螺聲，「嗚嗚，嗚嗚嗚嗚，嗚嗚嗚嗚——」猶如寒冬臘月時的海風，直接吹進了所有人的心底。

「姐夫快回來，倭寇又來了幫手！」王二丫拎著雙刀，從船上一躍而下，朝著李彤高聲示警。

「守義，永貴，後退！」再也顧不上掩飾身份，李彤果斷下令。緊跟著，舉起佩刀，快步前衝，「其他人，跟我去把他們兩個接回來。大夥一起上船！」

「張老闆，劉老闆，這邊！」張樹、李盛等人，一擁而上。將張維善和劉繼業包圍起來，然後用刀指著對面被嚇得手足無措的黑胖子及其同夥，緩步後退。

大夥兒久經沙場，彼此之間配合默契，絕非一群紈綺子弟能夠阻攔。不多時，就全都通過跳板退上了沙船。舉目向碼頭上再看，只見一哨人馬如飛趕至，馬背上的日本武士，個個身披鎧甲，手提兵器，殺氣騰騰！

「點香，裝彈，聽將軍命令！」周建良在船上低聲吩咐，炮手們立刻將佛香點燃，將散彈填入炮膛。只待李彤一聲令下，就拉開炮窗，將岸上轟個血流成河。

然而，李彤舉在半空中的手臂，卻紋絲不動。嘴巴裡，也沒有發出任何作戰的命令。

大夥遲疑地向岸上看去，只見剛剛如飛而至的日本武士們，全都將武器收了起來，翻身跳下了馬背。帶領他們的朝長家老，則對著前來鬧事的黑胖子大聲叱罵。而那黑胖子顯然不服，揮舞著倭刀，大聲抗辯。一邊嘰哩呱啦地叫嚷，一邊還不停拿眼睛朝船上掃。

「朝長家老，是這小子的父親，也是那個叫光子的女人的父親。」朴七豎起耳朵，一邊傾聽，一邊大聲翻譯。「他說一切都是他的決定，不准黑胖子鬧事。」

「他們不是未婚夫妻嗎？怎麼又成了兄妹！」李彤聽得滿頭霧水，皺著眉頭追問，「你沒聽錯吧！」

「日本人都是禽獸，好像兄妹結婚非常普遍。或者，是童養媳！」能羞辱日本人的時候，朴七堅決不放過。撇起嘴巴，快速解釋。「對，就是童養媳。黑胖子在抗議，說他父親眼裡只有大村家主，沒有……」

「八嘎！」一聲日本國罵忽然打斷了他的翻譯，朝長家老揚起手臂，將自己的兒子抽出三尺遠。然後似乎還不解恨，又重重一腳踹了上去，令其四仰八叉倒在地上，宛若烏龜翻蓋兒。

緊跟著，又是一聲令下。隨他前來的武士們一擁而上，將黑胖子及黑胖子的同夥，收繳了武器，全都用繩索捆了個結結實實。

第二章　交易

「決鬥，上帝會站在正義的一方！」

「決鬥，決鬥！誰贏了娘們歸誰！」

「放開他，讓他們決鬥！」

「不公平！」

看熱鬧的各族海商、海盜和水手們，大失所望，一個個揮拳跺腳，用各自的語言高聲抗議。彷彿沙船上的明國海客跟朝長家老才是一夥，聯手欺負了黑胖子武士這個外來戶一般。

「這，這他娘的到底是怎麼回事兒啊？」沙船上蓄勢以待的周建良等人，則全都弄得滿頭霧水，趕緊手忙腳亂的藏起了火藥，熄滅了佛香。

按照大夥原來的推算，策馬疾馳而至的這批日本武士，即便不明著偏袒矮胖子，至少也會暗中對矮胖子等人施以援手。卻萬萬沒想到，情況居然跟自己的預測恰恰相反。新來的這批日本武士沒有幫他們的同族，反倒果斷地站在了大夥這邊。

就在此時，大夥又看到朝長家老放下了刀，空著兩手向沙船走來。隔著老遠，就朝李彤畢恭畢敬的一揖到底，蒼老粗重的聲音同時響起，就像一隻年久失修的風箱。

「他說，他說他是專門前來請罪的！」知道李彤的日語水平有限，朴七連忙大聲翻譯，「他說他教子無方，冒犯了大明的貴客，請求諸位原諒。他這就將兒子朝長太郎帶回家去，嚴加管教。希望不要因為其子的魯莽，影響了咱們的心情和對長崎的觀感。長崎港的主人大村氏歡迎所有海商前來貿易，不管他是哪國人。只要進了港口，就是大村氏的貴客，他們必將竭盡全力保障客人的安全和交易的公平。」

話音剛落，碼頭上又是一陣雞飛狗跳。高野山弘帶著十幾名當地豪商也匆匆忙忙趕至，對著沙船接連躬身，請求貴客寬恕矮胖子朝長太郎的無禮。並且答應免費提供一座倉庫，作為對貴客的賠償。

無論說的話，還是做的事，都漂亮至極。非但令沙船上的李彤等人拉不下臉來再繼續追究，周圍的各族海商、海盜和水手們，也全都佩服得五體投地。一個個在心中，對長崎港和大村氏的觀感，都齊刷刷上漲了好幾丈。發誓今後無論是販貨，還是銷贓，都將此地當做第一選擇！

「這日本人好手段，什麼條件都能利用，幾乎不費吹灰之力，就將一件醜事，變成了長崎港的免費招牌。」唯獨劉繼業，還如先前般油鹽不進，笑著拉了一下李彤的衣袖，低聲感慨。「海商和海盜們各自返航之後，一傳十，十傳百，給長崎帶來的好處，遠超過一次仙人跳。我都懷疑，這才是大村氏的真實打算。朝長父子兩個是預先商量好的，一個蠻不講理前來鬧事，另外一個來當包青天。」

「那矮胖子的惱怒，不是裝出來的。他剛才的確想跟我一決生死！」張維善卻不敢苟同他的意見，苦笑著輕輕搖頭，「雖然現在他被朝長家老強行給抓回去了，但是這件事，卻未必會輕易了結。即便過後不再來找咱們的麻煩，對他未過門兒媳婦那邊……，唉！」

想到矮胖子在這裡吃了虧，回去之後肯定會找朝長光子發洩，他心中便又是一陣陣發悶。正準備跟李彤商量一下，該如何將朝長光子從衝突的漩渦之中摘出來，卻看到好兄弟滿臉堆笑的又走上了碼頭，先向高野山弘等人一一還禮，然後又大聲說道：「大村氏打開長崎港門，廣納天下海客，心胸之寬闊，世間罕有能及。李某和同伴，正是朝著大村氏和長崎港的好名聲，才甘願冒著風暴和海盜洗劫的危險，駕船前來貿易。斷不會因為小小的風波，就改弦易轍。」

「大村氏親切で客好きである……」朴七早有準備，立刻將李彤的話翻譯成了日語。高野山弘和他身邊的一眾日本商人聽聞，頓時如釋重負。紛紛再度躬身，感謝李老闆的大人大量，不計較朝長太郎的失禮。

「既然沒發生衝突，就不算失禮。更何況，是朝長家老來得非常及時，也已經為李某主持了公道。」李彤心中對日本人的繁文縟節，好生膩歪。卻不得不硬著頭皮，繼續以禮相還。並且主動表示既然自己這邊並未受到任何實際損失，對方的賠償，愧不敢受。

那高野山弘豈肯將已經準備送出去的倉庫房契收回？堅持要算作賠罪物相贈。李彤推托再三，實在推托不過，只好「勉為其難」地命令顧君恩收下。然後趁著高野山弘不注意，朝船上悄悄使了個眼色。

劉穎在艙內看得真切，立刻命人將幾個裝幀精美的小箱子送了下來。李彤笑著將箱子接過，親手送到了高野山弘和朝長家老二人面前，算作對二人昨晚盛情招待的答謝。

於是乎，雙方又是一陣你推我讓，直到胳膊都開始發痠了，才終於各自留下其中的一半兒。偏巧有個箱子沒有蓋緊，不小心開了一道縫隙，有股濃郁的茶香，剎那鑽入所有人的鼻孔。

「龍井？杭州今年的新茶？」那高野山弘果然識貨，鼻孔瞬間緊縮，雙目之中，火焰跳動。

「白雲峰下的一些土特產而已，幸得靈隱寺梵音熏陶。昨夜聽聞高野君精研佛法，所以才從貨櫃裡拿出了一箱，以供高野君他日參禪所需。」李彤笑了笑，不動聲色地點名茶葉的產地。那西湖龍井，自打宋代就名揚海內外，在日本則是萬金難求。而白雲峰山腳懸崖上的龍井，更是只聞其名，不見其影。特別是隨著蘇東坡的作品在日本風靡，凡是看到過他當年在白雲峰山腳下壽聖寺所做的那首品茗詩的人，無不以能嘗到同一產地的龍井為畢生所願。

只可惜，白雲峰龍井，在宋代、元代、明代都是貢品。民間偶爾一見，要麼是皇帝賜予，要麼是運送貢品的官吏偷偷「漂沒」注一。非大富大貴之家，很難分羹一杯，更甭說冒險走私到日本。所以，甭說高野山弘無緣品嘗，就連日本當今關白豐臣秀吉，也無此口福。而今天，化名李有德的李彤，居然隨便就送給了高野山弘好幾箱，其背景之深，其出手之闊，絕對能令人昂首相看。

更令高野山弘和他身旁的豪商們心癢的是，按照「李老闆」剛才的說法，類似的龍井，他船上好像裝了整整一貨櫃。長崎商會如果全都吃下，然後倒手發賣到日本各地，得從中賺到多少錢？操作得好，長崎港今年解往豐臣秀吉關白處的稅金都不用交了，直接送一箱龍井茶去京都發賣，所得

注一：古代運送物資，官府通常要裝兩三成，算作路上損失，稱為漂沒。後成為官員公開的剋扣和貪污手段。

就能抵帳。

當即，高野山弘、朝長家老和長崎當地的豪商們，看向「李有德」的目光愈發溫柔。語言也愈發地客氣。如果不是看到李有德身邊形影不離地跟著他的小舅子劉寶貴，恐怕就會當場許諾，再弄一個華族血脈的少女，今晚送上他的臥床。

李彤見危機過去，暗暗鬆了一口氣。乾脆順水推舟，請高野山弘，朝長家老和一眾長崎當地有頭有臉的豪商，以及忐忑不安的孫、馬、范、陶、林等海商夥伴們，一道到旁邊的佛郎機船上小酌。

高野山弘等人，正愁沒機會瞭解李老闆到底還帶了什麼稀罕貨物，立刻轟然響應。孫、馬、范、陶、林等海商夥伴們，則巴不得有機會跟高野山弘和朝長家老緩和關係，也紛紛笑著點頭。

於是乎，大夥在「李有德」的帶領下，信步走上了前兩天才騰出來專門裝貨物的佛郎機船。又在專門修整過的船主艙裡（船長室），分賓主落座。不多時，有水手送來了沖好的獅峰龍井，各色點心，以及開胃乾果，大夥一邊品茗，一邊閒聊，其樂融融

雖然是標準的日本式交流，十句話裡八句是無用的客套與恭維，只有兩句還繞了四五個彎子。趕在酒席正式開始之前，李彤還是勉強弄明白了，今天的無妄之災究竟從何而降。

原來，那朝長家老「心存慈悲」，早在數年前，特地收養了一個孤苦無依的女童，取名光子。他的兒子朝長太郎與女童自幼一起長大，也算得上青梅竹馬。只可惜，隨著二人漸漸成年，彼此之間居然漸行漸遠。最終落了個太郎有意，光子無情。

朝長家老為此，一直憂心不已。既心疼兒子痴情，又捨不得讓養女受委屈。幾乎每天都吃不下飯，睡不著覺。恰好昨晚宴客，光子負責帶領大村家的舞姬獻舞。不小心滑倒衝向廊柱之時，被「張

發財」英雄救美。於是乎，在那一瞬間，光子對英雄就情根深種。

做父親忙於招待貴客，沒注意到女兒的心事。而光子從小又極為受寵，養成了一副膽大包天的性格。發現英雄居然被同伴們一道帶著去「夜這」，急火攻心，乾脆一咬牙，來了個李代桃僵！

「唉，家門不幸，兒子不孝，女兒，又實在過於任性！」終於繞著彎子將謊話扯圓，朝長家老故意裝出一副羞憤模樣，嘆息著補充，「就是不知道張老闆，是否看得上小女。如果能夠勉強將其收入家門，哪怕是做妾，也能讓我這做父親的，了卻一份心事。更能讓她，得償所願！」

說罷，竟站了起來，大步走到「張發財」面前，深深俯首。

「他說，他說請你娶他的女兒，哪怕，哪怕做妾都可以！」朴七被朝長家老的突然舉動，打了個措手不及，翻譯聲結結巴巴，「這樣，他就不用再為女兒的婚事和兒子的色狼舉動操心了，也能讓那個叫光子的女兒如願以償。」

「看得上，當然看得上！在下，在下其實對光子也是一見傾心！」不用他翻譯，張維善也猜到了朝長家老想表達的是什麼意思，趕緊站起身來，用力擺手。「只不過，只不過……」

一邊說，他一邊著急地用目光向李彤求救。期盼對方能趕緊幫自己一把，讓自己能夠平安抱得美人歸，並且不影響此行的目的。

「只不過什麼？你既然一見傾心，就娶了便是。咱們泛海之人，每次都把腦袋拴在船帆上，哪有那麼多婆婆媽媽？」果然不辜負他的期待，李彤立刻裝作不耐煩的模樣大聲數落。緊跟著，又快速許諾，「至於你夫人那邊，我們大夥替你瞞著就是。」

「いえありがとうございます……」朴七鼓動唇舌，將二人的話，相繼翻譯成日語，說給朝長家老和高野山弘等人聽。

「好險！」張維善在心裡暗自慶幸，表面上，卻裝得愈發急切。

「好險！」張樹，李盛等人，也在門外悄悄拍打胸脯，每個人臉上都如釋重負。

先前大夥總嫌棄隔著通譯朴七，說話不夠痛快。此時此刻，卻真心感激有朴七在中間做一道緩衝，給李將軍和張將軍贏得了更多的反應時間。

「對，你先在長崎買處院子，把新媳婦安頓好，然後再慢慢央人跟嫂子的家裡人通氣兒。嫂子雖然強勢了些，可畢竟木已成舟，她也不可能逼你始亂終棄。而只要她跟新夫人不見面，雙方就不會起什麼衝突。」劉繼業反應也不慢，待朴七的翻譯剛剛結束，就立刻在旁邊查缺補漏。

「いえありがとうございます……」朴七的翻譯聲，伴著海浪，在船艙中迴蕩，每一句，聽起來都無比悅耳。

得到足夠的反應時間和兩位好兄弟拔刀相助，張維善終於緩過了一口氣。邁步跳過矮几，再度朝著朝長家老深深施禮，「多謝朝長家老抬愛，晚輩張發財感激不盡。對長崎這邊規矩不太瞭解，具體如何操辦，還請朝長家老派得力人手多多指點。晚輩這邊，保證這輩子都不讓令嫒受半點兒委屈！」

他是大明舟師營的坐營參將，娶一個敵國女子，肯定不會為朝廷所容。其背後的家族，知道後也肯定會橫加阻撓。然而，如果是海商張發財娶了朝長家老的女兒，則完全不算什麼新鮮事兒，任何人也都沒資格置喙。

當然，最穩妥的辦法，就是像好兄弟李彤和劉繼業兩人所暗示的那樣，在長崎置辦一套宅院，金屋藏嬌。只要光子不入大明境內，就能瞞過朝廷中那些言官的視線。並且這樣也會給朝長家老和高野山弘、今道純助等人留下一個錯誤暗示，兄弟三個打算長久往來長崎，並非做完這次買賣之後，就一去不歸。

唯一的風險是，萬一將來大夥兒身份暴露，可能殃及朝長光子這個無辜之人。可比起生硬的拒絕讓朝長家老懷恨在心，或者現在就暴露，卻是要好得多。畢竟如果大夥將來悄悄離開之時，還可以將朝長光子帶著一起走。屆時，從長崎港的私宅裡走，無疑也比從朝長家往外「偷」人簡單得多。

「朝长いえありがとうございます……」通過朴七的賣力翻譯，他的意思和態度，都如實傳進了朝長家老耳朵。

後者聽聞張發財在大明已經有了妻子，並且妻子的門第好像比他本人還要高出不少，臉上立刻露出了幾分失落。但是，很快失落就又被恭敬和喜悅所取代，躬著身子，承諾一定會竭盡全力，幫二人操辦婚禮。並且承諾贈送長崎港最好位置的大宅院一套，作為二人的新居。

「婚禮之事，有勞朝長家老。但張兄弟的宅院，卻不能再讓朝長家老破費，畢竟他是娶老婆，不是做客。您老只管幫張兄弟叫個牙人過來，帶著他自己去選。所有費用，就由李某和劉兄弟出，算作我們給他的新婚賀禮。」心中對鄙夷與欽佩交織，李彤笑著出面，替張維善與朝長家老交涉。

鄙夷的是，朝長家老真夠無恥，為了幫大村家賺取海上貿易和銷贓利潤，竟然主動把女兒送給一個陌生的海商做外室。欽佩的則是，這長崎港的管事兒者們，一旦認準了海貿對自身發展有利，竟然能如此不惜代價。而大明那邊的朝中重臣，卻至今還在為了繼續開海和恢復海禁爭執不下。

「いえありがとうございます……」朝長家老的聲音再度傳來，旋即為朴七翻譯成了大明官話。卻是堅持要贈送宅院給張發財這個便宜女婿，以示對自家女兒的看重。

李彤哪裡肯依，堅持要男方出錢買，並又主動提出，其他可以從簡，但好兄弟張發財必須按照大明民間的規矩，給予女方娘家一筆添妝禮。

於是乎，雙方就又進入了說廢話和繞彎子時間，你來我往各不相讓。足足客套了大半個時辰，才終於在高野山弘的撮合下，達成了妥協。宅院由男方置辦，添妝禮男方也可以贈送。但朝長家可以按照自己的意願，給予新娘一份豐厚的嫁妝。

有人堅持願意給好兄弟送錢，李彤當然不能死撐著不予接受。因此，便與朝長家老相對著行禮，算作「協議」達成。

恰好崔永和也帶著人，將酒水和菜肴置辦整齊了。賓主重新落座，舉杯相慶，其樂融融。很快，就又喝了個眼花耳熱。

席間，與高野山弘同來的長崎當地豪商，不斷拐彎抹角打探李彤這邊貨物的數量和品類。為了方便下一步計劃，李彤也非常大方地滿足了客人的要求。不斷命人將各式各樣的緊俏貨物，裝在美輪美奐的小木箱裡，拿出來給客人「掌眼」。非但將高野山弘和當地豪商看得兩眼發直，到最後，連孫、馬、范、陶等人，都跟著一起大呼小叫。

也不怪他們沒見識，張維善作為漕運衙門中五大參將之一，即便不跟其他四人同流合污，每年也能分到很多「常例」。而經大運河發往北京的貨物，又有很多屬於貢品。經辦的官員按照某種心照不宣的規則「漂沒」下來後，總得拿出一部分來給同僚「潤喉」，當然也不能把他這個堂堂參將忽略在外。所以，此番大夥為了掩飾身份所帶的貨物，雖然每樣實際上都不太多，但質量和品味，卻絕非普通商人能夠接觸。

此外，大夥在途中反搶海盜的那批贓物，也都是海盜們精挑細選過的。後者搶劫財物不需要花費本錢，所以得手後也不會珍惜。每次都是將質量和品味差的直接丟進海中，能留下來的當然都稱得上是優中取優。

「李某是奉家族之命，前來探路，所以沒敢將沙船滿載。哪些貨物比較容易出手，哪些貨物不受諸位所喜，也一概不知！」既然被推為商會的會首，李彤裝也得裝出個樣子，因此展示完了自己的貨物之後，立刻將話頭引向孫、馬、范、陶、林等同行，「而他們幾個，全是老海客了，所帶的貨物，非但品質更在李某這邊之上，並且數量充足。各位如果誠心想要交易，不妨咱們再約個時間，一艘船一艘船慢慢看過去。看完之後，匯總權衡，再斟酌下訂。」

「對極，對極，我等結伴而來，公推李老闆為會首。他的意思，就是我們所有人的意思。」

「貨物可以一船一船慢慢看，但是，不能單獨還價。」

「我等並非只來這一次，其實都是為家族探路。」

孫、馬、范、陶、林等人，一直豎著耳朵期盼。聽李會首終於將話頭引上了正道，趕緊七嘴八舌地補充。

他們的意思，也被通譯如實傳遞給了當地豪商。而眾長崎豪商們，早就料到這批明國海商會選擇共同進退，所以絲毫也不覺得意外。只管先做出一副願意合作的姿態，準備等到把所有船隻上的貨物都看過之後，再私下裡商量應對之策。

於是乎，雙方心照不宣地將話頭岔開，繼續舉盞相邀，鯨吞虹吸。直喝到太陽再度西斜，才盡歡而散。

上午時前來鬧事的那幫無賴，大部分都已經被帶走。然而，朝長家老的長子，朝長太郎，卻餓著肚皮，堅持等到了現在。看見自家父親，向醉醺醺「仇人」告別，他心中妒火再次高漲，掙脫了負責監視自己的武士，快步衝上前，大大呼小叫：「いえありがとうございます……」

「他說光子是他的，誰也不能搶走。即便是他父親，也不能拆散他們！」朴七存心看日本人的笑話，停住腳步，大聲向李彤和張維善兩個翻譯。

「啪！」耳光響亮，朝長家老毫不猶豫地掄起巴掌抽了過去，將自己不爭氣的兒子，抽了個四腳朝天，「八嘎，とうござ……」

「朝長家老說，別做夢了。他已經把光子許配給明國才俊了！並且由高野山弘做了見證，永遠不會更改。」朴七看得興高采烈，翻譯得也格外來勁兒。「他作為哥哥，如果心裡難過，就出去玩幾天，等婚禮結束之後再回來。但是，如果他敢繼續鬧事，就會被逐出家門，父子兩人恩斷義絕！」

「這樣不太好吧！」不願讓朝長家老過於丟臉，張維善苦笑著搖頭。正準備以準女婿的身份，去勸上幾句，卻忽然看到朝長太郎一骨碌從地上爬了起來，手指自己，聲色俱厲：「敗戰者どんな資格がありますか……」

「八嘎！」朝長家老大急，一拳砸在自家兒子胸口，將後者砸得倒退數步，再度摔了個四仰八叉。

「り付けた！」一連串氣急敗壞的命令聲，繼續從他的嘴裡冒出。周圍的武士們蜂擁而上，抬起他兒子朝長太郎，轉身就走。

「敗戰者どんな資格がありますか……」朝長太郎卻仍然不肯認命兒，一邊掙扎，一邊繼續大喊大叫，每一句，都聲嘶力竭。

不知道是反應不過來，還是其他原因。通譯朴七忽然閉上了嘴邊，原本因為興奮而發紅的臉色，也變得鐵青一片。

「怎麼不翻譯了，翻譯啊！」劉繼業等得心裡著急，忍不住低聲催促。

「他說，他說……」朴七牙關緊咬，兩眼紅得宛若著了一團火。

「すみません……」朝長家老和高野山弘連袂返回，朝著大夥不停地鞠躬，嘴裡賠罪的話說得無比虔誠。

被他們兩個一打斷，朴七只好先顧眼前。強打精神，替雙方翻譯。直到朝長家老和高野山弘等人訕訕離去，才又將目光轉向劉繼業，未等開口，兩行帶血的眼淚先淌了滿臉。

「你，你怎麼了？那小子到底說了什麼？你翻譯啊，他如果敢羞辱你，我跟他沒完！」劉繼業待人赤誠，雙手抱住朴七肩膀，用力搖晃，「你翻譯啊，翻譯啊！姐夫，守義，朴七的眼睛出血了！」

「永貴，你幹什麼？你別晃，扶朴七去船上，船上有藥！」李彤和張維善兩個，也注意到了朴七的異常，雙雙走上前，拉開劉繼業手臂。然後一左一右，托住朴七的胳膊。

「我，我沒事！讓老闆您擔心了！」朴七終於緩過一口氣，用力搖頭，血淚順著兩腮滾滾而落，「那小子剛才叫囂，叫囂說，咱們都是戰敗國的廢物，大明在戰場上被倭寇打得丟盔棄甲，屈膝求饒。

是豐臣秀吉看在大明態度恭順，才答應大明請和的要求，接受大明賠償並與大明平分朝鮮。作為戰敗國的窩囊廢，咱們應該把自己的女人雙手奉上才對，有什麼資格娶戰勝國的女人，有什麼臉玷污日本五大華族的血脈？」

「你說什麼？」宛若晴天聽到了一個霹靂，劉繼業再度揪住朴七，用力搖晃。「到底是誰敗了？朴七，我知道你恨日本人，可你也不能蓄意挑撥！」

再看張維善、顧君恩、張樹、李盛等人，一個個也雙目圓睜，質問聲一浪超過一浪。

「什麼，他說什麼？誰是戰敗國的廢物？」

「居然說我們是戰敗國，這小子莫非是聾子不成，到現在還不知道倭寇差點被趕下大海！」

「分明是倭寇向大明求和，小西飛都去了北京。」

「倭寇從鴨綠江畔，一路敗退到了釜山……」

唯獨李彤，此刻依舊保持著幾分清醒。猛地跺了下腳，大聲呵斥：「都瞎嚷嚷什麼？也不看看這裡是什麼地方？灌了幾兩貓尿，一個個就不知道自己幾斤幾兩了？朝長太郎喜歡吹牛皮，讓他吹就是，咱們又不是朝廷命官，還能管到別人的嘴巴？」

隨即，又抬手拍了朴七一巴掌，沉聲呵斥：「你就是一個通譯，又沒吃過李家的俸祿！朝鮮國被誰分成幾塊，管你屁事？況且大明立國兩百餘年來，敗仗也許吃過，但什麼時候對外割過地？」

這幾句話，雖然聽起來甚為粗鄙，卻每一句都落在了關鍵處。非但令眾人迅速恢復了清醒，通譯朴七的眼淚，也瞬間停滯。

大夥如今的身份是海商，不是東征軍的將士。怎能聽日本人污蔑大明吃了敗仗乞和，就立刻火冒三丈？萬一被有大村氏的心腹看到，對大夥起了疑心，先前的所有努力，全得付之東流不說，甚至連全身而退都會成為奢侈。

而大明雖然有許多毛病，甚至有些毛病令人心灰意冷。但是，從立國之日起，大明就從來沒缺過骨氣。當年哪怕英宗皇帝被異族抓走，都未曾割地求和。怎麼可能在連戰皆勝的情況下，被日本割掉半個屬國！

這其中必有貓膩，但具體是什麼貓膩，卻不能在碼頭上說。特別是此時此刻，高野山弘等人尚未去遠，而孫、馬、范、陶林等海商，也一直在旁邊側耳傾聽。

大夥都是在沙場上經歷過生死考驗的，包括朴七在內，定力都比尋常商販強得多。因此恢復了清醒之後，立刻裝作不勝酒力的模樣，踉蹌著轉身返回沙船。

那孫、馬、范、陶、林等海商，先前也被朴七和劉繼業等人的話語和表現給嚇了一大跳，緊跟著，心中疑竇陡生。而此刻看到大夥如此輕鬆地就被李老闆給訓得灰頭土臉，頓時又覺得各自可能想多了，訕笑著湊上前，向「李有德」輕輕拱手。

早在向大夥訓話的時候，李彤已經將眾海商的反應盡收眼裡。因此不待孫、馬、范、陶、林等人開口，就主動解釋道：「唉，讓大夥看笑話了。出海之前，族兄怕我路上有閃失，特意調了一隊精銳家丁過來。卻沒想到，這些人廝殺全都是好手，卻根本不是做生意的材料。聽到日本人詆毀大明，竟然比罵了他們的爺娘老子還要憤怒！唉，等回去之後，我一定將他們全都換掉，做買賣講究和氣生財，像這樣沾火就著的性子，真是成事不足敗事有餘！」

「李老闆不必如此！」昨夜最早提出夜這的商販林海，立刻如釋重負，眉梢眼角等處堆滿了笑意，「弟兄們都是真性情，聽人羞辱父母之邦，立刻火冒三丈再正常不過。就連林某，初次聽到有日本人說他們打敗了大明，也恨不得跟他狠狠幹上一架。等來往日本國次數多了，聽習慣了，就好了。反正誰輸誰贏，都不耽誤咱們做生意。」

「可不是嗎？」沒想到對方居然主動替自己解圍，李彤喜出望外，立刻接過話頭，大聲附和，「咱們做生意的，該在乎的是真金白銀，犯不著在口舌上爭什麼上風！」

「李老闆說的太對了！」林海迅速挑起大拇指，笑著補充，「咱們做生意的，只管賺錢糊口，國家間的事兒，咱們不必管，也管不到。」

「知我者，林兄也。今後林兄如果哪天有空去南京，千萬記得告知小弟一聲。別的不說，秦淮河上畫舫，小弟帶你一次逛個夠！」猜不出對方是有意幫自己的忙，還是歪打正著，李彤只管投桃報李。「小弟家就在國子監旁邊的成賢坊，您只要走到最裡邊的那座宅院，跟門子說是李九公子的朋友，立刻就有管事接您進去，絕對不敢做半點兒拖延。」

南京作為大明曾經的首都，可謂寸土寸金。而最金貴地段，就是臨近國子監的成賢坊。一則是因為此處距離國子監和孔廟都很近，最適合儒家子弟「修身養性」。二來，子孫後代從小聽著讀書聲長大，也容易沾染上文氣，科舉上一路暢通。

所以，聽「李有德」說他家住在成賢坊，還邀請自己有空前去做客，老闆林海立刻滿口子答應。聲言回到大明，跟家族交代一聲後，就立刻啓程。彷彿自己去得晚了，對方就會反悔不認帳一般。

其他幾個海商，見林海憑著幾句話，就獲得了李有德的好感，頓時全都後悔不迭。一邊在心裡罵姓林的沒骨頭，一邊紛紛笑著開口「可不是嗎？甭管誰輸誰贏，都過去了不是？眼下日本和大明和約簽訂在即，海路也會重新暢通。我等有那生氣的功夫，哪不如想想該如何把握機會，賺個盆滿鉢圓！」

「是啊，無論誰輸誰贏，只要不打仗了，就是好事兒！打仗只會死人，做生意，卻可以讓大夥都有賺頭，順帶著還能讓咱們大明沿海的老百姓，也多條活路。」

「對，做生意好，做生意好。和氣生財，和和氣氣，大夥才能有錢賺！」

「不光咱們想做生意，日本人也是一樣。否則，今道家老和朝長家老，也不會對咱們如此禮敬有加！」

「在商言商，在商言商，莫問國事！」

大夥你一言，我一語，很快，就徹底化解了先前的尷尬。速度之快，令李彤這個當事人，都有些措手不及。

然而，轉念想到那句，「最怕的是自己幫騙子圓謊」，他心中又是一片了然。眾海商們已經將自己當成了南京戶部尚書李三才的族弟。跟自己交好，就等於變相拍了李三才的馬屁。而在江南做生意的家族，都難免要跟南京戶部和漕運衙門打交道。跟李三才家攀上關係，就等同於攀上了一尊金佛。

所謂利令智昏，不過如此！哪怕這利益眼下根本看不到，今後也未必摸得著。可為了一個攫取利益的機會，就有人不知不覺間變得又聾又瞎。想到這，李彤忍不住又在心裡偷偷嘆了一口氣，然後笑著向大夥拱手：「既然在商言商，李某可就實話實說了。高野山弘等人今天在酒席上的話，諸位都親耳聽到了。很顯然，大村氏如此不惜血本拉攏咱們，不是衝著咱們哪個身份高貴，而是衝著咱們手裡的貨。接下來，貨物到底該怎麼賣，價錢怎麼定？是細水長流吊一吊當地坐商的胃口，還是將貨物儘快出手，爭取在入冬之前多跑一趟？李某不能擅自做主。如果大夥不急著去夜這的話，還請回船上小坐片刻。咱們一邊喝茶解酒，一邊商量個具體章程出來。」

「當然是回船上！夜這著什麼急？反正都是大村氏安排好的，多晚去都有人等著。」眾人先前之所以遲遲不肯離開，等得就是這句邀請。頓時，回答得異口同聲。

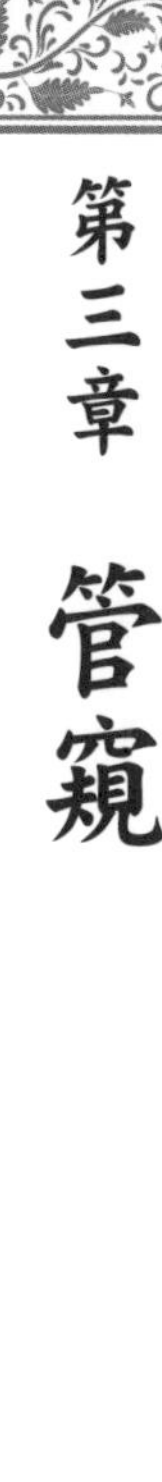

第三章 管窺

賺錢，才是最重要的。至於李九公子身邊的那些伴當，為何表現與尋常商販大不相同，卻沒必要往深裡頭追究。真的揪住這些「細枝末節」不放的話，在場所有人，恐怕都有不好解釋清楚的地方。畢竟大明和日本還沒正式簽署和談協議，眼下能公然駕船前往長崎做生意的海商，要麼背景深厚到可以讓沿海的港口和關卡睜一隻眼閉一隻眼，要麼就是有實力「打瞎」巡查官兵的眼睛巨寇。

本著上述原則，孫、馬、范、陶、林等海商，笑呵呵地跟隨「李有德」回佛郎機船上落座。而船上的殘羹冷炙也早就被王二丫安排人撤下，換上了先前大夥喝過卻沒喝夠的白雲峰龍井。

茶的滋味很好，更好的則是「李有德」的態度。也許是急著向大夥撇清，也許的確缺乏做海商的經驗，他真正做到了不恥下問。並且把所有人的建議，都派人專門記在了本子上。聲稱三日之內，大夥互相之間不提出異議，就會參照執行。

如此一來，孫、馬、范、陶、林等海商就不敢再多客氣了。畢竟稍微謙讓一點兒，也許就是數千兩銀子的折損。一個個，爭先恐後的開口，將自己期待的交易模式和規則，全都擺了個清清楚楚。並且彼此之間只要有了不一致的地方，就錙銖必較，堅決不肯平白給別人占了便宜，哪怕前一秒鐘還在跟對方稱兄道弟。

好在「李有德」雖然缺乏經驗，後臺卻足夠分量，為人也足夠大氣。否則，還真有可能鎮不住場子。即便如此，這一頓茶，也喝到了月上柳梢，才終於告一段落。作為會首，「李有德」免不了又安排了一頓晚宴，以慰大夥的碌碌飢腸。

再度喝到眼花耳熱之後，不經意間，李老闆的小舅子「劉寶貴」，就把話頭給帶到了白天朝長太郎撒潑鬧事，污蔑大明吃了敗仗的環節。眾商人一天之內連吃了「李有德」兩頓席面兒外加一頓茶點，未免有些嘴軟。因此，借著三分酒意，主動替「李有德」開解起了這個不怎麼懂事兒的小舅子。

「幾句話而已，劉老闆真的沒必要認真。咱們做生意的，就像好比水塘，把自己位置放得越低，流過來的活水越多。」

「可不是麼，學會了裝孫子，才能做祖宗。他說幾句，又不折損咱們分毫。況且大明真的就像邸報上說的那樣打贏了？我看也是未必。否則，幹嘛不一鼓作氣將倭寇推到海裡頭去？」

「虛報戰功唄，那群丘八又不是第一次這麼幹了。我聽說，在碧蹄館那仗，李提督輕敵冒進，被倭寇全軍覆沒。同去的五萬弟兄，最後連他在內只逃回了不到一百個……」

連著喝了兩頓，酒量再好的人，都有些上頭。因此，說著說著，眾海商就開始滿嘴跑舌頭，將自己不知道從哪聽來的「秘密」消息，一股腦往外拋。

這些話，如果落在尋常百姓耳朵裡，大夥即便不認可，也會一笑了之。可在座的張維善、張樹、李盛、顧君恩、劉繼業等人，哪個不是親自經歷了碧蹄館之戰的？因此，一個個臉色又開始發青，握著酒盞的手指，也開始微微顫抖。若不是為了多從眾海商嘴裡打聽一些有用的消息，真恨不得將這群眼睛裡只有利益的傢伙，當場打個頭破血流。

也不怪大夥脾氣差，孫、馬、范、陶等大戶人家的掌櫃，眼睛裡只有阿堵物，何曾考慮過半分國家和大明百姓的利益？他們只管根據道聽塗說來的消息指點江山，又幾曾考慮過這樣做，是否侮辱了戰死在沙場上的大明將士？他們只想著，大明與日本簽訂合約之後，自己就能為背後的家族大賺特賺，又幾曾想過，眼前短暫的和平，極有可能是豐臣秀吉的緩兵之計？他們只想著大村家對自己待若上賓，幾乎予取予求。又幾曾考慮過，此時此刻，大村氏的家主大村喜前，就在釜山厲兵秣馬，隨時有可能與小西行長等人一道再度北上。到那時，準備遠比三年半之前充足，又針對明軍騎兵優勢做出了專門訓練的倭寇，會何等的難以對付？到那時，多少的大明將士們，要為朝廷的糊塗決策，死無葬身之地！

就算不講以後，單論眼下，李彤、張維善、劉繼業等人冒死前來日本，就不是為了做生意，而是洞察倭人求和背後的陰謀。若按照這些海商的觀點，他們的行為，豈不是倒行逆施，大錯特錯？

越想，劉繼業越是火大，只燒得兩眼發紅，手臂肌肉亂顫。坐在他旁邊的李彤見勢不妙，趕緊伸手輕輕按住了他的肩膀，「永貴別胡鬧，咱們又沒去過朝鮮。大夥說的話雖然不中聽，卻未必不是真相。至少，能解釋朝廷當初為何堅決要從朝鮮撤兵。」

「姐夫，你——」沒想到李彤身為選鋒營的主將，居然替造謠者說話，劉繼業楞了楞，對著他怒目而視。卻見自家姐夫笑呵呵地舉著酒盞，向對面各位海商賠罪：「各位老闆莫見怪。我內弟在此之前，一直於書院裡就讀，耳朵整天聽得都是些什麼『雖遠必誅』的廢話。所以呆氣十足，總喜歡與人爭論，哪怕話題根本不關自己的事兒。」

「姐夫，我不是書呆子，你不能這麼說我。」劉繼業咬了下舌頭，努力讓自己保持頭腦清醒，然後裝作一副不服氣的模樣，大聲抗議。

「多吃少說，否則，回去後，就繼續進學堂讀書，直到你能考上進士！」李彤把眼睛一瞪，王霸之氣四射。

一句話鎮住了「劉寶貴」，他又快速將目光轉向了張維善，「還有你，把別人的老婆都睡了，還不能讓人罵幾句？別老聽那通譯朴七挑撥，他是朝鮮人，當然巴不得咱們大明起傾國之兵，與日本打個你死我活。」

張維善也偷偷捏了一下自己大腿，強壓怒氣爭辯，「我，我沒聽朴七的。我只是氣憤不過。我的一位堂兄，就在李提督麾下做游擊。他去年信誓旦旦跟我說，明軍在朝鮮大獲全勝，一路把日本人從鴨綠江趕到了釜山。可今天朝長太郎和大夥的話，卻與他說的截然相反。」

這句話，既挑明了他眼裡一直認為的真相，也很好的解釋了，為何白天聽了朝長太郎的話之後，他的反應會那麼大。頓時，就讓對面浮起一片竊笑之聲。

「怎麼，各位以為我說得不對嗎？還是我堂兄吹牛？」明知道海商們在想什麼，張維善依舊故意做出一副義憤填膺模樣，皺著眉頭追問。

眾海商連忙收起了笑聲，陸續開口。

「不是，不是，我們不是笑你，也不是笑你堂兄。只是笑兩邊各執一詞。」

「難怪你那麼生氣，朝長太郎肯定是吹牛，吹牛！」

「令兄是李如松麾下的游擊將軍，肯定知道的比我們清楚。」

「得罪了，得罪了，張老闆別往心裡頭去。」

話雖然說得客氣，然而眾海商的臉上，卻分明地寫清楚了他們的真實想法。那就是，「張發財」的堂兄在掩蓋事實，以圖向朝廷邀功請賞，同時在家人跟前爭面子。

唯獨最早提出「夜這」的豪商林海，沒有跟大夥一起敷衍，而是收起笑容，大聲安慰道：「其實誰勝誰負，跟咱們有啥關係？咱們是商人，也幫不上誰的忙。與其在一旁生悶氣，不如多跑幾趟長崎，多從日本人頭上賺一些錢。把他們賺得國內百姓都吃不起飯，穿不起衣服了，倭軍即便沒打輸，也得從朝鮮撤走。」

「是啊，咱們是商販，自然只能用商販的辦法！」與林海交好的馬老闆馬全，立刻在旁邊連連點頭，「張老闆有所不知，當初大明沿海倭寇為患，馬某家中長輩也深受其害。可他們既不是朝廷的武將，又不懂上陣廝殺，想要報仇，就只能通過做生意。先從日本人頭上賺到足夠的錢，然後再買一大堆倭奴給自己幹活。想起以前仇恨的時候，就找茬抽倭奴們一頓鞭子。即便抽死了也不打緊，那些傢伙沒有大明戶籍，官府根本不會管。」

「這辦法好！這辦法好！」

「改天我也買一些回去！」

「買男人不如買女人，多買一個，就讓倭國一個男人打光棍兒！」

「老兄你這就外行了，倭國有些小唱，雖然是男子，卻比女人還有滋味兒……」

眾商人聽他說的有趣，都笑著紛紛附和，決定用這個辦法來「曲線報國」。張維善和劉繼業等人聽得氣結，卻找不到任何話語反駁。就在即將忍無可忍之時，忽然聽見鄧子龍粗著嗓子說道：「妙，馬老闆的法子真妙。早年鄧某在南洋做點小買賣，生意不順時，就買幾個勃泥人打罵。每次打完了，心情就會好上許多。」

「原來鄧舶主曾經去過南洋，失敬，失敬。」馬全聽他這樣說，大有同道中人之感，連忙朝其拱手作揖。

「小打小鬧而已！」鄧子龍謙虛地還禮，隨即趁熱打鐵詢問，「只是，老朽心中有一事不明，想向馬老闆請教一二。」

「不敢，不敢。」馬全微微躬身，笑著謙讓。然而一張老臉上，卻寫滿了自得，「鄧舶主請問，馬某必定知無不言，言無不盡。」

知道鄧子龍忽然插嘴，必有其緣故。李彤、劉繼業等人，紛紛豎起了耳朵。只聽後者笑了笑，繼續緩緩發問：「張老闆聽他堂兄說，大明在朝鮮將倭軍殺了個落花流水，逼得其主動請降。這件事，應該兩年前就寫在朝廷的邸報上了，不知道馬老闆當時可曾留意？」

「當然，這等大事，普天同慶，我等豈會不知。」馬全想都不想，就用力點頭。隨即，卻又笑著搖頭，「但是朝廷的邸報，卻不能盡信。李九哥家中長輩也是高官，你不信問他，朝廷的邸報中，究竟能有幾分為真？」

「民可使由之，不可使知之！」李彤裝作心領神會，笑呵呵在旁邊幫腔。

馬老闆頓時找到了知音，繼續大聲補充：「所以，朝廷的邸報，頂多只能信三成。其餘七成，得自己留心去看，去聽，去想。否則，哪天被朝廷騙了，可沒地方喊冤。」

「就是，就是，此乃肺腑之言！」

「咱們大明朝廷，朝令夕改的事情做得還少嗎？」

「民可使由之，不可使知之！糊弄百姓，可是從漢代就開始了。古往今來，各朝各代，一脈相承！」

其他幾位海商，連連點頭，都認為馬老闆說出了所有人的心聲。

「那總得有個真假吧？」鄧子龍卻不服氣，繼續大聲追問，「雖然只要不影響我駛船糊口，誰勝誰敗都無所謂。只是人雖老了，這心裡卻仍耐不住好奇兩個字。老朽就想問問幾位老闆，你們經常往來大明與日本，可曾知道，到底哪邊說得是實話？」

「是啊，到底是朝長太郎說的是實話，還是我堂兄說的是實話？」張維善接過話頭，也大聲追問。大明那邊，可是說是日本主動求和。日本這邊，卻說大明主動求和。兩邊如果各說各話，這合約最後還怎麼簽？總歸要變成白紙黑字，並且昭告天下的吧？馬老闆，各位老哥，你們經常走海，不如說來聽聽，滿足一下我們的好奇心。」

「這……」馬全迅速扭頭看向周圍同伴，好半晌都沒等到其他人開口，才硬著頭皮說道：「張老闆，鄧舶主，你們第一次來日本，就算我們不說，很多事情，你們慢慢也會知道。不過，馬某可得先提醒你們，雖然過去兩年了，但這件事兒，你們回去之後，最好別到處聲張，以免惹來無妄之災。」

「那是自然！」鄧子龍和張維善兩個，答應得異口同聲。

「孫老闆放心，我等就是想滿足一下自己的好奇心。」劉繼業也裝出一臉滿不在乎的模樣，大大咧咧地補充道，「我跟姐夫來日本，就是想開開眼，長長見識。至於其他，聽了就聽了，卻不會較真兒！就像各位剛才說的那樣，咱們是商人，在商言商。」

「在商言商，在商言商。知道的多一些，只是為了給將來經商做些準備而已！在下回去之後，即便是堂兄面前，也不會提一個字。」李彤最後一個做出承諾，卻格外令人放心。

馬全見狀，滿意的點點頭，然後又笑著搖頭，「其實馬某不說，你們也應該能猜得出來。雙方應該都只說了一半兒實話。張老闆的堂兄，說大明將倭軍趕回了釜山，應該沒大錯。畢竟我大明隨便一個省拉出來，都比日本大，人丁也是日本的十幾倍。就算拿將士們的性命堆，最後也能將倭軍壓垮。」

「那朝長太郎怎麼說倭軍打得大明跪地求饒？」劉繼業嘴快，迫不及待地追問。

「那就是另外一半實話了！」馬全笑了笑，滿臉神秘，「大明雖然在戰場上卻沒有輸。在議和時，卻讓日本國占足了便宜。所以大明等於不敗而敗，日本國等於不勝而勝。消息傳回日本國內之後，再添油加醋，以訛傳訛，就成了大明被打得跪地求饒。」

「是這樣？他們究竟占了什麼便宜，我從前可是一點兒都沒聽說？」李彤雖然早有準備，卻仍舊不由得心頭一震。趕緊舉著酒盞，低聲追問，「馬老闆，可否繼續指教一二？」

「也沒什麼可指教的，事實明擺著呢！」馬全也舉起酒盞，一邊喝，一般笑著搖頭「其一，倭軍至今牢牢占據著朝鮮的釜山港，而大明卻從朝鮮撤走了幾乎所有兵馬，只留下區區數千老弱病殘等待和約簽署。其二，豐臣氏提出了一大堆議和條件，大明全都全盤答應了下來。通商、嫁公主，與日本約為兄弟之國，所有好處一樣不落。」

「那朝鮮窮得鳥不拉屎，日本占了其土地有何用？哪像跟大明達成這份和約來得實惠？」另外一位孫姓老闆，也醉醺醺地開口，話裡話外，對日本國能在大明贏得這樣一份和約，充滿了欽佩。

既然有人帶了頭，其他幾個海商也不再刻意隱瞞，紛紛陸續補充：

「大明自立國以來，可曾送女人與異族和親過？如果將士們打贏了，皇帝還用送公主去嫁豐臣秀吉那個糟老頭子！」

「大明如果有全勝把握，還用跟日本簽署和約嗎？」

「和約拖了兩年多都沒簽，到底是誰在求和，不也明擺著嗎？」

「咱們大明雖然隆慶初年就重開海貿，卻嚴禁跟日本通商。只有走私船，才會冒死前往長崎。而跟日本打了一仗之後，重開對日貿易，卻成了和談的條款之一。咱們這些人都為各自的家族到長崎頭前鋪路來了，當年那場仗誰輸誰贏，還用得著說？」

李彤、張維善、劉繼業等人聽得心中又痛又悶，卻說不出半個字來反駁。其一、他們所知道的那份和約，也就是大明朝準備與日本簽署的那份和約，根本不存在通商、嫁公主，與日本約為兄弟之國這些條款。到底問題出在哪裡，也無從得知。其二、如果馬全等人所說的消息為真，東征軍先前在戰場上所拿回來的，的確被朝廷在談判桌上加倍輸了回去，綜合起來，說是不敗而敗，毫無疑問。

就在疼得兩眼陣陣發黑之時，馬全的聲音又在大夥兒耳畔響起，「倭人的關白，也就他們的攝政王，豐臣秀吉出身貧寒，能有今時今日的地位，全靠一場場勝利得來。故而，倭軍在朝鮮大獲全勝，逼迫大明簽署城下之盟的消息，在日本早就被宣揚得人盡皆知。參戰諸將，人人封妻蔭子，個個官升數級。反觀大明，自從兩年多以前雙方議和之時起，對東征的指責聲就不絕於耳。宋應昌被迫告老還鄉，李如松被朝廷打發到一個鳥不拉屎的地方，不聞不問。甚至還有傳聞說，新任薊遼巡撫顧養謙，到任之後親自下令斬殺了三千亂兵，以正軍紀。如果東征軍真的如邸報上宣揚的那樣戰功赫赫，宋應昌和李如松怎麼會落到如此下場？如果真的是大明打贏了，顧養謙將凱旋而歸的將士們供起來才對，怎麼有膽子將他們斬盡殺絕！」

「你……」李彤的嗓子眼忽然一陣發甜，猛地站了起來，整個人如同怒目金剛。然而，很快他就又強迫自己坐下，將嘴裡的血水一口口吞回肚子中。

馬全說得沒錯，古往今來，哪朝哪代，會對得勝而歸的將士如此苛刻？打贏了敵人，維護了大明的尊嚴，大夥兒理應升官發財才是，為何會賦閒的賦閒，身首異處的身首異處？按照常理推斷，這分明是朝廷對東征軍喪師辱國的懲處！明軍在朝鮮戰場上肯定吃了不止一次敗仗，加藤清正、小西行長等人，才是連戰連捷！

「行了，老馬，讓你說在日本國這邊怎麼宣揚的，你說大明那邊如何對待有功將士作甚？」孫姓老闆眼神極好，發現「李有德」的臉色越來越不對勁兒，趕緊低聲提醒。

「是啊，咱們都是做買賣的，聽聽就算了，別老想著刨根究柢。照我看，大明和日本都贏了，倒楣的是朝鮮。」范姓老闆也不想在繼續同一個話題，笑著在旁邊打起了圓場，「況且戰場的事兒，誰說的清楚呢，咱們又沒親自去過。並且還是那句老話，輸贏咱們都得做生意，朝廷肯放開對日本國的海禁，對咱們有百利而無一害。李老闆，你說我這話在不在理兒？」

「在理兒，的確在理兒。」李彤強笑著點頭附和，嗓子眼裡，卻又是一陣甜腥。「只是有些太氣人了，李某先前，還一直以為大明真的打贏了日本。」

「不管是誰，都是喜歡報喜不報憂。」想到李老闆背後那個做戶部尚書的族兄，馬全也主動改口，「雙方都是一樣，咱們聽聽就算了，沒必要較真兒。你看這長崎大大小小的商販，哪國都有，指不定兩國以前都是世仇。可他們誰計較這些了？有那功夫，不如談談生意？在這裡，誰手裡有稀罕貨，誰就是大爺！誰肯出高價，把咱們手裡的貨物一股腦吃下去，即便他說倭寇打到北京了，咱們也不用反駁！」

最後一句話，可是說到孫、范、陶、林等人的心窩子裡頭去了，眾人立刻紛紛點頭，「是極，是極，幾句話又說不死人，沒必要較真兒！」

馬全受到鼓勵，繼續指點後輩迷津，「李老闆，咱們都是為賺錢來的。所以，只要能把倭人的錢裝進咱們的兜裡，管他們怎麼說呢？況且他們再覺得自己大獲全勝，還不是要求著咱們從大明運貨過來？昨晚老林只是隨口提了一嘴夜這，高野山弘等人，就立刻把女兒全都送了出來，這說明什麼，還不說明日本人想通商想瘋了。咱們趁此機會……」

說到如何利用日本人急於獲取大明物品的心思賺錢，他又開始高談闊論。可李彤已完全沒有心思聽了，一顆心，完全飛回了朝鮮戰場，飛回三年之前的崢嶸歲月。

東征軍沒有打輸，但弟兄們的血，全都白流了！在某些權臣和清流大佬眼裡，只要不符合他們的意，弟兄們為大明所做的一切，就毫無價值。他們手中有筆，可以肆意顛倒黑白。他們聯合起來權勢遮天，可以塞住所有人的耳朵，封住所有人的嘴巴……

神不守舍地與眾人推杯換盞，神不守舍地附和眾人的說辭，神不守舍地堅持到了晚宴結束，將馬全等人送下船。然後又強打精神在岸邊吹了一陣海風，直到全身血液都被冷透，他才終於勉強鎮定下來，拖著疲憊的雙腿返回了船艙。

張維善、劉繼業、鄧子龍、周建良、崔永和、顧君恩等人，也都沒有去安歇。大夥圍在一張粗糙的輿圖旁，手捧茶杯，議論紛紛。聽到李彤的腳步聲，又立刻停止了議論，齊齊將目光看向了他，彷彿他能夠一錘定音。

「看什麼呢？」李彤勉強擠出一絲笑容，低聲詢問。隨即，目光就變得無比明亮，「哪來的海圖？這，這是長崎，對馬，這是朝鮮？你們打算做什麼？」

「海圖是老夫今天花了兩塊茶磚，從一名紅毛舶主那裡換來的。」鄧子龍笑著接過話頭，大聲解釋，「雖然畫得不算太清楚，可比咱們大明那邊的還是強出許多。如果咱們手裡五、六條佛郎機戰船，直接卡在這兒……」

說著話，他將大手朝海圖上一砍，將對馬到朝鮮的航線，直接虛切成了兩半兒。「不用截住所有船隻，只需將給倭寇運輸補給的船隻擊沉十成中的一成，就足以令在朝鮮倭兵餓肚皮。」

「妙，鄧舶主此計若得以施行，我軍就勝了一半兒！」李彤聽得精神一振，隨即，又苦笑著搖頭嘆氣，「唉——」

有些話，說出來只會讓大夥都難過，所以，還不如不說。然而，鄧子龍卻敏銳地察覺到了他心中的頹喪。笑了笑，忽然大聲說道：「李老闆不必如此，須知事在人為。今天朝長太郎和馬全等人的話，雖然聽起來讓人絕望。可老夫卻覺得，越是這樣，某些人越注定要空歡喜一場。」

「鄧舶主何出此言？李某願聞其詳！」李彤已經麻木的心臟中，忽然又恢復了一絲溫度，拱起手，鄭重向鄧子龍求教。

「李老闆不必客氣。」終究薑是老的辣，作為過來人，鄧子龍深知李彤這時候最需要什麼。笑著用力敲了一下海圖，大聲反問：「日本人都說自己勝了，還逼著大明答應了那麼多喪權辱國的條件，只是，咱們大明的皇上知道嗎？這些條件，在大明，有人敢寫在邸報上，繼而頒發全國嗎？」

話音落下，四周圍，雅雀無聲。幾乎所有人心頭，都瞬間湧出一種詭異至極的感覺，各自的眼睛裡，也有光芒不停地閃閃爍爍。

騙局，驚天大騙局！

沈惟敬是全天下最大的騙子，顧養謙、石星、顧憲成等人，以及所有力主議和的權臣，全都是他的同謀！

甚至還有小西行長和小西飛，也是他的同夥兒！

他們最開始，拿給大明萬曆皇帝看的那份日本人請降文書，就是假的，日本人根本沒想過從朝鮮撤軍，也沒想過讓日本成為大明的藩屬。而同樣，所謂大明在談判桌上答應的日本的那些條款，也是假的。至少，他們沒勇氣，將這些條款拿給萬曆皇帝，更沒勇氣公之於眾！

「這是欺君啊，他們就不怕滅九族嗎？」被沈惟敬等人的膽子，嚇得臉色發白，顧君恩喃喃感慨。

「何止是欺君，他們要欺騙全天下所有人。甚至有可能包括豐臣秀吉！」劉繼業也剛從噩夢中警醒般，鐵青著臉咆哮。

再看李彤和張維善等人，臉色也不比他們兩個好看多少。眼睛裡的震撼，也如假包換。

大夥臨來之前，只是想著日本人的請和乃是緩兵之計，沈惟敬是個草包，上當受騙之後，又幫著日本人騙了朝中大臣和萬曆皇帝。只要找出日本議和是為了拖延時間，整軍再戰的確鑿證據，大夥就會達成所願，重入朝鮮，繼續先前未竟之志。

但是，大夥卻誰都沒想到，沈惟敬不是上當受騙，而是從頭參與了整個騙局。日本的確是在跟大明議和。只不過，議和的內容，與沈惟敬彙報給朝廷的，截然相反！日本國這邊，的確有結束戰爭的打算，因為他們堅信自己已經大獲全勝，並且對此引以為傲。

「你們說，日本的攝政，就是那個豐臣秀吉，知道小西飛怎麼對大明承諾的嗎？」良久，張維善終於緩過了一口氣，幽幽地向大夥詢問。

「他怎麼可能不知道？」顧君恩眉頭緊皺，啞著嗓子反問，「和約最終是要簽署的，他總得在上面用印。到時候，拿過來看看，發現兩邊文字意思不一樣，怎麼辦？另外，日本如果沒答應做大明藩屬，大明使節抵達時，他們用什麼禮儀相待？不可能所有大明使者和隨從，都被買通了吧，跟著沈惟敬一道糊弄皇上。」

「如果他不知道呢？沈惟敬和石星，顧養謙等人能聯手糊弄皇上。日本這邊，難道就沒人糊弄他？」張維善思路甚為寬闊，繼續幽幽地追問。

「這……」眾人再一次被驚得目瞪口呆，卻誰都拒絕相信，爭先恐後做出反駁。

「不可能！他又不是傻子？他乾兒子眼下就在釜山，總不能跟外人聯合起來騙自己父親！」

「絕對不可能。頂多是豐臣秀吉知道倭寇打輸了，怕傳揚開，動搖了他的攝政之位。所以指示小西飛等人一起做了這個局。騙了大明皇上簽署和約，以求不戰而勝！」

「馬全不是說過嗎，豐臣秀吉靠武力上位。我估計，他是輸不起，所以打腫臉充胖子！」

「那小西行長和長增我部元親等人，勢同水火。他欺騙豐臣秀吉，後者肯定會立刻寫信拆穿……」

「是這豐臣秀吉既要面子，又想撈好處，所以玩起了二皮臉的把戲！」

然而，無論怎麼反駁，大明和大明萬曆皇帝都受騙上當了，卻是事實！而想要拆穿這個驚天騙局，卻比先前大夥試圖證明議和乃是日本人的緩兵之計，容易了許多。

日本國對大明提出的那些條件，既然馬全等人都有所耳聞，肯定早已傳遍了日本的大街小巷。而只要能拿到日本官府的一份包含這些內容的公文，並且將其成功帶回大明，就可以讓沈惟敬和小西飛等人功虧一簣！

大明的清流再不要臉，也沒膽子說：「嫁公主和親，與日本約為兄弟之國、平分朝鮮」這些條款，都理所當然。他們再有本事顛倒黑白，當這些條款傳開，也會令他們趕緊閉上嘴巴，然後果斷跟石星、沈惟敬等人割席反目。否則，不用萬曆皇帝震怒，全天下百姓的吐沫，就能將他們活活淹死！他們辛苦多年偽造出來的為民請命形象，也會轟然倒塌，碎落滿地。

將眾人的議論聽在耳朵裡，李彤的臉上，終於又恢復了幾分生機。深吸一口氣，他緩緩做出決定，「沈惟敬和小西行長等人，是不是把豐臣秀吉那老小子也一起騙了，咱們沒必要管！咱們只管讓大明不要繼續上當就行了。從明天起，所有人做兩手準備。一邊請工匠修理船隻，隨時準備離開。一邊去把日本對大明所提的真正議和條款，都打探清楚。如果能拿到日本國慶賀大獲全勝的文告，或者日本這邊有關議和條款的邸報、公文之類，就更好了，皇上和首輔們不願意相信小西飛是在騙他，總不能拒絕相信蓋著日本官府大印的白紙黑字。」

「李老闆所言極是。」見李彤的精神終於有所恢復，鄧子龍心中的石頭瞬間落地。接過話茬，大聲補充，「咱們不用管豐臣秀吉到底是身在局中，還是作局者之一。咱們只讓騙局暴露於眾目睽睽之下。」

「我明天去拜訪朝長家老，順便看看光子。」張維善臉色微紅，訕訕許諾。

「不光從大村氏那邊招手，咱們多管齊下。姐夫，你乾脆撥出一部分財物，充實大夥兒的錢袋，讓他們在長崎花天酒地。」劉繼業巴不得快點兒到長崎港內活動，也跟著摩拳擦掌，「如此一來，既能讓今道純助等人，更加相信咱們的商販身份。同時，也能多結交些當地紈絝，多一些拿到憑據的機會。」

「劉老闆這法子不錯，有道是，一起喝過花酒，才是兄弟。」關叔高舉雙手贊同，隨即，又將目光掃向劉繼業，大聲補充，「但是，這種事情，我們這些下人去就行了。劉老闆您只管坐鎮船上，指揮若定。」

「你說啥——」劉繼業大急，本能地就想開口反駁。忽然又覺得腦後發涼，連忙扭過頭去，恰看見王二丫那殺氣騰騰的目光。登時，他果斷縮回脖子，大聲強調，「我壓根就沒想去。我才不會跟爾等同流合污！」

「哈哈哈哈……」顧不上尊卑長幼，所有人都笑得前仰後合。笑過之後，心中陰霾也消散了一大半，抖擻精神，準備明日各顯身手。

「注意不要跟當地人起衝突，我們三個是貨主，各位全是夥計！」見軍心可用，李彤的精神又振作了幾分。想了想，大聲提醒，「不過，若是遇到危險，也沒必要一味地委曲求全。大不了，咱們就像最初設想的那樣，給他來個烈火焚城，然後一走了之！」

「遵命！」眾人齊聲答應，宛若當初在東征軍中，即將面對洶湧而至的倭寇。

然而，刺探消息和收集有用證據，卻不同於上陣廝殺。所以接下來數日，雖然大夥都用盡渾身解數，所得到的消息依舊是隻鱗片爪。李彤期待中的白紙黑字，更是半張也無。

不過在生意場上，大夥卻收穫甚豐。雖然李彤、張維善和劉繼業三個，都對經商一竅不通，但在內有關叔、鄧子龍等人幫忙，在外有馬全、林海等人鼎力相助，想虧本都難。況且沙船上的貨物，都是張維善兩年來在漕運衙門分到的「漂沒」，質量遠遠超過民間所見。其中白雲峰龍井這樣的貢品，在外邊更是有價無市。所以，大夥先前所擔心的數量稀少，根本沒成為問題。反而應了那句話，物以稀為貴，令很多當地商販趨之若鶩。

作為朝長家老的「便宜女婿」，化名為「張發財」的張維善自然首先要照顧自己人。所以，凡是跟朝長家老有關係，或者得到了朝長家老推薦的商販，都成了優先交易對象。為了照顧馬、孫、范、陶等海商的利益，也為了兌現先前共同進退的承諾，化名為「李有德」的李彤，還專門提出了一些附加條款，那就是，除了大村氏推薦來的之外，其他商販想從自己這邊交易那些名貴貨物，都得先跟其他各位大明海商，達成一定的交易額，然後才能獲得資格。如此，雖然令沙船出貨速度大為放緩，無形中，卻又提高了手中貨物的口碑，也令他和他手下的「大小夥計」們，成為當地商販全力巴結的目標。

作為臨時商會的會首，「李有德」在長崎港內，無論走到哪兒都大受歡迎。每天想跟他把盞言歡的商販，能從東炮臺排到西炮臺。劉繼業見姐夫如此風光，眼饞的緊，幾次央求前者帶自己出去玩，卻都被無情地拒絕。

這倒不是李彤對他嚴厲，而是不想節外生枝。畢竟劉繼業無論走到哪，身後都會跟著王二丫。而後者任性好俠，看到長崎港內日本武士拿穢多當牲口，一怒之下，弄不好就會當場拔刀！

劉繼業無計可施，只能整日待在船上，跟鄧子龍和關叔等人學習海戰作戰的本事，以及火炮操作技巧。由於長崎港每天都是晴空萬里，他很快曬出一身古銅色的皮膚，倒也「因禍得福」，從頭到腳，越發地男子漢氣概十足。

幾人之中，最幸福的一個，莫過於張維善。又去了一趟當初夜這的地點，終於弄清楚了與自己有肌膚之親的朝長光子到底長得什麼模樣後，他就像一個情竇初開的少年，整日都想與所愛之人形影不離。對此，朝長家老因為利益需要，自然樂見其成。李彤則因為需要通過張維善接觸朝長家老，獲取更多的有用消息，也給予支持。於是乎，張維善公私兩不誤，每天都忙得樂不思蜀。

半月時間，在忙碌中彈指而過。沙船上的貨物，基本已經被清空。從海盜手裡反搶來的貨物，也被當地商人「吃」下了大半兒。非常令李彤、張維善等人覺得有趣的是，那些商人，明顯知道佛郎機船上的貨物，乃是贓物，卻全都對此裝聾作啞。彷彿搶劫與銷贓，乃是再正常不過的事情一般。贏了的不需要受到任何指責，而輸掉性命的也不值得任何同情。

既然連贓物都如此搶手，馬、孫、范、陶、林等海商手中貨物，當然更沒理由滯銷。大傢伙兒都賺得盆滿鉢盈，開心得每天都合不攏嘴巴。更令他們開心的是，長崎、對馬，甚至一些金髮碧眼的西夷海商，都爭相與他們結交。甚至跟他們約定，等他們帶著下一批貨物到來，立刻聯手全部吃下，力爭讓他們早來早回。

這也難怪長崎的商販們如此熱情，日本是個島國，除了海產品，什麼東西都奇缺，大明的百年海禁，以及兩年前的文祿之役，更使其物資匱乏到極點。如今兩國即將握手言和，可以通商貿易，使得日本如同一個飢腸轆轆的餓漢，看到什麼東西，都想一口吞下，而且能夠最大限度的不計代價。當然，這也僅限於搶了先機抵港的「李有德」等人，至於後續再趕來的商販，自然另當別論。

眼看著一箱箱貨物抬出去，一筐筐銀錠抬進船艙，馬、孫、范、陶、林等海商，欣喜之餘，已經開始商量該購買什麼緊俏之物返航，以便兩頭都能有巨額利益可賺。但是他們的會首「李有德」，卻漸漸有些焦躁不安。

連日來，通過大夥的努力，李彤的確收穫到了一些情報，但距離證據確鑿的標準，卻差得甚遠。而此次前來日本，所動用的人脈，資金，都是一個巨大的數字，短時間內，根本沒有重複第二次的可能。

若無功而返，他真不知該如何向王重樓、宋應昌、李如松等人交代。並且，留在長崎的時間越久，被大村家發現眾人等真實身份的可能性就越大。萬一走到放火焚港那一步，他非但沒有絕對的把握帶著大夥兒全身而退，並且無法保證，自己回去之後，不會被扣上「擅離職守、好大喜功、輕開邊釁、蓄意挑起兩國戰端」等罪狀，身敗名裂。

這一晚，李彤又在船頭獨立，海風習習，吹得他衣袂翻飛。望著弧形的夜空上，點點繁星彷彿架起一座璀璨的橋梁，而自己卻在「橋梁」的一端，遙遙不知歸期。一時間，心中不禁嗟然。

再扭頭，看到滿港口桅杆林立，船舶且沉且浮，一排排宛若睡蓮臥波，又忍不住嘆息著搖頭。

假若大明與日本真的簽了合約，海路重新暢通，對大明和日本兩國而言，未必不是好事一樁。但如果真的讓沈惟敬等人得了逞，那些戰死在朝鮮的袍澤們，豈不是全都要死不瞑目？

和約可以簽，但誰勝誰敗，必須說得一清二楚！

海禁可以開，卻必須是雙方你情我願，而不是大明戰敗，迫於日本兵威。

至於皇上要嫁公主給豐臣秀吉這個糟老頭子，也只能隨他去了。作為親生父親，萬曆皇帝都不心疼，自己一介臣民瞎操什麼心？

正在胡思亂想間，忽然聽到遠處傳來一陣急促的馬蹄聲，凝神細瞧，只見一匹駿馬已來到棧橋之上，緊跟著，張維善飛身而下，快步直奔甲板。

「守義，怎麼了？有結果了嗎？」李彤趕緊收拾起紛亂的心思，大步相迎。雙目之中充滿了期待。

果然不負他所盼望，張維善連氣兒都顧不上喘均勻，就一把拉住了他的肩膀，將他直接拖回了船艙，「子丹，我拿到日本對大明所提的議和條件了，全部！」

「什麼？」李彤頓時欣喜若狂，趕緊快走幾步，親手關上了艙門，然後看著張維善將一份公文，徐徐展開。卻沒發現，就在不遠處的一條商船上，有個禿瓢腦袋探出船舷，雙眼之間充滿了怨毒。

第四章　援軍

兩張桑皮紙平攤在桌面上，昏暗的燈光下，黑色的墨跡扎的人眼生疼。李彤死死盯著第一張紙上面鬼畫符般的文字，然後跟另外一張紙上剛剛由朴七翻譯出來的內容逐行對照，拳頭攥得「喀吧」作響。

公文是張維善帶著張樹，冒死從高野山弘家裡偷回來的，上面據說是豐臣秀吉身邊第一軍師石田三成的真跡。而上面內容，則是兩年前大明與日本停戰後，豐臣秀吉給麾下大名的諭示，非但聲稱日軍大獲全勝，眼下退入釜山，是響應大明和朝鮮的請求，給和談創造條件。並且還列出了日方的和談基本要求，以及將朝鮮南部領土賜給有功之士的承諾。在公文的最底部，則再度重申，朝鮮只是日軍進攻大明的踏板。待日軍於朝鮮站穩腳跟，能夠做到自給自足後，將揮師跨過馬寨水（鴨綠江），直撲北京。

「奶奶的，這老賊莫非在發癔症！朝鮮半壁還沒拿到手，居然就敢做夢去攻打北京。」聞訊趕來的鄧子龍，氣得渾身哆嗦，指著公文上紅色的印簽，咬牙切齒。

「看樣子，他真的以為自己打贏了。」張維善最早接觸到的公文，對上面內容也早就聽朴七描述了個大概，所以也最早平息了怒火，留在心中的，只剩下了荒誕，「至少日本國內很多大名都這麼認為。倭軍當年退入釜山，不是被咱們打怕了，而是為了顯示上國風範，應大明和朝鮮使者乞求。如果大明和朝鮮不肯答應這上面的條件，倭寇就隨時從釜山發兵，再度橫掃整個朝鮮。」

「想得美！」李彤低聲怒喝，臉上陰雲密布，心中卻駭然而驚。

如果倭寇此刻突然從釜山殺出，以眼下大明留在朝鮮的數千兵馬，卻真的未必抵擋得住。公文上所說的橫掃朝鮮，也真的未必是一句空話。

正鬱悶得想要撞牆之際，劉繼業忽然旋風般衝了進來。看到張維善，先是微微一楞，隨即大聲調笑：「哎呀，新郎官回來了？怎麼，終於捨得離開你那嬌滴滴的小娘子了？這是什麼？你的婚書？」

唯恐別人敷衍自己，他快速衝到桌案旁，對著朴七剛剛翻譯好的文字，大聲朗讀：「……朝鮮八道中，四道者可還於朝鮮王，四道者，應屬太閣幕下，押大明皇帝金印，中分朝鮮國，可割洪溝……」

才念了不到一半兒，他就氣得滿臉烏青。抬頭看了看李彤、張維善和鄧子龍的臉色，果斷閉上了嘴巴，繼續快速瀏覽朴七翻譯好的全文。

「……婚嫁一件，非與日本者始也。中原自漢朝以來，嫁異國者非無其例。吾非貪其女美色，而期以此慢中原士民之心。十年之後，其無備，而我兵戰馬齊備，火藥充足……」

「恢復貿易，永不禁海。商船往來，以大明之貨物，轉供天下萬國所需。昔日朝鮮以此而日進斗金，其主貪婪且不知如何善用海貿之利，我日本代之，必使府庫充盈，士民豐足……」

「北方四道，雖歸還朝鮮。然朝鮮國王必遣子為質，並且立誓永遠不背叛日本。自和約訂立之日始，朝鮮為大明與日本共同之藩屬。朝鮮國事，凡涉及王位與社稷者，必先奏大明，再奏日本予以定奪……」

……

「以上一事亦不應太閤之意，則再命將士可伐八道……」

……

雖然在數日之前，就斷斷續續從當地日本商人和紈絝子弟嘴裡，聽說過公文上的絕大部分內容。當讀完日本方面對三年前那場戰事的看法以及為和談設立的條件，劉繼業依舊被氣得渾身顫慄，兩眼通紅。

毫無疑問，日本國內大多數人對倭軍在朝鮮的潰敗，毫無所知。而豐臣秀吉無論是否知情，都始終沒放棄他取道朝鮮，攻占大明的夢想。並且所做的一切，都是圍繞著這個宏偉目標。

而大明對和談所提出的三大要求：所有日本人都返回日本，無論軍民。豐臣秀吉為日本國王，取代現在那個傀儡。以及日本發誓永不再侵略朝鮮。卻沒得到豐臣秀吉的任何回應！甚至根本沒傳入日本的一眾大名和百姓的耳朵。

自東征軍奉命回撤之日起到現在，和議之所以遲遲沒有達成，是因為日本和大明兩國，隔著使者在各說各話。而作為大明的和談使者，沈惟敬根本沒將日本人的無理要求，傳回國內。只是一味地拖延，糊弄，甚至有可能暗中已經站在了日本人那邊，合夥欺騙萬曆皇帝和朝廷裡的那一群糊塗蛋。

彷彿回應他心中的猜測般，張維善深吸了幾口氣，儘量用平和的語氣補充：「在日本，豐臣秀吉提出的這七條要求，被稱為秀七條，早就公開諭示給了各地的大名。而這一份，因為豐臣秀吉的五大軍師之首，石田三成親手謄抄，高野山弘為了拍他的馬屁，特地將公文當做墨寶珍藏在了書房裡。我今天帶著朴七和樹兄他們幾個，應邀到高野山弘的弟弟，高野義弘家做客，無意間得知了此物。於是趕緊讓樹兄趁著他們不備，給盜了出來。」

「不會有人注意到你吧？這也太冒險了！」劉繼業聽得悚然而驚，瞪圓了眼睛提醒。「萬一是他們故意洩露給你，然後順藤摸瓜找到這裡……」

「應該不會！」張維善笑了笑，輕輕搖頭，「那高野義弘是個紈絝子弟，就像，就像當年咱們在南京時一樣，終日不務正業。他與我交好，乃是故意跟朝長太郎鬥氣。兩人不睦之事，長崎這邊所有紈絝子弟都知道。並且樹兄拿這份公文之時，是趁著天黑偷偷潛入書房裡拿的，從始至終，我都沒踏入那邊半步，並且身邊始終跟著其他紈絝。」

聽他做得如此仔細，李彤和劉繼業兩個，都悄悄鬆了一口氣。正準備將公文藏好，以便日後作為證據帶回大明，卻又聽見他咬著牙補充道：「高野山弘雖然表面上已經不再是大村氏的家臣，暗地裡，卻一直是大村氏安排在商販中間的傳話人。所以平素跟高野義弘混在一起的紈絝子弟，個個都非富即貴。今天到他家做客的紈絝子弟，有個叫淺野幸長的傢伙，應該曾經是光子的仰慕者。為了打壓我，故意問我，大明的使者，何時才能到達日本，接受豐臣關白的訓示，簽署早就答應好的條約？並且警告我，不要拖延時間，以圖整軍備戰。」

「奶奶的，到底誰在拖延時間整軍備戰，這不是倒打一耙嗎？」顧君恩恰好匆忙闖入，聽見了張維善的話，頓時火冒三丈。

「在日本人看來，是咱們！」扭頭看了他一眼，張維善苦笑著搖頭，「豐臣秀吉、朝長太郎、高野山弘，還有今天那些去高野家赴宴的貴客，卻都認為兩年前，是大明打了敗仗，向日本求和。而和約一直拖到現在還沒簽署，已經讓很多人覺得忍無可忍！並且他們都認為不能再給大明整軍備戰的時間，必須早日出兵，讓大明徹底認清形勢。」

這簡直和大夥兒來日本之前的想法一模一樣，登時讓李彤、劉繼業和顧君恩等人，在憤怒之餘，愈發覺得整個事情的荒誕。

鄧子龍年齡是大夥的兩倍還多，所以遠比大夥謹慎，皺了皺眉頭，低聲插嘴，「高野義弘難道沒有阻止他們？眼睜睜地看著他們羞辱你？」

「當然阻止了，但是，我是戰敗國的臣民，除了有錢之外，其他都不值得別人尊敬，所以，阻止沒啥效果。」張維善聳聳肩，苦笑著搖頭，「而我當時，想要從他們嘴裡套話，就故意裝作對和約的內容一無所知，甚至跟他們唱了好幾次反調，說日軍當時如果沒輸，為何要退往釜山。氣得淺野幸長火冒三丈，逼著高野義弘從其兄的書房裡，把被裱糊起來當字畫收藏的公文拿出來給我看。然後我就跟他們拚了一晚上酒，直到樹兒得了手。」

這就是真正經歷過大風浪的人，與尋常紈絝子弟的分別。當時哪怕再氣再急，他都沒忘記自己的主要目的。而那群活在父輩庇護下的「家雀兒」，怎麼可能是他的對手？不知不覺間，就被他耍了個團團轉。

「此外，我還反覆從他們口中得到證實，大明已經答應豐臣秀吉所提的七個條件，咱們的沈大將軍，年初來日本之時，已一口答應下來。這次如果再到日本，就會帶著大明皇帝的降書，當面兒與豐臣秀吉簽署和約。」

「沈大將軍？哪個沈大將軍？」劉繼業氣得頭髮根根倒豎，厲聲質問。隨即，將手重重一拍桌子，自己已經找到了答案，「他娘的，是沈惟敬那個狗東西！賊子敢爾？」

「不是他一個賊子，而是一群。」張維善看了他一眼，咬牙切齒地糾正，「沈惟敬膽子再大，也沒本事在降書上用印。而和約簽署之前，總得經過禮部的審核，首輔和皇上的確認。能將秀七條，偷偷替換成大明提出的那三個條件，兩相對照還能不出紕漏，也絕非沈惟敬一個小小的游擊將軍所能辦到。」

話音落下，在場眾人心裡又是一片冰涼。

這兩年，大夥雖然不在北京，但京師裡有關「和議」的一舉一動，都會很快傳入他們耳中。大明朝從上到下，幾乎所有針對日本的準備，都是建立在日本主動請和，並且宣布接受大明所提出的那三項條款之上。為此，還提前制定了一整套冊封豐臣秀吉為日本國王的流程。年初時，朝中的「和議派」擔心日本人不通天朝禮法，在正式冊封時鬧笑話，甚至還派沈惟敬先赴日本，跟豐臣秀吉當面商談具體流程。後者去的時候，也專門帶了蟒龍衣、玉帶等貴重物品，以示大明對豐臣秀吉的關愛。

據說沈惟敬的日本之行，極為順利。豐臣秀吉接到蟒袍時，也極為感動，當場帶著麾下幕僚，向西跪拜，三呼萬歲。當這個消息傳到海防營，大夥都以為豐臣秀吉是為了緩兵之計的施行，而故意做戲。現在看來，大夥全都想錯了。所謂豐臣秀吉向西而拜，三呼萬歲，居然跟日本向大明「請和」一樣，又是沈惟敬和小西行長等人編造出來的謊言。

整整兩年半時間，謊言一個接著一個，大明萬曆皇帝，居然自始至終都被蒙在鼓裡，那麼多錦衣衛，那麼多監察御史，居然全都成了擺設。

如果沈惟敬憑藉自己一人之力，就能做下如此驚天騙局，那簡直是羞辱大夥的智力。可如果不是沈惟敬一個人騙倒了大明的半數官員。那大明的薊遼經略衙門，大明的禮部、兵部、吏部、督察院，甚至內閣裡，會有多少人是他的同謀！

「老子不管了！」許久，許久，劉繼業忽然重重地將公文朝桌上一拍，大聲叫嚷，「姐夫，就按你前幾天說的那樣，咱們把這份公文帶回大明去，公之於眾。至於皇上幡然悔悟也好，繼續幫著別人騙自己也好，都不關咱們的事兒了。」

「僉事，請恕屬下多嘴，這事兒，恐怕王總兵、李提督，也管不了！」顧君恩跟劉繼業一樣，也被自暴自棄的情緒占據了整個身心，「這早已不是什麼緩兵之計了！這是一群奸賊合著夥糊弄皇上，糊弄國家。兵部尚書石星，在裡邊恐怕都只是一個嘍囉。咱們摻和的越深，今後處境越是危險。」

「對對對，姐夫、鄧舶主，咱們這就離開長崎。」聽到有人支持自己，劉繼業愈發不願意繼續管「議和」的爛帳，紅著臉再度強調，「咱們做到這種地步，已經對得起皇上了！咱們現在回大明去，把真相揭開，至少能阻止沈惟敬繼續趕過來遞交降書，簽署喪權辱國的和約。雖然降書是假的，假和約簽署過後，朝廷也完全可以不認帳。可沈惟敬這游擊將軍和大明使者的身份卻是真的。大明從上到下，整整兩年半都被人當了傻子，也是真的。」

「如果現在回去，還可以趕在戰事再起之前，多做一些準備。」鄧子龍在旁邊聽了片刻，也鬱鬱地開口，「正如李老闆前幾天所說那樣，這東西只要被公之於眾，大明肯定找不到一個人，敢冒著天下百姓的唾罵，堅持簽署。而按照這公文上所述，只要秀七條中任何一條，大明不肯答應，倭寇就會再次傾巢而出。」

「的確，大明和日本的議和，完全建立在隱瞞和欺騙上。將雙方的條件都擺到明處了。議和肯定就繼續不下去了。到最後，雙方還得戰場見真章。咱們早一天回去，就能早一天厲兵秣馬。」顧君恩再度接過話頭，低聲補充。

有一句話，他沒敢當眾說出來，卻禁不住自己往那方面想。那就是，萬一，萬一大明萬曆皇帝，也跟沈惟敬是一夥呢？

皇上不願繼續在朝鮮跟倭寇耗下去了，想早點兒了結此事。所以假裝不知道還有「秀七條」的存在，默許了沈惟敬欺騙自己。那樣的話，大夥將來要面對的仇家，就不止是某個經略，某個尚書，或者某個閣老。大夥下場，一定會慘過岳飛和于謙。

他還年輕，他提著腦袋於戰場上廝殺了那麼多年，才終於爬到了游擊之職。他還沒來得及好好地享受權力，以及權力所帶來的一切。他不想死於某個莫須有的罪名，甚至粉身碎骨！

「守義，守義，你的意思呢？我姐夫最聽你的，你有什麼打算，趕緊說！」唯恐大夥的話不夠分量，劉繼業又開始低聲催促張維善。

「大夥所言都在理！」張維善無可逃避，只能緩緩點頭。剎那間，心中又痛得宛如針扎。

如果現在就不告而別，跟朝長光子這輩子恐怕就永無相見之日了。可如果堅持留在長崎，就是拿大夥性命冒險。甚至到頭來不為大明和日本雙方所容，死無葬身之地。

事關無數將士性命，自己那點兒女情長，他只能忍痛放到一邊。正準備也幫著劉繼業勸說李彤幾句，卻看到好朋友輕輕搖頭。

「大夥所言全都在理，但是，咱們卻不能走。」像是在安排明天中午的伙食，李彤聲音聽起來非常平靜。「至少，不能今晚就走。」

「為什麼？姐夫，你要的白紙黑字，不是已經拿到手了嗎？」劉繼業楞了楞，質問的話脫口而出。「姐夫，當斷不斷，反受其亂，萬一大明的使者來了，發現咱們也在，肯定會聯合倭寇，向咱們痛下殺手。」

這是他突然想到的一個必須離開的理由。沈惟敬及其同夥，既然鐵了心要跟日本簽署和約，就不能容忍中途有任何差池發生。而他和李彤、張維善兩個，不僅僅跟沈惟敬打過照面兒。因為曾經率部回北京接受校閱，在當朝的大部分文武官員眼裡，他們的面孔都不陌生。

「白紙黑字是拿到手了，但是光有此物，分量卻還不夠。」李彤當然知道，在長崎多逗留一天，就會多面臨一倍的危險，然而，卻繼續固執地搖頭，「我前幾天，把事情想得太簡單了。畢竟這只是兩年多以前，豐臣秀吉所提。如果朝堂上，有太多的人與沈惟敬是同謀，沈惟敬可以對皇上解釋說，這是日本人在漫天要價。而他最後，沒有答應一個字，卻說服了日本人，讓後者接受了大明所提的所有條件。」

「這……」從沒想到過，秀七條被公之於眾後，居然這麼容易就能被化解，眾人頓時面面相覷。

而在下一個瞬間，大夥心裡頭，卻又不得不嘆息著承認，這種可能性非常大。

一個沈惟敬圓不了彌天大謊，可如果有薊遼經略顧養謙替他背書呢？如果顧養謙的分量還不夠，再加上兵部尚書石星、吏部郎中顧憲成呢？如果顧養謙、石星、顧憲成還不夠，還可以再加上趙志皋這個首輔，加上其他若干尚書，郎中，監察御史……。

整個東征的戰果被盡數葬送，兩年半的時間被白白耽擱，某些人為了保證議和的順利，甚至對有功將士痛下殺手。如果議和變成了笑話，得多少官員的烏紗帽不保，多少「才俊」身首異處？而圓住這個謊，哪怕過後再編造新的謊言，說豐臣秀吉悍然毀約，就能讓多少官員得以繼續竊據高位，作威作福？

所以，李彤說他先前想得太簡單了，絕非臨時為了讓大夥繼續陪著他冒險，而尋找的藉口。事實上，不但是他一個人先前把事情想得太簡單了，大夥都把事情想得太簡單了。

大夥在兩年多之前，就把事情想得太簡單了，所以才會遭受那麼多挫折。大夥出發來日本之前，就把事情想得太簡單了，所以才會被一個又一個接連發現的真相，打擊得無比頹唐，沮喪，甚至想要半途而廢。

大夥之所以總把事情想得太簡單，是因為大夥心中一直對大明，對大明朝的柱石之臣，懷著一線期待。而這份期待，越來越像深夜裡螢火蟲的尾巴，既沒有任何溫度，也為大夥照不清楚前進的方向。

「咱們已經來了。」就在眾人即將被無形的黑暗生生吞沒之際，李彤的聲音忽然又在大夥耳畔響了起來，「總不能半途而廢，更不能對支持和關照過咱們的人，沒有半點兒交代。鄧老舶主曾經說過，事在人為。我最近幾天，也探聽到一個消息，咱們大明的使者，已經從釜山出發，很快就要抵達日本，與豐臣秀吉會面。無論他像日本人說的那樣，是前來送降書也好，還是奉皇上之命，前來冊封豐臣秀吉為日本國王也罷，長崎都是他的必經之處。屆時，不管他能不能認出我來，我都會親自登門拜訪。」

「什麼，姐夫，你不要命了！」劉繼業再度被嚇得寒毛倒豎，勸阻的話脫口而出。

還沒等大夥來得及附和，夜空中，忽然傳來一陣急促的馬蹄聲。「的的，的的，的的的……」，緊跟著，停在桅杆上的海鳥振翅而起，啼鳴聲響徹海面。

大夥心中警兆頓生，顧不得再勸阻李彤，紛紛快步走向窗子。目光透過漆黑的夜幕，赫然發現，數百頂盔摜甲的倭兵殺上了碼頭，剛刀與鳥銃在火光的映照下，寒氣逼人。

一個尖嘴猴腮的人站在隊伍前，雙手舉刀，扯著嗓子高聲喝令：「船上的人聽著，搭上跳板，打開艙門，全體接受盤查，否則，格殺勿論！」

「不好，輕敵了！」剎那間，李彤的心臟就沉到了海底。

沈惟敬之所以能騙得朝廷文武百官團團轉，靠得肯定不止是他那些同謀。日本這邊，秀七條已經抛出了兩年多，卻沒有被錦衣衛傳回大明，恐怕也未必是所有錦衣衛或者他們的關鍵上司，都已經被沈惟敬買通。小西行長等人為了達成目標，暗地裡，肯定會派遣心腹，嚴防死守，而只要其中有一個在朝鮮戰場上與自己照過面兒，大夥兒的真實身份就會暴露無遺。

「姐夫，我去組織鳥銃手。你趕緊派人扯起風帆！」劉繼業心大，膽子也大，沒等李彤想出應對之策，就搶先提議。

「且慢！」顧不上再懊悔自己疏忽大意，李彤果斷拉住了他的胳膊，「關叔他們今晚去了岸上，周建良、崔永和也跟他在一起！」

「啊？」劉繼業嘴裡發出一聲無力的呻吟，腳步再也無法再挪動分毫。

大隊的倭兵已經殺到了家門口，而自己這邊卻仍有幾員悍將，奉命在城裡尋歡作樂。雙方如果現在就動起手來，自己這邊非但撈不到太多好處，即便成功衝出港口，關叔和周建良等人，恐怕也在劫難逃。

「你去照顧王二丫和你姐姐，順便把二丫的家丁，全都召集到一起。等會萬一事態無法挽回，你就帶著他們先去佛郎機船上。那艘船修得差不多了，需要的水手也遠少於沙船。趁著這邊還能吸引倭兵的注意力，你們先行突圍。」沒功夫安慰自己家小舅子，李彤只管給他分派任務。

隨即，又迅速將目光轉向張維善，「守義，你去其他所有人都喊起來。叫大夥分頭準備。我先跟來人應付一陣，拖延時間！」

「好！」張維善在關鍵時刻，從不含糊，答應一聲，轉身就走。

「姐夫，你自己也小心！」劉繼業猶豫再三，終是選擇了奉命行事。拋下一句叮囑，也快步奔向了後艙。

此刻，休息的水手和士卒們都已被驚醒，一個個費力地揉著眼睛，茫然不知所措。而當他們發現張維善邁步匆匆自大夥面前跑過，雙手不停地在燭光下揮動，竟是熟悉的作戰暗號。頓時，全都想起了自己的真實身份和職責，抄起傢伙，奔赴炮位，桅杆和船舵。

「船上的人聽著，搭上跳板，打開艙門，全體接受盤查，否則，格殺勿論！」

「船上の人が聞いています……」

棧橋上，尖嘴猴腮的傢伙遲遲得不到回應，叫嚷得越發響亮。一會兒用大明官話，一會兒用日語，交替重複。

長崎港裡的船隻，陸續被叫嚷聲和盔甲撞擊聲驚醒，一個接一個亮起了燈。有不少膽大包天的海客，直接光著膀子走上了甲板，朝著叫嚷聲起處翹首以盼。

長崎港對來往船隻一向寬容，很少出現當地倭兵為難海客的情形。所以，在此販賣貨物或者銷贓的海客和海盜們，日子未免過得有些沉悶。今夜忽然發現有熱鬧可看，大夥豈肯輕易錯過。

然而，熱鬧的進展，卻讓他們多少感覺有些失望的。被倭兵用鳥銃和刀劍指著的那艘沙船，既未放下跳板接受前者的搜查，也沒選擇武力抵抗。只有那個最近在長崎出足了鋒頭，也賺足了錢財的李有德老闆，文縐縐地站在船舷後朝棧橋方向拱手，「在下是這條船的貨主李有德，敢問我等究竟犯了什麼事兒，居然令諸位如此興師動眾？在下記得，就在數日之前，今道家老，朝長家老和高野老闆，還一起向李某保證，長崎絕對不會無緣無故為難客商！如今他們三個的話音未落，諸位就用鳥銃和刀劍指著李某，可不是做生意的長久之計？」

這幾句話，看似平平淡淡，每一句，卻都暗藏玄機。首先，長崎港之所以受到海商和海盜們的追捧，就是因為這裡相對來說守規矩，無緣無故不會找茬敲詐勒索。其次，今道、朝長兩位家老，和長崎港商會的掌舵人高野山弘，聯手為大村氏牢牢控制著此地。在長崎港內為難他們的客人，就等同於打大村氏的臉。第三，做生意講究一口吐沫砸個坑，言出無悔，今道、朝長和高野三位家老的和前家老的承諾，如果都做不得數，那長崎港內所有日本人，究竟還剩下誰可以被往來海商相信？

「你，你休要，休要狡辯！」沒想到會面對如此犀利的質問，尖嘴猴腮的倭兵頭目心裡頓時有些發虛，又用力揮了幾下手中倭刀，大聲呵斥，「你們犯了什麼事情，你們自己清楚。趕緊放下跳板，接受搜查。否則，否則……」

「這位官爺請看！」沒等他琢磨好，該用哪種程度的威脅逼「李老闆」就範比較合適，沙船的鄧船主，已經快步走到了船舷旁，雙手高舉一張蓋滿紅色印記的紙，聲若洪鐘，「本人是這條船的船主鄧二虎，這是異國渡海朱印狀，貴國關白有令，凡是持此物者，皆可以自由出入貴國的長崎港，無需接受任何盤查。」

這，可比「李有德」的話，更具備說服力。頓時，令尖嘴猴腮的倭兵頭目，氣焰又下降了數分。猶豫再三，才硬著頭皮解釋道：「鄧船主、李老闆，你們聽著，鄙人小倉雄健，並非有意為難你們。鄙人，鄙人今晚收到舉報，說你們的船上，有刺探我國軍情的朝鮮奸細。現在請你們放下跳板，打開所有艙門，配合鄙人的調查！如果查明是被人誣告，鄙人自然會給你等一個交代。」

說罷，又趕緊用日語大聲重複，彷彿唯恐附近船上看熱鬧海客們誤會自己在敲詐勒索，或者對鄧姓船主手中那張朱印狀不夠尊敬一般。

「呵呵呵，呵呵……」四下裡，立刻響起了一陣竊笑。眾看熱鬧的海客好生失望，打著哈欠從甲板上消失了一大半兒。

如果尖嘴猴腮的倭兵頭目說話的語氣沒有發生變化，或者直接無視了朱船主手中那份朱印狀，大夥即便再睏，也會堅持把熱鬧看到底。而現在，沒等沙船奉命放下跳板，尖嘴猴腮的倭兵頭目自己先退讓了半步，很顯然，雙方發生劇烈衝突的希望已經非常渺茫。即便最後倭兵真的如願登上了沙船，走過場的性質也遠遠大於實際。

「看樣子，不是小西行長的爪牙。」李彤自己心裡，也悄悄鬆了一口氣。笑著搖了搖頭，柔聲對尖嘴猴腮的倭兵頭目做出了回應，「小倉將軍，在下乃是大明海商，奉了家族之命，前來長崎探路。沿途並未在朝鮮停泊，怎麼可能有朝鮮細作藏到船上？你既然都懷疑是有人蓄意誣告了，就不必登船了吧？李某前幾天，還在船上招待過朝長家老和高野會首，他們兩位慧眼如炬。如果李某的夥計中藏著朝鮮奸細，他們怎麼可能認不出來？要不然，我把夥計和水手們，都叫到甲板上來，您挨個重新檢查。如果有誰看起來像是朝鮮細作，李某絕不包庇！」

「這……」尖嘴猴腮的小倉將軍原本就心虛，想到朝長家老沒發現奸細，自己卻親手揪出了奸細的後果，頓時心中就敲起了小鼓。正準備順手推舟，答應「李有德」將夥計叫到甲板上敷衍了事，身背後，卻又響起了一個憤怒的聲音，「別聽他狡辯，他船上的通譯，就是朝鮮人。還有，我手下的家族武士，今晚看到另外一個貨主，急匆匆跑了回來。然後他們就在客艙中密謀了好長時間。你儘管上去搜，如果查不到他們對日本不利的證據，我來負責收拾。」

他說的雖然是日語，但是，聲音裡那種妒火中燒腔調，卻無法掩飾。恰好張維善從底艙返回，立刻衝到船舷旁，手指直接點向了尖嘴猴腮的小倉將軍背後，「朝長太郎，有種你就站前面來，藏頭露尾，算什麼東西？」

「原來是這小子在搗鬼！」話音落下，李彤心中又是一鬆，知道今晚這件事，八成不是由於己方身份暴露，而是因為爭風吃醋。於是乎，也撇了撇嘴巴，大聲呵斥：「朝長君，你如此胡作非為，可對得起你的父親？他畢生所願，就是通過長崎港的繁榮，恢復大村氏昔日輝煌。而你，不肯幫他的忙罷了，還試圖將他所有心血，毀於一旦！朴七，翻譯！」

「是！」原本還因為張樹奉命盜取公文而忐忑不安的朴七，立刻來了精神。扯開嗓子，將李彤的話，原汁原味翻譯成了日語，大聲吼出，唯恐周圍聽見的人少。

臨近幾艘船隻上的看熱鬧者當中，懂得大明官話者不多，懂得日語者卻不少。立刻添油加醋，將朴七的翻譯結果給傳播了開去。登時，竊笑聲，起哄聲，撩撥聲，此起彼伏。幾乎所有聽了翻譯結果的人都認定了今晚之事，為朝長家老的兒子朝長太郎蓄意誣告。特別是那些曾經親眼目睹過雙方上一次衝突的看客，撩撥的極為賣力，唯恐朝長太郎不夠羞惱，跟沙船上另外一位事主的衝突，再度無疾而終。

而先前還都殺氣騰騰的倭兵們，則瞬間士氣一落千丈。甚至其中不少人，低下頭去，對又矮又胖的朝長太郎怒目而視。

就在此時，夜幕後忽然又傳來了一陣急促的馬蹄聲響。緊跟著，又有數十名騎兵，跨在從朝鮮搶來的戰馬背上，如飛而至。為首的那名頭目，明顯地位比小倉雄健高。一路上根本不做任何停頓，徑直衝到後者面前，傲然吩咐：「この件は私が引き受けます……」

朴七趕緊豎起耳朵，一邊聽，一邊快速向李彤和張維善兩個翻譯，「此人乃是大村喜前手下的足輕將軍齋藤孝之，正在命令小倉番組長，接受他的指揮。他接到了高野義弘的報告，說丟了一份重要公文。而今天張老闆曾經帶著手下，在他家做客。壞了，果然是圈套！高野義弘跟朝長太郎表面不和，暗地裡卻是一夥的！聯手設下圈套，給，給咱們……」

說到最後，他的聲音已經發顫。李彤聞聽，立刻笑著拍了拍他的肩膀，低聲安慰：「沒事兒，捉賊捉贓。今天那麼多客人，總不能因為張老闆來自大明，就理應被懷疑。你也沉住氣，高野義弘和朝長太郎彼此之間裝了多年的勢同水火，肯定不是因為你。」

最後一句話，卻是對張維善說的。剎那間，就讓後者心中的自責，減輕了許多。而站在張維善身側的張樹，更是長出一口氣。迅速打消了悄悄跳入海中自盡，以掩護自家少爺的念頭。

正當張樹在暗暗慶幸，好歹自己剛才猶豫了一下，沒有將想法付諸實施之際。卻又看到棧橋上的足輕大將齋藤孝之打馬上前，揚起一張滿臉鬍碴的面孔朝著船上大聲命令：「みんな聞いています……」

身旁的通譯立刻高聲將他的命令，變成了大明官話：「所有人聽著，將軍大人說了，你們既然是今道家老的貴客，他自然會以禮相待。但今天高野家丟失的公文實在過於重要，他必須要親自登船搜查！」

語畢，忽然又加重語氣補充：「這是例行公事，希望你們配合。」

「不能讓他們上船！」鄧子龍湊到李彤耳畔，低聲提醒，「小心他們趁機栽贓。這種齷齪手段，任何衙門都輕車熟路。」

李彤深以為然，再度拱起手，故作恭敬狀，「齋藤將軍，今夜已深，而且船上尚有女眷，不如等明日上船檢查如何？反正，我們還有不少貨帳沒收上來，不可能今夜就走！」

這個理由，足夠充分。誰料，被朴七在旁大聲翻譯成日語之後，對面的齊藤孝之，卻立刻變了

臉色，聲音隨即變得極為高亢，「酒を勧めないで食べないでください……」

一旁的通譯也跟著聲色俱厲：「將軍大人說了，他必須今夜登船！你們若是心裡沒鬼，就應該儘早自證清白。將軍大人已對你們足夠客氣，爾等不要不識抬舉。」

「這廝肯定跟朝長太郎早有勾結，絕對沒安好心！」劉繼業與王二丫從後艙門口聯袂出現，快步走到李彤身側，小聲提議，「姐夫，既然他想來硬的，咱們乾脆將計就計，讓他上船。然後趁機將其抓住，開船離開長崎！等天明後，再跟大村家走馬換將。」

生怕李彤不同意，王二丫也在旁邊低聲補充：「關叔是老江湖了，聽聞咱們這邊有事，肯定會隱匿行跡。有他在，姐夫你不必為任何人擔心。」

這顯然是二人跟劉穎商量過的意見，頓時讓李彤就開始猶豫。然而，就在他準備用言語發出邀請的剎那，眼角的餘光，忽然發現朝長太郎臉上隱約有得意的表現一閃而逝。

心臟猛地一抽，他果斷改變了主意。沉聲向鄧子龍吩咐：「走不得！他們必有後招！鄧舶主，你去船尾看看，是否有船在靠近我們？」

聽到這句話，所有人都緊張起來。鄧子龍則不發一言，快速奔向船尾。他的好兄弟張維善，則接替他的職責，開始說廢話拖延時間，「齋藤將軍，請您不要受小人挑撥。張某今天的確受邀到高野家做客，可從頭到尾，都沒離開過高野義弘的視線。如果你因為張某來自大明，就懷疑張某的清白。那張某回去後，必然將在長崎的遭遇，如實向所有前來詢問的同行彙報。」

說罷，又迅速向張樹使了個眼色，待其離去後，換了另外一種語氣，柔聲補充道：「齋藤將軍，張某與朝長君的恩怨，人盡皆知。此事雖然是因他誣告而起，但大半夜讓您興師動眾，張某心裡也著實過意不去，小小禮物，不成敬意。」

話音剛落，張樹已經去而復返。手裡托著一個小巧的箱子，與前幾天展示給當地豪商們看的，裝著白雲峰龍井的箱子一模一樣。

由於有蘇軾在宋代的詩詞加持，白雲峰龍井，這幾天在長崎已經賣到了寸葉寸金的地步。誰料，齋藤孝之卻根本不為之所動。沒等張維善命人將箱子送下來，就厲聲呵斥：「このセットを畳む……」

「他說，讓您收起這一套。否則，他會向你提出決鬥，維護武士的榮譽！」朴七快速翻譯，對此人的油鹽不進，好生無奈。

話音剛落，鄧子龍已經快步返回，臉色無比凝重，向李彤彙報的聲音，聽起來卻平靜無波，「有十三條戰船，人字形排列，堵住了港口出口。」

「知道了！」李彤明白，今晚之事，已經徹底無法善了，哪怕自己答應讓齋藤孝之登船檢查，恐怕結果也是一樣。因此，也沒有表現的太過意外。稍作遲疑，就低聲開始給大夥布置任務。

「李盛，放下跳板，讓他上船。永貴，你和二丫做好準備，看到我的手勢，立刻將他拿下。守義，你快去替代周建良，聽到我這邊動手，就發炮轟擊碼頭。鄧船主，你負責操船，咱們且戰且退！我就不信，把這長崎港化為一片火海，咱們還不能渾水摸魚逃出去！」

話音一落，眾人皆熱血沸騰。

周圍船隻上的看客，雖然聽不到他在說什麼，一個個卻全都憑藉經驗，判斷出可能會有大熱鬧可看。剎那間，一傳十，十傳百，如同聞見血腥味道的鯊魚般，拚命向沙船附近處湊了過來，絲毫不擔心被殃及無辜。

既然他們不怕死，李彤也懶得考慮是否會殃及無辜。裝出一副笑臉，重新回到張維善身側，正要宣布答應齋藤孝之的登船檢查要求，突然間，卻發現遠處有火焰騰空而起。

他的臉上，立刻寫滿了驚愕。與此同時，心中則欣喜若狂。果斷手指火焰騰起處，扯著嗓子大聲提醒，「走水了，走水了！港內走水了！是十字教的教堂那邊，天啊，那邊可全是木頭房子！」

齋藤孝之早已等得不耐煩，正要下令強行上船，忽聽李彤大喊大叫，心知不妙，倉皇扭頭，只見長崎城內，濃煙伴著火光扶搖而上，頃刻間，就燒紅了半邊天。

第五章 大明

「快快地，跟我回去救火！」顧不上再找沙船的麻煩，齋藤孝之下意識地便要回城救火。可就在馬頭撥轉的那一瞬間，他心中突然產生了一個詭異的念頭。緊跟著，猛地拉住韁繩，再度轉過身，吼得聲嘶力竭：「統統跟我上船搜查，敢阻攔者，格殺勿論！」

朝長太郎最想聽到的便是這句話。怪笑著從身邊隨從手裡搶過一支鳥銃，遙遙對準情敵「張發財」的胸口，「放下跳板，接受盤查。敢阻攔者，格殺勿論！」

其餘倭兵們楞了楞，猶豫著舉起武器，向前推進。李彤日語能力有限，雖然聽不太懂齋藤孝之和朝長太郎在喊什麼，卻從對方的動作裡，猜到了倭人的打算。因此，也無暇再去考慮城內的大火能不能夠被自己所利用，果斷舉起手臂，大吼道：「所有人，聽我命令——」

「足を止める！足を止める（停下腳步）！」就在這千鈞一髮之際，遠處又有數匹駿馬狂馳而至。帶隊的頭目，如同齋藤孝之先前一樣囂張。直到雙方的坐騎差點撞在一處，才猛地拉住了韁繩，破口大罵：「馬鹿？莫迦もの……」

齋藤孝之的臉色，瞬息數變。放在刀柄附近的右手，不停地開開合合。卻終究沒有勇氣對來人拔刀，到最後，只能悻悻跳下戰馬，躬身謝罪。然後又不情不願朝著沙船躬了三次身，轉頭招呼起麾下嘍囉，狼狽而去。

「まだ消火に行きません！」來人一不做，二不休，撥轉坐騎，朝著小倉雄健厲聲斷喝。後者早就不想繼續蹚今晚的渾水，立刻如蒙大赦。招呼起麾下弟兄，撒腿就跑。

「今晚多有冒犯，還請諸位貴客多多包涵。今道家老對此事並不知情，待明日一早，他定會給諸位一個交代！」來人飛身下馬，也朝著沙船躬身。這次，卻是字正腔圓的大明官話。

「將軍客氣了……」李彤和張維善等人，驚喜莫名，連忙拱手還禮。正待跟此人交談幾句，試探一下其根柢。卻見對方猛地又飛身跳上了坐騎，帶著麾下隨從，風一般消失在了火光下的長崎城中。

「噢，噢，噢……」再一次沒有看成熱鬧，周圍船上的海客和海盜們，大失所望。一個個跺腳拍手，鼓噪不已。甚至還有些性子野的，抓起身邊木板，陶罐兒等物，「劈里啪啦」朝水裡丟。簡直恨不得自己替代朝長太郎，跟仗勢欺人的「張發財」一決勝負。

然而被他們忌恨的目標「張發財」，卻沒有功夫理睬這些挑釁。目送最後來的那名倭兵頭目遠去，他終於悄悄鬆了一口氣。隨即赫然發現，自己後背處的衣衫，早已被冷汗濡透！

剛才的衝突，前前後後加起來，不過才一刻鐘時間。然而，這一刻鐘裡，他和李彤等人所面臨的壓力，絲毫不亞於兩年半之前的朝鮮戰場。

在朝鮮戰場上，雖然選鋒營兵力始終捉襟見肘，可每次作戰，對手都很明確，地點可以選擇，他和李彤可以隨心所欲地施展各種計謀，甚至想打就打，想走就走。而今晚，他們卻被困在了船上，各種計謀都無從施展，兩側和正面各有一座倭人的炮臺，萬一交起火來就要面對數十門萬斤大佛郎機的狂轟爛炸。

以上這些，其實還不足以令人感到恐懼，更要命的是，他們直到最後一個倭兵離開，都沒弄清楚到底誰幫了自己，自己的對手又究竟是誰？

「老朴，那人跟齋藤孝之和小倉雄健都說了什麼？他身份很高嗎？為何二人都對他畢恭畢敬？」帶著滿肚子疑問，張維善將目光轉向了朴七，非常認真地向後者請教。

「老闆，屬下，屬下剛才太過緊張了，沒，沒有聽太清楚。」朴七滿臉慚愧，連連撓頭，「好像是什麼重要人物，罵了齋藤孝之一頓，勒令齋藤孝之那廝不准冒犯咱們。而對小倉雄健的話則是讓他立刻帶隊去城裡救火。至於身份，當時屬下無法看清他鎧甲上的標識，但是，倭國這邊等級森嚴，他既然在齋藤孝之面前連馬都不用下，應該身份遠在後者之上！」

「嗯……」張維善沉吟著點頭，隨即將目光轉向好兄弟李彤，希望在後者那裡，能得到一些解答。卻失望的發現，一向反應敏捷的好兄弟，也滿臉茫然地將頭轉向了自己，雙目之中充滿了期待。

下一個瞬間，兄弟二人大眼瞪小眼兒，相對苦笑著搖頭。隨即，就又齊齊將目光轉向了船艙，準備回去緊急商量接下來的動作。誰料，還沒等邁出第一步，岸邊又響起一陣大呼小叫，循聲細瞧，卻是關叔、老何、周建良，興高采烈地跑了回來。

「關叔，老何，周管事，真有你們的，幹得漂亮！」劉繼業恍然大悟，旋風般抓起跳板，搭在了船隻和棧橋之間。然後，揮舞著手臂，快步相迎，「你燒得好，燒得妙，燒得呱呱叫！這一把火燒下去……」

「放火？姑爺你說錯了，這火可不是我們放的。」關叔楞了楞，轉頭看向被火光映紅了的天空，然後趕緊連連擺手，「我們幾個，早就回來了。剛才一直在遠處商量，萬一你們打起來了，就……」

猛然意識到周圍可能有人偷聽，他果斷閉緊嘴巴，快步走上甲板。然後忽然用極低的聲音，向李彤、張維善和劉繼業三人彙報，「我們剛才準備，只要這邊打起來，就從背後動手，殺倭寇一個猝不及防。後來看到倭寇走了，就又自作主張跟踪了一段，以免被他們殺個回馬槍。」

「火真的不是你們放的？」劉繼業依舊無法相信自己的耳朵，仰臉望向被火光照紅的天空，喃喃追問，「那是誰放的？不早不晚，偏偏就在咱們遇到危險的時候？姐夫，這長崎港裡頭，莫非還藏著咱們的幫手？」

最後這句，卻是對李彤而問。後者想都不想，立刻搖頭否認。「沒有！即便有，也不是我安排的，更跟咱們以前沒有過任何聯繫。」

「啊！那就奇怪了？」劉繼業的眉頭皺成了川字，從天空中收回目標，瞪圓了眼睛左顧右盼。

火光下的港口，已經慢慢恢復了寧靜。帶著腥味的海風，輕輕晃著大大小小的船隻，如同母親的手臂，在晃動一隻隻搖籃。滿港的燭光，也跟著海風左右搖曳，宛若繁星閃爍。

良辰美景，讓人迷醉。然而，大夥兒卻誰也不敢分神。迅速從海面上收回目光，開始檢視自身所處環境。

碼頭上的倭國將士都已經散去，扼守在港口兩端和正面的三座炮臺，今夜一直沒見動靜。沙船周圍的大大小小上百艘海船，原本都可以視作兩不相幫的過客，現在看來，大夥先前恐怕過於輕敵了，朝長太郎的下屬，能清楚地記下「張發財」今天什麼時候回的船，並且能看到大夥在沙船的客艙中議事，很顯然，他們連日來就藏在附近的一艘海船上，悄悄觀察著大夥的一舉一動。

至於先前大夥跟齊藤孝之對峙時，偷偷跑去封鎖長崎港出口的那十三艘戰艦，肯定對大夥也沒懷著什麼善意。只是後來齋藤孝之被另外的倭國將領罵走，導致那十三艘戰艦失去下手的理由和機會而已。

「鄧舶主，你再去查看一下，那些戰艦還在不在？」想到剛才差一點要同時面對炮臺和戰艦的夾擊，李彤就感覺不寒而慄。連忙叫過鄧子龍，委托他重新打探長崎港出口那邊的動靜。

「是！」鄧子龍雖然年紀是他兩倍有餘，卻從來不倚老賣老。答應一聲，手腳並用，飛快地爬上了主桅杆。借著天空中的火光向四周張望了片刻，然後又拉著一根纜繩直墜而下，「走了十艘，還剩下三艘安宅船在海面上遊蕩。看樣子，是在偷偷提防咱們不告而別。」

「奶奶的，這群王八蛋，嘴巴說的是一套，背地裡做的又是另外一套！」關叔勃然大怒，啞著嗓子低聲叱罵。「老闆您別生氣，等到了後半夜，我帶幾個弟兄偷偷潛過去鑿沉了它！」

「關管事不必如此著急。」鄧子龍雙眸精光一閃，冷笑著搖頭，「既然齋藤孝之已經率兵離開，這三艘安宅船，也不過留下來裝裝樣子而已。若咱們想走，老夫有足夠的辦法，讓它們連開炮的機會都找不到。」

「少不得要勞煩鄧舶主！」李彤相信鄧子龍的判斷和承諾，笑著點頭。隨即，又輕輕搖頭，「但不是今晚。剛才那把大火，來得實在蹊蹺。我很懷疑，這個港口裡，有人跟咱們志同道合。」

「也有可能，是大村家的其他人，或者港口中的當地豪商，不願朝長太郎和齋藤孝之壞了他們的生意！」鄧子龍也笑了笑，低聲剖析。「無論咱們船上藏沒藏著細作，真的衝突起來，以後雙方之間的生意肯定做不成了。其他海商，肯定心裡頭也會犯嘀咕。再加上當地人明知道朝長太郎跟張老闆爭風吃醋，就更不願意此人公器私用。」

這幾句話，極有見地，立刻引起了很多共鳴。大夥根據朝長太郎面對小倉雄健和齋藤孝之兩人時候的不同表現，輕易地就能分析出，小倉雄健的地位遠比朝長家老低，並且跟朝長家老屬同一方。而齋藤孝之卻屬另外一方，並且地位遠在小倉雄健之上。他今晚給朝長太郎出頭行為，與其是說受了朝長太郎挑撥，也不如說是接到了朝長太郎的誣告後，直接來了個順水推舟。

「剛才趕走了齋藤孝之的那位倭國將領說，今道純助對今晚的事情並不知情，還說今道純助肯定會給咱們一個交代！」雖然臉色有些尷尬，張維善還是硬著頭皮加入了進來，「由此可以推斷，他跟今道純助關係很近，有可能是同一方勢力。而且，在今道純助不知情的情況下，此人還能及時趕到，斥退齋藤孝之，他本人的地位，恐怕並不比今道純助低多少。」

「他還是跟今道純助算作一夥的好，否則，就是第四方勢力了！」劉繼業聽得頭大，打著哈欠低聲分析，「光是在長崎這一畝三分地裡，就這麼多勢力盤根錯節。這要換成整個日本國，還不是得亂成一團？怪不得豐臣秀吉那老傢伙，死不承認倭寇在朝鮮吃了敗仗。沒承認的時候，勉強還能讓各方勢力聽話。要是承認了，讓各方看出他外強中乾，豈不是要像狼一樣撲上去將其分而食之！」

「嘿嘿嘿……」眾人忍不住搖頭而笑，一方面為他那副懶散模樣，一方面為有關狼群的生動比喻。

傳說中，狼群中的狼王一旦年邁或者受傷，立刻就會遭到其他成年公狼的挑戰。失敗者絕無倖存之理，肯定會化作群狼嘴裡的血食。

再聯想到豐臣秀吉乃是通過強力壓服了群雄而上位的事實，大夥心中，居然變得不再像先前那麼緊張。紛紛開口，將日本與傳說中的匈奴、突厥相比較。嘲笑其終究是一群蠻夷，只講究弱肉強食。

「對咱們來說，這不是好事嗎？長崎港的勢力越多，彼此之間越是盤根錯節，咱們越有機會查明整個騙局的來龍去脈，然後全身而退！」見大夥心情開始放鬆，李彤向劉繼業投過去感激的一瞥，然後笑著說道。

「子丹所言極是，換言之，咱們今晚能夠化險為夷，恐怕就是沾了長崎港內各方勢力盤根錯節的光。」張維善與他配合向來默契，立刻用力撫掌，「而咱們，不管對方是今道純助那派，高野山弘那派，還是齋藤孝之那派，只管看他們是想與大明通商，還是急著重新跟大明交手。」

「的確！千派萬派，歸根究柢就是兩派，主戰與主和。」李彤接過話頭，大聲總結，「主和派想通過重啓海上貿易賺錢，讓那些希望通過戰爭來奪取功名和財物的人，大為不滿。朝長太郎不過是個二世祖，怎能說得動手握兵權的齋藤孝之出馬，還偷偷動用了港內的戰艦？想必咱們前一段時間跟當地人做生意，助漲了主和派的聲威。所以，主戰派就試圖抓住朝長太郎這個二世祖的誣告，把咱們當成細作幹掉，順便打擊主和派的氣焰。」

「嘶——」眾人聞聽，齊齊倒吸一口冷氣。這才明白，今夜李彤和鄧子龍兩個堅持不准許倭人登船，是何等的英明。

如果當時讓齋藤孝之遂了願，哪怕大夥將公文藏得再好，甚至直接丟進海裡毀掉，此人都會想方設法丟下其他「罪證」。到那時，大夥即便是真正的海商，也得變成大明或者朝鮮的細作。更何況，大夥的海商身份還是假冒的，細節處根本禁不起認真推敲。

「這日本人，不愧占了一個倭字，肚子裡頭全是壞水！」帶著一肚子後怕，崔永和低聲唾罵。

「可不是嗎？倭者，矮小、猥瑣、心懷叵測也。」有人立刻掉起了書包，將倭字的本意大聲說出。

「從上到下，沒一個好鳥！」

「今道純助也是一樣，如果不是指望咱們回去後，為他引來更多大明海船。他會對咱們如此友善？」

「千金買馬骨唄，在他眼裡，咱們就是那條骨頭架子！」

罵歸罵，大夥罵過之後，卻依舊得考慮今後的去留。按照李彤先前所表達的意思，肯定不會馬上帶著大夥兒離開。但大夥想繼續像先前一樣放開手腳刺探消息，也絕不可行。那齋藤孝之今夜之所以能輕鬆被另外一名倭將斥退，主要是因為他手裡沒有掌握任何真憑實據。如果他能發現大夥的真實身份，或者抓到大夥的實際把柄，下一次再來，恐怕就不會僅僅帶著百餘名足輕，十三艘戰艦。有可能，長崎港內所有主戰派，會與他一起傾巢而出。

「從今天起，咱們要做兩手準備。」發現眾人罵聲漸漸降低，目光又開始向自己集中，李彤雙手向下壓了壓，朗聲做出決定，「白天時該上岸還是上岸，但是必須三人以上結伴，並且天黑後必須立刻返回，不得在外邊逗留。咱們再等十天左右，最多半個月，只要等到大明的使者抵達，弄清楚和議的最終內容，就立刻返航。」

「理應如此！」鄧子龍想都不想，第一個表示支持，「光是豐臣秀吉的秀七條，很容易被視作漫天要價。咱們得弄清楚，沈惟敬究竟怎麼向倭國還的錢。只有把和約最後內容帶回去，才能徹底揭開這個騙局，讓此人死無葬身之地。」

「對，必須拿到最終的和約。否則，他背後那些人肯定又要顛倒黑白。」張維善從來不會當眾跟李彤唱反調，也果斷大聲表態。

「最好弄清楚，都是誰跟沈惟敬一夥。咱們將來好歹也能知己知彼。」劉繼業心裡一百二十個不情願，卻不想讓自家姐夫難做。笑了笑，低聲提醒。

其餘將領要麼來自海防營，要麼來自舟師營。見張維善、劉繼業和鄧子龍三個，都不反對李彤的安排，自然也沒人會提出異議。紛紛抱拳，誓言唯李將軍馬首是瞻。

李彤笑著向大夥還禮，隨即，開始點將：「關叔，佛郎機船修得如何了？我記得，兩天前，你就跟我說勉強可以獨自出海，返回大明。」

「甲板和兩舷的漏洞都已補好，獨自返航沒問題。但炮擊給船體內部造成的破壞，還需一些時日，否則，萬一遇到海盜，或者與其他勢力作戰，很容易被擊沉。」關叔想都不想，隨口就給出了答案。

「船上有四門火炮已經太舊了，很容易炸膛。」看到李彤目光轉向自己，周建良不用他問，就主動回答，「此外，彈藥也被那幫敗家海盜給消耗殆盡。因豐臣秀吉頒發了刀狩令，長崎官港內無法補充火炮和彈藥，所以即便船完全修好，戰力也不足以前的四成。」

「豐臣秀吉那老小子，真是老奸巨猾。」李彤皺了皺眉頭，低聲數落。隨即，眼神就開始發亮，

「你剛才說官港不成，那私港呢。他不賣，咱們總不能在一棵樹上吊死！」

「屬下專門打聽過，在港外不到三十里，就有好幾處私港。據說大村的幾個仇家，惹不起豐臣秀吉，不敢公然與大村氏相攻。卻不願大村氏獨享海貿的便宜，所以，偷偷開了這些私港。專門供海商走私，停留，修船，和海盜銷贓。只是因為那邊出貨太慢，進貨也遠不如長崎方便，所以去的船隻才不如這邊多。」周建良等的就是這一問，立刻眉飛色舞地補充。

「明天一早，你，關叔和二丫，內子，乘坐佛郎機船前往壹岐島。」李彤又笑了笑，斷然做出安排，「關叔，從現在開始，這佛郎機船，就由你全權掌管。怎麼恰當怎麼修，不用刻意節省！」

「遵命！」關叔許久沒有掌舵，早已手癢的得緊，聽到李彤對自己委以重任，心中立刻樂開了花，拱起手，大聲答應，「東家放心，這點兒小事兒如果我都做不好，提頭來見。」

「有勞了！」故意不看王二丫憤怒的目光，李彤笑著向關叔拱手還禮，緊跟著，又大聲吩咐：「周建良，你負責補齊船上的武器。無論佛郎機炮，還是彈藥，揀最好的買。私港那邊如果補充不了，你試試跟那些紅毛海商交涉一下，他們只要有錢，恐怕親娘老子都敢賣。而咱們現在最不缺的，就是白花花的銀子。」

「遵命！」周建良與關叔兩個，雙雙笑逐顏開。拍著胸脯保證，一切包在他們身上。

擺手示意二人退在一旁，李彤終於將目光轉向了柳眉倒豎的王二丫，主動向後者拱手：「弟妹，永貴需要留在我身邊，但妳嫂子，就有勞妳照顧了。她不通曉武藝，膽子也沒妳大，我不敢讓她繼續留在這裡陪著我冒險。」

「這……，姐夫放心！」王二丫肚子裡的火氣，頓時被「弟妹」兩個字，叫得煙消雲散。紅著臉，拱手領命。

笑著向她點了點頭，李彤將目光又看向鄧子龍，「鄧舶主，佛郎機船可以做咱們的奇兵，但是危急關頭，還得靠您老人家坐鎮沙船，確保大夥退路無憂。眼下形勢未明，咱們要時刻加倍小心，做好最壞的打算。」

「東家儘管放手施為，退路包在老夫身上。」鄧子龍雙手抱拳，聲若洪鐘，「還是那句話，只要大夥能及時登船，老夫就有辦法將大夥帶出去。」

「守義，你繼續負責與朝長家老、高野山弘等人周旋，一方面以厚利慢其心，一方面打探消息。他們倆對海貿之利的期待越高，咱們就越是安全。」最後，將目光轉回張維善和劉繼業臉上，李彤的聲音漸漸沉重，「永貴，你還記得鄧舶主那幅輿圖嗎？將此物記在心裡，然後帶著顧君恩、老何他們，去繼續熟悉此港地形。萬一到了迫不得已時候，你們幾個，千萬不要手軟！」

「放心！」張維善和劉繼業兩個同時拱手，一如當年二人陪著李彤在朝鮮戰場。

第二天一早，李彤和張維善，就與朴七、張樹、李盛等人，攜帶大筆財物和吃食上岸，準備借慰問昨夜大火中受災百姓的名義，查探到底是誰在暗中幫忙。

然而，令兄弟倆非常失望的是，昨夜那場大火，雖然將半座十字廟以及十字廟附近小半條街的房子，都給燒成了白地，縱火者卻沒留下任何蛛絲馬跡。而聞訊趕來捉拿嫌犯的差役，也說沒看到任何一個人影。倒是十字廟裡的紅毛傳教士，信誓旦旦地宣稱，火災是上帝降給長崎人的懲罰，絕非人力所為。上帝之所以這樣做，是為了懲戒一部分長崎人信仰不堅定，堅持不肯進教堂禱告，不肯全心全意信奉上帝的指引。

那些受災的苦主，原本拿了「李有德」和「張發財」兩位大明老闆的施捨，心情稍稍好轉。聽洋和尚非但不向大夥表示同情，反倒「懲罰」、「懲戒」個沒完，頓時就給一肚子怨氣，找到了發洩目標。不約而同圍攏過去，揪住還在喋喋不休的洋和尚，老拳伺候。直到將此人打得進氣兒少，出氣兒多，才一哄而散。

李彤和張維善等人擔心被長崎港的主戰派栽贓陷害，趕緊將手裡的財物吃食交給了一位當地商販，委託其代為散發。然後匆匆忙忙返回沙船。才來到棧橋，卻又看到劉繼業眉飛色舞地迎了上來，「姐夫，今道純助、高野山弘和朝長幸照三個老小子來了，正在船上等著你們呢。」

「什麼時候來的？你怎麼不派人去找我，就讓他們上了船？」李彤心中一緊，眉頭立刻倒豎了起來。

「姐夫放心，鄧舶主早就安排妥當了。高野老賊帶了一份大禮給你，我，我不好意思讓他們站在下面乾等。所以一邊安排人接他進了客艙吃茶，一邊出來找你。」劉繼業立刻收起笑容，認真地解釋。

「到底是什麼禮物！讓你能給他這麼大面子？」張維善立刻被勾起了好奇心，忍不住低聲追問。

「粽子。」劉繼業一腳踩上踏板，伸出右臂指著沙船高叫。

李彤正惱他沒輕沒重，擅自做主帶了三隻老狐狸進家門，見他還在繼續嬉皮笑臉，眉頭立刻皺得更緊。正打算開口訓斥幾句，耳畔卻突然傳來一陣淒涼的日語，「命を助けてやる……」

「有人求救，是朝長太郎！」朴七反應極快，立刻大聲翻譯。「他在喊救命！」

根本不用他多此一舉，這聲音的主人，即便化了灰，李彤也不會忘記。因此，顧不得再教訓自家小舅子，三步兩步衝上甲板。定神細看，果然瞧見有一個人被捆得結結實實，丟在船舷旁。渾身上下的衣服，早就被皮鞭抽了個稀爛。裂縫處，青紅色的瘀痕一道接著一道，要多淒慘有多淒慘。

「朝長太郎！」李彤詫異停住腳步，低頭看圓圓滾滾的「粽子」，詢問聲裡充滿了同情。「誰把他綁成這個樣子的？來人，趕緊鬆綁，送他去見郎中。」

話音剛落，朝長家老已經踉蹌著從客艙奔出。雙膝下跪，匍匐在了甲板之上，大聲謝罪：「李さん，张李さん，下では子供を教育するのが手腕がない……」

「李老闆，張老闆，老朽教子無方，讓太郎這個蠢貨又給你們添了麻煩，老夫特地帶他前來請罪！」朴七的聲音緊跟著響起，將對方的意思儘量表達清楚。

「李さん，张李さん，昨夜のことが気に障った……」還沒等李彤做出反應，今道純助和高野山弘兩個，也從客艙裡衝了出來，同時將身體躬向了甲板。

「他倆說，昨夜之事多有得罪。他們不勝惶恐。所以今天一早就前來向兩位老闆請求原諒。剛才得知你們二位不計前嫌，去港口裡慰問災民，心裡頭更是覺得慚愧。所以，無論你們提出什麼要求，他們都會答應。只希望二位看在他們誠心悔過的份上，不要遷怒於長崎港和大村家。」朴七努力跟上二人的說話速度，將所有內容都轉換為大明官話。

「什麼要求都可以！那我讓你們幫我拿大明和日本議和的最終日文條款來抄一份，你們肯不肯幫忙？」李彤在心中不屑地嘀咕，臉上，卻露出了如釋重負的表情。先伸手托起將今道純助、高野山弘兩人的胳膊，然後又用力將朝長幸照從甲板上拉了起來，同時大聲回應：「今道家老、朝長家老、高野會長，三位快快請起。一場誤會而已，昨晚就有人向李某解釋過了，三位不必如此多禮。」

朴七趕緊將這些話翻譯過去，語調唯恐不夠真誠。而今道純助、高野山弘和朝長幸照三人聽了，卻不肯答應。再度鞠躬的鞠躬，跪拜的跪拜，同時在嘴巴裡，將賠禮的話不要錢般往外倒。

李彤無奈，只好再度大聲表態，誤會已經揭開，自己不會計較。也不會因此對長崎港留下壞印象。如是者三，今道純助和高野山弘兩人，才頂著一腦袋汗水站直了身體。而那朝長家老幸照，卻又抬起腳，狠狠踹向自家兒子的肥屁股，「彼は張本人だ……」

「他說，朝長太郎是罪魁禍首，誣告張老闆，死不足惜。」朴七的聲音，緊跟著響起，不帶半點感情。

「朝長家老且慢，不必跟孩子一般計較！」李彤眼疾手快，趕緊一把拉住朝長幸照的胳膊，大聲勸慰。

心裡雖然特別希望朝長家老幸照兌現承諾，這就將朝長太郎踢死。張維善卻明白血濃於水，老賊只不過做個樣子罷了，斷然不會真的痛下殺手。所以也上前半步，拉住了此人的另外一隻胳膊，大聲勸阻：「朝長前輩不必如此，太郎也是被人利用了。他跟我並無深仇大恨，應該不想置我於死地。但是，得提防有些人立功心切，恨不得將所有前來做生意的商人都當成細作殺掉，用人頭鋪好自己的上晉之階。」

前半句話，是順水人情，反正無論有沒有人阻攔，朝長幸照都不會真的殺死他自己的兒子。而後半句話，張維善就直接把遮羞布給掀開了。長崎港內，不光有今道純助、高野山弘這樣期望重建明日貿易航線的智者，也有一批人，在對大明和大明商人恨之入骨。

如此，長崎港對前來做生意的大明海商來說，就不是一個安全的所在。大夥賺到的錢再多，也得小心有命賺，沒命花。所以，與其自己前來找死，不如轉向他處。哪怕是上不得檯面兒的私港，頂多也是貨物銷得慢一些，利潤薄一些而已，卻不至於送命。

第六章　錦衣

「今道家老，高野會長，劉某也有一件事要說！」唯恐張維善的話不夠直接，劉繼業向前湊了湊，冷笑著補充，「劉某跟我姐夫來長崎，是學著做生意的。可是，這趟回去，劉某卻不打算再來了。朴七，翻譯！」

朴七立刻奉命轉述，今道純助和高野山弘兩人聞聽，臉色頓時變得又青又紫。卻強做出一副鎮定模樣，訕笑著說道：「劉老闆何必如此啊？昨晚的確有人冒犯，但我們兩個，還有長崎港的主人大村氏，對各位的歡迎卻是真情實意。劉老闆如果覺得我等謝罪的態度不夠虔誠，盡可以說出來，我等照做就是。」

「他說昨晚前來鬧事的人，與他們無關。大村家真心歡迎您，他們今天也是誠心前來謝罪。如您有什麼不滿意的地方，儘管提出來，他們可以滿足你的要求。」朴七冷著臉，快速將二人的意思向劉繼業翻譯。

「還是免了吧。」劉繼業冷冷一笑，然後又輕輕拱手，「諸位家老照顧頗周，咱們都看在眼裡，感激之至。只是，長崎太大，勢力冗雜。其中，有想跟諸位一樣，願意跟我們大明和和氣氣做生意的，也有想做沒本生意，打我們船上財物主意的。就比如昨晚，那個姓齋藤的傢伙非要上船搜查，往小了說，可能只是覬覦我們船上的財物和女眷，往大了說，他們根本不希望兩國議和通商的誠意，只是想跟海盜一樣，把我們大明的商人當做肥羊。如果你們和他之間繼續各說各話，劉某寧願不要諸位的賠償，也不想稀裡糊塗就變成了細作，到最後落一個人財兩空。」

說罷，眼皮朝上翻了翻，拔腿就走。頓時，讓今道純助和高野山弘再也不敢虛應故事，一邊聽著朴七的翻譯，一邊雙雙追上來，每人拉住他一隻手臂，「劉老闆且慢，劉老闆且慢。昨夜之事，絕不會發生第二次。齋藤孝之乃是大村氏帳下的足輕大將，因為他兄長死在朝鮮戰場上，故而，才百般抵觸明日兩國議和。但是，他卻不能將私人恩怨，置於大村氏的長遠利益之上。我等先前已經多次警告過他，不得藉故為難諸位老闆。卻沒想到，沒想到，這混蛋居然趁我等不在家的時候，又擅自跳了出來。」

「是啊，昨日我等臨時有事，沒有來得及返回長崎。才被此人鑽了空子。劉老闆，張老闆，李老闆，你們儘管放心。這種事情，今後肯定不會出現第二次！」

「糊弄，繼續糊弄！」朴七心中對二人好生鄙夷，卻盡力保證將二人的話，翻譯得原汁原味兒。已經不需要他添油加醋了，光是原味兒，就讓劉繼業又聽得雙眉倒豎：「看看，我剛才說什麼了？你們各說各話，自己內部想法都不一致吧？你警告過了，他不聽，最後倒楣的還不是我們？姐夫，張老闆，咱們別耽誤功夫了，趕緊走吧！錢啥時候都能掙，人死了，可啥都沒有了。」

說罷，用力甩動胳膊，試圖將手臂從今道純助和高野山弘兩人拉扯下掙脫出來，返回臥艙。

「ちょっと見てください。何を言いましたか？……」朴七的翻譯，和「劉寶貴」甩胳膊的力度，幾乎同時送入了今道純助、高野山弘的腦海。二人同時激靈靈打了個冷戰，一個使出全身力氣，堅決不肯讓「劉寶貴」脫身。另外一個，三步兩步衝到「李有德」面前，雙手捧起一份手令，「聞いてください！聞いてください……」

「請您務必聽我說，聽我說。昨天我等之所以不在，就是為了此事。我等專程乘船去了一趟壹岐島，拜會了小西攝津守和大村家主。為了避免有人蓄意破壞和談，小西攝津守已經下了嚴令，任何人敢主動挑事兒，冒犯在日本的大明人，以及大明使者，都格殺勿論！」朴七快速翻譯，聲音裡帶著明顯的震驚。

李彤和張維善兩個，也被「小西攝津守」五個字，給嚇了一大跳。記憶中，攝津乃是小西行長的封地，此人這會兒原本應該在釜山厲兵秣馬，卻不料，在大夥毫無防備的情況下，竟然已經抵達了與長崎只有一水之隔的壹岐。

然而，終究是在戰場上打過滾兒的，二人心裡即便再震驚，臉色都不會有任何變化。皺著眉頭朝手令上掃了掃，相繼笑著說道：「這是什麼？請容許李某冒昧問上一句，小西攝津守官職雖然高，卻終究不是關白，怎麼能管到長崎的事情？」

「是啊，張某也冒昧問上一句，此刻小西攝津守遠在壹岐島上，齋藤孝之如果來一個將在外，軍令有所不受，他又能如何？」

二人配合默契，明著是質問小西行長的手令是否有效，暗地裡，卻在套問有關小西行長為何來到了壹岐。那今道純助和高野山弘兩個，急著澄清誤會，根本無暇仔細分辨。聽了朴七的翻譯之後，立刻迫不及待地給出了解釋，「遠くないです……」

「他們說，不遠，小西攝津守旦夕可到長崎，只是為了表示對，對大明使者的恭敬，所以才暫且留在壹岐，等候使者的座艦。他是關白親自任命的對大明和談的全權負責人，家主大村喜前，也是小西行長帳下的武將。如果齋藤孝之敢再胡來，即便有人背後給他撐腰，大村家主和小西攝津守，也會對他施加嚴懲！」在朴七的努力翻譯之下，今道純助和高野山弘兩人的解釋，清楚地傳到了李彤等人的耳朵裡。

很顯然，齋藤孝之身後另外還有人撐腰，但是，此人卻沒得到大村喜前和小西行長的支持。而今道純助，高野山弘和朝長幸照三個，也都跟齋藤孝之不是一路。從某種角度上，他們三個都屬主和派，不願意有人在和議即將簽署之前，再節外生枝。

然而，李彤卻沒興趣再去想，同為大村氏的家臣，今道純助、高野山弘和朝長幸照三人，為何與齋藤孝之的態度截然不同。更能吸引他注意力的事情，已經出現在了朴七剛才翻譯出來的信息中。小西行長之所以抵達不遠處的壹岐島，是為了等候大明和談使者。而無論作為明日和談的日方全權負責人，還是作為侵朝倭軍的領軍者，他不可能沒完沒了地等在那裡。

他不可能長時間等待，就意味著大明和談使者在最近一兩天內，就會抵達日本。而小西行長接上此人之後，接下來去哪裡，對揭開整個騙局尤為重要！

「如果有小西攝津守嚴令在，李某可就放心多了。」迅速與張維善、劉繼業交換了一下眼神兒，李彤換上了一副笑臉，大聲說道：「昨天的事情，就這樣讓他過去吧，補償的話，也請各位休要再提。做生意講究和氣生財，李某乃一介商販，不想跟任何人結仇，也不想讓朝長家老失去愛子……」

「不行！」一句話沒等說完，劉繼業已經大聲打斷，「此事不能這麼輕易罷休，上次朝長家老也曾承諾，不會讓朝長太郎再來搗亂，他卻來了一次又一次！還有，我聽張二哥說，此人，此人還去糾纏張二哥的女人……」

「守義！」非常氣惱「劉寶貴」的不懂事兒，「李有德」連連跺腳，「一碼歸一碼。光子那邊，是張兄弟的家事。」

「總得有個說法。」劉寶貴梗著脖子，不依不饒。

二人的爭執內容，通過翻譯之口，迅速傳入了今道純助、高野山弘和朝長幸照三人的耳朵。後者趕緊堆起笑臉，再次大聲承諾，「劉老闆請放心，從今往後，再也不會有人前來搗亂。張老闆也請放心，從今往後，也不會有人再去騷擾尊夫人。」

「哼！」聽了朴七的翻譯之後，劉繼業聳肩冷笑。

「多謝了。」張維善卻如釋重負，拱手向今道純助等人致謝，「我與光子小姐兩情相悅，當初能夠相遇，也是諸位的極力安排。她以前過得如何，張某沒資格管。如今她既然許配給了張某，還請三位適當給予照顧。否則，連這種小事兒上都能出爾反爾的話，張某很難相信，諸位想要我等引更多同行前來的誠意。」

他和朝長光子的姻緣，最初就是今道純助促成的，朝長幸照更是從這份姻緣中，大賺特賺。此刻聽到他的抱怨，立刻同時紅了臉。前者果斷躬身謝罪，「張君，張君，還請原諒我等的疏忽。」後者，則抬起腳，又朝著自家兒子身上猛踹，「你這不成器的傢伙，莫非要將我和你的幾個兄弟，全害死才能高興？與其那樣，不如我今天就殺了你。」

「朝長家老不要再打他了。」張維善不用任何人翻譯，也能知道朝長幸照是在打給自己看。於是，伸出手，輕輕將此人拉到了一旁，「您只要讓他去別處休息幾天就好，反正張某的新院子，已經收拾得差不多了。待屋子裡稍微乾燥一些，就會接光子出來。那時，歡迎您老和太郎，以光子的父親和兄長身份前來做客。」

這恐怕是最簡單的解決辦法，將朝長太郎趕到外地去冷靜一段時間，不僅可以避免他再故意搗亂，還可以避免他被人利用。而只要光子離開了朝長家，朝長太郎再去騷擾她，就得面對張老闆留下的隨從。那些人，可不是朝長家的奴僕，不會再給他這個紈絝子弟任何機會。

朝長幸照能做到家老位置，豈是個愚笨的主兒？聽了翻譯過來的要求，立刻用力點頭「理應如此，理應如此。來人，帶著太郎走。直接送他去京都，明年櫻花盛開之前不准回來！」

說到最後，瞪起三角眼，惡狠狠盯著地上的朝長太郎。對方見狀，登時激靈靈打了一個冷戰，將兩眼一閉，聽天由命。

「嗨依！」朝長幸照麾下的隨從們答應著一擁而上，抬起死狗般的朝長太郎，快步下了沙船。然後又抬著此人一溜小跑，轉眼就不見了蹤影。

「張さん……」唯恐朝長家帶來了大筆好處的「張發財」還在生氣，朝長家老幸照又趕緊躬下身體，向後者認認真真地謝罪。禮貌卻毫無價值的廢話，轉眼間又說了一大車。

張維善原本就對這種繁文縟節很不耐煩，每句話還得透過朴七翻譯，更令他覺得頭大如斗。然而，為了兩年多來的所有努力不毀於一旦，他卻只能努力耐著性子傾聽。不時還得跟對方客套幾句，以示自己真的不再計較。

好在他身邊還有兩個好朋友，不肯讓他獨自遭受折磨。先後加入努力將話題往別的地方扯。雙方如同談判般，費了無數口水，終於把昨晚之事，徹底揭過。再抬頭，太陽卻已經走到了桅杆頂端。既然已經過了正午，作為沙船的主人，「李有德」少不了要客氣地為客人安排酒席。那今道純助、高野山弘和朝長幸照三個，卻一點兒都不客氣，馬上眉開眼笑地答應了下來。然後對前些日子在佛郎機船上吃過的中華美食，大加稱讚。

話音落下，三人又東張西望，裝模作樣地尋找佛郎機船的踪影。李彤早看出他們醉翁之意不在酒，乾脆就故意裝出一副尷尬模樣，笑著解釋道：「長崎這邊往來船隻太多，需要維修的船隻也排成了長隊。我這邊貨物出得差不多了，怕因為修船耽誤了行程，所以儘早就讓手下人把船開到別處去修了。反正周圍港口甚多，總不會每個港口的木匠，都像長崎這般忙碌。」

他不解釋還好，一解釋，頓時讓今道純助等人，如同被馬蜂螫了屁股般，瞬間蹦起老高。「なぜこのようであるか！なぜこのようであるか！大工さんが必要です……」

「私たちのせいです……」

「どうかお許しください……」

「今道家老說，何至如此，您如果需要木匠幫忙修船，直接把佛郎機船送到船塢就是。大村家的船塢，不讓您花費一文就幫您修好。根本不需要您等著那些匠人！」朴七一個人同時應付三個，頓時忙得口吐白沫，「朝長家老說，都是他們的錯。他們早該提出來幫您修船，只是當初怕您不願意，才沒敢冒犯。如果您能告知佛郎機船去了哪個港口，他們可以立刻派哨艦把船請回來。大村家船塢經驗豐富，比周圍那些私港可靠得多。」

「高野會首說，請您務必原諒他們。雖然如今日本開港歡迎船隻進入貿易的，不止長崎一家。可其他各家全部加起來，都不如長崎這邊方便。」

也不怪今道純助等人亂了方寸，如今日本國內，等著從明日貿易航線上撈上一票的，可不止是大村氏一戶。周圍大大小小的諸侯，只要領地靠海，都想從中分一杯羹。而一些地方上的豪族，也偷偷摸摸開設私港，千方百計吸引海船前去停靠。

如果「李老闆」因為昨天夜裡遭受的冒犯，去了競爭對手那邊，大村氏先前在他身上的投入，就全打了水漂。並且眼前這個李老闆，明顯實力強於其他大明海商，甚至可能成為大明眾多海商裡頭的長期領軍人物。如果逼走了他，跟著放棄長崎的大明商船，恐怕會數以百計！

「你跟他說，謝謝他們的好意，修船就不必了。這點錢算不了什麼，我也不想給大村家添太多麻煩。」李彤要的就是這種效果，再度不動聲色地向朴七吩咐，「只是請他們繼續像以往那樣，為我，還有馬老闆、孫老闆他們提供方便。我們早一天賣光了手裡的貨，買足了需要帶回去的，就能早一天返回大明。」

他的話，被朴七如實翻譯成日語之後，令今道純助等人愈發地忐忑。心中都明白，所謂換個地方修船，不過是一個藉口。事實上，眼前這位「李有德」老闆，因為昨天夜裡被冒犯，已經下定了決心要多選幾個港口進行交易，狡兔三窟。而那艘蓋倫船，因為操縱遠比沙船靈活，並且清空了貨物，特地被李老闆派出去四下探路。

想到這兒，三人對齋藤孝之以及其背後的同謀，愈發憤恨。然而，事情已經發生了，他把好話說得再多，恐怕也無法讓「李有德」改變主意，答應他們用哨艦將蓋倫船給召回。只能想辦法先讓後者安心，待後者在心中的憤怒與恐懼漸漸散去，再謀求更多。

於是乎，一頓精美的宴席，今道純助、高野山弘和朝長幸照三個，卻吃得味同嚼蠟。只用了不到一個時辰，就宣告酒足飯飽，起身向沙船的主人「李有德」告辭。臨走之前，又特地將小西行長的手令留了下來，以顯示大村家道歉的誠意。

「這下好了，有了它，以後咱們就可以在長崎橫著走了?」劉繼業對小西行長的手令十分感興趣，剛把客人送走，就立刻將此物拿在了手裡，對著陽光細細把玩。

「裱起來，趕緊找人裱起來掛在船艙內。最好再找一些紅毛國的玻璃拼起來蓋上。」

「不用紅毛國的，咱們大明自己早就能造了，就是顏色有點發綠，沒西夷帶來的好看。你問問馬老闆他們，我記得有人船上帶了好幾箱子，就是不知道賣沒賣掉！」

顧君恩、老何、張重生等人，也一擁而上，對著手令上鬼畫符般的文字，反覆觀瞧。對於小西行長這個名字，大夥可是一點兒都不陌生。日本肥後南半國大名，攝津守，倭寇第一番隊主將。在明軍入朝之前，第一個登陸朝鮮釜山，第一個攻入漢城，第一個將戰火燒向鴨綠江……

只是在明軍入朝之後，此人的武運就到了頭。先是麾下的爪牙們，被選鋒營打得抱頭鼠竄。然後又在平壤，被李如松一戰滅掉了大半個番隊。要不是大夥那次放火燒了龍山軍糧，讓宇喜多秀家也栽了一個大跟頭，此人可能在侵朝日軍當中永無翻身之日。

而龍山那場歪打正著的大火，卻成為此人東山再起的契機。因為擔心後路被斷，軍糧難以為繼而被迫主動從幸山撤軍的宇喜多秀家，遭到了幸山守軍的尾隨追殺，損失慘重。回去之後，無法面對明軍即將再度殺來的壓力，不得不放棄了漢城。隨即，小西行長聯合小早川隆景、加藤清正，島津義弘、黑田長政等人逼退宇喜多秀家，成功鹹魚翻身。再度成為東征倭寇各支隊伍的核心掌控者。

接下來的發展，就讓大夥更為印象深刻了。就在選鋒營奉命回北京獻捷，小西行長居然代表豐臣秀吉，通過沈惟敬，主動向大明請和。並且陸續放棄了一些戰略要地以示誠意，直到各支日軍番隊全體退入了釜山。

現在，此人竟然又成了大明和日本和談的日方全權主事者。一念之間，似乎就可以決定在釜山厲兵秣馬兩年多的各路倭寇，是乘船返回日本，還是再度傾巢北上。而讓大夥感到無奈且困惑的是，到現在為止，大夥依舊弄不清「議和」的騙局究竟有多大？小西行長是通過什麼辦法，才讓日本舉國上下，相信他們兩年多以前在朝鮮大獲全勝？又是與沈惟敬一道，通過什麼手段，讓大明上下，對日方的和談誠意堅信不疑？並且相信豐臣秀吉已經答應了大明提出的所有條款？

「現在，我真的有點兒希望，站在齋藤孝之身後那個人，分量不要太輕了！」聽劉繼業和顧君恩等人說得興高采烈，李彤忍不住接過手令，幽幽地嘆氣。

這句話，宛若一盆冷水，頓時讓大夥臉上都沒有了笑容。

齋藤孝之和他背後的那批日本主戰派，固然可恨，然而他們的目標，卻與大夥的目標非常接近。雙方其實都不希望「和談」成功，雙方都堅信，大明與日本，必須有一方被徹底打垮，戰爭才能夠真正結束。

而小西行長和他身前身後那些日本主和派，雖然在無意間，為扮做商人的大夥兒，提供了保護。

可他們的和談目標，卻是通過欺騙的手段，讓大明承認並接受「秀七條」。通過欺騙的手段，將戰場上倭寇拿不到的東西，加倍地賺回去，賺得盆滿鉢圓。

與「敵人」志同道合，如果敵人占了上風，大夥兒就有可能九死一生。

與「友軍」目標相反，如果友軍大功告成，大夥兒兩年多來的所有努力，就盡數付之東流。甚至餘生永遠活在屈辱之中，永遠無法解脫。

究竟該盼著誰贏？究竟該幫誰？此時此刻，大夥耳中只有濤聲如雷，卻沒有任何答案。

「將軍，求您！救救朝鮮，救救朝鮮的無辜百姓！」誰也沒想到，第一個打破沉默的，居然是朴七。只見他忽然走到了李彤面前，雙膝跪地，重重叩頭。三兩下，就讓額角處血流如注。

「將軍，我，我願意死在這裡。只求您能幫幫我們！」張重生楞了楞，隨即緊隨朴七之後，對著李彤，叩頭不止。

「起來，你們兩個起來！」李彤心中忽然一痛，連忙伸出手，試圖攙扶二人。卻攙住這個，跪下了那個，始終無法如願。

周圍的張維善、劉繼業、顧君恩等人見狀，也紛紛上前幫忙。費了好大力氣，才終於將朴七和張重生兩人控制住，卻發現，鮮血已經和著淚水，流了二人滿臉。

「朴七、老張，你們倆何苦如此？李昖父子，根本不知道你們是誰？你們也沒吃過他家一粒俸祿！」都是並肩作戰過多次的兄弟，大夥看著心疼，一邊命人拿來乾淨的白布給二人包紮，一邊大聲勸告。

「小人知道這樣做不對，可小人卻忘不了，自己是朝鮮人啊——」朴七無法回答大夥的問題，愣了愣，放聲大哭。

想起自己當年在朝鮮差點被官兵冤殺的過往，張重生也知道大夥說得全都在理兒。然而，卻跟朴七一樣，心如刀割。

他們兩個，因為追隨李彤時間早，也隨著李彤的功成名就，水漲船高。如今已經將各自的父母妻兒，全都搬到了大明，並且家人都入了大明的民籍，今後與朝鮮沒有半點牽連。他們兩個自身，因為各自的功勞，也早就有了把總和千總的官銜，除了軍餉之外，每年還能從海防營的私活收益裡，拿到一部分分潤。今後只要不犯下什麼大錯，完全可以做一個富家翁，順順當當過完一生。

然而，當發現萬一大明和日本「議和」成功，朝鮮就要被一分為二。他們兩個，卻無法忘記自己以前曾經是朝鮮人，無法讓自己置身事外。儘管，儘管他們以前沒從朝鮮國王那裡，拿到過任何好處。儘管，朝鮮官府曾經給予他們的，只有屈辱！

「你們倆不要光知道哭，哭又不能把小西行長哭死！」被朴七和張重生給哭得心煩意亂，鄧子龍皺著眉頭呵斥。

他雖然資格老，年紀大，卻從沒當眾發過火。忽然間大聲咆哮，把朴七和張重生兩人給嚇了一大跳，哭聲戛然而停止。

「你們知道，自己是朝鮮人。我們難道，不知道自己身屬大明？都給我閉上嘴巴，否則，老夫直接將你們關底艙裡去。」鄧子龍又狠狠瞪了二人一眼，餘怒未消。「如果不是為了阻止大明接受這份稀裡糊塗的和約，李僉事和張參將，又何必帶著大夥來到長崎？這沙船和沙船上的貨物，即便在杭州發賣，少說也能賣出十多萬兩銀子。他們兄弟兩個，給大夥分不好嗎？為何不惜錢財和性命，來狼窩裡頭冒險？你們兩個蠢貨，以為我大明男兒，都像你朝鮮那邊的文武嗎，遇到點風險，就立刻望風而逃？」

朴七和張重生兩個，被罵得面紅耳赤，無地自容。周圍的顧君恩、老何等人，卻熱血沸騰。

連朴七和張重生這種被朝鮮國王當做草芥的人，都沒忘記他們的故國。大夥拿了大明多年俸祿，出入受人羨慕，又怎麼有臉坐視奸賊喪權辱國？倘若大夥不知道此事，或者根本沒來長崎，還就罷了。畢竟各自的本事有限，不可能管得了這麼遠。可大夥既然已經為了拆穿騙局忙碌了兩年多，又已經到達日本，怎能因為騙局發生了一些變化，或者可能會遇到一些風險，就半途而廢？

「將軍，咱們想辦法幹掉小西行長！」

「對，姐夫，今道老賊不說，小西行長此時正在壹岐港，等待大明使者嗎？咱們乾脆到海上去，將小西行長的座艦連同大明使者的座艦，一併給擊沉了！」

「對，幹掉小西行長和前來議和的奸賊，看他們怎麼簽和約！」

「管他是秀七條，還是秀八條，死人肯定簽不成！」

人一熱血沸騰，就容易衝動。轉眼間，顧君恩、老何、劉繼業等人，就開始給李彤出主意。到後來，甚至連一向老成持重的張樹、李盛兩個，也雙雙自告奮勇。準備扮成刺客前往壹岐，尋機殺死小西行長，然後栽贓給日本國內的主戰派，讓倭兵內部自亂陣腳。

「大夥別著急，還不到孤注一擲的時候！」李彤聽得心裡發燙，卻笑著搖頭，「咱們先一步步來，說不定有更好的機會。」

隨即，又晃了晃小西行長的手令，笑著補充：「更何況，今道純助為了挽留咱們，還把這東西給了咱們。咱們乾脆趁機先給他來個，狐假虎威。」

「姐夫，怎麼個狐假虎威法？快說出來聽聽，別賣關子了！」聽出李彤似乎有成竹在胸，劉繼業瞪圓眼睛，大聲催促。

李彤又揚了揚鬼畫符般的手令，低聲冷笑：「今道純助怕齋藤孝之再來找咱們麻煩，把小西行長的手令，留下來給咱們當護身符。可這件事，大村家知道，港口內的商販卻不知道。咱們把此物炫耀一番，足以抬高自己身份。我估計，隨著大明使者的前後腳，會有許多大明走私海船趕過來。而這些天趕來的大明商人得知小西行長給了咱們一份護身符，為了各自的安全，肯定會求咱們照顧。到時，咱們借著我那便宜族兄李三才和小西行長的雙重虎皮，趁機吃下一部分貨，囤積起來，待與新來的海商約定出貨價格後，再行倒手。前門進，後門出，如此經手的貨就會越來越多，籌碼也自然越來越大。」

「這確實是個好主意，只是孫、馬、范、陶、林那些海商，卻不好隱瞞。」張維善習慣於查缺補漏，皺著眉頭說出自己的想法。

「既然是一塊來的，當然不能瞞。」李彤咬了咬牙，聲音聽起來帶上幾分陰狠，「不僅不能瞞，還要將他們拉進來，一起做這件事情。一起分潤，他們眼睛裡既然只有錢，就讓他們一次賺個夠。」

「嘶——」張維善倒吸一口冷氣，彷彿已經看到孫、馬、范、陶、林那些海商，為了賺取統一價格，壟斷貨物後的巨額分潤，被綁上大夥的戰船。而這艘「戰船」，早晚會撞向日本國的某個碼頭，屆時，等待著孫、馬、范、陶、林那些海商的，恐怕就是灰飛煙滅。

「好！姐夫，你早就該這樣幹了！」劉繼業卻唯恐熱鬧不大，在旁邊撫掌叫絕，「如此一來，他們不僅會賣力做事，還在無形中，替我們背書，讓別人不會起疑心！」

「正是這樣。」李彤微微頷首，緊接著又向張維善低聲商量，「守義，還有一件事兒，恐怕要為難你。」

「什麼事兒？」張維善見其表情突然凝重起來，趕忙坐直身體，屏氣凝神。

李彤盯著他的眼睛，一字一句地吩咐：「我希望你去跟朝長幸照說，近期就迎娶朝長光子，按照大明禮節，在長崎港內風光大辦！」

「哈哈哈……！」艙內眾人哄堂大笑，張維善則被羞得面紅耳赤。正以為被好友耍了，準備佯裝憤怒，卻又看見李彤輕輕擺手：「守義，我並非拿你做耍。我的意思是，咱們可以用婚配之事，麻痺今道純助和高野山弘等人，讓他們摸不清楚，咱們究竟何時會離開。而齋藤孝之和他身後的那些主戰派，則因為你和朝長光子的婚事在即，會認定咱們與主和派沆瀣一氣。」

「這……」有點跟不上好兄弟的思路，張維善皺著眉頭沉吟。

「敵人的敵人，就是朋友。主戰派把咱們當成仇敵，小西行長的人，就會誤認為咱們跟他們是一夥兒。待看到咱們將大明商販捏成團的實力，即便不主動跟咱們親近，也不會拒絕咱們的示好。到那時，咱們就有機會，與他們廝混到一起。趁機拿到和議的最終樣本，甚至接觸到小西行長本人！」李彤的解釋快速響起，令他的眼神越來越亮，越來越亮。

「將軍，卑職，卑職願意去做死士！接近小西行長。」張重生眼睛裡，也燃燒起了一團火焰，躬身下去，大聲請纓。

「將軍，請允許在下，在下，效一次死力！」朴七緊張得說話結結巴巴，所表達出來的意思，卻無比清晰。

利用商會行首身份，與小西行長的親信發生接觸，無疑比先前去壹岐島行刺，或者海上攔截小西行長的座艦，靠譜得多。但前去竊取和約，或者行刺小西行長的人，肯定九死一生。所以，他們兩個，必須主動請纓！因為他們曾經是朝鮮人，今後也還是。

「你們……」這一次，李彤沒有直接否決，但是，也沒有立刻答應。

論身手和應變能力，張重生和朴七，在大夥當中都排不上號。而前去偷取和約樣本或者行刺小西行長的機會，恐怕只有一次，所以，他必須保證萬無一失。

「將軍！」知道李彤不相信自己的能力，朴七再度雙膝跪倒，「您帶著大夥兒，當年在沙場上，與小西行長的麾下多次爭鋒，說不定有人還記得您的模樣。而小人，卻始終擔當通譯，從沒衝在前頭過，肯定不會給別人留下什麼深刻印象。所以，由小人去充任死士，最為妥當。自打做了大明的把總以來，小人一直想著，風風光光回老家炫耀一回，在昔日看不起小人，欺負小人那些傢伙面前，揚眉吐氣。小人一直沒敢跟您提起過，這回，請給小人一個機會。倘若小人失手，名字必將傳遍朝鮮，勝過衣錦還鄉！」

「嘎嘎，嘎嘎，嘎嘎……」桅杆上，一群潔白的海鳥驚飛而起，沿著湛藍的海面，向西，向西，再向西。

第七章 內應

數日後，幾個消息在長崎港不脛而走，有的稱明朝商人已受到小西行長攝津守的召見，有的稱朝長家的大小姐，近期要下嫁給一名出海鍍金的明國才俊。還有的說，明國商隊即將大舉趕赴長崎，而最早來的那幾條船，其實是明國派來試探日本誠意的官員，他們將全權負責對外貿易事宜。

這些事情虛虛實實，令人難辨真假，不過，小西行長的手諭、日本人的態度，以及陸續駛來的明國商船，可做不得假。於是乎，不分國籍，所有聰明的商人，都迅速行動起來。一時間，無數名刺、禮物、宴請函，像雪片一樣飛向李彤等人所在的沙船。某個來自大食的商人，甚至還送來了幾名姿色妖嬈的舞姬。只可惜，他這種東施效顰的行為，注定收不到好效果。舞姬很快就被「李有德」以無功不受祿為名，禮貌的退了回去。他想要購買的明國貨物，價格一如昨日堅挺。

絕大部分的消息，自然都是李彤叫人散播出去的。他已看得明明白白，自己越是謹小慎微，反倒越容易惹人懷疑。乾脆就放開手腳，利用小西行長的手令狐假虎威一番，把來自大明的商販們，盡可能聚攏在自己旗下，然後再利用商販們手頭龐大的貨物資源，倒逼任何人不敢對沙船輕舉妄動。

事實證明，這個計策相當有效。非但來自大明的商人，自動拿李彤當做了會首。其他各國商販，為了直接從大明海商手裡拿貨，而不是再被日本中間商盤剝一道，也紛紛向他示好。而隨著大明議和使者即將抵達長崎的消息傳開，在日本其他港口的大明走私船隻，也紛紛向長崎靠攏，準備搶在和約簽署的第一時間，洗白身份，然後將滿載貨物的船隻堂堂正正駛回故國。

這些走私商販抵達長崎之後，習慣性地就想找鄉黨打探消息。而最先到達長崎的林、馬、孫、范、陶幾位，早就因為利益的關係，跟「李有德」結成了同盟。於是乎，新來的海商所打聽到的消息，幾乎全是李彤最想讓他們聽到的。主動向以「李有德」為會首的臨時商會靠攏，也成了他們的最佳選擇。

而臨時商會的會首「李有德」，表現得也如林、馬、孫、范、陶幾位前輩描述的一樣仗義，非但不收新靠攏者任何「抽水」，反而帶著他的好兄弟「張發財」、「劉寶貴」，熱情地替大夥排憂解難。有些原本需要花費些時間，付出一些賄賂才能辦好的事情，由他們三個其中之一出馬，每次都能做到事半功倍。讓新來者在享受了便利的同時，也充分體驗到了三位後起之秀在大村氏那邊的豐厚人脈。

當然，也有一些謹慎的海商，對「李有德」、「張發財」和「劉寶貴」的身份，多少產生一絲懷疑。畢竟，大明和日本之間的走私，不是近一年兩年之內才有的事情。從前大夥從沒聽說過這三個後起之秀，而早不來，晚不來，偏偏趕著大明和日本之間海上貿易要重開的時候，這哥三個趕來了，還一舉成了所有人的首領，實在有些過於湊巧。

但是，當疑問被試探著說出口，立刻遭到了許多人的大聲反駁。「懷疑個屁，你也不看看自己是怎麼到海上的？」

「當然是人家消息靈通，靠山夠硬，沒見小西行長和大村喜前，都在主動關照他們嗎？」

「他們名字古怪，咱們中間，誰又用的是真名？」

「除了那些福建佬外，從南到北，誰家的貨船和水手，的確是自己家的？」

質疑聲，迅速被吞沒。發出質疑的人，則不得不紅著臉承認，自己先前想得太多。原因無他，大明的海上走私生意，雖然官府每次都指責是刁民故意不尊朝廷法度所為，事實上，絕大部分，甚至說九成九的走私船，都與刁民沒一文錢的關係。

眼下除了福建沿海，有些走私船背後的東家是海盜之外，其餘隨便一艘走私船拉出來，背後站的都是一個龐大的仕紳家族。而九成九的走私海商，都是某個仕紳家族的旁支子弟。

他們通過為家族賺取巨額走私利潤，獲得家族對自己的認可和對自己後代的扶持。而家族則拿這些利潤來培養一批「清白」的讀書種子，源源不斷進入官場，為整個家族的所有人遮風擋雨。

推己及人，「李有德」、「張發財」和「劉寶貴」哥仨的突然出現，並且迅速混得風生水起，就非常好解釋了。三人背後的家族中，必然有大人物站在高處 站得高，看得自然就遠，有關大明和日本即將達成最終和議的消息，當然也能搶先一步知道。

至於小西行長和大村氏為何對三人如此照顧，當然也出自同一理由。要知道，大村氏是長崎港的主人，而小西行長家則是日本數一數二的藥材販子。大明和日本恢復海貿之後，同樣會有日本國的商船啓程前往大明。屆時，小西氏和大村氏對「李有德」、「張發財」和「劉寶貴」三個照顧了多少，他們家的船隊，在大明就會得到多少回報。

此外，還有一個更重要的理由，讓商販們更願意相信「李有德」、「張發財」和「劉寶貴」三人，那就是，這三個人雖然年輕，做事卻極為大氣，並且手段高明。根本不像某些海商那樣錙銖必較。不該占的他們三個從來都不占，而只要大夥肯按照他們的辦法去做，賺頭往往立刻就能增加一到兩成，效果還是幾乎立竿見影。

商販們可以懷疑任何事情，唯獨不會懷疑真金白銀。最初試探性地跟「李有德」等人合作幾次，都穩賺不賠之後，大夥自己就主動說服了自己。心甘情願，成為了商會的一員。

因為短時間內抵達長崎的大明海船太多，貨物難免出現了擠壓。這時候，「李有德」又展示出了他極為高明的手筆。通過勸說，他們阻止了有人壓價放貨。而是把同樣的貨物，都集中到一起，暫時存放於臨時從大村家借來的倉庫之中。待將接近二十艘船上面的生絲、紗綾、瓷器、茶葉、香料、乃至字畫古玩，都匯攏歸倉之後，又廣發英雄帖，邀請各國商人前來洽談。

統一定價，大宗出貨，利潤遠高於大夥主動壓價自相殘殺，出貨速度也遠遠高於零敲碎打。一時間，所有大明商販都心服口服。而長崎港的大小官員，則對此次大張旗鼓的交易，一致保持了沉默。原因無他，李彤通過張維善，跟朝長幸照和高野山弘所代表的大村家，早就訂立好了盟約，非但一部分貨物會優先供給他們，而賣給其他商人的貨物，也可以讓大村氏抽成，前提是，對方要提供更全面的保護。

大村家拿了白花花的銀子，自然嘴軟。此外，大村氏僅僅是長崎港的主人，又不是整個日本和全世界的主人。從日本其他各地趕來的商船，以及世界其他各地趕來的商船，跟長崎當地商販有著天然的競爭關係。他們進貨的價格越高，對長崎當地商販的威脅越小，大村氏才不會選擇捨己為人。

當然，如果能將大明商人的貨物全都吃下，再轉手倒賣，才最符合長崎當地商人和大村氏的利益。然而，長崎雖然是大村喜前的屬地，其主人的實力卻太弱，根本無法跟小西行長，島津義弘等人相提並論。牽連長崎商人的實力，也無法與日本其他強藩派出的商團抗衡。李有德的做法，讓他們避開了對自己不利的競爭，穩穩賺到一筆高額利潤，同時，因這事跟他們沒有關係，是明國海商的選擇，那些強藩的商團的怒火也發洩不到他們頭上。他們就樂得選擇不去冒險吃獨食，退求其次。

平衡了各方利益之後，一切都進展的格外順利，只用了不到三天的功夫，倉庫裡囤積的各種貨物，就出手了一大半兒。剩下的一小半兒雖然還需要一些時間，卻已經不耽誤大夥的行程。畢竟誰都不會空船返回大明，一邊賣貨，一邊從長崎及各地商販手裡大宗購買在明國能賣出高價的物資，才是海商們的首選。

這一日，李彤剛剛送走幾個買了大量紅茶，歡天喜地的干絲臘人注二。嘴裡不由自主哼起了秦淮小曲兒。因為他與這幾人簽訂了一個秘密協議，對方的貨款，一大半兒付現銀，另外一小半兒，則用佛郎機炮、炮彈和鳥銃來交換，送往藏在三十里外私港的那艘繳獲來的中型蓋倫。如此，佛郎機船（蓋倫）的最後一個短板，也即將被補齊。憑藉一艘沙船，一艘佛郎機船，他在外海已經有了部分自保之力。而長崎港的武備，卻主要集中在那三座炮臺上。將來萬一大夥的身份暴露，只要沙船在被岸炮擊沉之前能衝出港口，就有很大的機會跟佛郎機船會合到一處，互相支援，且戰且退。

「如果那些干絲臘夷，能賣給我幾艘大型蓋倫船就好了。哪怕是二手的，也好過沙船許多！」

注二：干絲臘人，即西班牙人，明代稱葡萄牙人為佛郎機夷，西班牙為干絲臘夷。彼時西班牙與葡萄牙兩國短暫合併，但兩國百姓，通常不認為彼此是同胞。

大明的仕紳百姓，早就知道，大明東西，並非樣樣都是天下第一。所以解決了艦炮和炮彈的供應，李彤自然而然地，就又打起了購買海船的主意。

也不像在浙江那邊，造一艘大船動輒花費十數萬兩白銀。蓋倫船的造價，遠低於大明本土。然而，此物的試航性、靈活性、吃水量，卻都遠超過沙船，甚至比眼下大明最好的福船，也強出不止一籌。

如果將來大明與日本再戰，想要切斷日本到釜山的航線，用沙船肯定比不上用中型蓋倫。如果那時大明水師手裡有幾艘大型蓋倫，就能讓倭寇的船隻連逃命的機會都剩不下。偏偏聽那些干絲臘商人吹噓，他們好像在呂宋那邊，就能買到現成的二手大蓋倫。當然，也可能是他們搶來的贓物，但這年頭很多海商原本就會兼職做海盜，李彤又怎麼會在船隻的來路上較真兒。

正在心裡盤算著，如何跟那些干絲臘人建立長期聯繫，用貨物換取大船。忽然間，李盛匆匆前來彙報，商會的另外幾名管事，聯袂來拜。

「請他們上來，算了，我親自去迎接他們！」李彤的心思，果斷從天外收回，帶著李盛，迅速迎向棧橋。隔著老遠，就堆起了滿臉笑容，大聲寒暄：「馬兄，孫兄，你們怎麼有空到我這兒來了，回去的貨買齊了嗎？還是又有新人想要加入咱們商會？」

「李老闆，我們，我們幾個，有件事兒，想跟你商量商量。」馬全拱了拱手，一邊回應，一邊用力眨眼睛。

「行，咱們進客艙談。」李彤立刻心領神會，轉身在前面帶路。不多時，將大夥帶進了船上專用的客艙，先命人送上茶水點心，然後才從容詢問：「不知幾位老哥前來，究竟所為何事？」

「李老闆，這幾天你忙裡忙外，領著大夥賺了不少錢，大夥都對您感激不盡。」一名姓陶的海商笑了笑，率先起身作揖。

「陶老闆哪裡的話，有錢大家賺，李某也是盡本分而已。」李彤近日交際甚廣，待人接物也越發圓滑，對方不挑明來意，他也只說客套話應付。

隨即，其他海商也紛紛起身向他致謝，感謝他能想出如此好的辦法，帶著大夥一起發財。直到茶水又續了第二輪，才陸續閉上了嘴巴，準備將話頭切回正題。

「嗯，嗯！」馬全先咳嗽兩聲，然後又笑著拱起了手，「李老闆，您雖然年紀輕輕，但經商的手段，實不在我們手下，果然，果然不愧是名門之後！」

李彤弄不太明白他此話究竟包含何意，心中立刻暗暗提高警惕，表面上，卻雲淡風輕，「林老闆哪裡的話，李某也只不過家族中的旁支，僥倖得到長輩的器重，才有機會出來見見世面而已。我等能在長崎闖出如此局面，全賴諸位的盡心幫襯，李某不過因人成事，斷然不敢貪功。」

「奶奶的，這會兒又謙虛上了。你和李尚書的關係，現在還有誰不知道？」馬全聞聽，立刻偷偷腹誹。表面上卻陪著笑臉，繼續拱手，「李老闆何必如此自謙，若非你本事過人，大夥兒這次怎麼可能把生意做得如此順風順水？感激的話，馬某就不再多說了。反正，大夥都記在心裡頭了，等回到大明，只要你李老闆一聲令下，無論需要船、要貨，還是要人，我們大夥絕不推辭！」

「對，李老闆，回到大明之後，我等期待還能附您驥尾。」其餘海商齊齊拱手，說得比秦淮河上的女校書唱歌還要動聽。

李彤知道，「禮下於人，必有所求」的古訓。所以也不跟大夥繼續繞彎子。笑著先拱手還了禮，然後再度重申：「各位兄長，你們閱歷，年齡都遠在李某之上。有什麼要求，儘管直說。哪怕是對咱們前一段時間商定好的事情，不滿意了，也是一樣。只要大夥想法一致，李某就一定照著調整。」

「不敢，不敢，我們知足了，知足了！」眾海商紛紛站起，同時擺手，唯恐動作慢了，被「李有德」當成貪心不足。

「我們真的知足了，一切照目前這樣就很好。」馬全知道再繞彎子就容易產生誤會了，也趕緊停止了客套。將話鋒一轉，壓低了聲音補充，「但倭國這邊，能帶回大明販賣，或者值得帶回去的特產卻甚少。為了讓船隻回去時不跑空，范老闆跟他的同鄉，打聽到了另外一個發財途徑。」

李彤立刻將目光轉向始終沒啥存在感的范姓海商，發現那人今天竟然格外有精神，一雙小眼睛也滴溜溜亂轉，趕緊笑著催促：「范兄，你既然有財路，就早些指點給大夥就是。大夥肯定承你的情，甚至可以讓你抽水。」

「不敢，不敢。」范姓海商聞聽，雙手立刻擺成了風車，「分潤范某絕不敢拿，范某是感謝李兄大氣，才特地想給大夥支個招。這事兒，必須大夥一起來做，還是像先前那樣共同進退，才最後有的賺？」

「范兄儘管說來聽聽？」李彤的心思根本不在賺錢上，卻不敢露出絲毫厭煩態度，裝出一副熱切模樣，大聲催促。「如果可行，大夥絕對不會讓你白白支招。」

「倭國盛產黃銅，但其黃銅卻跟別的地方大不一樣。別的地方黃銅是因為含了錫，而倭國，卻是因為煉製不得法，銅中含了銀。」范姓海商要的就是這個承諾，向前走了半步，將聲音壓得更低，「大夥剩下的貨物，反正也都不多了。如果李兄能說動高野山弘，用銅錠來換，咱們不但可以迅速將貨倉清空，早日回返。帶著銅錠回到大明之後，無論是選擇自己重新熔煉，還是直接出手，都可以讓每個人所得的紅利再漲三成。」

「三成？」李彤微微一楞，質疑的話脫口而出。

日本盛產黃銅，並且因為銀價低廉和冶煉水平有限，導致黃銅中含有一定量的白銀，這些知識對他來說其實並不陌生。畢竟日本適合往大明販運的貨物就那十幾樣，通常當買無可買之時，海商們為了避免半空著船隻返回，都會買一些銅錠來壓倉。

然而，光是將銅錠中的純銅與白銀分離，再分別折算，利潤並沒姓范的所說那般離奇，更不可能讓大夥收入在原來的基礎上，再漲三成！除非，除非將白銀全部換成金錠。

然而，范姓海商卻仍嫌他自己語不驚人，想了想，又用極低的聲音補充道：「何止三成，關鍵要看如何出手。如果只是想賺安穩錢，就直接找個下家推出去。如果想賺得更多，就拿到溫州府那邊，找人換成銅錢，紅利至少能翻上一倍。」

「溫州府？換銅錢！」李彤越聽越糊塗，繼續皺著眉頭質疑。

作為浙江都指揮使司的正三品僉事，他對同屬浙江的溫州府，當然不可能陌生。記憶裡，那邊山多平地少，物產毫無特色，海港也算不得優良，為何銅錠卻在那邊如此值錢？

「那邊私鑄成風，並且早就能做到以假亂真。咱們大明的私錢，有六成以上都來自該地。」見他始終一臉茫然，馬全終於按捺不住，在旁邊小聲提醒。

「可銅錢畢竟過於笨重，咱們用他進貨，極為不便。拿來花銷，更是麻煩。隨便去一趟秦淮河，恐怕都得裝上半馬車。」不願意看到自家姐夫露怯，劉繼業在旁邊忽然大聲插嘴。

眾海商聞聽，個個面帶苦笑。同時對「李有德、張發財和劉寶貴」三人的身份，愈發不敢懷疑。

自打隆慶年間選擇性開海以來，大明的確因為番銀的海量輸入，導致物價逐年高起，但尋常人家去喝頓花酒，花費也就二、三十吊銅錢的模樣，怎麼可能用馬車來裝。況且畫舫掌櫃與帶頭賞花的恩客，多半還是熟面孔，頭天說個數目，第二天派夥計給畫舫送過去，或者畫舫掌櫃派人來取都可以，也根本用不到現付。也只有那種拿錢不當錢的二世祖，才會囂張到讓隨從帶著銀錠和金錠上船，玩到盡興處，出手就幾枚元寶。如此一晚上下來，至少七、八十兩銀子起步，換成銅錢，就是五百多斤注三，當然要拿馬車來拉。

「這個，這個……」范姓老闆單名一個劍字，笑過之後，又向前湊了半步，低著腦袋，滿臉諂媚。「咱們進貨和日常花銷，當然不會用這些銅錢，需要數量太大，攜帶也不方便。但是，但是如果能將銅錢送入官庫，再從官庫中兌銀子出來，就能讓所有問題迎刃而解。李公子，您實力雄厚，大夥都看在眼裡。如果能讓您的族兄促成此事，我等願將販銅的收益再讓出兩成來給他老人家潤筆……啊！」

話說到一半兒，他忽然低聲叫痛。李彤聞聲看去，恰看見馬全將手指從此人腋下迅速收回。而此人，則乖乖地閉上了嘴巴，不再做任何補充。轉頭再瞧其他各位老闆，也全都不再言語，但每個人的臉上，卻寫滿了期待。

注三：一千文制錢重六斤四兩，八十兩白銀折八十千文。明代因為西班牙貨船將大量美洲白銀輸入，以及張居正的一條鞭法，白銀正式成為貨幣。銅錢和白銀兌換比在 1000 : 1 上下浮動。明末因為墨西哥白銀逐漸枯竭，兌換比為 1500 : 1 甚至更高。

下一個瞬間，李彤眼前一片雪亮，心臟處，卻宛若遭到雷擊。明白了，全都明白了，怪不得這些海商們今天聯袂而至，並且如此鄭重其事。怪不得如此一大批銅錠運回大明，價格不跌，利潤還能比正常情況再多出三成！原來，原來大夥打的是將銅錠兌換成私錢，再拿私錢從大明官庫裡兌換銀子的主意！而這個主意實施的關鍵，就是南京戶部。眼下戶部尚書，正是自己那個杜撰出來的祖兄李三才。

這群殺才，海上走私已經賺了翻倍的紅利，竟然還嫌不夠！還想在大明原本就不充裕的官庫上「鑽洞」，大偷特偷。並且從他們的思路還如此順暢，很顯然，已經不是第一次這麼偷。只是以前偷得少，「洞」只挖在地方。而這次數量實在太大，光在地方上挖洞已經不夠用。所以才把心思打在了集中江南各地稅金北運的南京戶部頭上。

李三才本人若知曉此事，會作何選擇，李彤不知道。可是他心中的怒火，卻已經熊熊翻滾。若身在國內，此刻他就算不大開殺戒，也要將馬、孫、范、陶幾位，揍得幾人滿臉開花。但是，此刻他卻身在長崎，除了沙船上的兄弟之外，四周圍全是敵人。

「這個，這個，李某只能說盡力。讓大村家用銅錠來付帳，甚至讓其他日本商人用銅錠付帳，李某都可以為大夥去分說。」即便心中再恨再怒，他也不敢暴露出半點兒，更不敢讓眾海商等得太久，「但是族兄那邊，卻不敢替他做主。畢竟，畢竟他老人家兩袖清風，未必肯替咱們開這種口子。並且私錢入公，前後涉及到的人太多，眼太雜，也需要仔細謀劃。」

他如果當場大包大攬，馬、孫、范、陶、林等輩當中，肯定有人會心生疑慮。然而，此刻他越是裝出一副為難的模樣，欲拒還迎，眾海商反倒覺得他做事牢靠。當即，馬全就又主動帶頭，笑著表態：「李會首請放心，我等肯定不會強人所難。能將大夥手裡其餘的貨物，盡數換成銅錠，我等已經很感謝了。至於接下來怎麼處理銅錠，咱們可以回到大明之後慢慢運作。」

「對，我等能將尾貨換成銅錠就很知足了，不貪心，不貪心。」范劍揮動著肥肥的小手兒，大聲附和。彷彿剛才提議將銅錠換成私錢，再將私錢換給國庫的，是一個與自己毫不相干的人一般。

「不貪，不貪，咱們回去之後慢慢運作。」其他海商，也陸續擺手表態，但看向李會首的目光，卻與先前別無二致。

這麼好的一條路子，還守著南京戶部的銀庫，他們才不相信，李有德將銅錠帶回大明後，會老老實實按著市面上的銅價出手。而只要李有德自己想按照他們指出的路子發財，就少不了再向他們當中某個人諮詢其中操作細節。屆時，大夥再一步步參與進來，甚至分作幾批，輪流參與進來，也不為遲。

反正，反正李三才這棵大樹，根深葉茂。十年八年倒不了，而借著這棵大樹的樹枝，去戶部銀庫用私錢倒換上十年官銀，是何等一本萬利的買賣？想想都讓人熱血澎湃。

只可惜，他們想著一本萬利，卻將李彤、張維善和劉繼業三個心中，對他們最後一點兒好感，給燒了個乾乾淨淨。原本因為交往時間久了，彼此之間也算配合默契，李彤和張維善、劉繼業等人，還為了不遠的將來，有可能把眾海商拖下水，而感到內疚。現在，兄弟三個卻在心中不約而同地決定，該怎幹就怎麼幹，絕不會因為眾海商有可能受到拖累，就冒險先將他們支開。

那些人根本不值得他們兄弟幾個冒險，也不值得他們提前做任何示警。那些人眼裡，除了錢就是錢，根本沒有大明和大明父老鄉親。那些人和他們各自背後的家族，就像阮籍筆下生活在褲襠裡的虱子，一天到晚只懂得吸血，吸血，再吸血，絲毫不管大火已經燒到了褲腳，隨時都可能將他們與被他們吸血的目標一同焚成焦炭。

偷偷在心中嘆了口氣，李彤笑著向馬、孫、范、陶、林等海商點頭。然後又開始慢條斯理地跟大夥約定，等回到大明之後，務必找時間相聚。眾海商只當他想借著相聚的機會，跟大夥商討銅錠「變」成官銀的細節，所以全都心領神會。於是乎，再度以茶代酒，向李會首齊眉相敬。

張維善和劉繼業兩個，不願讓李彤一個人承受眾海商的濁氣，也上前幫忙。大夥談談生意經，聊聊歡場軼事，其樂融融。直到茶水換過了四遍，才賓主盡歡而散。

強打精神，將馬、孫、范、陶等海商送下了沙船，望著他們心滿意足的背影，李彤忽然覺得好生疲倦。

朝堂上的大佬們，昏庸的昏庸，貪婪的貪婪，被沈惟敬和小西行長兩個，像耍傻子一般，耍得團團轉。大明的民間，又遍地都是馬、孫、范、陶這樣的蠹蟲，只管埋頭吸血，不問其餘。如此國家，不遇到強大的外敵還算走運，好歹爛船也有三斤釘。萬一遇到了一個強大的外敵，如晉末的匈奴，宋末的蒙古，豈不又要哀鴻遍野，甚至再遇一次崖山？

而自己，雖然有一幫兄弟生死相隨，所能做的，卻非常有限。且不說這次拆穿議和騙局能否成功，即便最終得償所願，並且平安脫身，誰能保證類似的君臣一起替騙子圓謊的怪事，不會出現第二回？

「與其那樣，還真不如坐看『和議』達成，好歹大明還能從海上貿易賺點兒。」疲倦過後，隨之湧上李彤心頭的，便是自暴自棄。

倭軍的戰鬥力，他早就領教得清清楚楚。兩年半之前，如果不是因為大明朝廷中所有人都心甘情願地上當受騙，東征軍早就拿下了釜山，將倭寇盡數趕下了大海。而經歷兩年多的厲兵秣馬和準備，倭軍的戰鬥力雖然有所提高，卻未必就是大明將士的敵手。畢竟這兩年多，李如松、李如柏等人也沒閒著，一直帶著麾下弟兄在北疆為國東擋西殺。所以，倭寇雖惡，對大明來說，卻不致命。

怕就怕的是，朝廷從這次屈辱的議和中，得不到半點兒教訓，從上到下，繼續醉生夢死。

那樣，早晚會有真正的威脅臨近，甚至遠遠來自海上。佛郎機、干絲臘，甚至其他不知名的國家。那些國家的戰艦和大炮，已經遠比大明所造出色。那些國家的水手個個人高馬大，且悍不畏死。

正疲倦地不停嘆氣之時，遠遠地，卻從碼頭上又走來幾個急匆匆的人影。緊跟著，負責外圍警戒的顧君恩快步上前回報，說肥後國有一群商人前來，想要拜見李會首，詢問大宗絲綢的價格。

李彤聞聽「肥後國」三個字，心中就是一喜。連忙收起心事，小聲吩咐：「直接帶他們去碼頭上的貨倉，讓他們先看貨，我隨後就到！」

「是。」顧君恩知道李彤這麼安排，必有道理，答應一聲，轉身就走。

「有魚咬餌了？」張維善和劉繼業，卻相繼從肥後國三個字，想到了瓜分了肥後的小西行長和加藤清正，湊到李彤身邊，滿臉興奮。

「應該是，小西行長再器重大村喜前，也不會讓他一個人把所有錢全賺走。」李彤笑了笑，輕輕點頭。隨即，又快速吩咐：「永貴留在船上坐鎮。守義，你和李盛、崔管事一起陪我過去。咱們試試，能不能通過這些人，接觸到小西行長身邊的家臣。」

「姐夫……」劉繼業臉上的興奮，立刻變成了失望，跺著腳大聲抗議。李彤卻沒功夫再跟他討價還價，略微收拾了一下，與張維善、李盛、崔永和三人快速趕赴貨倉。

為了放貨方便，也為了體現大村氏的誠意，貨倉距離沙船的泊位並不遠。李彤一邊走，一邊在心裡醞釀情緒和說辭，正準備大展身手。然而，待來到貨倉，與對方見了面兒，所有說辭卻瞬間全都憋在了嗓子裡。

來人共有十餘位，三名豪商，一名通譯，剩下的則是隨行的武士。其中兩名豪商生得五短身材，肥頭大耳，與他以前接觸過的日本商人，不乏類似之處。而最後那名，卻身材魁梧，鳳目蠶眉，胸前還掛著一個明晃晃的十字架。

「各位貴客光臨，我家會首深感榮幸。剛才因為有客人在，所以來得稍微遲了一些，得罪之處，還請多多包涵，多多包涵！」好在李彤身邊還帶著張維善，後者反應迅速，且從朝長家老那裡學了一大堆日本人的虛禮。發現好兄弟表現不對，立刻上前向對方用力鞠躬。

「讓各位久等了！」李彤得到了一個喘息之機，迅速收拾起心中的震撼，也笑著向大夥拱手。

他目前的身份是大明在長崎商會的會首，又是沙船的第一貨主。所以比同伴拿捏一些，理所當然。三名肥前豪商聽了通譯的傳話之後，不敢怠慢，連忙躬身還禮，嘴裡客套話一串接著一串，虧得那通譯和朴七兩人都反應足夠快，才不至於招架不暇。

足足用了一刻鐘，廢話才終於說完。李彤也終於平心靜氣，並且弄清楚了那兩名肥頭大耳傢伙，如小西飛（內藤如安）一樣，都以小西為姓，一個叫安東尼奧，一個叫萊昂。而那個胸前掛著十字架的鳳目蠶眉者，則自稱叫岸本幸史，教名則是克萊門。

聽到「岸本幸史」四個字，好不容易才平心靜氣的李彤，肚皮頓時又開始抽搐。多虧了衣服寬大，才不至於當場露餡兒。

「岸本幸史，俺本姓史，史叔啊史叔，你可真夠實在」，心裡偷偷嘀咕著，他再度向對方施禮，這次，卻是恭恭敬敬，不帶一點兒做作。

原來那岸本姓史，根本不是別人，正是大明錦衣衛指揮僉事，三年多之前曾經救過劉繼業一命的史世用。

此人也真的堪稱膽大包天，李彤記得自己第一次見到此人的時候，他就混在朝鮮一群逃難的百姓中間，帶回了祖承訓和史儒等人兵敗平壤的情報。而這回，此人居然又混到了日本，並且成了肥後國的一名豪商。

懷著幾分欽佩，李彤一邊跟另外兩個日本商販說毫無營養的廢話，一邊將他們領到倉庫深處。那兩人見到一匹匹絲綢，一箱箱紅茶和成筐的瓷器、藥材，頓時眼睛頻頻發光，站在盛放貨物的器具旁，不停地問東問西。張維善與李彤配合默契，立刻盡職地上前，將貨物品級、產地、特色等消息，一一報出，然後有問必答，甚至問一答三。

如此一來，那兩名姓小西的日本商人，更是高興得無暇他顧。趁著這個機會，李彤將史世用慢慢帶入一個擺放首飾和玉器的房間，順手合攏了門，然後滿臉驚詫地詢問：「世叔，你怎麼來了？並且還混成了肥後國的豪商！」

「我怎麼來了？我還想問你，你怎麼來了呢！」史世用一臉哭笑不得的表情，緊跟著，又快速解釋，「我自然是奉命來的。讓我猜猜，你既然用化名，那麼肯定是偷偷溜來的，不過，想必王總兵也該知道此事，宋應昌在背後，也沒少支了招？嗯，我聽說，你身邊還有一個叫劉寶貴的，不會是劉繼業吧？那張維善叫什麼？」

一張嘴便滔滔不絕，顯然也是憋了許久，恨不得找個志同道合者說個痛快。

「嘿嘿，張發財。」他鄉遇故知的幸福，幾乎讓李彤大腦一片空白，更何況，對方還是錦衣衛指揮僉事，來日本的原因，自然不言而喻。

正想多說幾句，外面已經傳來一陣腳步聲響。李彤趕忙拿起一個首飾盒子，裝模作樣給史世用講解了起來。不多時，那兩個姓小西的日本商人在張維善的陪同下，也興匆匆走進屋中，東看西看，卻沒有發現任何異狀。

「今晚亥時，我去船上找你。」等那二人過足了眼癮和嘴癮，趁著大夥又走向下一個房間的時候，史世用輕輕在李彤耳旁嘀咕，隨即，也操著一口地道的日語，開始履行起商販的職責來，並每一句問得都極為內行。

李彤頓時心領神會，也迅速投入所偽裝的角色，賣力地向包括史世用在內的三名豪商推銷起商品。待三人問起價格，又如同一個商人般錙銖必較。直到最後，才看在對方是大宗進貨和來自小西攝津守的帳下，給了令其基本滿意的折扣。

當然，比起在貨物價格上錙銖必較，在回扣方面，「李有德」卻給得極為大方。沒見貨款，就先送了每名豪商龍井二十斤、上等蘇州產綢緞十匹，各色禮物若干。並且反覆暗示，如果貨款到的及時，或者用銅錠支付，還會再給予三人一定的抽水。

那兩名姓小西的商販，平時也是收禮收慣了的，只是從沒見到如此大的手筆。當即，被哄得眉開眼笑，大嘴巴一張，就讓倉庫中一大半兒絲綢有了去處。並且滿口子答應，還會繼續過來採購其他商品。反倒是化名岸本幸史的史世用，顯得油鹽不進，禮物一樣不少拿，貨物卻訂了不到另外兩人的三成。

李彤當然不會在意史世用買自己多少貨，送走了三名日本豪商之後，立刻返回了沙船，小心布置，以免被人看出蛛絲馬跡。當晚亥時剛過，史世用果然混在一夥收集排泄物的穢多中間，如約上了船。來不及更換散發著惡臭的衣服，就低聲說道：「你們幾個混帳小子，膽子也忒大了些！居然敢不顧各自的職守，來此龍潭虎穴。且不說你們來了沒什麼卵用，即便能為國立下奇功，回去之後，恐怕也難逃言官彈劾。到頭來，全都功不抵過。」

「世叔教訓的極是。」知道史世用是出自一番好心，李彤、張維善和劉繼業三個，齊齊躬身受教，「晚輩只是，只是不甘心皇上和滿朝文武，被賊人欺騙。所以，所以才仗著膽子，來日本一探究竟。」

「你們能探到什麼？探到了又有什麼用？和議已經談了兩年半，到這時候，不出現個驚天變故，朝廷如何可能改弦易轍？閣部那些老頭子們，又怎麼拉得下臉皮來，承認自己上當受騙？」史世用狠狠瞪了三人一眼，痛心他們自毀前程。

「世叔說得對，我等到目前為止，尚無寸進。」李彤低著頭，老老實實地承認，「只是，只是不走這麼一遭，心中不甘！」

「好一個心中不甘！」史世用聞聽，忍不住大聲長嘆。「值得嗎？賭上性命和前程？你們可都是皇上看好的，文武兼修，老老實實熬上二十年，閣部有望。」

「不知道，但是不來，這輩子心裡都會覺得遺憾！」這次，是張維善代替大夥作答，每個字，都發自內心。

「唉——」史世用聞聽，再度報以一聲長嘆。嘆過之後，才低聲道：「也罷，既然來都來了，後悔藥也沒地方買去了。只是希望皇上，只是希望大明，將來不辜負你們這些後生晚輩吧！你們如此大張旗鼓，又為的什麼，莫非想接近小西行長，辣手除之？」

「世叔您真厲害，居然一下子就猜到了！」劉繼業立刻眉飛色舞，大聲回應，「殺了這個大騙子，自然和議就無法達成。還能給戰死在朝鮮的弟兄們，出上一口惡氣！」

「胡鬧，好在老夫猜到了。否則，你們死都不知道怎麼死的！」史世用氣得一巴掌拍過去，直接將劉繼業拍了個趔趄，「那小西氏，好歹也是一方諸侯。身邊豈能不帶著足夠的護衛。你們三個甭說根本沒機會見到他，即便奉命被召見，也會經過嚴格搜身，屆時赤手空拳，怎麼可能如願？不過是枉自搭上各人性命罷了！」

劉繼業知道對方沒有壞心，所以也不生氣。揉了揉挨了巴掌的肩膀，訕訕解釋：「這只是萬不得已時，才會做的選擇。我們，我們還想了別的招數。世叔您不知道吧，豐臣秀吉向大明提了秀七條，而沈惟敬，卻根本沒向朝廷彙報，一直在用假話來欺騙皇上。我們已經拿到了寫著秀七條的文告，只是，只是目前僅有這一份證據，還容易被沈惟敬推說是日本人漫天要價，蒙混過關。」

「你想讓老夫幫你，把文告呈送到皇上面前？」史世用做了半輩子錦衣衛，豈能猜不到他心裡的彎彎繞？立刻瞪了他一眼，大聲追問。

「這，這，世叔您不是可以直達天聽嗎？我們，我們畢竟是偷偷跑出來的。」劉繼業小心思被戳破，也不臉紅。挺起胸脯，解釋得那叫一個理直氣壯。

史世用拿他一點兒脾氣也沒有，搖了搖頭，低聲吩咐，「拿來吧，老夫今夜就安排人送回去。」不待三人致謝，卻又快速補充了一句：「但是，沒用，也來不及了。老夫這邊，早在兩年之前，就送回去過謄抄本，跟原始文告的內容一個字都不會差。但是，卻石沉大海！」

「世叔，世叔您是說，皇上，皇上根本不信？」李彤、張維善、劉繼業三個的心臟，瞬間沉入了海底，瞪圓了眼睛，喃喃追問。

「我不知道是皇上不信，還是根本沒送到皇上那邊。」史世用第三次長嘆氣，從桌上抓起特地為自己準備的茶水，如喝酒般一飲而盡，「老夫兩年前初來日本之時，跟你們一樣，扮成海商刺探情報。探知豐臣秀吉真正意圖後，立刻派人回國覆命。然而，我的部下卻一去不復返，明日兩國之間，雖然是各說各話，偏偏還打得如膠似漆。」

已經沉到海底的心臟，瞬間又好似被壓上一塊石頭。李彤、張維善和劉繼業，面面相覷。良久，才呻吟般問道：「史叔的意思是，錦衣衛裡也有人，在阻止你把真實情報上達天聽？」

「嗯。」史世用只回答了一個字，卻讓在場所有人都毛骨悚然。

要知道，錦衣衛指揮僉事，雖然是個四品官，卻已經高過了南北鎮撫司的鎮撫。能阻攔他們的密奏呈入皇宮的，恐怕只有都指揮使或者掌管東廠和錦衣衛的秉筆太監。

而那史世用，卻好像唯恐大夥被嚇得不夠。想了想，又緩緩補充道：「豈止是阻止真實情況上達天聽？若不是史某見情況不對，立刻帶著幾個心腹，改頭換面藏了起來，恐怕此刻屍體早就爛成了一堆枯骨！大明的主和派既然存心要瞞天過海，在細節上豈會有所疏漏？發現史某可能會壞他們的事情，立刻知會了這邊的日本人。結果，明面著通緝，暗地裡刺殺，史某嘗了個夠。好在史某命大，又在出發來日本之前，就跟西洋和尚學了幾句經文，最後才混到了教徒當中，讓他們追無可追。」

「怪不得世叔您居然也取了個克萊門的教名！」眾人一邊倒吸冷氣，一邊低聲贊嘆。對史世用的果斷和機智，佩服得五體投地。

「所以這份文告，史某有辦法往回送，皇上能不能看到，卻無法保證。此外，你們可能打死也想不到，大明與日本的議和，不止是小西行長和沈惟敬勾結起來，欺騙了皇上。其實，他們是在兩頭騙！皇上那邊，根本不知道有一個秀七條。豐臣秀吉這邊，至今也對大明提出的三大條款，一無所知。」

「轟隆隆——」彷彿晴天裡打兩個響雷，李彤、張維善、劉繼業和周圍眾人，全都被炸了目瞪口呆。

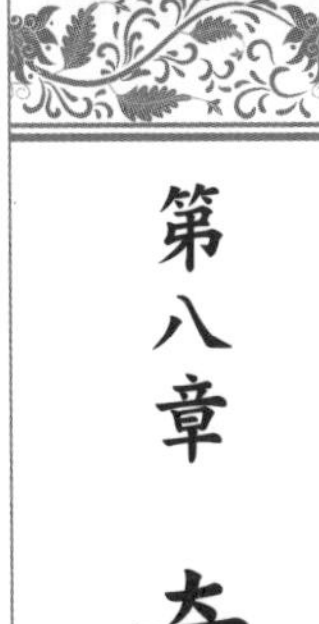

第八章 奇貨

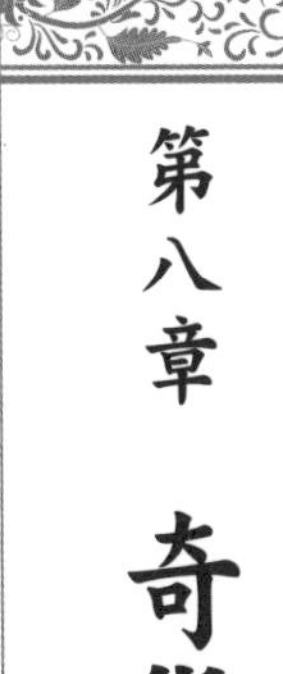

「這，這騙局，恐怕是前無古人後無來者。」

「他們居然，居然連豐臣秀吉一起給騙了！」

「他，他們好大的膽子！」

「這怎麼可能！」

很久，很久之後，大夥才終於陸續從震驚中回過神，質疑與感慨聲此起彼伏。

真相，與大夥最初的預估，差得也實在太遠了些，怪不得所有人一時半會兒都無法接受。

從兩年多之前大明接受日本請和那時候起，大夥就認定了小西行長使的是緩兵之計。但緩兵之計一緩就是兩年半，又讓大夥的想法或多或少都發生了一些動搖。而前段時間張樹從高野山弘家偷回了秀七條，則讓所有懷疑都有了合理的解釋，日本人不僅僅是在施行緩兵之計，並且試圖通過對大明的單方面欺詐，獲得他們在戰場上根本拿不到的紅利。

在見到秀七條的剎那，大夥都以為，已經接近甚至掌握了答案。卻做夢都沒想到，小西行長和沈惟敬等人，不僅僅是欺騙了大明，甚至調過頭來，將日本攝政豐臣秀吉，也騙了個暈頭轉向。

「兩年多來，史某反覆確認，最終發現，和談從頭到尾都是一場兒戲。大明和日本雙方，都認定自己打贏了，都認為對方迫於兵威，不得不選擇屈服。而事實上，雙方真正能談一談的，恐怕只有重開海禁。並且大明這邊準備賜予日本的，還是每年一次朝貢機會，而日本，所期望的則是兩國商船自由往來……」見大夥調適得差不多了，史世用的聲音再度響起，用無奈而又惋惜的聲音，向大夥兒揭開一個無比荒誕的現實。

大明根本沒想割讓半壁朝鮮給日本，沒答應對日本放開海禁，沒答應將公主下嫁，只是以戰勝者的姿態，賜給了豐臣秀吉一個日本王的頭銜，好方便他篡奪日本天皇的位置，繼而讓日本內戰不斷。而豐臣秀吉，也根本沒答應撤兵回朝鮮，同樣以戰勝者的姿態，提出了通商、割地、嫁女等七大要求，並且準備以朝鮮之賦稅，養日本之強兵，蓄力十年，一舉橫掃中土！

雙方都堅信對方吃了敗仗，迫於兵威不得不答應了自己這邊的全部條件，雙方都認定，即將簽署的和約，對自己絕對有利。雙方看到的，都是小西行長和沈惟敬等人聯手編造的謊言。謊言的兩面，完全不一樣，雙方也對彼此的真實想法，都是一無所知。

「他，他們，他們這麼幹，到底圖什麼啊？」又過了良久，劉繼業再度顯示出了心大的好處，第一個皺著眉頭猜測。「這事兒萬一出了紕漏，就是身敗名裂的下場。沈惟敬這麼幹，我好歹還能猜到，畢竟他以前就是個地痞，原本一無所有。將和談視作賭局，贏了就封妻蔭子，輸了頂多丟下爛命一條。而那小西行長，已經是年俸三、四十萬石的諸侯，騙成了，他未必能篡得了豐臣秀吉的位。萬一敗了，整個領地恐怕都得搭進去。」

「是啊，到底誰給他們如此大的膽子？讓他們甘心冒此奇險！」張維善也揉著腦袋，小聲揣摩。然而，卻始終找不到一個可能的答案。

「世叔，您剛才說，雙方真正能談一談的，只有重開海禁？」此時此刻，李彤的頭腦也昏昏脹脹，根本無法冷靜思考。然而，連日來做生意時的所見所聞，卻讓他的眼界遠比做個純粹的武將之時開闊，忽然皺著眉頭，向史世用小聲發問。

「對，的確如此！」史世用臉上，立刻露出了孺子可教的欣慰。笑了笑，輕輕點頭，「早在隆慶初年，大明就針對世間萬國開了海禁，只是把日本排除在外。而近年來，有識之士卻發現，此舉只是白白便宜了做倒手買賣的朝鮮商販，其實根本無法禁止大明的貨物賣到日本。歷年來，大明與日本之間的走私船隻，也是禁不勝禁。所以，即便沒有壬辰之戰，廢除對日本的禁令，也是早晚的事情。拿出來作為議和條件，只是為了讓使臣多一個憑藉，也好跟日本那邊討價還價。」

「我明白了！」劉繼業忽然站了起來，用手力拍桌案，「這群直娘賊，一個個為了錢，竟然連祖宗都不要了！皇上、朝廷、大明、日本，對於他們來說，都是貨物而已。如有所需，隨時都可以拿出來賣一賣，無論拆了零賣，還是大宗批發。」

「你在說什麼呢你？永貴，誰在拿皇上和朝廷當貨物！」三人之中，張維善性子最為寬厚，所以這個節骨眼兒上反應也比李彤和劉繼業慢了半拍，瞪著一雙發紅的眼睛，低聲追問。

「他說得應該沒錯，我也明白了。」李彤主動替劉繼業回答，手臂顫抖，牙齒也不停地上下碰撞。彷彿一瞬間從夏日來到了寒冬。

「我好像也明白一些了！」鄧子龍接觸和談之事很短，卻因為官場經驗豐富，也在旁邊咬牙切齒。「他奶奶的，就不怕活活撐死。」

「怕撐死，就不是他們了。」史世用看了一眼大夥，主動揭開了答案，「沈惟敬乃是兵部尚書石星一手提拔。石星在轉任兵部尚書之前，為戶部尚書，管的就是錢糧。石星早年曾遭大難，多虧了穆文熙照顧，才終於留下了性命。而穆文熙，歷任廣東按察使，南京戶部侍郎，深知海貿之利，並且與江南顧氏、錢氏、福建葉氏多有往來。穆文熙的頂頭上司李三才，亦有善於經營之名，在南京任職短短數年，不動聲色間便賺下了百萬之資。此外，南京禮部尚書劉丙、工部尚書趙志峻、工部尚書王皋，背後的家族之中，也曾染指海貿……」

沒有一個字，涉及到和談的騙局，但是，答案卻在大夥眼前呼之欲出。維持對日本海禁，只會白白便宜了朝鮮二道的販子。對日恢復貿易，則會養肥大半個南京官場和東南仕紳之家。而日本那邊，小西行長出生於界港，其父親是日本著名的藥材販子。漢方和漢藥的供應，全都離不開大明。豐臣秀吉身邊，像這樣與海上貿易糾葛甚深的，還不止小西行長一個。

於是乎，割不割地，並不重要。嫁不嫁公主，也不重要。撤不撤兵，更不重要！反正眼下侵朝倭軍全都駐紮於朝鮮的釜山，距離大明還有上千里之遙。唯一重要的，就是大明與日本的海上貿易必須重新開啓。而為了海上貿易重新開啓，議和就必須成功，哪怕是對雙方的最高掌權者同時進行欺騙。

荒誕嗎？非常荒誕！荒誕到令人無法接受。離奇嗎？絕對離奇，離奇到曠古絕今。可如此離奇，如此荒誕的事情，偏偏就在大夥眼下，一點點暴露出了全貌，偏偏大夥找不到任何言語來質疑和反駁。

「諸位能冒死前來，史某佩服！」又多少給了大夥一些「消化」時間，史世用再度笑著拱手，「但此事關係重大，史某不忍心看著你們年輕，一個個斷送掉大好前程乃至性命。史某乃是錦衣衛，理當死於國事，沒有袖手旁觀的資格。而你們，現在趕緊揚帆啓程，卻還來得及。」

「世叔你這是什麼話！」劉繼業大怒，紅著臉高聲抗議，「莫說你對我有救命之恩，即便沒有，劉某也不會眼睜睜地看著那幫孫子繼續出賣大明。」

「世叔，東征將士的血，不能白流。李某兩年多來，處心積慮，就是為了拆穿這個騙局。」李彤性子遠比劉繼業沉穩，鐵青著臉向史世用拱手。

「張某倒是想要看看，那些奸賊會落個什麼下場！」張維善向來與李彤形影不離，關鍵時刻，更不會放棄對好兄弟的支持。

緊跟著，張樹、顧君恩、李盛等人，也紛紛開口。堅持要繼續揭開騙局，達成大夥多年以來的心願。

在場之中，未曾參加東征的，只有鄧子龍和崔永和兩個。前者笑了笑，丟下一句：「如果為了升官，老子當初何必在雲南殺得人頭滾滾？」轉身離去。後者，則猶豫再三，忽然紅了眼睛，大聲說道：「老賊，老賊顧養謙當初為了議和，殺的那些兵痞，都，都是我浙江兄弟。老子以前沒本事給他們報仇，只能裝聾作啞。如今，如今唯願看到姓顧的身敗名裂！」

雖然提醒之時，就料到大夥會如此作答。史世用依舊感動莫名，抬手揉了揉發澀的眼睛，繼續小聲補充：「你們可想清楚，無論成敗，將來大夥要面對的，都是南京六部和北京諸多宿老重臣。甚至，甚至有可能直接得罪了當朝幾位閣老。而南京六部官員雖然權力沒北京大，大明歷年科舉，三甲當中，則近半來自江南。」

「多謝世叔提醒，但我等卻不信，舉國上下，找不到幾個知恥男兒！」李彤忽然吐了一口氣，代替身邊所有人回應。

「如此，史某就有底氣多了！」史世用後退半步，忽然向所有人深深施禮，「子丹、守義、永貴，還有各位兄弟，你等若是不來，單憑史某一個，恐怕無論如何努力，都將落個螳臂當車的下場。你等來了，史某倒是有了三分把握，跟小西行長和沈惟敬鬥上一鬥，至少，能拚個魚死網破。」

「該怎麼鬥，世叔您儘管示下！」聽史世用說還有三分把握，李彤頓時眼神一亮，催促的話脫口而出。

「是啊，我們原來以為，能夠有一成把握，都是老天爺開恩。您老能有三成，已經比我等先前高出太多。」劉繼業晃著腦袋，大咧咧地補充，彷彿即將去面對的，是一群土雞瓦狗。

「對，世叔，該怎麼辦，我等聽你的！」

「世叔，您來倭國時間長，又混到了小西家族內部，我等唯您馬首是瞻！」

「史叔……」

眾人爭相表態，催促史世用趕緊說出他的妙計。後者知道大夥志同道合，所以也不再遮遮掩掩，點點頭，忽然將聲音壓得極低，「我能混入小西行長家，並且得到了重用，並非我自己多有本事，還是靠著胸前這個洋和尚給的十字架。而那些在日本的洋和尚，急於討好豐臣秀吉，換取在日本的自行傳教之權，卻偏偏苦於找不到機會。所以，拿到大明使者的手裡的真實和約文本，送到洋和尚之手，他們自然會想方法轉交給秀吉。哪怕，哪怕為此犧牲掉已經信了他們教義的小西行長。此外，因為反對議和，加藤清正如今已經被押回日本軟禁。他在豐臣秀吉身邊也有許多同情者，只是苦於找不到翻盤的把柄。」

「世叔你是說，讓我們想辦法從大明使者手裡……」李彤的眼睛，又是一亮，詢問的話再度脫口而出。

「我的意思是，雙管齊下！咱們先從……」史世用的聲音，越來越低，漸漸弱不可聞。

「轟隆！」一聲悶雷，在窗外炸響，閃電如蛇，照亮整個海港。

雷雨整整持續了一夜，第二天早晨，烏雲散去，又是陽光萬道。

因為有了史世用的指點與配合，李彤等人的行動思路，比原來清晰了許多。大夥在目標達成之後，平安脫身的希望，也增加了許多。因此，在興奮之餘，眾人皆抖擻精神，一絲不苟地做最後準備，只待大明使者蒞臨長崎。

也不是所有人忙得腳不沾地，前一段時間對拿到「秀七條」真實憑據的張維善，就相對清閒。該探聽的情報，史世用探聽得都差不多了。該接洽的生意，自有李彤帶著崔永和等人來接洽。至於修船、備戰、長崎城內踩點兒，也有劉繼業帶著顧君恩、張重生等人去實施。所以，他無論走到哪裡都幫不上太多的忙，只能坐在甲板上百無聊賴地曬太陽。

「你乾脆與樹兒一起去接上你的光子，然後去長崎港周圍轉轉。免得周圍還有世叔和咱們都沒留意到的勢力，到時候突然殺出，將大夥殺個措手不及。」不忍心看到張維善臉上的寂寞，李彤笑著低聲吩咐，「另外，昨晚世叔提及，那天在城內放火掩護咱們的，乃是他的一位老兄弟。而眼下這位老兄弟已經成為島津義弘麾下的國人眾。他既然身在長崎，說明島津義弘也在盯著議和的事情，咱們多加一份小心總是沒錯。」

「這，我馬上就去！」張維善臉色微紅，隨即，就乾脆俐落的拱手。

二人來日本這麼久，對日本國內粗疏且混亂的官府結構，已經有了初步的瞭解。早就知道，國人眾，特指的是地方土豪或者流氓頭目。這些人通常霸占幾個村落或者一定地域內的某個行業，擁有一定數量部下，地位低於城主。但諸侯為了省事兒，卻通常會主動拉攏他們，賜予他們一定權力，同時接受他們的效忠。

而昨夜史世用臨下船的時候，趁著告別的機會，向他、劉繼業和李彤透露了一個驚人的秘密。萬一所有計劃都宣告失敗，史世用本人還有一個最後殺招。那就是，依靠島津義弘麾下的某位擔任國人眾的錦衣衛，在京都的伏見山突然發難，重演第二次本能寺之變。

該殺招的成功可能性，恐怕比當年的荊軻刺秦王還小上數倍。但因為參與者的身份特殊，此人的捨生取義，足以讓「和談」成為泡影。

出於謹慎，此人的名字史世用只透露給了李彤、張維善和劉繼業。一方面是為了再給三人增加一點成功的信心。另外一方面，則是某種程度上的「托孤」。以便萬一目標在沒有達成之前，他本人暴露身死。那麼接下來，這個名叫郭國安的島津氏國人眾，就歸李彤、張維善和劉繼業三個負責聯絡，直到大功告成，或者此人也以身殉國。

「世叔！」昨夜史世用剛剛交代完畢，李彤、張維善和劉繼業等人，就全都紅了眼睛。這一刻，他們終於明白，大明不僅僅有石星、顧養謙、沈惟敬這種城狐社鼠，也不僅僅有馬全、范劍這種蠹蟲。

大明其實還有無數像史世用、郭國安這樣的英雄豪傑，在默默地用血肉和生命構築起一道無形的長城。

而正是因為有這些志同道合者在，大夥的行動，才忽然變得有了意義。遠在身後的大明，才變得更加清晰，更加值得大夥為其付出。

大明從來不屬某些只會指天罵地的清流，也不屬某些將其視為貨物的貪官和奸商。她永遠屬那些默默守護著他的人，並且永遠因為他們的存在而存在，不管他們，是身在南京、北京，還是遙遠的異國。

「多加小心！」看著張維善匆匆奔向船艙的身影，李彤追了幾步，笑著叮囑，「如果可能，這幾天記得多將光子帶出來轉轉。需要的時候，直接帶著她上船。」

「知道了！」張維善的臉色更加紅潤，答應了一聲，喊上張樹和幾個心腹家丁，匆匆離去。不多時，便來到長崎城內的朝長家大宅。

由於前一段時間，通過「張發財」的關係，朝長家賺了個盆滿鉢圓。所以雖然離婚期還有一段時日，朝長家上下，卻早已將「張發財」當成了半個主人。門房當值的奴僕看到他到來，立刻畢恭畢敬上前行禮。

「張發財」也著實大方，出手就是每人兩粒一錢重的銀豆子。然後也不進院兒，只說邀請朝長小姐出門遊玩兒。結果，才等了五、六個西洋分鐘，朝長光子便穿戴一新，如蝴蝶般飛出來。

二人一同上馬，朝郊外疾馳。不多時，就將張樹等人連同長崎城，遠遠甩在了身後。而夏末秋初的海畔，風光極為秀麗。圓天如蓋，碧水如鏡，鳥翔魚躍，白帆臥波，晶瑩剔透的浪花，如情人的手臂般拂拭過白色的沙灘，五彩斑斕的貝殼燦若繁星。

如此美好的景色，能夠有資格欣賞的，卻只有張維善和光子一對兒。其他忙碌在海灘上的男女，則全都累得直不起腰。而大戶人家的豪奴，則揮著鞭子，不停地朝忙碌的男女叱罵，彷彿後者全是牲口一般，根本與自己不是同類。

有張維善這個明國人在場，朝長光子禁不住為同胞的做法臉紅。連忙又用腳磕了幾下馬鐙，帶著未婚夫奔向更遠的位置。足足又跑出了二十里遠，終於看不到有人在繼續忙碌。這才飛身跳下坐騎，張開雙臂迎接海風的洗禮。

張維善自知二人很可能分別在即，而下一次相見，還不知道是什麼時候。所以也就耐著性子，在旁邊靜靜相守。那朝長光子難得有機會跟心上人獨自出遊，快樂得如同雪地中的小狗兒。竟是半點都沒感覺到自家未婚夫心事重重。在海灘上玩了片刻之後，她忽然變戲法般從衣袋裡拿出一串貝殼項鍊，踮起腳尖，雙手換向對方的脖頸，同時用極為生硬的漢語說道：「夫君，這個給你，信物。」

她的身高還只有五尺半上下，即便踮著腳尖兒，雙手很難將項鍊兒給張維善戴上。而後者卻像融化了一般，主動緩緩蹲了下去，任由她肆意擺布。

誰料，項鍊才戴了一半兒，還沒來得及扣上末端的同心環，不遠處，忽然傳來陣陣馬嘶。二人同時扭頭觀看，頓時臉色大變。

「不好，有人要偷馬！」顧不上再遷就對方的小女兒心態，張維善大叫一聲，拔足便朝二人的坐騎奔去。而偷馬賊卻已經割斷了拴在礁石上的韁繩，跳上其中一匹的鞍子，用力拍打馬背。

「住手！」張維善豈肯如此當著朝長光子的面兒，被人將坐騎偷走？頓時怒不可遏！彎腰從地上撿起一塊拳頭大的鵝卵石，直接砸向了偷馬賊的後心。那偷馬賊一心急著逃走，根本沒留意張維善的動作，「咚」地一聲，被砸了個結結實實。

即便被尋常壯漢丟石頭砸中後心，傷得也不會太輕。更何況，張維善還是個百戰武將。「哇！」那盜馬賊嘴裡猛地噴出一口污血，身體如爛泥般從馬鞍上墜了下去。

「這可是你自找的。爬起來自己滾！我可以不揪你去見官。」沒想到對方如此不禁打，張維善楞了楞，本能地交代了一句，也不管對方能否聽得懂。

話音剛落，耳畔忽然傳來的兩聲金屬破空的呼嘯，兩點寒光緊跟著映入他的眼底。「啊！」嘴裡發出一聲短促的驚呼，他雙腳猛然栽入海灘中白沙，身體迅速後仰，整個人在前衝過程中，來了一記迎風折柳。

寒光迅速變大，先是箭鏃，然後是箭桿和箭羽。張維善久經戰陣，反應是何等的迅速。堅決不肯給對面第二次瞄準的機會，借助後仰之勢，右手猛拍地面，整個人身體如同巨蟒般在半空又來了一記橫翻，直奔距離自己最近的礁石。

「彼を殺す！」遠處傳來了野獸般的嗥嚎，腳步聲快速接近，伴著朝長光子淒厲的尖叫。緊跟著，又是兩支羽箭貼著礁石掠過，銳利的箭鏃，在礁石表面上擦出兩串火星！

「一共十五個人上下，兩個弓手，另外十三個是步卒。帶頭的是朝長太郎，光子沒有危險。」雖然已經兩年多沒上過戰場，可當初在生死之間打滾而積累下來的本事，卻絲毫沒有退步。光是憑藉對方的腳步聲和叫喊聲，張維善就判斷出了敵人的數量和來歷。隨即，雙手各自抓起一塊鵝卵石，迅速將身體從礁石側面探出大半兒，作勢欲走。

那兩名剛剛射空的弓手，正在重新張開弓臂，猛然間看到目標居然從礁石側面出現，還好像準備逃跑，連忙再度鬆開了弓弦。

沒有足夠時間瞄準兒，也沒有蓄足力道，倉促射出來的羽箭怎麼可能命中？其中一支才飛到一半距離，就栽入了沙灘中。另外一支勉強飛到張維善附近，「喀嚏」一聲，與礁石撞個正著。

「找死！」張維善等的就是這個機會，手臂前揮，將兩枚鵝卵石奮力擲出。一下一個，正中兩名弓手的胸口。

這個力道，可是比先前砸偷馬賊還要沉重一倍。那兩名弓手立刻嘴裡各自噴出一口鮮血，仰面朝天栽倒。雖然不至於喪命，這輩子基本上也變成了藥罐子，再也無法拉得開角弓。

衝在最前頭的兩名流浪武士和朝長太郎，都被弓手栽倒吐血的模樣，嚇了一大跳。已經跑成了長串兒的十幾名徒步者，也嚇得心驚膽戰。

偷襲者的腿腳不由自主放慢。而張維善卻不會給他們調整心態的機會，猛地從腰間拔出佩劍，縱身撲了過去，竟是主動向對方發起了反擊，以一敵十三。

「啊——」朝長太郎只是個紈絝子弟，什麼時候跟人做過生死之搏。沒等佩劍刺到自己身前，就被殺氣所迫，尖叫著連連後退。

「呀——」被他重金雇傭來的兩名流浪武士，勉強還算對得起各自的身價。扯開嗓子大叫一聲，雙雙舉刀攔截。鋒利的刀刃與劍身不斷相撞，金鐵交鳴聲不絕於耳。

「去死！」張維善冷笑著撤劍，雙腿騰空而起，越過攔路的流浪武士，直奔倉皇後退的朝長太郎。後者被嚇得亡魂大冒，嘴裡又發出了一聲大叫，轉身就跑。

兩名流浪武士不敢讓朝長太郎受到傷害，急匆匆轉身過來相救。卻不料，張維善兩腳落地之後，忽然又擰身來了一記回馬槍，銳利的劍鋒宛若閃電，「噗！」地刺入了其中一名武士的肩窩。

他不願惹火燒身，所以在最後關頭，將劍鋒壓歪了數分，只剝奪對手戰鬥力，卻不取對手性命。而另外一名流浪武士，哪裡猜得到他的心思？見同伴受傷噴血，嘴裡立刻發出了餓狼般的咆哮聲，竟不顧自身安危，高高地將倭刀舉起，試圖與他拚一個同歸於盡。

「想得美！」張維善大聲冷笑，兩腿邁開，接連兩個斜向跨步，就將該名流浪武士甩到了一旁，隨即又瞄著朝長太郎開始猛追，嚇得後者連聲呼救，狼狽不堪。

流浪武士麾下的那些徒步者們，到了此時才終於趕到近前，一個個咆哮著將倭刀在各自面前亂揮，聲勢浩大，卻毫無章法可言。

張維善才不會被這些人的虛張聲勢嚇住，又追著朝長太郎繞了半個圈子，忽然再度改變方向，從側後方衝到那些徒步者身旁，長劍連連急刺。每一下，要麼刺中一人肩窩兒，要麼刺中一個大腿根兒。

「啊！」

「呀！」

「痛いです！」

接連五名徒步者的身體，相繼冒血。第六名徒步者亡魂大冒，不待寶劍刺向自己，轉身就跑。剩下幾名徒步者見有同夥帶了頭兒，瞬間也失去了繼續堅持的勇氣，嘴裡齊齊發出一聲尖叫，四散而去。

唯獨先前被張維善甩下的那名流浪武士，明知道自己不是對手，仍然不願放棄作為武士的驕傲。再度硬著頭皮衝上前，揮刀與「張發財」拚命。後者可憐他忠勇，估計賣了個破綻，騙他將倭刀劈落。然後側身避過，又一劍刺去，正中此人手腕。

「噹啷！」倭刀落地，流浪武士痛苦地甩動胳膊，滿臉驚愕。

「価値がない！」張維善的半桶水日語，終於有了一次發揮機會。丟下一句提醒的話，拔腿再度追向朝長太郎。「別跑，速來受死！」

「命を助けてやる——」朝長太郎根本聽不懂「張發財」在喊什麼，卻知道一旦落到這個便宜手裡，肯定落不下好果子吃。丟下兵器，拚命邁動雙腿，逃了風馳電掣。

作為朝長家的長子，長崎城有名的二世祖，自打出生到現在，他何曾受過半點兒委屈？故而，雖然一再受到其父朝長幸照的收拾，在他心中，卻始終沒有放下嘴邊禁臠被搶之恨。

而朝長幸照雖然知道顧全大局，卻終究捨不得對自家兒子責罰太重。所以，上次雖然當著李彤、張維善等人的面兒，命令麾下將朝長太郎押去了京都，過後卻沒有再派人專門盯著此事的落實。結果，朝長太郎才出了長崎沒多遠，就甩掉了押解自己的家族武士，轉頭又偷偷跑了回來。

回到長崎之後，他自知得不到朝長幸照的幫助，所以乾脆就沒回家。先到昔日的狐朋狗友家中借住了幾個晚上，然後悄悄地雇傭了一夥流浪武士及徒步者，請他們幫自己鏟除情敵。

按照他的想法，「張發財」雖然給朝長家和大村氏，都帶來了諸多好處。但畢竟是個戰敗國的商販，性命與賤民相類。他只要能將此人幹掉，然後再到外邊躲上十天半月，就不用擔心受到任何追究。

所以，聯繫好了流浪武士和徒步者之後，他就派心腹天天盯著自己家的大門，就等著情敵自投羅網。

他甚至都想好了，流浪武士們將情敵活捉之後，自己要如何去羞辱此人，如何逼著此人當著光子的面兒，向自己搖尾乞憐。而自己，則堅決不予饒恕，一定像貓玩老鼠一般玩弄個夠，才一刀砍了此人腦袋。

那種感覺，想想都讓他興奮的顫慄，所以，他忍不住一遍遍去想。無論在白天，還是在夢中。

而今，這一天終於到來，只是最後結果，卻與他白日夢裡的情景，正好相反。

情敵沒有求饒，他卻先向情敵求饒了。重金請來武士和徒步者，沒有傷到情敵分毫，卻被情敵如同切瓜砍菜般，給刺傷了一大半兒，剩下的一小半兒，則逃得無影無蹤。

「彼女をあなたに譲ってあげます！彼女をあなたに譲ってあげます！」猛然福靈心至，他掉轉方向，直奔海灘上目瞪口呆的朝長光子，嘴裡話，也從求饒，變成了討價還價。

「勘弁してください，誓うよ！」（饒了我，我發誓！）

同時，悄悄從腰間摸出了一把匕首。

打不贏情敵，還打不贏光子？

他不信自己有那麼弱！

而那張發財為了光子，出手極為大方。只要他將朝長光子抓住，不愁此人不乖乖放下寶劍，任他宰割。

想的很圓滿，只可惜他的動作實在太慢。還沒等他靠近朝長光子身前三步之內，「嗖！」一股勁風在腦後響起。

「啊——」朝長太郎下意識朝前趴去，卻終究還是慢了一步，被張維善丟出的鵝卵石命中後心，瞬間摔了個狗啃屎。

「命を助けてやる!命を助けてやる（饒命）！」所有勇氣，隨著來自背後的痛楚消失殆盡，朝長太郎快速丟掉匕首，雙手抱住腦袋，將身體縮蜷成一團，大聲求饒。

「你這王八蛋！」張維善恨此人無賴，拎著寶劍走上前，用劍鋒抵住此人大腿根兒。正準備狠狠給此人一個教訓，身背後，卻忽然又傳來了一聲柔柔的驚呼：「夫君，不要——」

扭頭再看，只見朝長光子雙手捂著嘴巴，滿臉是淚。

「終究是她的兄長，雖然並非同父同母！」張維善立刻意識到，光子不願讓朝長太郎受到傷害，猶豫了一下，緩緩挪開了劍鋒，「滾！我不想再見到你！」

說罷，也不管對方能否聽懂自己的話，收起寶劍，輕輕捉住光子的手腕。後者，又是傾慕，又是感激，目光溫柔似水。再也不看自己躺在血泊和屎尿中的哥哥，任由愛人牽著自己，一同走向坐騎。

當晚，張維善與朝長光子兩個，就在城中新買的宅子裡安歇，等著朝長家老前來問責，或者朝長太郎再度前來報復。

然而，等了整整一夜，卻沒得到任何結果。朝長家老彷彿不知道女兒徹夜未歸，兒子也被人打傷一般，選擇了裝聾作啞。而朝長太郎，卻不知道因為害怕遭到他父親的懲罰，還是自覺沒臉見人，竟躲得不知去向。

「孬種！」張維善心中，對朝長父子好生鄙夷。更不願意送光子回府。正琢磨著，怎樣才能找個藉口，讓光子在新宅子裡多藏幾天，然後待時機成熟，再將其直接送上沙船，卻看到李盛匆匆趕來，說李會首召他回去謀劃商會中的大事。

知道關鍵時刻即將來臨，他只好先讓張樹送光子回朝長家，然後急匆匆返回沙船。一進船艙，便聽好友大聲說道：「守義，沈惟敬那廝以身體欠佳為由，沒來長崎，只派了一個副使頭前探路。這個人，卻是咱們的老熟人，今天下午未時左右就會抵達。大村喜前為了討好他，已經下令，要求所有在長崎的大明商人和百姓，前往碼頭迎接。」

「熟人，誰？」見李彤面色凝重，張維善下意識地追問。

「顧誠。」李彤緩緩吐出兩個字，苦笑著搖頭。

「顧誠？」張維善不自覺重複。總感覺這個名字在哪裡聽到過，記憶中卻非常模糊。

「兩年前，咱們剛來浙江時，在運河上遇到過這廝。」李彤笑了笑，搖著頭給出了答案。「當時他還送了你一大筆錢，以免你上任之後，在運河上胡亂插手，壞了他們顧家的事！」

「這廝！」張維善的拳頭瞬間握緊，然後又無力的鬆開，剎那間，覺得整個世界荒誕得讓人想要捶地。

「沒想到吧，其實我也沒想到。」不愧是他的至交好友，李彤接下來的每一句話，都說到了他心窩子裡頭，「但那些人既然能把漕運變成私家的調貨通道，又豈會對海貿之利視而不見？更何況，這廝還是一個連許飛煙的那點兒私房錢都不肯放過的主兒！」

「沒想到！沒想到！真是沒想到！」張維善的回憶，被迅速勾起，緊跟著連連搖頭，感嘆不止，兩年前，女校書許飛煙跳河自盡，被王二丫救上官船，他和李彤幾人問清楚來龍去脈之後，全都義憤填膺。當時大夥本欲出手教訓教訓姓顧的傢伙，誰料，後者的手腕之高，卻遠遠超過他們的預料。幾句話，就將謀人財產，獻妾求榮的無恥勾當，變成了一對鴛鴦之間的愛恨糾纏。並且他還是痴情的那一方，平白遭受了許多冤枉。

若非當時有贊畫袁黃這個老江湖在一旁指點迷津，李彤、張維善和劉繼業三個，差點兒就被他的謊言騙倒。畢竟清官難斷家務事，而那許飛煙的出身，又決定了她平時所說的話，往往真假參半。更何況，顧某人當時的言談舉止，從頭到腳充滿了君子之風，幾乎找不到任何地方可以指摘，並且，並且送上重禮來攀交情，出手之闊綽，讓平素花錢如流水的張維善都瞠目結舌。

好在當時袁黃開口及時，一席話，讓兄弟三個如同醍醐灌頂。緊接著，迅速切斷了與此人的一切牽連，各自去鳥不拉屎的海防營和舟師營整頓軍務，如此，才避免一頭栽進大明漕運那個危險萬分的利益漩渦。

最近兩年多來，兄弟三個一心琢磨著如何拆穿「倭寇請和」騙局，以免讓弟兄們的鮮血白流，所以早就將顧誠坑害許飛煙的事兒，忘得一乾二淨。誰料，造化弄人，雙方竟然在異國他鄉再度相遇，一方扮成海商，苦心積慮想要查清大明使者到底準備瞞著天下百姓，簽署哪些喪權辱國的條約，另外一方，則是負責簽約的大明使者之一。

「這小子，還真跟咱們緣分不淺。」劉繼業換了一身豪商打扮，推門而入。頭頂的帽子鑲著象牙，腳下的皮靴嵌滿了珊瑚和寶石，甚至連腰間，也掛了兩大塊沉甸甸的羊脂玉，看起來要多燒包有多燒包。「我收拾好了，姐夫，不信都這般模樣了，他還能記得我。」

「你繼續留在船上坐鎮。」李彤看都懶得多看他一眼，就果斷掐滅了他的外出可能，「讓鄧舶主多一點兒時間養精蓄銳，過幾天，咱們能否平安離去，全著落在他老人家身上。」

「姐夫——」劉繼業好生失望，立刻跺著腳抗議，「我都收拾好了。讓守義坐鎮這裡才對。守義，你剛從外邊回來，人困馬乏……」

「你當年對姓顧的態度也最凶惡，肯定會給他留下深刻印象。」張維善堅決不肯上當，立刻大聲打斷，「不像我們倆，一直對他客客氣氣。」

「胡說，我當時對他也很客氣。並且這兩年多來，我天天在海邊風吹日曬，模樣變得自己對著鏡子都快認不出自己了。那姓顧的怎麼可能記得我！」劉繼業大急，揮舞著手臂大聲反駁。隨著身體的動作，腰間的玉佩玉珏相撞，叮噹有聲。

「那也不能去。」李彤堅決不肯給他冒險的機會，走上前，迅速摘下他的帽子，順手遞給張維善，「守義，你把永貴的這身行頭，全扒下來，換在自己身上，我在外邊等你。不用太著急，說是下午未時，但今天刮的是東風，船從壹岐島那邊過來，只會晚不會早。」

「嗯。」張維善答應一聲，立刻動手開始解除劉繼業的「武裝」。後者幾度抗議無效，只好認命地選擇了放棄，並且主動幫著張維善收拾了起來，不多時，也將前者變成了一個俗不可耐的土豪。

事實正如李彤所料，因為逆風或者拿捏身份，大明使者的船隊，直到下午申時，才隱約出現在長崎港之外的海面上，速度比烏龜爬行還要緩慢。但是，碼頭上等了足足一個時辰的當地日本官員和奉命而來的一眾大明商販，臉上卻沒有露出半點兒不耐煩之色。相反，其中絕大多數，都朝著姍姍來遲的船隊，報以熱烈的歡呼。

而那些自發趕來湊熱鬧的各國商人，還有日本各地的豪商，興奮得手舞足蹈。彷彿大明使者的座艦是純金打造的一般，隨便摸上一把，都能沾上滿手的金屑。

也不是大夥犯賤，無論哪國商人，都有一個共同的特性，那就是對財富嗅覺靈敏。而上一次大明使者沈惟敬渡海抵達日本之時，身後「護航」的大明民船就有四十艘之巨。這些民船之上，當時裝滿了質地精良的大明貨物，並且因為既未曾經過中間商倒手，也沒給大明和日本兩國交納任何厘金（關稅），價格還不到以往在長崎市面上的一半，甚至三分之一。

那一次，凡是消息靈通，並且主動湊到大明使者面前的商販，都賺得滿身流油。而沒努力往前湊者，則後悔得腸子發青。這一回，大明使者又坐著大船來了，試問哪個商人還會坐失良機？

「其實，即便讓永貴來，估計姓顧的也不會注意到他。」深刻感覺到了歡迎陣容的龐大，張維善忍不住苦笑著嘀咕。

「我不是怕姓顧的把永貴認出來，我是怕永貴一時按捺不住，突然跳出去揍他。」李彤捋了捋自己被海風吹亂的頭髮，又瞧了張維善兩眼，苦笑著搖頭，「咱們大明的清流你還不清楚嗎？又想拚命摟錢，又要裝出滿臉厭惡銅臭模樣。當著這麼多異國官員的面兒，姓顧的怎麼可能自降身份，與商販為伍？也就是今道純助這些人對他們不瞭解，才會命令所有大明海商都到場。等會兒你儘管看，姓顧的若是肯多向咱們這邊掃一眼，就算我輸。」

「你還是別輸為好。」想到某些清流們那副又做婊子又想立牌坊的德行，張維善苦笑著撇嘴，

「免得那姓顧的狗急跳牆，與日本人聯手對付咱們。今天這陣仗……」目光再度環顧四周，他迅速將聲音壓低，「今天怎麼出現了好多陌生面孔，還都是來自大明的商販。我以前，可沒看到過他們！」

「天下攘攘，皆為利往。幾乎附近所有港口的海商都來了，咱們大明的當然也不會落下。並且有一些，還是衝著咱們商會來的。」李彤早就注意到了周圍的情況，非常平靜地給出了答案。

「衝著咱們商會？」張維善楞了楞，忍不住再度低聲追問，「什麼時候的事情，我怎麼不知道？」

「就最近這幾天。」李彤笑了笑，繼續低聲補充，「聽說跟著咱們可以賺大錢，所以很多貨主匆匆趕過來入夥。還有十幾家，則是另外組建了一個商會，正在囤積貨物，準備跟咱們唱對臺戲。」

「這群王八蛋！」張維善聞聽，頓時怒火上湧。然而，轉念想到自己即將做的事情，心中又湧起了一股報復的快意，「也罷，讓他們來。希望有命賺，也有命花。」

「他們來了也好，人越多，越能分散當地官員和主戰派的注意力。」李彤對於那些為了利益主動挑起惡行競爭的商販，卻不太記恨，搖搖頭，笑著分析起了後者到來的好處。若是能惹出點兒亂子，咱們更方便渾水摸魚。」

「也是！」張維善認同這個觀點，輕輕點頭。

如果不考慮後來者也是大明同胞這層因素，光考慮利害，的確趕來的大明走私海商人數越多，越能折騰，對沙船上的弟兄們越為有利。只是，這種理智的想法，卻讓人心裡隱隱發痛。

於是乎，兄弟兩個不再多言，一同站在碼頭上，安靜地等待使節船隊靠岸。期間有好幾個相熟的海商，殷勤地湊過來打招呼，兄弟兩個也不故作清高。一邊客客氣氣的應酬著，一邊儘量將身體朝人堆兒裡縮，以免出了疏漏，功虧一簣。

其實，今天兄弟倆即便找個藉口推脫不來，也不會引起今道純助的太多懷疑。雙方「合作」得如此密切，還幫助大村氏賺到了遠超過以往數倍的錢財，彼此之間，都已經有了相當的信任度，輕易不會再往壞處去想。

但從始至終，李彤和張維善兩個，都默契地誰都不提推脫的建議。他們之所以這樣做，一方面是因為，都認為被顧誠注意到並且認出身份的可能性很小，另外一方面，則是直覺上隱隱約約感到，破局的關鍵，有可能就要著落在顧某人身上。

這種戰場上養成的直覺未必每次都準確，卻絕對值得冒險一試。正如他們在東征期間，一次次面對比還鋒營高出數倍的敵軍，卻總能迅速找到對方的弱點，然後從容破之。

而想起當日顧誠滴水不漏的言辭，以及深不可測的心機，兄弟倆身上，居然湧起了一股久違的興奮。不知不覺間，脊背就挺了個筆直，右手也輕輕地握住了腰間刀柄。

第九章　交鋒

「轟，轟，轟……」震耳欲聾的炮聲忽然響起，白煙翻滾，熟悉的火藥味道令人的興奮莫名。然而，卻沒有任何炮彈落向水面，只驚起成群的水鳥，呼啦啦遮住半邊天空。

「劈里啪啦，劈里啪啦，劈里啪啦……」鞭炮聲連綿不斷，伴著喧鬧的鑼鼓號角聲，紅色的紙屑四下飛舞，被海風一吹，繽紛宛若落英。

在白色的煙霧與紅色的落英中，一艘巨大的福船緩緩靠近碼頭正中央。數十名倭人主動跳下水，接住船上拋下來的繩索，賣力地將船首拉入泊位。幾個僕役打扮的穢多抬著一張巨大的木板，麻利地搭在船身與棧橋之間，放下兩端的倒鈎，眨眼功夫，就搭出了一條寬闊的通道。

從沒露過面兒的長崎港主人大村喜前，不知道何時特地從釜山趕了回來，親自站到了棧橋上迎接貴客。今道純助和朝長幸照兩個，拖後半步，站在了大村喜前身側。其他大村氏的家老、家臣、國人眾，則在稍遠的位置，站成了整齊的兩排，夾道歡迎大明使者的蒞臨。

不過，那大明和談副使顧誠的架子卻甚大，遲遲不肯移動腳步，直到大村喜前帶著今道純助和朝長幸照兩個，親自登船相邀，才裝出一副勉為其難的模樣，緩緩走出了船艙。

「禮部顧郎中誠駕到！」負責迎賓的通譯，立刻用日本語和大明官話，高聲唱喏。喇叭、鑼鼓，鞭炮聲再度響起，緊跟著，碼頭上的所有大明海商齊刷刷躬身，異口同聲高呼：「草民參見郎中！」

「嗯，免了。各位父老鄉親辛苦！」一個身著大明五品朝服，留著三縷文士鬚的中年官員，在大村喜前，今道純助和高野山弘的陪同下，輕輕朝著眾人擺手。語氣冷得宛若臘月裡的北風。

大村喜前聽了之後，還不覺得此人如何無禮。今道純助和高野山弘兩個，卻不由自主地皺起了眉頭。心中暗道：這些海商個個身家數十萬，湊在一起足以買下半個長崎港。在日本，無論任何一位大名或者城代，都巴不得這些人能夠成為自己的座上賓，也好帶著當地的商販一起做生意，給城市貢獻源源不斷的稅金。怎麼他們大老遠跑來迎接姓顧的副使，這副使還老大不高興？好像跟海商們多說半個字，都會令他頭上的官帽失去顏色。

懷著幾分抱打不平的心態，二人又迅速將目光轉向碼頭上的大明海商。卻更加驚訝地發現，眾海商彷彿早就習慣了副使顧誠的無禮，非但沒有感覺到任何不快，並且大多數人臉上都寫滿了諂媚。

一群低三下四的馬屁鬼之間，李有德和張發財兩個的身形，就顯得略微有些突兀了。然而，想到那李有德與張發財兩個，連蘇東坡寫詞讚頌過的貢茶，都能隨便拿出來待客，今道純助和朝長家老心中，又是一片了然。

海商與海商也不一樣，李有德和張發財兩人實力雄厚，所以不用刻意去討好副使顧誠。而其他海商，則因為實力沒那麼雄厚，所以需要努力拍顧誠的馬屁，以求能搭上關係，得到後者的照顧。如此想來，朝長家老將養女龍造寺光子塞給張發財，真的是極有遠見之舉。哪怕光子只能給張發財做一個外室，有了這個錨點，張發財的貨船，每年就會不止一次往來長崎與大明之間，帶來的好處源源不斷。

想到這兒，今道純助和朝長幸照，不由得又對「李有德」和「張發財」兩個高看了數眼。而李彤和張維善二人，哪裡知道各自因為笑得不夠低三下四，所以差一點兒就漏了餡。還在偷偷地打量副使顧誠，越看，越覺得此人與記憶中的那個顧誠，大不相同。

有道是，士別三日當刮目相看。兩年半之前兄弟倆與顧誠相遇，正值後者從南京禮部主事的位置上，調任北京，雖然飛黃騰達指日可待，但此人身上，卻帶著大明年輕文官特有的謙卑。而現在，那種因為長期仰人鼻息而形成的謙卑，卻早已消失殆盡。只剩下了平和、淡定，甚至有一點點居高臨下的悲憫。

「果然是富養人，貴易氣，這姓顧的不過從禮部主事，升做了禮部郎中，居然給人的感覺好像是脫胎換骨。」張維善悄悄又往人堆裡頭退了半步，同時小聲感慨。

禮部主事是正六品，禮部郎中是正五品，兩者相差只有半級。但南京的禮部主事遠離中樞，北京的禮部郎中，卻有資格參加朝會，能經常在皇帝和幾位閣老面前露臉兒，所以，二者的前途根本不可同日而語。受同僚「禮敬」程度，則更是天上地下。

「怎麼，後悔了?當初誰叫你不求你張家那幾位族老，幫你活動一下，留在京師，或者直接由武轉文?」聽出張維善話語後的遺憾之意，李彤也迅速向後退了半步，用極低的聲音調侃。

「我呸！」張維善朝著地上啐一口，滿臉不屑，「老子怕彎腰彎得久了，真的變成駝背。」

「老實說，一個人一條路，有些官，他能做得，咱們未必做得！」李彤搖頭而笑，滿臉驕傲，為了好朋友，也為了自己。

「大明可以蹉跎，而你，一蹉跎就是一輩子。」忽然間，致仕縣令周士運嗟嘆光陰易逝的聲音，又在他耳畔響起，讓他臉上的笑容更加清晰。

若非他和張維善兩人，一個主動選擇了海防營，一個主動選擇了舟師營，雙雙避開了漕運中的漩渦和官場上各種勾心鬥角，今時今日的他們兩個，恐怕也早變了顧誠這般模樣。

念及於此，李彤心中既僥倖，又驕傲。若是哪天又遇到了周士運，他相信自己定會走到後者面前，昂起頭說上一句，周前輩，多謝你當日點撥，但是晚輩可以保證，沒有與時代一起蹉跎。

正感慨之際，身邊的海商們，突然齊聲歡呼。緊跟著，大夥的腳步開始向外挪動，你推我搡，彷彿準備去爭搶什麼緊俏貨物一般。

李彤和張維善兩個趕緊各自收斂心神，扭頭向身邊的張樹、朴七等人詢問，這才知道，大村喜前為了歡迎明使的蒞臨，特地在其居城擺下了席面，並邀請所有來自大明的海商前去赴宴。

「去，還是不去？」二人迅速將頭轉向對方，同時在彼此眼中看到了一絲詢問的意思。隨即，又同時輕輕點頭。

今日有資格去大村氏居城赴宴海商全加起來，恐怕有四、五十位。而看顧某人先前那自命清高的模樣，根本不可能在海商身上浪費半點兒時間。所以，兄弟倆被此人當場認出來的機率無限接近於零。更何況，兄弟倆跟那姓顧的，上次打交道還在兩年半之前。與那時相比，兄弟倆各自的模樣也發生了很大變化，除非姓顧的一直在偷偷盯著，否則很難將現在的他們，與當時的他們對上號。

就這麼稍一猶豫的功夫，二人已經被其他海商給甩在了身後。待趕到大村氏的居城之時，更是沒有太靠前位置可挑。好在兄弟倆原本也不想湊得太近，所以乾脆拒絕了朝長幸照給專門安排席位的好意，直接在靠著門口的矮几後坐了下來，靜下心來看一場「猴戲」。

這回，等的時間卻不算太長。那議和副使顧誠在奴僕的伺候下，換了一身五品官員專用的常服之後，就緩緩邁著四方步踱了出來。先跟大村喜前重新見禮，寒暄，說了一大堆毫無意義的廢話。然後，又經過大村喜前的善意提醒，才勉為其難地將目光轉向了在場的一眾大明海商。

「我等大明子民，拜見顧郎中！」自然有善於交際者帶頭，領著所有海商，向顧誠躬身施禮。

「諸位免禮。」顧誠面無表情，用嫻熟且冷淡的京師官話，緩緩訓示，「兩國止戈議和，功在社稷，利於千秋，更是兩國民心所向。爾等渡海而來，乃是響應國策之舉，本官，他日必定奏明聖上，給予諸位嘉獎。」

這一番說辭，恐怕裡頭連半句實話都沒有！顧誠乃是禮部郎中，根本沒資格插手商貿之事。而重士輕商，乃是大明朝自立國之日起持續了兩百來年的國策，朝廷更不可能給一群聽都沒聽說過的商人以任何嘉獎。更何況，這些海商還在兩國和議沒簽署之前就抵達了日本，屬明目張膽的走私行為，朝廷不下令追究就已經是法外施恩，怎麼會公然給予他們鼓勵？

然而，俗話說，聽話聽音兒，鑼鼓聽聲。眾海商個個都是人精，立馬從顧郎中的訓示裡，得出了此番議和已經十拿九穩的結論。如此，大明與日本重啓海上貿易，就成了定局。以後大夥駕船往來長崎與大明任何一個港口，都光明正大，用不到再像先前那樣偷偷摸摸。而大夥此前的走私行為，依靠家族裡的長輩稍稍打點，就可以徹底翻篇兒，再也不用擔心哪天靠山倒了，又被朝廷撿起來追究。

至於朝廷的嘉獎，眾海商還真沒看在眼裡。首先朝廷的賞賜向來扣扣索索，那點兒錢不夠任何人上一趟樊樓。其次，除了一些膽大包天的福建佬之外，其餘海商個個身後都站著一到數名高官，朝廷給的嘉獎，在地方上有時候還沒身後那些人一句話好使。

當即，就有人大聲歡呼，感謝顧郎中體貼下情，敢為百姓謀福。還有人對著西方跪倒叩首，感謝天子聖明，及時啓用賢臣，與日本化干戈為玉帛。一時之間，阿諛之聲不絕於耳，直震得房樑簌簌土落。

「這顧誠果然好手段。」張維善眉頭緊皺，輕輕咬牙，「輕飄飄幾句話，就讓海商們全部把他當成恩人和倚仗。過後再派人下來跟海商們登記一下名姓，白花花的銀子肯定主動往他口袋裡鑽。從頭到尾，這廝既沒有主動索要賄賂，又沒有與商販為伍，卻發財與揚名兩不耽誤。」

「也不看看他是誰的弟子？」李彤笑了笑，不屑地搖頭，「那位嚴鋒嚴御史，可是清流當中第一鐵嘴。當初如果不是小野成幸那廝敵我不分，在南京城裡亂殺一氣，咱們哥倆恐怕早就被嚴某人跟他那個弟子給坑到監獄裡頭去了。哪有機會與李如梅、王重樓這等豪傑並肩而戰？更甭提還能效仿古人投筆從戎，在朝鮮一展平生之志！」

「也是！如此，咱們還真的感謝那位小野君。」張維善楞了楞，旋即臉上湧起了一縷無奈。

名師出高徒！這句話用在顧誠和嚴峰兩個身上，再恰當不過。當初嚴大御史憑藉一張鐵嘴和同夥的相助，硬生生彈劾死了戚少保。如今，顧某人又要憑著一張鐵嘴，與沈惟敬配合，將東征將士在朝鮮灑下的熱血，盡數化作寒冰。

可偏偏在大明，像嚴鋒和顧誠這樣的王八蛋，個個春風得意。戚少保、李如松和鄧子龍這等英雄豪傑，卻要麼鬱鬱而終，要麼被彈劾得疲於招架，終日戰戰兢兢。倒是大明的敵人，如小野成幸、十時連久等輩，雖然窮凶極惡，卻能分得清楚誰是英雄，誰是混帳。偶爾任性之舉，還能讓壞蛋倒楣，英雄揚眉吐氣。

正無奈地想著往事，忽見那顧誠抬起雙手，微微向下壓了一壓，將廳內的如潮馬屁聲，盡數壓回海商們的嘴巴裡。緊跟著，此人那四平八穩的聲音，再度在每個海商耳畔響起：「諸位，大明與日本相隔大海，兩國士民百姓，風俗、習慣、乃至語言，各不相同。諸位在貿易之時，一定要恪守我朝與當地的律例，不可尋釁滋事。更不可聽傳謠言，信口雌黃。」

語畢，他臉上的表情倏然一冷，兩道寒芒從雙目中射出，迅速掃遍了全場。隨即一句一頓，抑揚頓挫地補充：「爾等中間，若是有人膽敢任意妄為，破壞議和。哪怕他逃到天涯海角，本官也一定奏明朝廷，將他擒拿歸案，以正刑典！」

眾海商的媚笑，瞬間凍僵在臉上。一個個低頭縮肩，不敢接茬兒。李彤和張維善二人，則怒火中燒。

很顯然，姓顧的也知道，他與沈惟敬在兩頭撒謊。所以才借著今晚的機會，向所有在日本的大明人發出威脅，不得把這裡的真實情況傳回國內，否則，就是他的仇家，不共戴天。

事實已昭然若揭，這個瞞天過海的議和迷局，姓顧的就算不是主謀，也一定深深參與其中！甚至，沈惟敬都是被擺在明處吸引注意力的棋子，讓整個議和隊伍，姓顧的真正決策者，能夠一錘定音。

想到顧誠身後的顧氏家族、顧氏家族在漕運上的吃相、顧憲成等人當年全力阻止東征的種種作為，以及無辜慘死在顧養謙刀下那些戚家軍老兵，李彤的手就本能地想往刀柄上摸。就在此時，坐在最前面的一個耄耋老者，突然站起來，朝著顧誠深深一揖，「大人請放心，草民們來此，都是為了做生意，絕不敢亂聽亂傳謠言，破壞朝廷律例與議和國策，更不敢違背大人的教誨。」

「是極，大人請放心，我等草民個個恪守本分，絕不敢自找麻煩。」

「不信謠，不傳謠，乃是草民的祖訓。」

「誰敢亂說亂傳，草民定割了他的舌頭，獻給大人。」

「草民等唯大人馬首是瞻！」

聰明人不止一個，轉眼間，海商們爭相表態，堅決聽從顧郎中命令。顧誠要的就是這個效果，微微點了點頭，舉起酒杯，大聲說道：「既然如此，本官敬諸位一杯，希望爾等大明子民，能夠日進斗金，並且懂得飲水思源。」

「折殺了，折殺了，該是草民敬大人！」

「折殺了，折殺了，草民等何德何能，敢當大人如此厚待！」

「大人今日點撥之恩，草民沒齒不忘……」

眾海商都慌忙舉杯，躬身致謝，緊跟著，搶先將杯中酒一飲而盡。顧誠見此，又笑了笑，舉著酒杯輕輕抿了一口，隨即，就以另有要務為名，率先離去。只留下幾名級別較低的隨行官吏，陪著今道純助、朝長幸照等人，繼續開懷暢飲。

「這就走了？」張維善一楞，喃喃追問。

「不走，還能坐下來陪一群商販吃酒聊天嗎？傳揚開去，他的牌坊還怎麼立。」李彤笑了笑，再度輕輕搖頭，「給一甜棗打一巴掌，既會籠絡人心，又知道如何恩威並施。打前哨的人尚且如此厲害，他背後的那些官場老狐狸，恐怕——」

「みなさん、乾杯してください！」遠處傳來一串熱情的日語，將他的話瞬間打斷。兄弟兩個迅速低頭向前看去，只見大村喜前高高地舉起了酒杯。

比起顧城的傲慢與虛偽，這個麾下只有區區幾千人的日本小諸侯，忽然顯得無比實在。縱使大夥明知道他之所以如此客氣，圖的是大夥船上的貨物和口袋裡的錢財，依舊對他討厭不起來。

只不過，顧誠已經離席去了別處，大村喜前也必須儘快跟上去，想方設法繼續招待這個一等貴客。所以，接連向大夥們敬了三杯之後，此人也告了一聲罪，匆匆而去。

兩個負責最重要任務的人相繼離開，酒宴繼續吃下去，就沒啥意思了。因此，儘管朝長幸照和今道純助兩個，使盡了渾身解數，眾海商們還是很快就都「不勝酒力」，陸續起身告辭。

李彤和張維善兩個，自然也混在了告辭的隊伍之中，踉蹌著離開了大村喜前的居城。然後又在幾個家臣殷切的送行聲中，跳上了坐騎，歪歪斜斜策馬奔向沙船。然而，在坐騎的前腿踏上棧橋那一瞬間，二人卻不約而同地拉緊了繮繩，隨即，目光看向彼此，再度異口同聲：「動手？」

「動手！」跟在二人之後擔任護衛的張樹，一改平素沉穩，紅著眼睛替二人回答，「兩位將軍，姓沈的雖然沒來，但姓顧的這廝，肯定什麼都知道。」

「兩位將軍，拿下他，順藤摸瓜！」李盛也湊上前，小聲提議，「再等下去，夜長夢多。況且姓沈的今後來不來長崎，很難保證。」

「僉事，將軍，與其眾鳥在林，不如一鳥在手。」顧君恩也早就迫不及待，小聲在旁邊幫腔。

「僉事，不等了，咱們先從此人那裡拿到證據再說！」

「對，僉事，此人……」

老何、張重生、崔永和等人，也紛紛開口。每個人眼睛裡，都有火焰在跳動。

見大夥的心氣如此整齊，李彤也沒有了繼續等待更好時機的想法。果斷拔出腰間佩劍，緩緩舉過頭頂，「那就動手！掀了戲臺，看那群狗賊如何繼續兩頭詐騙！」

「得令！」眾人早就等得心癢難耐，齊齊躬身響應，宛若當初身在朝鮮戰場。

「顧君恩，你帶三名弟兄去盯緊了大村家，查看姓顧的今晚到底在何處落腳？樹兄，盛兄，你們回船上調集四十名熟悉長崎地形的弟兄，然後帶著他們……」李彤朝著大夥點點頭，立刻開始小聲布置整個行動方略。

早在跟史世用會面的當夜，他就針對不同的情況，擬定了好幾種行動計劃。今晚將其中一個稍作調整，剛好可以派上用場。而張樹、李盛、顧君恩等人，這些日子借著送貨和各種交際的由頭，早已將長崎港內以及大村氏居城附近的大街小巷摸了個遍，執行命令之時，算得上熟門熟路。所以，大夥很快就取得了第一個成果。

「東家，顧誠今晚一直待在大村氏的居城內，不過，就在半炷香之前，今道純助又帶著一群武士，去長崎港內到處插木牌子出去了。」顧君恩身穿一襲黑衣，幽靈般「飄」到李彤身後，彙報的聲音裡，帶著不加掩飾的羨慕。

「木牌子？什麼木牌子？」李彤眉頭緊皺，信口追問，隨即，氣得連連搖頭。「莫非他也要去夜這？他可是大明的和談副使！」

「嘿嘿，那廝在南京之時，就是花叢老手。這回在海上憋了好些天，如何能憋得住？」顧君恩滿臉不屑，搖頭冷笑，「更何況大村喜前還在千方百計討好他，只要他手下的心腹稍稍做出暗示，肯定不惜任何代價也會讓他得償所願。」

「這廝好生無恥！」周圍的弟兄齊齊低聲唾罵，恨不得將姓顧的現在就拖到碼上附近，綁上塊石頭沉入大海。

男人好色，在大明朝不算罪過。特別是儒林之中，還腆著臉將這種行為，解釋成「真名士自風流。」可你顧某人，如今身為談判副使，代表的是整個大明。沒等與豐臣秀吉正式會面，就先一路從長崎嫖到京都，那些原本就自認為打敗了大明的日本狂徒，會怎麼看待此事？他們才不會覺得，是你顧大副使本人生性風流！他們會認為，大明國從上到下都是色中餓鬼，把國家大事看得比自己的下半身還重！到頭來，愈發變本加厲地想要從談判中取得好處，愈發會認為大明不堪一擊。

「這樣，也好。」倒是李彤的好兄弟張維善，此時此刻竟然異常地冷靜。笑了笑，低聲提醒大夥，「他和沈惟敬原本就是來兩頭使詐的，無論日本人提出什麼條件，他們兩個都會全盤答應。所以，也不必在乎會不會被人看扁。而日本這邊，如果以為我大明文武全是顧誠和沈惟敬這種貨色，定會疏於防備，反利於我等從容來去。」

「那倒是！」眾人齊齊點頭，都對張維善的觀點深表贊同。但內心深處，依舊充滿了羞愧和失望。

拋開雙方所擁有的立場不談，這顧誠，在大明官場之中，絕對算是一位如假包換的「英傑翹楚」，如果不出現議和這檔子事，此人憑藉其家世、人脈、財力和進士及第的文憑，二十年內，要麼主掌一部，要麼牧守一方。而大明的六部尚書和十三布政使，如果全都變成這種貨色，整個國家還有什麼指望？屆時，要麼江山變色，要麼民不聊生。甚至會再經歷一次神州陸沉，遍地腥膻。

正鬱悶得幾乎要扯開嗓子大叫之際，忽然聽見李彤低聲說道：「守義說得對，姓顧的越是胡鬧，越方便我等從容行事。顧君恩，你可派人繼續在大村氏居城附近盯著了？」

「東家放心，盯得緊緊的，只要姓顧的一出來，無論他往哪個方向走，都逃不出咱們手掌心。」顧君恩一挺胸脯，非常自信地保證。

「樹兄，盛兄，原計畫做一些調整。派到大村氏居城通往長崎道路上的弟兄們撤回，改到各處夜這地點。」李彤向他點了點頭，隨即將目光轉向張樹和李盛，「今道純助上次招待咱們之時，就給守義準備了一個極為豪奢的宅院。此番招待姓顧的，肯定會更為捨得下本錢，並且今晚需要去夜這的人，遠少於上次。大夥儘量埋伏在夜這地點附近，待確定了姓顧的進了哪處宅院，就等著看我的手勢。咱們瞅準機會，給他來個甕中捉鱉！」

「得令！」張樹和李盛揮動著拳頭小聲回應，隨即帶領起剛剛從沙船上偷偷調出來的好手，如水一般消失在暮色之後。

此刻的大明議和副使、禮部郎中顧誠，還不知自己已成為別人的目標。他正坐在大村喜前的家中，享受著比李彤等人初來時，更高級別的待遇。儘管，無論是酒菜，還是歌舞，都無法跟南京的畫舫比，可那種眾星捧月般的感覺，實在令人迷戀，當真是酒不醉人人自醉。

其實，他這兩年在京師，過的遠不如當年在南京時那般舒心。有道是：不到京師，不知道官小。他初到禮部時，不過是個六品小官，能被人待見，全是依靠身後那個龐大的顧氏家族，以及兩個族兄，顧憲成和顧允成。

憑著族兄的照顧和家族龐大的財力，他本以為自己很快就能平步青雲。然而，大明萬曆皇帝朱翊鈞雖然性子軟弱，還經常犯糊塗，對官吏升遷之事，卻極為上心。竟然接連兩次，從族兄顧憲成主持的吏部選材之事上，發現了徇私的「嫌疑」。不禁徹底斷掉了其族兄顧憲成入閣的希望，還利用內閣和吏部在官吏升遷上的權力重疊，成功挑起了幾位閣老對其族兄的防範之心，令其族兄再也無法像原來那般肆意施展手腳，無論做任何事情都會被吹毛求疵。

而今，因為大明內閣位置出現了空缺，諸位有資格入選之人暗中角力，朝堂上又刮起了一場腥風血雨。雖然最後的結果，還算差強人意。但兩位族兄卻因為衝得太靠前，成了這場鬥爭的炮灰。在角力的過程中，先後被對手抓住把柄，撤職遣送回了原籍。

如此一來，顧誠在仕途上，立刻變得步履維艱。然而，好在他恩師嚴鋒又東山再起，重新返回了北京，給他及時地送上了一條大粗腿。而他的兩位族兄雖然官場失意，卻因為勇於任事，得到了鄉黨們的一致稱讚。當那些稱讚變成了實惠，自然也悄悄地落在他頭上不少，讓他再度看到了飛黃騰達的希望。

此外，也是最重要一點，顧家與其他幾個江南豪族，聯手染指漕運，早就積攢下了堪稱「富可敵國」的財力。而只要兩位兄長沒犯下抄家之罪，這些財力便隨時都可為他顧誠所用，替他逢山開道，遇水搭橋。

不過，家族的人脈和財富，從來都不是可以無償使用的。對兩位族兄如此，對他更是如此。所以，大明與日本議和的副使差事，就順理成章地落在了他的頭上，甭管他願不願意，更不會給他任何機會拒絕。

至於他這個副使具體要為家族提供哪些回報，也早就寫在了族老們給他的信中。甚至還包涵一些具體的行動步驟和細節，比如，與大村氏建立私交，給顧、李、王、錢等幾大家族即將趕赴日本的船隊，以及即將在長崎開設的商號鋪路。

從某種角度上說，他這個和談副使，與其是大明的使者，不如說是江南幾大豪族的使者。大明的利益是否會在和談中受損不重要，東征將士鮮血是否會白流不重要，朝鮮是否會被犧牲也不重要。重要的是和談必須達成，大明和日本之間的海上貿易必須重開，以往偷偷摸摸的走私，必須變成光明正大。

如果完成這個目標，今後對他提供支持的，就不止是顧氏一家，而是大半個江南。如果不慎把議和搞砸了，他所面臨的憤怒，也是一樣。

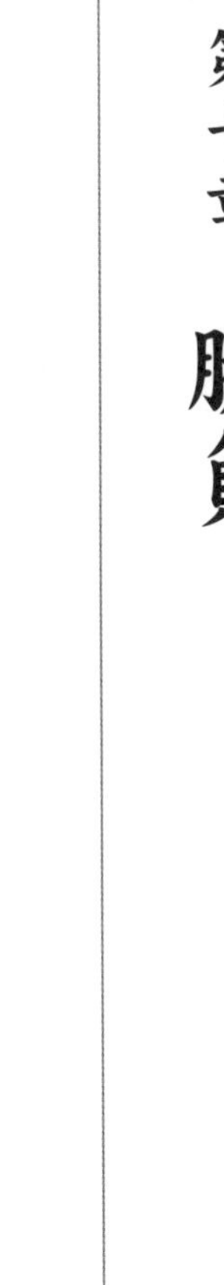

第十章　勝負

搞砸議和，當然可能性不大。且不說顧誠和沈惟敬早已經商量好了，要利用其他人不同時通曉日語和大明官話的弊端，將騙局做到底。日方和談的主要負責人小西行長那邊，也在暗中做了充足準備，堅決不准許意外情況發生。

為了確保不橫生枝節，小西行長甚至說動豐臣秀吉身邊的第一軍師石田三成進讒，將最可能壞事的加藤清正給軟禁了起來。絲毫沒顧當初他與宇喜多秀家爭奪侵朝日軍主導權之時，加藤清正曾經不顧一切地仗義相助。

與大村氏交好，對顧誠來說，就更是輕鬆。且不說大村喜前乃是小西行長麾下的將領，注定要跟後者一損俱損，一榮俱榮。就憑江南幾大豪門能給長崎帶來的豐厚利益，大村喜前也不會將這份送上門的友誼往外推。

事實也的確如他所料，除了歡迎儀式上弄了一群的大明走私商來，弄得他覺得有些尷尬之外。其餘所有事情，大村氏都安排得面面俱到。特別是酒後專門安排的「夜這」，更是令顧誠感覺自己彷彿一瞬間又回到了江南，一邊在談笑之間了卻天下大事，一邊還沒耽誤到偎紅倚詩酒風流。

所以酒足飯飽之後，顧誠迫不及待地就踏上了獵艷之旅。前面有今道純助和朝長幸照二人帶路，後面則跟著四個一起出來「開葷」的同僚，還有十多個赤膽忠心的侍衛，緊密相隨。一行人搖搖晃晃，衣袂生風，轉眼間，就來到了長崎港最核心的街道。

街道左側一處幽深的小巷子裡，李彤、張維善等人臉上蒙著黑布，如影隨形。前方時不時傳來肆無忌憚的淫笑聲，令眾人臉上陣陣發燙。同時在心中又鄙夷大村氏下賤，居然把「夜這」的惡劣習俗，直接改成了招待明人的必備項目。

而走在獵艷隊伍最前方的今道純助和朝長幸照兩個，卻絲毫沒覺得自己正在做的事情有啥不要臉。為了長崎港的繁榮和大村氏的未來，他們連自己的老婆，都可以隨時送上祭壇，更何況是別人家的女兒？

並且自打那晚招待過「李有德、張發財」等人之後，大村氏又用同樣辦法招待過好幾波「貴客」，每一次的效果都出奇的好。所以早就下定決心將「夜這」從底層賤民巴結武士的陋習，變成長崎港的一大特色。

當然，特色也是需要分等級的。像今晚招待大明和談副使的顧誠一行人，就被預先設定為最高級。雖然朝長幸照拿不出第二個養女來為大村氏奉獻，但被今道純助事先派人送到各處空宅院裡「守株待兔」的少女們，也都出身於富貴之家。今道純助在動員她們父母獻出女兒之時，非但給予了足夠的補償，而且要求她們的父母反覆交代，所有奉獻都有價值，她們犧牲了自己，卻換回了整個長崎，乃至整個日本的未來。

「顧君，得知貴國使者蒞臨，長崎很多好人家的女兒，都爭相自薦枕席。今晚夜這的燈籠，明顯比別處多。」一回生，二回熟，非但今道純助和朝長幸照兩個，都遠比第一次招待「李有德」時老練，甚至連二人身邊的通譯，替他們傳話時，都比上次文雅。

那顧誠和他身後的同僚們聞聽，目光立刻被一串串紅色的燈籠和寫著漢字的木牌兒所吸引。隨即，幾個低階官吏便無師自通分散開去，跟著大村家的武士走向一座座燈籠下的「神秘」宅院。

那大明禮部郎中顧誠，當然還要顧忌一下讀書人的身份，笑著拱手婉拒。但是，無奈今道純助和朝長幸照兩人的熱情，再三推辭不下，只好「勉為其難」地決定去開一開眼界。而這眼界一開，就是一個多西洋小時，只開到筋疲力竭，才抱著嬌小玲瓏的美人兒沉沉入睡。

睡夢中，他看到自己又回到了南京。八抬大轎之前，有侍衛高舉著儀仗呼喝開道，八抬大轎之後，則有兵卒手持刀槍迤邐相隨。街道兩側，無數美女伸出紅袖相招，嘴裡一口一個「顧布政」，而昔日看自己不起的那些酸丁，一個個爭相站在街道兩旁，向自己躬身問好，滿臉諂媚……

「嘩啦！」一盆洗腳水，忽然從天而降，直接淋透了八抬大轎，將他澆了個透心涼。「啊，有刺客——」顧誠驚叫著睜開雙眼，美人兒、護衛、兵卒、同年都消失不見，燒了半截的紅燭下，一個身穿黑衣，黑布蒙面的壯漢，正拎著銅盆，對自己冷笑。

「救命——」剎那間，想起了自己身在何處，顧誠扯開嗓子大聲呼救。然而，四下裡，卻只有哄笑聲回應。緊跟著，有人騎在了他後背上，狠狠捏住了他的鼻子。

「饒命——」好漢不吃眼前虧，況且顧誠原本也沒自詡為好漢。當即果斷改口，向對方搖尾乞憐。卻不料，嘴巴剛剛張開，就被一團散發著惡臭的東西堵了個嚴絲合縫兒。

緊跟著，有一個黑色的布袋子套下，將他的視覺也徹底剝奪。只剩下一雙耳朵，還能聽見周圍的動靜。大明禮部郎中顧誠嚇得魂飛天外，本能地扭動身體掙扎。結果，他不掙扎還好，身體剛有所動作，後背，屁股，大腿，肩膀等處，便被亂拳砸得痛徹心扉。

「打，狠狠地打，打這個賣國求榮的王八蛋！」一個似曾相識的聲音傳入他的耳朵。他卻無法想起下令者是哪個，卻果斷放棄掙扎。想要努力開口求饒，嘴巴卻發不出任何聲音，只能從鼻孔裡，不斷發出一陣陣低沉而又痛苦地悲鳴。

「打，狠狠地打，打到他怕了為止！」命令聲再度傳來，讓顧誠淚流滿面。嘴巴被堵著，手腳被按著，臉也被黑布口袋套著，他怎麼可能表達出自己已經嚇了半死？只能一邊繼續低聲悲鳴，一邊苦苦支撐，不多時，屎尿齊流，緊跟著眼前忽然一黑，便躺在穢物中一動不動。

「孬種！」張維善沒想到顧誠如此不禁打，用手捂住鼻子，低聲唾罵。

距離此人更近的李彤，也被熏得踉蹌後退。強忍嘔吐的欲望，低聲吩咐：「用冷水潑醒他，問他是否願意招供！

「嘩！」一盆水兜頭澆下，將顧誠澆得激靈靈打了兩個哆嗦，迅速從昏迷中恢復了知覺。聰明的他，第一個就是將身體蜷縮成團，然後一動不動。

「打開頭套，取下襪子！」張維善和李彤對了個眼神，然後故意憋啞了嗓子吩咐。

顧君恩答應著上前執行命令，將頭套快速取下，順手又從顧誠嘴裡取回了自己的臭襪子。同時將一把匕首在此人眼皮前晃了晃，威脅他不要再試圖高聲求救。

到底是做了五品郎中的人，那顧誠立刻心領神會。果斷壓低了聲音，連連求饒，「好漢饒命！

好漢饒命！顧某自問沒有得罪諸位好漢之處，無論諸位求財還是受人所托，還請看在彼此都是大明子民的份上，高抬貴手！」

「現在你又知道你是大明子民了，早幹什麼去了？」聽他以大明子民自居，張維善立刻又氣不打一處來，抬起腳，朝著此人的屁股就是重重兩下。

「好漢饒命！好漢饒命！」那顧誠疼得眼前發黑，卻知道自己努力的方向沒找錯，一邊求饒，一邊快速補充：「在下當然是大明子民，與諸位好漢乃是同根所生。有道是，親不親，故鄉人……」

「放屁！」張維善氣得圓睜雙目，就想將此人所做的賣國之事一一列出。李彤跟他心有靈犀，趕緊低聲阻止，「二當家，別跟他鬥嘴。這種人，最大的本事就是顛倒黑白！」

說罷，蹲下身，從顧君恩手裡接過匕首，輕輕抵住顧誠的眼皮：「想活命，就老實點。老子問什麼，你就答什麼。別狡辯，也別想著拖延時間。否則，老子一刀戳下去……」

「是，是，本官，在下一定知無不言，言無不盡！」感覺到匕首的鋭利，顧誠恐懼萬分，趕緊顫聲回應。

「扶他坐起來。去隔壁屋子，臭死了！」見他如此配合，李彤也不過分緊逼，扭過頭，朝著張樹低聲命令。

「是，大當家！」張樹答應一聲，立刻帶著兩名弟兄，將姓顧的從屎尿窩裡拖起來，一路拖向隔壁。

借著這個機會，顧誠偷偷睜開腫得只剩一條縫的眼睛，努力觀望。只見自己身前和兩側，總計有六、七個壯碩的身影走動。至於身後，好像還有更多。而先前陪自己一晚風流的日本少女，以及門外擔任警戒的武士和隨從，也不知道是被打暈後拖去了別處，還是被殺掉了，全都無影無蹤。

這更令他肝膽欲裂，不敢再存任何僥倖的念頭，老老實實任對方放手施為。

這個聰明的對策，減少了黑衣人的很多麻煩，也令他少吃了很多苦頭。將他拖到一個臭味兒不那麼濃郁的屋子內，強行按在一把矮几上之後。帶頭的黑衣人大當家緩緩跟了進來，用匕首輕輕指向他的喉嚨，「姓顧的，聰明的話，就別再自討苦吃。俺來問你，沈惟敬究竟為何派你先到長崎？」

「這夥人，是針對兩國議和而來。」顧誠頓時又激靈靈打了個哆嗦，身上的痛楚瞬間全都消失殆盡。

唯恐對方真的痛下殺手，不敢做任何遲疑，他立刻結結巴巴地回應：「是，是為了確認兩國，兩國的禮儀，以及接待我大明使團的規格，有無不合禮儀，或不妥之處——」

「啪！」話音未落，他臉上就重重挨了一巴掌，直抽得眼前金星直冒，連牙齒都似乎有所鬆動。他想大聲泣嚎，卻又不敢，只能拚命捂住嘴，不發出一絲聲音。然後瞪圓了淚汪汪地眼睛，滿臉委屈地看著對方，宛若一個被丈夫嫌棄的童養媳。

李彤與他並無私仇，只是因為最近一段時間內心積壓太多負面情緒，而且時間緊迫，才被迫出此重手。打過之後，見顧誠那嬌嬌怯怯的模樣，心中又覺好笑。將右手裡的匕首向前壓了壓，再度啞著嗓子發問：「老子給你第二次機會，不要不知道珍惜。也別拿那些表面文章糊弄老子。明白告訴你，老子今日前來找你，只是為了求證。並不是對你等勾結小西行長，兩頭欺騙的行為毫無所知。」

剎那間，顧誠再度被嚇得魂飛魄散，不僅僅是因為喉嚨處的匕首，同時還因為四個字：「兩頭欺騙！」

對方既然已經將他和沈惟敬的計劃，瞭解得如此詳細。他繼續隱瞞下去，就沒任何意義了。而對方的身份，恐怕絕不是心懷故國的什麼江湖好漢，而是朝堂中反對和談的那群老頑固伸向日本的爪牙，甚至是「臭名昭著」的錦衣衛。

無論以上猜測的哪種身份為真，他想要死中求活，就只能先答應對方要求。因此，不再做絲毫猶豫，大明禮部郎中顧誠，就哭泣著招供道：「別殺我，我說，我全說！我來長崎，表面上暫時停靠，替楊正使探路，並且跟豐臣秀吉派來的人，最後確定和議的具體細節，以及兩國參與者所執的禮儀。事實上……」

「正使不是沈惟敬！」話才說了一半，張維善已經迫不及待的打斷，對突然出現的變故好生驚詫。

「不是，沈惟敬跟在下一樣是副使。他出身太低，又沒怎麼讀過書，擔任正使有失上國顏面。正使姓楊，名方亨，乃是左軍都督府都督僉事。」顧誠想都不想，果斷給出解釋。然而，話說出了口，忽然又意識到，對方居然連正使是誰都沒弄清楚，頓時又開始猶豫是不是可以撒謊騙人。

「楊方亨？」李彤和張維善兩個又是一楞，眼前迅速閃過一張方正的讀書人面孔。正準備問問楊方亨明明職位是個武將，怎麼可能擔任和談正使，耳畔卻傳來了一聲怒喝：「大當家，小心此人轉移話題！姓楊的頂多是個牌位，他和姓沈的，才是真正的主使者！」

下一個瞬間，李彤和張維善兩人的後背處，冷汗淋漓而下。前者連忙收拾起心神，用匕首對顧誠喉嚨就是戳了過去，「狗賊，敢騙老子……」

「啊——」顧誠嚇得兩眼一翻，再度昏了過去。

「潑他！」李彤及時收住胳膊，大聲命令。

「嘩啦！」又一盆冷水兜頭澆下，將顧誠喚醒。

「好漢饒命，饒命！我招，我招！」發現自己居然還活著，顧誠立刻大聲表態，根本不用李彤繼續使用什麼手段。

「說，議和到底是怎麼回事，從頭開始說，如果有半句謊話，哼哼……」李彤將匕首在掌心上掂來掂去，彷彿掂的是一根鴻毛。

雖然最近兩年半的閒暇時光，已經將他的外表重新變得斯斯文文。可當他玩耍匕首的時候，依舊有股無形的殺氣透體而出。登時，將顧誠嚇得接連打了好幾個哆嗦，帶著哭腔快速招供：「好漢爺爺饒命，我說，我說！議和不是我提出來的，我最開始並未主動參與，是最近半年……」

「讓你從頭說，你聾了嗎？」聽他到了這種時候，還試圖推卸責任，張維善也拔出寶劍，直接點上了他的後心。

「爺爺饒命啊！」顧誠厲聲慘叫，隨即，竹筒倒豆子般，將自己知道的一切，全都給招供了出來。

事實真相，與大夥前幾天跟史世用會面時，所推測的基本一致。沈惟敬、顧誠、小西行長三個，以及三人背後的同夥在兩頭欺騙。對大明聲稱日本全盤接受了大明所提出的三大條件，對日本，則宣稱大明迫於日軍強大的武力，全盤接受了秀七條。然後，又作為天朝上國賜給藩屬之國的好處，說服大明君臣同意，解除對日海禁，重啓大明和日本之間的貿易往來。

和約則是一式兩份，日文和漢語各說各話。只待雙方都在和約上用了印，就立刻將其中最不重要的那部分，即「解除海禁，重啓貿易」條款付諸實施。至於其他，則通過談判協商具體實施步驟的手段，繼續拖延下去，一直有新的變故出現，和談雙方中的任意一方無暇追究。

但是，即便是同樣的事實，從顧誠嘴裡說出來，也帶上了不同的注解。按照此人的說法，最初小西行長通過沈惟敬對大明提出議和，的確帶著一定的誠意。而當時大明東征兵馬雖然占據主動，卻沒有必勝的把握。並且當時大明各地天災頻發，淮河以北，糧食歉收已成定局，江南的糧食彌補北方虧空都不夠，哪有餘力千里迢迢運往朝鮮南方？所以，朝中諸臣明知道小西氏的請和，有拖延時間之嫌，為了大明北方百姓不受饑荒之苦，為了將士們沒有斷糧之憂，也只能順水推舟。

而接下來和談一拖再拖，也並非朝中沒有明眼人。事實上，早在去年春天，小西飛第二次來北京的時候，就有御史對日本人的誠意提出了質疑。但是，那時夏糧還沒入庫，能否支撐大軍遠征所需還不是定數。另外，朝鮮國王連續數年，光哭著求大明派兵幫他收復全部國土，自己卻一文錢不出，一粒米不給，也著實令大明君臣感到氣憤。所以，再度組織東征的提議，就又被壓了下去，朝廷只能繼續揣著明白裝糊塗。

再接下來，事情就變了味兒了。豐臣秀吉見小西行長跟他彙報說施行了緩兵之計後，一緩就是半年多，心中不耐煩，連番下令催戰。小西行長畏懼大明的兵甲犀利，不敢輕易再啓戰端。於是乎，便通過豐臣秀吉身邊的第一軍師石田三成，勸說豐臣秀吉不戰而屈人之兵。又於是乎，秀七條就此出爐。

小西行長拿到秀七條之後，知道如果自己敢將這些條款向大明提出來，雙方肯定立刻就得兵戎相見，無奈之下，只能欺騙豐臣秀吉，說大明已經準備如數答應，只待雙方使者敲定具體細節。而恰恰沈惟敬奉萬曆皇帝之命，給小西行長帶來了「明三條」，同樣拿到日本後，就會點燃戰火，於是，又迫不得已，沈惟敬與小西行長才達成了交易，雙方各說各話。

這樣做，雖然一旦被發現，就會令負責談判的雙方當事人身敗名裂。但一旦達成，卻功在當代，利在千秋。畢竟，豐臣秀吉已經垂垂老矣，隨時都可能撒手西去。而大明也沒任何實際上損失，捨棄的是朝鮮的地，賣的是朝鮮的國。甚至連下嫁的公主，都可以拿宮女充當，絕對不會是皇帝的親生。

至於有關「解除海禁，重啓貿易」條款，就更簡單了。那只是朝中有識之士，覺得不能白白便宜了日本，所以在和約裡暗中藏下的陷阱。日本能賣給大明的貨物，只有倭刀、漆器、銅錠和少量珍珠。而大明能賣給日本的貨物，則有數千種之鉅。對日海禁取消之後，最多只需要三年，日本國內就會被賺得無錢可用，日本各地的百姓忍無可忍，勢必揭竿而起……

「住口！」雖然早就領教過顧誠的口才，並且為此做了很多準備。當聽到用貿易抽空日本的說法之時，李彤依舊被繞得腦袋嗡嗡作響，果斷將匕首下指，喝令對方暫且閉嘴。

「好漢爺爺饒命！我住口，住口！」顧誠立刻用手捂住自己嘴巴，然後叩首乞憐。

「呼——」李彤對著窗外的夜空，長長吐氣。然後又費了好大力氣，才讓自己重新冷靜下來，緩緩追問：「如果海貿對日本不利，小西行長，大村喜前，還有島津義弘等人，為何對重開貿易念念不忘？他們又不全都是傻子？別跟我說，小西行長心向大明。」

「好漢爺爺，您可知道有一句俗話，叫做窮廟富方丈？」彷彿是真的被嚇傻了，或者心中早就準備好了答案，顧誠磕了頭，快速反問。

「什麼意思？」李彤和張維善等人的閱歷不足，立刻就暴露了出來。雙雙皺著眉頭，本能地追問。

顧誠的眼睛裡，瞬間閃起了一道精光，卻因為低著頭，沒有被任何人發現。快速理了理思緒，他故意用顫抖的聲音解釋道：「好漢有所不知，這是一句江南俗話。意思就是，廟再破，哪怕佛像都快沒了顏色，廟裡的方丈也不會愁沒錢花銷。那日本國，就好比一座廟，而小西行長、大村喜前、島津義弘就好比廟裡的知客僧、小沙彌和主持。他們只會管通商之後，各自能不能從中有賺頭，才不管日本這座廟會不會倒掉。況且，他們各自都是一方諸侯，迫於武力才屈服於豐臣秀吉之下，如果日本國內的百姓揭竿而起，豐臣秀吉派他們出馬彈壓，他們的勢力就會迅速做大。不派他們彈壓，則豐臣秀吉的攝政位子岌岌可危，他們或者有機會取而代之，或者有機會重振祖上繼業。裡外裡，海貿重開對他們都只有好處，沒有壞處，他們又何樂而不為？能不像小西行長這樣推波助瀾，已經是對豐臣秀吉忠心了，反正不耽誤最後坐享其成。」

李彤和張維善兩個，登時無言以對。頭頂上卻隱約有一座大山，徑直壓了下來，壓得他們筋疲力竭。

到了此刻，他們終於明白沈惟敬的騙術為何在大明暢通無阻了。「窮廟富方丈」、「何樂而不為？」、「反正不耽誤最後坐享其成？」在顧誠嘴裡說得是日本，拿過來形容大明的各部尚書、侍郎和幾位閣老，恐怕也是一模一樣！

大明朝堂上不是沒有聰明人，也不是所有達官顯貴都跟石星、沈惟敬兩人擰成了一股繩，聯手欺騙萬曆皇帝朱翊鈞。如果石星和沈惟敬兩個真有這麼大的號召力，他們乾脆學王莽或者曹丕，直接逼朱翊鈞禪讓就是了，根本不用費這麼多周章。

大明朝堂上聰明人之所以對騙局裝聾作啞，是因為他們都是大明這座「窮廟」裡的知客僧，方丈或者沙彌。沈惟敬兩頭欺騙成功，他們非但不用再為第二次東征勞心勞力，並且能夠「坐享其成」，指揮各自身後的家族趁機在海貿中大賺特賺！而哪怕是騙局最後被拆穿，最可能倒楣的也只會是沈惟敬和石星兩個，只要稍加運作，其他暗中推波助瀾者就能被摘出來，作壁上觀者，當然更不會受到任何牽連。他們既能享受騙局成功的好處，又不用分擔騙局失敗的風險，試問他們何樂而不為？

正壓抑得幾乎無法正常呼吸之際，耳畔卻傳來了「咚」的一聲。緊跟著，顧某人又開始哭喊求饒。李彤和張維善兩個愕然扭頭，恰看見崔永和那因為憤怒而扭曲的臉。

「兩位東家別聽這廝胡說！」崔永和腳踩著顧誠的脊背，咬牙切齒地提醒，「即便那小西行長、大村喜前，還有島津義弘等人，能從海貿中大撈特撈，時間久了，豐臣秀吉豈能發現不了府庫空虛？甚至不用太久，和議簽署之後，只要豐臣老賊要求大明履約，交出朝鮮南方四道，騙局就會立刻露餡兒，咱們大明肯定不會交，即便像他說的那樣，繼續借敲定細節為名，施展拖延之計。能拖過初一，拖不過十五！更何況，豐臣秀吉未必肯等。」

這幾句話，繞開了能否借助貿易抽空日本不談，直接回到了豐臣秀吉是否會上當受騙，以及發現上當受騙之後的反應上，頓時讓那座壓在李彤和張維善兩人頭頂的無形大山，為之一輕。

二人心裡，隨即悚然而驚，眼神也立刻變得清澈了許多，「奶奶的，又被姓顧的給帶溝裡去了！

老子是來拆穿騙局的，管他誰是窮廟，誰是方丈？」

然而，顧誠既然能被江南幾大家族推出來，監督並配合沈惟敬完成騙局，本事又豈會只有這一點兒？不待兩位山大王發怒，此人就啞著嗓子大聲叫起了屈：「冤枉，好漢爺爺，小的冤枉。小的剛才說過了，豐臣秀吉已經垂垂老矣，隨時都可能撒手西去。」

「你說什麼！」張維善推開崔永和的大腿，一彎腰，將顧誠拎起來，「豐臣秀吉已經垂垂老矣！他既然隨時都可能一命嗚呼，又怎會壓得日本各地諸侯服服帖帖？」

「大王，大王您真是慧眼如炬。」顧誠咽了一口血唾沫，隨即挑起大拇指高聲誇讚，「這事兒說起來就比較複雜了，請容在下慢慢稟告。那豐臣秀吉老賊，之所以還能壓得住麾下各方諸侯，皆是因為他身邊，有五位軍師盡心輔佐，類似於咱們大明的五位閣老。而在外，則另外有五位名將坐鎮各方，類似於五位領兵的藩王注四。前者雖然不領兵，卻又能調動許多中小諸侯，並且掌握全國的糧草輜重。而後者雖然重兵在握，卻指揮不動其他諸侯，並且糧草器械又受制於前者。雙方互相制約，只要豐臣秀吉一天沒死，就誰都不敢輕舉妄動。」

「嗯？」張維善還是第一次聽過豐臣秀吉麾下的建制情況，根本分不清真偽，遲疑著扭頭看向李彤。

李彤雖然對日本的瞭解，比他略深一些，知道所謂五位軍師，按照日本的叫法就是「五奉行」，是幫助豐臣秀吉打理內政的五位心腹重臣。而五位名將，按照日本的叫法，則為「五大老」，是豐

注四：五軍師和五名將：日本叫法是五奉行和五大老。是豐臣秀吉在執政最後幾年設立的制度，為的是確保他的兒子秀賴可以順利接位。其中五奉行和五大老名單一直在變化，直到他死去之時才算最終確定下來。

臣秀吉麾下實力最強的五位諸侯。但具體五奉行和五名將是誰？相互之間如何配合，又如何制約？卻全都知之不詳。

所以，李彤對顧誠的解釋，同樣將信將疑。只能汲取先前差點被繞暈的教訓，避開這個話題，「就算豐臣秀吉已經老成了沒牙的老虎，他活著的時候，只要發現上當，也絕不會善罷甘休。爾等平白令大明蒙羞，還毀掉了東征將士拚死血戰才取得的成果，最後只給自家換回了兩三筆海上生意。爾等就不覺得心中有愧？爾等，爾等到底，到底還當沒當自己是大明人？爾等肚子裡，到底還有沒有良心？」

「不是這樣，不是這樣！大王請聽我說，請聽我說！」顧誠被他自己的衣服領子，勒得喘不過起來，卻拚命擺手狡辯，「做海貿，真的只是為了抽空日本。我等真的只是一心為國，才不惜自毀名聲。只要那豐臣秀吉簽了和約，過後一切就都由不得他來做主！那些嘗到了甜頭的諸侯，肯定不能容許他輕易再啓戰端？如果他一意孤行，我等，我等還藏著殺招。屆時，只要施展出來，肯定令日本風雲變色。」

「什麼殺招，別吹牛皮！」張維善堅決不肯相信姓顧的會為國而謀，瞪圓了眼睛大聲追問。

「這，這……」顧誠不肯回應，兩隻三角眼不停地朝左右瞟來瞟去。

「弟兄們捨命而來，又豈會像你，見利忘義？」張維善煩他懷疑大夥兒對大明的忠心，揚起左手，就是一記大耳光！

「啊！我說，我說！」顧誠被抽得眼冒金星，果斷放棄了挑撥離間，捂著臉，大聲補充，「那五位軍師之首石田三成，與五位名將之首德川家康，都不願意豐臣秀吉繼續窮兵黷武。他們兩個暗中承諾，如果和約簽署之後，豐臣秀吉反悔。就一包毒藥結果了此人，然後一內一外，聯手擁戴豐臣秀吉的兒子豐臣秀賴登位。那豐臣秀賴還不到一歲生日，自然凡事皆由石田三成和德川家康兩人做主。」

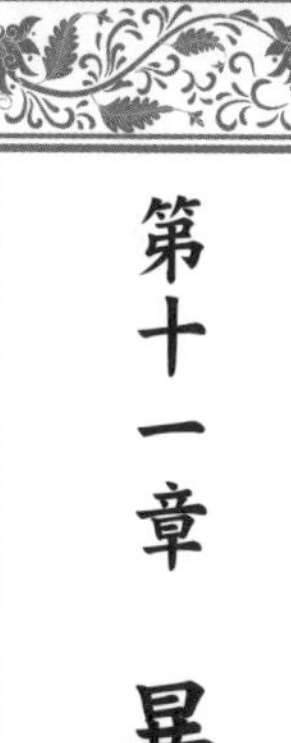

第十一章　暴露

「啊——」無論信與不信，在場所有人，都瞬間倒吸一口冷氣。

想那豐臣秀吉，能把群雄並立的日本，重新捏合成一塊兒，並且揮師三個月內橫掃朝鮮，肯定算得上是一代梟雄。可這位梟雄身邊，居然一個可靠的心腹都沒有。

負責談判的小西行長在跟沈惟敬狼狽為奸，聯手欺騙他。負責坐鎮外地的諸侯島津義弘、毛利輝元等人，見利忘義，甘願坐享其成。他最信任的頭號軍師，隨時準備給他下藥，然後做曹操和王莽。他最信任的頭號名將，要麼是真心跟他的頭號軍師勾結，要麼準備利用他的軍師之手除掉他，然後取而代之。

如果事實真的如此，那沈惟敬和顧誠的兩頭行騙計劃，的確有很大的可能成功。並且從長遠來看，大明雖然遭受了一時屈辱，未來卻可以十倍，甚至百倍從日本身上再把場子找回來。

只是，這種所謂的長遠，卻讓人怎麼琢磨都感覺彆扭。就好像有人忽然在你耳邊信誓旦旦地說，吃屎可以益壽延年，哪怕他的話可能性再大，也沒有哪個正常人願意接受。

「某家是個江湖人，管不到那麼長遠。」用力咬了一下嘴唇，李彤強迫自己不按照顧誠的說法去考慮和議的利害得失。
對方的嘴巴功夫太厲害了，遠勝過弓箭和鳥銃。只要自己繼續聽此人說話，無論過後是反駁還是相信，都容易著了道。「某家今天來找你，只求一個真相。先前你招供的那些，某家已經命人及時紀錄了下來。只要你在上面簽字畫押，咱們今晚就放你一條活路！來人，把記錄給他，讓他按手印兒。」
最後那句話，卻是對著李盛所喊。後者答應一聲，迅速捧著五、六張寫滿字跡的白紙走了上前，將毛筆朝顧誠手裡重重一塞，大聲逼迫：「姓顧的，別耽誤功夫。否則，砸斷你的狗腿！」
「畫供。」顧君恩登時充當起了衙役，在一旁跺著腳，連聲催促。
「我畫，我畫！」那顧誠打定了主意不吃眼前虧，立刻揮動毛筆，在每一頁最下方，都簽上了自己的名字。隨即，又主動拿手指沾了自己的一點兒鼻血，在簽字旁按上了指頭印兒。
走到這個地步，大夥今晚的行動，就算成功了九成。然而，包括李彤和張維善在內，所有人的臉上，卻看不到絲毫的喜悅。騙局太離奇了，背後涉及到的各方勢力也太強大，太複雜。他們即便成功將騙局揭開，恐怕也無法令真正的主謀為他們的罪行付出相應的代價。更不會改變大明朝廷目前暮氣沉沉的狀態。
一時間，大夥竟然都無話可說，反倒是外面傳來的濤聲，忽然高了起來。一輪接著一輪，聲聲急，聲聲催人老。
幾個彈指之後，李彤深呼吸一口氣，扭頭看向張維善，輕輕點了點頭。後者立刻明白，是時候離開了。

迅速端起寶劍，他就準備給顧誠一個痛快。免得大夥前腳離開，後腳此人就去找大村喜前「報案」，進而給大夥引來滅頂之災。

誰料，那顧誠彷彿後腦勺生著眼睛一般。沒等張維善將寶劍刺出，就扯開嗓子大聲喊道：「饒命，李兄、張兄，饒命啊！顧某與你們都是朝廷命官，你們兩個無旨擅殺同僚，等同於謀逆。為了殺顧某一個人，你們把自己和麾下弟兄卻全都搭上，實在不值！」

「啊！」剎那間，張維善宛若遭到了雷擊，明明只要將寶劍向前輕輕一送，就能給姓顧的來個透心涼，握劍的手遲遲無法移動分毫。

「我已經招供了，已經招供了。你們拿著供狀回去，自然就能取信於皇上和有司。」那顧誠知道自己的時間不多，搶在李彤和張維善兩人的心神沒回復之前，繼續大聲補充：「如果皇上和閣老們想要追究顧某欺君，一道聖旨下來，就能讓顧某人頭落地。如果皇上和閣老們覺得顧某的謀劃切實有利於大明，你們也算盡了力，既無愧於皇上的知遇之恩，也無愧於戰死沙場的東征弟兄。唯獨殺了顧某，只是殺了一個副使而已，非但阻止不了和談，反而搭上了你們和你們麾下所有弟兄。張兄、李兄，三思，三思，三思啊！」

「你放屁，殺你哪需要我家公子動手？」不敢讓他再嚷嚷下去，擾亂人心。張樹果斷上前，揪著此人的脖領子就往外拖，「各位弟兄。此事乃是張某一時激憤之下，擅自所為。我家公子和李僉事，今晚拿到口供之後就走了，麻煩各位做個見證。」

「多謝李僉事，讓崔某有機會做回爺們兒！」崔永和忽然雙手抱拳，向李彤做了個長揖。隨即快步追上張樹，大笑著說道：「你別激憤，老子才應該是那個一時激憤的人。老子是浙將，三千浙兵慘死的血債，總得有人替他們討個公道出來。」

「我來！」

「激憤的是我！」

「我沒媳婦，也沒孩子，光棍一個！」

顧君恩、李盛、老何等人紛紛跟上，持刀的持刀，提劍的提劍，誰都不肯做旁觀者，誰都不想把擅自殺害朝廷五品命官的大罪，讓給別人。

「都住手！」一股熱氣，直衝李彤頂門。嘴裡發出一聲低吼，他紅著眼睛喝止，「你們幾個，都是響噹噹的英雄豪傑。犯不著用他的髒血，污了各自的名頭。」

說罷，又快速追了幾步，看著顧君恩的眼睛，大聲威脅：「姓顧的，你想活命，就跟著咱們走。否則，不用勞煩別人，老子親手將你大卸八塊。」

「我走，我走！」顧誠早就嚇得又尿了褲子，猛然聽到自己不用立刻就死，如何能不喜出望外？連忙答應著自己站了起來，高聲表態：「我跟你們一起回大明，指證沈惟敬和顧養謙。他無罪誅殺三千浙江兄弟，罪該萬死，顧某早就想要彈劾他了……。」

「你閉嘴！」李彤抬腿狠狠踹了他一腳，大聲命令。

「是，是，您讓我指證誰，我就指證誰。如果做不到，情願天打雷劈！」顧誠忍住劇痛，一揖到地。

「少廢話，跟老子走！」李彤的心情，又煩又亂。圓睜雙眼，大聲命令。隨即，迅速朝所有弟兄揮動手臂，「走，帶他回船上，咱們連夜出海。」

「是！」大夥答應一聲，拉著魂不守舍的張維善，快步撤離顧誠夜這的宅院。如露珠般，迅速消失在長崎港內的巷子裡。

那顧誠也是聰明，知道此刻如果自己露出半點不配合的姿態，肯定會被當場幹掉。所以，竟默默跟著大夥一起撤離，根本不需要任何人繼續逼迫。沿途好幾次與巡夜的日本兵卒「擦肩而過」，也堅決不發出任何聲音求救。

直到碼頭遙遙在望，顧誠才悄悄鬆了一口氣。壯起膽子，幽幽地說道：「李兄、張兄，其實你們真的不必如此。顧某和沈惟敬所做之事，的確是在兩頭使詐。可那豐臣秀吉乃是敵酋，顧某不騙他又該騙誰？」

「閉嘴，哪個在乎你欺騙豐臣秀吉？我家將軍只是恨你欺騙皇上，欺騙大明百官和大明將士。恨你們內外勾結，無辜殺死三千戚家軍老兵。」顧君恩一直在盯著顧誠，毫不客氣地豎起刀身，將此人抽了一個趔趄。

「啊！」顧誠低聲呼痛，隨即，又連連擺手，「莫打，莫打，顧某幾曾欺君？皇上如果不肯接受倭寇的議和請求，天下誰能強迫得了他？至於文武百官和東征將士，更不是顧某區區一個五品郎中所能欺騙。能把這麼多人全都蒙在鼓裡，沒有閣老支持，沒有六部尚書認可，如何能行得通？」

「閉嘴！你即便說破了天，將軍也不會放你走！」顧君恩沒有能力反駁此人，只好將鋼刀在半空中比比劃劃。

其餘眾人，也儘量扭過頭，誰也不接顧誠的茬兒。然而，大夥心中卻都明白，此人的話，絕非簡單的強詞奪理。

能把一個涉及到大明和日本兩國，數十名重臣的幾十萬將士的騙局維持三年多時間，還不停地往騙局中加碼，甭說顧誠和沈惟敬兩人做不到，兵部尚書石星和薊遼經略顧養謙兩個，也一樣擔不起來。這背後，必然有成百上千的人在互相配合，嚴密分工，力求做到天衣無縫！並且花費的錢財，也數以十萬貫計，遠遠超過了顧誠和沈惟敬兩人的全部身家。

可大夥越不想聽，那顧誠卻越是來了勁兒。一邊偷偷將腳步放慢，一邊小聲補充：「兩位兄台請想，除了表面讓大明遭受了些許屈辱之外，這份和約即便簽了，又能給大明造成什麼損失？兩位當年親身領軍東征，應該都知道，那朝鮮國王及其麾下是一群什麼貨色？除了幾句好聽的話之外，他們可給大明任何回報？祖承訓第一次兵臨平壤，朝鮮國王答應的五路大軍在哪？是誰在他身後放了冷箭？碧蹄館李如松提督被困，又是因為誰給他提供的假軍情？而當年碧蹄館戰後，那些朝鮮官員，又是如何窺探我軍虛實？如何準備反戈相向？我軍將倭寇盡數趕下大海，過後可否得朝鮮寸土？而與日本平分朝鮮，卻能為大明開疆數百里，卻不費一兵一卒，諸君又何樂而不為？」

這些話，字字如箭，戳在李彤、張維善等人心窩子上，讓大夥疼得幾乎當場吐血。大明付出那麼大代價，卻救了一群白眼狼，值嗎？朝鮮百姓，又有幾人真正願意做李氏的子民？與倭寇平分朝鮮，對大明來說，到底有什麼壞處？朝鮮國王不肯出一文錢，出一粒米糧，憑什麼要求大明子弟為他的江山去犧牲？

這些問題，大夥不會宣之於口，卻未必不會去想。而每次想起來，心中都如針扎般難受。

「你不要再說什麼花言巧語，老子不聽！」強忍著心頭的刺痛，張維善大聲呵斥，「即便到底該不該幫朝鮮打日本，還需要另議。也改變不了，你等夥同沈惟敬欺君的事實。」

「剛才，咳咳，在下已說過了。」顧誠求的就是有人接茬兒，立刻激動得劇烈咳嗽，隨即，又頗不接待辯解道，「顧某並未欺君！陛下，乃是千古明君，誰也騙不了他。顧某做為做為臣子，第一要務，就是用陛下能夠接受的方式，說出他想聽的話。咳咳，咳咳，再說幾個諸位不願意聽，這卻都是如假包換的事實。兩頭騙，乃是禮部的慣例。皇上早就知道，閣老與尚書們，也心照不宣。不信諸君回頭去看，歷朝歷代，跟外藩所簽之約，十份之中，至少有三、四份是兩頭騙。外藩的文字是一套，中華文字寫的則是另外一套，根本對不上號。甚至許多番邦使臣，都是假的。有人從海外隨便抓些野人來，教他幾句中原話，拿一些衣服給他套上，送到北京糊弄皇上高興罷了！否則，以當前大明船隻所能抵達的範圍，哪裡來的那麼多萬邦來朝？」

「你說什麼！」雖然在心裡不停地告訴自己，不要聽顧誠「信口雌黃」，以免稍不留神就著了此人的道，李彤和張維善等人，依舊被震驚得目瞪口呆。

禮部慣例就是兩頭騙。

所謂萬國來朝，乃是皇帝、閣老和尚書們，默許禮部製造的假象。

大明的海船如今最遠不過才能抵達三佛齊，由那裡向東，國家不過三、五十個，根本不可能有成千上萬的使者帶著國書前來朝貢。以前許多番邦使臣，不過是海外隨便抓回來的野人！

一個又一個以前聞所未聞的消息，宛若晴天霹靂，不停地從天空中砸落，砸得大夥根本無法招架。

理智上，大夥兒對顧誠的話，一個字都不應該，也不願意相信。然而，卻誰都沒有力氣反駁。

「在下提起此事，並非為自己開脫。」敏銳地察覺到自己已經成功攪亂了眾人的心神，顧誠的眼珠子轉了轉，故意坦誠地補充，「在下只是想告訴諸位，爾等覺得自己豁出去性命前來日本阻止和議，是在為國為民，事實上，卻有可能是好心辦錯事。禮部鴻臚寺平素看上去無所事事，卻始終未被裁撤合併，就是因為其行事自有一番規則，與別的……」

「一派胡言！」張維善忍無可忍，瞪起眼睛打斷，「什麼規則，能大得過戰場上的勝負？當初倭寇橫掃朝鮮八道，怎麼沒見鴻臚寺憑著嘴巴說服豐臣秀吉退兵？」

「張兄此言壯哉！」顧誠聽罷，居然不反駁，雙手輕拍，低聲為這番話喝彩。

張維善見狀，頓時覺得一拳錘在了棉花上，好生煩悶。正準備揪住顧誠的脖領子，問此人到底安的是何居心，卻又聽此人突然低聲補充道：「正是因為張兄和李兄等大明豪傑，在朝鮮浴血奮戰，把倭寇打怕了，他們才主動提出議和。只是，將倭寇打怕了之後，接下來該如何讓弟兄們的血不白流，該如何為大明爭取最大的利益，卻得由禮部鴻臚寺來完成。」

「你放屁！」聽顧誠如此大言不慚，顧君恩也忍不住厲聲反駁，「你禮部鴻臚寺完成什麼了？是白白給了倭寇三年時間養精蓄銳？還是弄那份假和議文書，讓我大明君臣蒙羞！你禮部鴻臚寺，從頭到尾，只為你顧家贏來了發財的機會，卻絲毫沒給大明爭來任何好處。你禮部鴻臚寺，與其說是大明的鴻臚寺，不如說是你江南顧氏、李氏、錢氏的私貨鋪子，只管將大明賣給外敵，還賣不出個好價錢！」

「這位仁兄的話，就沒道理了！」顧誠忽然一改先前小心翼翼模樣，朝著顧君恩拱了拱手，鄭重反駁，「在下剛才已經解釋過了，兩頭欺騙，乃是禮部的一貫規矩。的確，顧某弄了一份假和約，可那份和約，可曾讓大明損失一寸國土，一文銅錢？沒有，顧某反倒為大明爭來了朝鮮北方四道，讓舊鐵嶺注五重歸華夏版圖。而仁兄你，雖然在戰場上揚眉吐氣，卻都是自帶乾糧，為他國捍衛疆土。」最後這句話角度實在過於刁鑽，讓顧君恩的呼吸頓時就是一滯。那顧誠一招得手，立刻步步緊逼。笑了笑，開始小聲自問自答：「諸位開口東征，閉口東征，東征戰死了那麼多大明男兒，給我大明贏回了什麼？是為我大明贏回了開疆拓土？呵呵，朝鮮國王，可沒說要割讓寸土給大明為酬勞。是令南方諸蠻畏懼我大明天威？呵呵，就在諸位威震朝鮮的第二年，緬甸蠻夷入侵永昌，殺我士民數萬。如今國內天災人禍不斷，我大明根本無力南北同時作戰，幫得了朝鮮，就顧不上雲南。諸位指責顧某重開海貿是為了自家，試問如果不開海禁，大明前往倭國的走私貨船能少得了幾隻？而今朝廷入不敷出，年年寅吃卯糧，北虜又在蠢蠢欲動，不從海上開闢新的稅源，何來的餉銀養兵？諸位可知，直到今日，東征歸國將士們的封賞，還有一大半兒沒有兌現。當然，李兄，張兄，還有這位仁兄，你們，你們蒙聖明天子賞識，不在未兌現之列。」

「你……」非但顧君恩、李彤、張維善和周圍的幾乎所有人，都又氣又羞，再度將兵器高高地舉起。

朝廷沒兌現答應給其他弟兄的封賞，和大夥獨受萬曆皇帝賞識這件事之間，並無任何關聯。可

注五：鐵嶺：是古鐵嶺衛，在朝鮮金剛山一帶，原為明初所設。後朝鮮趁著大明忙著征討蒙古，偷偷蠶食掉了這部分疆土，把兩國分界線推進到鴨綠江。

在顧誠的刻意歪曲之下，竟變成了大夥是踩著袍澤的屍骨往上爬！而大夥執意要拆穿騙局，也變成了是為個人去戰場撈取功勞，封妻蔭子。

好個顧誠，不愧是名師嚴鋒帳下的高徒，面對明晃晃的刀劍，竟忽然變得毫無畏懼。笑著擺了擺手，昂然說道：「諸位如果覺得心虛，儘管殺顧某滅口好了，看殺了顧某之後，能不能改變東征沒給大明帶來任何好處的事實？不過，在臨死之前，顧某還想提醒爾等，假若大明與日本之間再動刀兵，受苦的依舊是我大明蒼生。而那所謂的屬國朝鮮，在爾等為其拚命流血的時候，尚且不能供給爾等充足的糧食與衣物。萬一爾等不慎兵敗，他們絕不會給予任何援助，只會掉過頭來，對爾等落井下石。然後拿著爾等的首級，去小西行長那裡做投名狀，以圖倭兵攻入大明之後，他們也能跟著一起瓜分大明疆土，甚至重新立國於遼東。」

「你，你胡說！」大夥氣得兩眼冒火，然而，手裡的刀劍，卻遲遲砍不下去。

姓顧的最後這幾句話，非常刺耳。卻句句都是事實。東征除了讓大明勞民傷財之外，的確沒帶來任何看得見的好處。那朝鮮國王，的確沒有給大軍提供過任何輜重。東征軍在碧蹄館受挫，那朝鮮兵馬的確曾經心懷叵測。萬一東征失敗，即便那朝鮮國王不會親自帶領兵馬對大明落井下石，那些投靠了倭寇的朝鮮僕從軍，也一定會成為倭寇的開路先鋒。

「李兄，張兄，你們難道以為，顧某是個賤骨頭，希望幹這種與倭人媾和之事，留下千古罵名？」趁著將大夥成功繞暈的機會，顧誠又換了一種語氣，愴然說道：「非也！在下只是看不慣朝鮮趴在我大明身上吸血。看不慣南方蠻夷趁我大明顧不上收拾他們，對我大明疆土虎視眈眈。看不慣明明派幾個小吏開設一海關，可以日進斗金，讓府庫充盈。卻偏偏全都便宜了一幫見利忘義的走私犯。」

忽然長嘆一聲，他仰起頭，滿臉寂寞，「適才，有位兄弟說顧某只為自家而謀，若真如此，顧某何必冒險出海，做人家的馬前卒？陸放翁有詩云：『位卑未敢忘憂國，事定猶須待闔棺。』當初顧某的兩位族兄，因故得罪聖上，被罷免歸田，離開京師的前一夜，他們對在下耳提面命，敢於頂撞陛下，未必就是忠臣良將，曲徑通幽，也不一定是亂臣賊子。入仕為官，不能只圖虛名。若是有利於社稷和百姓，我輩絕不可因惜身而袖手。哪怕一時被世人所唾棄，後世必會還我以清白。正所謂，知我罪我，唯有春秋。」

說罷，對著天空中的明月，又長長吐了一口氣。兩行清淚，順著寫滿孤獨的面頰緩緩而下。

「如此說來，倒是我等誤會顧郎中嘍？」李彤的心裡堵得難受，低下頭，努力與顧誠對視。

判斷一個人是否撒謊，就看他的眼睛。嘴巴可以騙人，但是眼睛不會！

很早很早以前，他就知道這個辦法。然而，今夜他居高臨下努力去看顧誠的眼睛，卻發現對方的目光無比清澈。

「誤會二字，實在不敢當！如果顧某與二位兄台易地而處，恐怕也會做一樣的事情。但是……」顧誠毫不畏懼地與李彤的目光相接，蒼白的臉上寫滿了如假包換的坦誠，「李兄，你和張兄都是文武雙全的國之棟梁，若能拋棄世俗成見，助顧某一臂之力，定能讓顧某事半功倍！我大明，以往就是過於看中表面虛榮了，才令府庫困乏，將士缺糧少械，百姓亦無隔夜之資。若是能仿效昔日大唐之待突厥，放下身段，與日本約為兄弟。數年之內，定能令府庫充盈，民間殷實，中興指日可待。到那時，兩位仁兄要錢有錢，要糧有糧，再領大軍橫渡漢水，何愁不能將朝鮮南方四道一鼓而下？昔日大唐太宗皇帝先於渭水河畔忍辱負重，後來才有李衛公、徐英公注六兩人蕩平漠北。今日如果兩位仁兄非要一意孤行，顧某不惜此身，我大明百姓又是何辜？」一番話，說得有理有據，聲情並茂，令人聞之無法不為之心動。然而，李彤這個人最大的優點就是穩重，甚至說有些固執。即便內心深處已經差一點就認同了顧誠的說法，稍加思索之後，卻依舊輕輕搖頭：「李某才疏學淺，顧郎中說得這些，李某無力反駁。但是，正如顧郎中你方才所言，你只是個副使，即便缺了你，和議照樣能夠如期達成。所以……」

將寶劍緩緩指向顧誠胸口，他強迫自己硬下心腸，「所以，還請顧郎中跟我回大明一趟。剛才這番話，你可以在朝堂上講，在國子監講，或者對著天下人講。只要他們都覺得你所言沒錯，李某寧願自盡以謝天下！」

說罷，再也不肯與此人對視，揮動寶劍，低聲喝令：「盛兄，你幫我押著他，快點兒上船！」

「遵命！」李盛抬手擦了一把額頭上的冷汗，咬著牙答應。隨即用兵器抵著顧誠後心，逼著此人繼續加快腳步。

「李兄請三思，張兄請三思啊！」沒想到李彤居然如此油鹽不進，顧誠心中好生錯愕。然而，後心被兵器頂著，他卻沒勇氣硬扛，只能一邊踉蹌而行，一邊小聲叫嚷，「顧某剛才的話，句句都發自肺腑。如果有一句假話，顧某寧願天打雷劈！」

「子丹！」張維善被他叫得心亂如麻，抬手抹了一下濕淋淋的額頭，低聲跟李彤商量，「要不

注六：李衛公、徐英公：即李靖和徐世績。渭水河畔忍辱負重，指的是唐太宗忍受屈辱，接受了突厥的敲詐，定下渭水之盟。

然……」

「先把他押到船上，然後想辦法聯絡史叔。」李彤搖了搖頭，鐵青臉打斷，「由史叔來做決定。今晚我藉口有事，先用沙船上的救命小艇送他去外海等著。明天一早，你去朝長家將光子接出來。屆時，無論史叔如何答覆，咱們都立刻啓程返航。」

這是他能想到的最穩妥的辦法。如果連史世用都認為顧誠的說辭有道理，他自然不會固執地非要做那個破壞和議的「千古罪人」。但長崎港，大夥卻必須儘早離開。大村氏手頭可用的兵馬再少，也比沙船上的弟兄多。今夜大夥劫持了顧誠，即便做得再不著痕跡，今道純助多下一番功夫，早晚也能查到沙船之上。

「這，也罷！」張維善還想替顧誠說幾句好話，見李彤的臉色實在難看，知道後者現在恐怕已經不堪重負，咬著牙輕輕點頭。

話音剛落，身後的街道上，忽然傳來了一陣清脆的馬蹄聲響。「的的，的的，的的，的的的的……」，每一聲，彷彿都踩在了兄弟倆的心窩上。本能轉過頭，借著星光向馬蹄聲傳來的方向努力瞭望，只見一個嬌小的身影，在鞍子上搖搖欲墜。

「是光子！」張維善大驚失色，一縱身竄了出去，直奔那匹快馬。「出事了，子丹，你帶著弟兄們先走！」

「盛兄，你帶幾個人押著姓顧的上船。其他人，原地結陣！」李彤哪裡肯拋下自家兄弟，想都不想，就大聲命令。

「是！」眾人答應著分作兩波，一波架起顧誠，繼續朝碼頭狂奔，另外一波，迅速朝李彤身邊

靠攏。還沒等大夥進入臨戰狀態，不遠處，張維善已經與朝長光子迎面相遇。光子拚著全身力氣拉住韁繩，啞著嗓子大聲示警：「郎君，逃げろ！逃げろ！あなたを殺す人がいます！」

「逃命？誰要殺我！」張維善連續大半個月偷偷學習日語的努力，終於見到了效果。關鍵時刻，居然將朝長光子的話，猜對了一大半兒。側身讓過馬頭，隨即左手搭住戰馬脖頸，雙腿和腰桿同時發力，一個縱躍跳上了馬背。

「ここにしゆきなが，にくらべると沈！」光子又急又怕，慘白著臉繼續補充，「彼らは港にいます，彼はえさです！」

這下，除了最開始的小西行長四個字之外，其餘張維善一句都沒聽懂。直急得額頭青筋根根亂蹦。好在，通譯朴七已經快步衝了過來，毫不客氣地開口轉述：「她說的是小西行長和一個姓沈的傢伙。他們就在港口中。他是一個誘餌。我知道了，後面這個他，指的是姓顧的，姓顧的是個誘餌！小西行長和沈惟敬利用他，釣咱們出來。」

最後兩句話，是他根據光子的示警，自行做出的推斷。脫口而出之後，頓時讓所有人都大驚失色！

顧誠是個誘餌，也許他本人都不知道，但沈惟敬和小西行長兩個請他先來長崎的目的，絕不是真的讓他在此地與日本方面主持和談禮儀的人員碰頭，更不是給他機會替顧家謀取私利。而是利用他，將所有試圖破壞和談的人給引出來，一網打盡！

怪不得大村喜前分明看到了顧誠不屑跟海商們明著來往，還堅持邀請海商們去他的居城赴宴，並且還請顧誠向海商們當眾訓話。怪不得大村氏對「夜這」如此熱心，非要把顧誠和他麾下的屬吏三更半夜從居城送到長崎。怪不得大夥今夜靠近顧誠，是如此順利，幾乎沒遇到任何崗哨。怪不得劫持了顧誠之後，一路行來，連巡夜的兵丁都沒碰到幾波，大夥就輕鬆地靠近了碼頭……

碼頭上，肯定早已布置好了陷阱，就待大夥自投羅網。猛然想到此節，李彤趕緊扯開嗓子，向李盛等人大聲示警：「盛兄，趕緊回來，碼頭那邊有埋伏！」

「什麼，公子您說什麼？」李盛與四名弟兄，已經押著顧誠走出老遠。忽然聽到背後傳來的喊聲，遲疑著扭頭。

「嗖嗖嗖嗖……」數支暗器，忽然從路邊陰溝中飛出，正中他的心窩。

「千總！」四名兄弟看得兩眼欲裂，大叫著上前施救。趁著大夥手忙腳亂之際，大明禮部郎中顧誠猛地一哈腰，雙腿發力，連滾帶爬衝進了路邊陰溝。

眼睛不會騙人。但是，如果撒謊者連自己都騙了，他的眼睛絕不會暴露真相。

很多年後，李彤終於明白了這個道理。

然而，此時此刻，他眼前，只有李盛那被鮮血染紅的身影。

第十二章　死地

「盛兄！」下一個瞬間，李彤的雙眼也變得一片血紅。

「不要過來，是忍者！少爺小心——」李盛艱難地抬起頭，大聲示警。「不要過來，暗器上有毒，大家都小心……」

哪裡還來得及，不光李彤本人向他這邊衝了過來，張樹、老何、顧君恩等，也緊緊跟在了李彤身後。大夥在狂奔的途中揮舞刀劍，將忍者丟過來的暗器一一磕落，轉眼間，就衝到對方五尺之內。

「あがれ！」帶隊的忍者頭目見暗器不奏效，立刻高舉倭刀，大喊著撲向李彤。

他不知道李彤到底是不是今晚自己要找的那個目標，但是從剛才李盛等人的反應上，猜出對方一定是個大人物。所以，下定了決心要擒賊擒王。

雙方的兵器在半空中相遇，火星飛濺。那忍者頭目雙臂被震得又痠又麻，果斷抽步後退，隨即全身蓄力，迅速來了一個左旋劈。

「噹啷！」李彤手中的寶劍毫無花巧地擋在了刀鋒之上，再度濺起一連串火星。那忍者頭目再度揮刀後撤，身體如螞蚱一般跳來跳去，每一次轉換角度，都緊跟著必殺一記。

「噹啷！」「噹啷！」「噹啷！」金鐵交鳴聲不絕於耳，李彤雙腿如生了根般牢牢站在原地，手中寶劍迅速轉動，將所有刀光盡數截斷。直急得忍者頭目哇哇亂叫，一次比一次跳得更高。

只是一鼓作氣，再而衰，三而竭這種沙場定數，卻是誰也逃不過。是以，三刀過後，此人氣喘如牛，咬著牙砍完了第五刀，仍然毫無建樹，兩隻膀子卻瘦得發木。而那被他狂砍了一通的目標李彤，卻已經恢復了鎮定。趁著此忍者一刀劈完，抽身後跳的時機，握劍的手臂快速前撩，由下向上，「哧——」地一聲宛若裂帛，將此忍者身上的黑布夜行衣連同肚皮，撩出了一條半尺長的豁口。

「啊——」那忍者頭目疼得厲聲慘叫，丟下已經變成了鋸子的倭刀，雙手去捂傷口。哪裡還能捂得住？眨眼間，血水伴著內臟，迅速從傷口中湧了出來。他全身的力氣，也迅速被抽乾，如同醉漢般搖晃了數步，一頭栽在了血泊之中。

此時另外一名忍者忽然從背後殺來，刀光在半空中化作一匹白練。李彤迅速轉身，寶劍上刺，直奔來人肚臍。那忍者不肯自己往劍尖上撞，只能努力收身，快速下墜。還沒等他的雙腳與地面接觸，李彤忽然將寶劍當作刀使，對準他的腦門，就來記力劈華山。

「呀！」忍者慌忙舉刀招架，卻架了一個空。還沒等他看清楚砍下來的劍刃去了何處，左肩部處忽然傳來一陣劇痛，臂斷、衣裂，銳利的劍鋒餘勢不衰，繼續砍斷了他腋下的衣服、皮肉和肋骨，將他的心臟和左肺切為兩段。

倒楣的忍者哼都沒來得及哼一聲，倒地而死。李彤則頭也不回，奔向下一個目標。在奔跑中全身蓄力，寶劍凌空劈出一道閃電。

「噹啷！」被他選中的黑衣忍者舉刀招架，半邊刀身和半邊劍身同時應聲而飛。想都不想，李彤迅速將下半截寶劍砸向對手，緊跟著右腳急剎，身體下蹲，腰部快速斜擰，左腿化作了一條鞭貼地橫掃。

「咔嚓！」那忍者光顧著躲閃迎面砸來的斷劍，卻沒注意腳下。右腿被直接掃折，整個人橫飛了起來，一頭栽進了路邊的臭水溝。

李彤也不管此人是死是活，低頭從血泊中抓起一把倭刀，從背後衝向下一名忍者。借著此人全力與顧君恩廝殺的功夫，將刀尖刺進了他的後心。

「跟我來！」朝著顧君恩大吼了一聲，他掉頭奔向老何，隨即跟後者一道，將一名忍者砍成了四段。

「結陣！」朝著老何也吼了一嗓子，他大步奔向張重生。三刀兩刀，幫後者解決掉了對手。恰好老何與顧君恩也聯袂追至，四人一起，迅速組成了一個簡單的攻擊陣列。順著街道的一側向前穩步推進，將沿途所遇到的忍者，挨個送回了老家。

每幹掉一個忍者，就會「釋放」出一個自家弟兄。每「釋放」出一個自家弟兄，戰陣就會變大一分，攻擊力也隨之水漲船高。

而那群埋伏在陰溝裡發動偷襲的忍者，雖然個個身手高超。卻終究是江湖路子，未曾經歷過戰場淬煉。起初他們還能勉強與大夥打個平手，隨著李彤這邊戰陣的結成，他們立刻開始變成了疲於招架。隨即，就潰不成軍。

「子丹，子丹，盛哥，盛哥快不行了！」張維善懷抱朝長光子，策馬追了過來，紅著眼睛低聲彙報。

「這裡交給你，殺光了刺客之後，就去抓姓顧的，將他碎屍萬段！」李彤抬手抹了一把臉上的血和眼淚，大聲吩咐。隨即，再度邁動腳步，快速奔向李盛身側。

如果有後悔藥可買，他發誓，會傾盡所有。如果時間可以倒流，他發誓，在顧誠招供之後，就立刻宰了此人，絕不會再讓此人多說一個字。

最近兩年，他專注於學習海戰，專注於積攢錢財購買海船，專注於蒐集情報以備前往日本，卻從沒在跟人勾心鬥角方面花費功夫。而顧某人卻是此道當中一等一的高手。雙方除非不動嘴，只動手。否則，從他給姓顧的開口機會那時起，他就落入了下風，進而讓對方通過高談闊論，拖延到了足夠的時間。

「盛兄！盛兄！」張樹也放棄了對剩餘忍者的追殺，快速衝了回來，搶先一步抱住了李盛的肩膀，輕輕晃動，「堅持住，堅持住，咱們回船上，咱們馬上就能回船上了，船上有藥！船上有藥！」

「盛兄，盛兄，我來背你！樹兄幫忙，把他放我肩膀上！」李彤果斷蹲了下去，示意張樹將李盛放於自己後背。「我背他回船上，劉穎給咱們留了藥箱。」

張樹含著淚，奉命行事。李盛已經被毒氣攻心，兩眼無法視物，卻掙扎著低聲拒絕：「不要回船上，少爺，不要回船上，碼頭，碼頭那邊，那邊肯定有埋伏！小西行長，未必，未必知道就是咱們。港中上千條船，咱們不回，他就得挨個去搜！」

「盛兄，不回，你歇一歇，你歇一歇，我，我，我去忍者身上搜，讓他們拿解藥出來！」聽李盛的呼吸越來越艱難，李彤的心臟處，好像有萬劍攢刺。流著淚，大聲答應。

話音落下，他眼前忽然靈光一現。趕緊扯開始嗓子，大聲吩咐：「去，去搜解藥。搜那些忍者的身，肯定有解藥！」

「快，搜解藥，去搜解藥！」彷彿溺水之人抓住了一根救命稻草，張樹也迫不及待地向周圍弟兄們吩咐，絲毫顧不上考慮，解藥這東西其實只存在於江湖傳說當中。

「少爺，樹兄，別搜了，別耽誤功夫！」李盛忽然笑了笑，臉上露出了幾分滿足，「時間緊迫，你們趕緊想辦法離開這裡。關叔他們那邊，陸上也能趕過去。你們不要，千萬不要非往碼頭上闖。」

「知道，我們知道！」張樹又是心疼，又是難過，眼淚不停地往下流，「盛兄，你說得對。咱們不回碼頭，不回！」

「樹兄，還記得咱們當初為啥去戚帥那裡投軍嗎？」李盛努力分辨老兄弟的位置，笑著詢問。

「記得，記得！」張樹和他都曾經是戚家軍老兵，聽他忽然提到往事，頓時心中更痛，眼淚也愈發無法停止。

「我性子散漫，戚帥去後，如果不是因為走得及時，又得到了老爺和少爺收留，也許前年死在顧某人刀下的冤魂裡，我就是其中一個。」李盛的思維，已經開始散亂，臉上卻依舊寫滿了笑容，「聽到三千弟兄被屠殺殆盡的消息，我躲在外邊哭了一個晚上。我，我一直想給弟兄們報仇，卻沒這份膽子當眾提起這事兒。我，只能跟著少爺，跟著你們一起，盼望著你們能夠讓那姓顧的老賊身敗名裂。樹兄，我又聽到大帥點兵了，我戚家兒郎，殺倭寇衛護鄉鄰，聞鼓而進，刀山火海絕不旋踵……」

說著，說著，他的頭忽然一歪，黯然氣絕。

「盛兄——」

「李盛——」

「千總——」

悲鳴聲陸續而起，李彤，張樹、老何，顧君恩等人，個個心如刀攪。

大夥當年從鴨綠江畔，殺到平壤，又在平壤到會寧之間，反反覆覆殺了好幾個來回，大多數情況下還是以寡敵眾，即便如此，整個隊伍的核心人員，也沒有損失一個！

後來李如松帶領主力入朝，大夥趁機一路向南，閃擊通川，血戰碧蹄，火燒龍山，立下戰功無數，幾個核心人物，依舊毫髮無傷！而今天，大夥只是抓了一個顧誠，就搭上了李盛！並且還是眼睜睜地看著他毒發身亡，既找不到辦法施救，也沒機會為他討還血債！

至於李盛臨終之前的遺願，讓薊遼總督顧養謙身敗名裂，更難實現。此人上任後急於立威，殘殺三千戚家軍老兵的事情，到現在已經過去了兩年多。朝廷對此不聞不問，已經表明了一種態度。

而即便大夥今天能夠平安脫困，將和談的真相公之於眾，直接罪魁禍首也是沈惟敬、顧誠和石星這些衝在前面的傢伙。以老賊顧養謙的奸猾，早就給他自己留足了退路，很容易就能把他自己摘得乾乾淨淨。甚至轉過頭利用其本人在儒林中的聲望和江南幾大家族的力量，逼著朝廷無法對和談背後的主謀和同謀刨根究柢。

「乒乒，乒乒，乒乒……」正悲不自勝之際，遠處的碼頭方向，忽然傳來了爆豆子般的鳥銃射擊聲。緊跟著，數支瀏陽特產的煙花帶著淒厲的呼嘯騰空而起，轉眼，又在半空中一團接一團炸裂，化作無數繽紛落英。

「壞了，沙船那邊示警！」李彤眼裡的淚水，瞬間乾涸。輕輕放下李盛的屍體，隨即拿起了對方的長刀，高高地舉上了半空，「弟兄們，結陣跟我來，咱們聽盛兄的，往回殺！」

「僉事！大村喜前和今道純助等人既然決定向咱們動手，肯定是已經知道了咱們的真實身份。」崔永和楞了楞，大聲勸阻。

李盛臨終之前已經毒氣攻心，他的判斷，未必準確。而從朝長光子帶來的警訊上推測，既然朝長幸照已經將目標指明了是張維善，那大夥的身份十有七八已經暴露。此刻忽然主動掉頭往長崎城內殺，相當於自投羅網。

他勸阻的理由不可謂不充分，然而，關鍵時刻，李彤卻一改平素的虛心納諫形象。將長刀擺了擺，大聲強調：「大村喜前知道了咱們的身份，其他倭賊未必知道！眼下乃是深夜，咱們正好在城裡製造混亂，然後尋找機會脫身。守義，我頭前開路，你負責斷後。」

「得令！」張維善剛好帶著幾個弟兄們折回，聞聽號令，立刻乾脆俐落地答應。緊跟著，又快速補充：「姓顧的逃了，我找他不到！」

「那就不找了，按咱們先前制定的第三套方略，向十字廟附近殺。」李彤深吸一口氣，高聲將命令細化，「顧君恩、老何，你們兩個跟我一起當前鋒，守義，你和樹兄帶著十名兄弟斷後。張重生，崔永和，你們倆各自帶著五名兄弟專門負責沿途放火！」

「遵命！」眾人齊聲大吼，高舉兵器，快速分成前後左右四隊。然後緊跟李彤腳步，衝向剛剛從睡夢中被驚醒的長崎，宛若一群被激怒了的虎豹。

張維善比其他人，還多一件事情需要去做。先飛身下馬，然後將韁繩塞進滿臉淚痕的朝長光子

手中，然後笑著吩咐：「妳騎馬，跟上。我在，放心。馬に乘，ついて行く，私はあなたのそばにいます，安心します！」

為了對方能聽懂自己的話，他儘量用最簡單的詞匯，並且隨即用日語大聲重複。那朝長光子雖然被嚇得花容失色，但終究是自幼生活在狼窩裡邊，知道最大的危險會來自何處。更知道這個時候，自己越是表現得軟弱，越會拖心上人後腿。竟努力笑了笑，默默地抖動韁繩，催促坐騎快速邁開腳步。

這一連串動作，令所有人都對她刮目相看。然而，大夥卻沒任何時間對她表示誇讚。因為迎面不遠處，已經有急促的馬蹄聲傳了過來。緊跟著，一名倭國武士帶著百餘名足輕和徒步者，快速出現在了月光之下。

「何者ですか？止まれ！さもなくば殺す！」帶隊者，正是數日前曾經找過大夥麻煩的小倉雄健，隔著老遠，就高聲威嚇。

朴七的額頭上，立刻冷汗滾滾。結結巴巴地向李彤翻譯：「他問咱們是什麼人？讓咱們站住，否則格殺勿論！」

對方人數雖然只是這邊的兩倍出頭，卻帶著十幾匹戰馬。而自己這邊，僅有的一匹坐騎還讓給了朝長光子，大夥只能徒步！沒等交手，就先吃了一個大虧。

然而，李彤的臉上，卻未曾露出一絲畏懼之色。竟將手中長刀垂下，笑著向對方拱手：「是小倉將軍嗎？莫非你忘記我們了！朝長家老說今晚有歹徒作亂，派光子請我們前去幫忙。不信你看，朝長家老的女兒就在這裡。」

「這樣也行？」朴七驚得兩隻眼睛滾圓，卻果斷選擇服從命令，將李彤的話，一字不漏給傳了過去。「小倉将軍ですか……」

「小倉將軍請了，在下張發財，朝長幸照家老是在下的岳父。他說今晚有歹徒作亂，家裡的人手不夠，特地派光子叫我帶著弟兄前去幫忙！」原本負責斷後的張維善，也果斷衝到了前頭，將鋼刀的刀刃朝下，大聲解釋。

為了避免對方不相信自己的話，他還特意向前走了十幾步，同時高高地揚起頭，以便小倉雄健等人能看清楚自己的面孔。

「小倉將軍……」朴七的後背處，汗透重衫，卻硬著頭皮繼續大聲翻譯，並且通過語調變化，將未來女婿討好岳父的熱切心情，表現得維妙維肖。

小倉將軍前些日子，剛剛因為被朝長太郎騙去刁難李彤等人，挨過上司的一次收拾，對上司們爭相給眼前這夥大明商人出氣的模樣，至今也記憶猶新。頓時，遲疑著帶頭拉住了坐騎，以免不小心將朝長家的女婿撞傷，過後吃不了兜著走。

「小倉將軍請了，在下李有德，今天下午剛剛去三山城裡赴過宴。」敏銳地捕捉到了小倉雄健的臉色和眼神變化，李彤也將長刀拖在地上，緩步上前行禮，「雖然在下是明國人，但受大村氏的照顧甚多，不能明知道今晚長崎城內有事，卻安心在船上看熱鬧。所以，還請將軍行個方便！」

「小倉將軍……」受到李彤和張維善兩人的影響，朴七也越來越鎮定，一番話翻譯得滴水不漏。

小倉雄健和他麾下的武士，足輕和徒步者們，只是聽到了碼頭上的射擊聲，才趕過來巡視。根本不清楚大村氏今晚的行動計劃，更沒資格知道小西行長已經帶著手下心腹悄悄地趕到了長崎。見二人說話的語氣不似作偽，又看到騎在馬上含情脈脈看著「張發財」的朝長光子，心中頓時對朴七的話信了九分，輕輕一擺手，示意麾下嘍囉讓開道路。

李彤和張維善兩個心中大喜，連忙招呼大夥快速通過。才走了兩、三步，忽然，從大夥背後的臭水溝裡，又鑽出了一個濕淋淋的腦袋。連身分都不報，就朝著小倉雄健高聲命令：「敵、彼らは敵です！彼らを降ろす！（敵人，他們是敵人，拿下他們！）」

「朝長太郎！」小倉雄健兀自不明白怎麼回事，皺著眉頭舉刀，「止まれ……」話才說出口，對面忽然有一道閃電般的刀光拔地而起，「咔嚓——」，將他的頭顱砍到了半空之中，強勁的血瀑從頸處噴出，剎那間，直如紅燭高照！

「砰！」李彤在半空中猛然出腿，將小倉雄健的屍體踹下馬背。借著屍體的反作用力擰身，下墜，穩穩地坐在了馬鞍之上，再次揮刀砍向臨近的日本武士，所有動作宛若行雲流水。

「啊——」那名武士還在為自家上司的慘死悲鳴不止，看到刀光掃向自己，趕緊舉起兵器招架。「噹啷啷」，火星四濺，巨力順著兵器直衝他的虎口，隨即，兵刃脫手飛上了半空，而新的一道刀光卻再度砍來，將他直接砍下了馬鞍。

「啊——」另外一邊，也有兩名武士，被張維善先後用寶劍刺下了坐騎。當年在朝鮮血戰所積累的經驗，這一刻全都用在了實處。在他和李彤兩人聯手攻擊之下，馬背上的其餘日本武士人數雖然多出數倍，卻毫無還手之力。只能策動坐騎，在他們兩個周圍大罵著轉圈子。

這個對策愚蠢至極，沒有加起速度的騎兵，面對經驗豐富的步兵毫無優勢可言。而無論張樹、老何、顧君恩，還是崔永和，都絕不會給倭寇們重新選擇的機會。帶領大夥一擁而上，揮刀的揮刀，出劍的出劍，眨眼間，就讓雙方的騎兵數量變成了二對二。

「殺！」得到袍澤支援的李彤，愈發銳不可當。猛地用腳一磕馬腹，同時將長刀橫過自己肩膀。

「吁吁……」戰馬受痛，本能地邁開腳步，速度不算快，卻在眨眼間就與對面的戰馬錯身而過。馬背上的李彤，則迅速將手臂前推，同時快速擰腰，人與馬的動作瞬間合二為一，匹練般的刀光從他的肩膀跳起，直奔對手的雙目。

「呀——」對面的日本武士豎刀格擋，「噹啷！」清脆的金鐵交鳴聲響起，一串火星在刀身相撞處迸射而出，不偏不倚，恰恰射入日本武士的雙眼。

「啊——」日本武士慘叫著丟下刀，雙手去擦眼睛。李彤毫不客氣又是一刀劈過去，將此人劈落塵埃。

戰馬在疼痛的刺激下，繼續向前加速。將兩名躲避不及的足輕先後撞翻在地。另外兩名足輕不甘心被一邊倒地屠殺，硬著頭皮繞過馬頭，從兩側撲向他的雙腿。李彤毫不猶豫地抖了下馬韁繩，戰馬被迫再度提速，剎那間，就令兩名足輕雙雙撲空。解決完了最後一名武士跟上來的張維善看到機會，果斷揮劍斜劈，「咔嚓」，將其中一名足輕的身體連肩膀削掉了一小半兒。

另外一名足輕慌忙後退，以免被戰馬直接撞飛。張維善怎麼可能放他輕鬆離去？反過手腕又是一記斜抽，銳利的劍刃宛若長鞭，將此人前胸抽出一道兩尺長的傷口。

「嘶，嘶，嘶……」一片混亂的兵器撞擊聲中，鮮血噴射的聲音卻顯得格外清晰。短短一兩個彈指間，身體裡一半的血漿就從傷口噴了出來。那受傷的足輕踉蹌數步，如木樁般直直地栽倒。

又有兩名足輕舉著長矛上前拚命，卻被張樹與老何揮刀砍翻在地。張維善身邊瞬間一空，他毫不猶豫抖動繮繩，加速跟向李彤，一如當年在朝鮮戰場。

「板載——」一名足輕頭目打扮的傢伙，帶領十幾名足輕，咆哮著向李彤發起了決死攻擊，試圖憑藉人數的優勢，跟他拚個兩敗俱傷。李彤輕輕撥轉馬頭，趕在對方湊近之前改變了前進方向，拉開距離，隨即又猛地一拉繮繩，將馬頭由斜轉橫。

「唏吁吁——」受到刺激的戰馬，哀鳴不止。身體卻被拉著強行第二次改變方向。一名足輕的身影正好出現在了脖子附近，李彤揮刀斜撩，將此人撩得倒飛而起，鮮血瞬間灑了周圍的足輕滿頭滿臉。

根本不給這些足輕反應機會，他策動坐騎衝入隊伍。手中長刀左劈右砍，刀刀不空。胯下坐騎也被人血和刺痛，刺激得幾乎發了狂。四蹄亂踢，將兩名躲避不及的足輕踢得口吐鮮血。

足輕頭目臨時拉起來的拚命隊伍，轉眼分崩離析。剩下的幾名足輕要麼左躲右閃，要麼疲於招架，彼此各不相顧。張維善的坐騎恰恰衝到，馬背上的他毫不猶豫舉起劍，照著足輕頭目的喉嚨就是一記蜻蜓點水，「噹啷」，那足輕頭目本能地招架了一下，擋住了第一次這擊。張維善手中的寶劍卻猛然跳了起來，再度化作一隻鳥喙，不偏不倚，「啄」中了他的腦門兒。

「噗」劍身入腦三寸，斷為兩截。張維善猛地來了個蒼鷹撲兔，整個人落下坐騎，只有一隻腳還勾著馬鐙。足輕頭目氣絕身亡，手中倭刀無聲地墜落。張維善抄刀，收腿，起身，所有動作一氣呵成，彈指間，已經又回到了馬鞍上，揮舞著剛剛撿來的倭刀，向下一名足輕發起了攻擊。

對方咆哮著挺槍迎戰，身體像螞蚱般蹦來蹦去。張維善一刀砍中槍桿，借著馬速側轉刀身，銳利的刀鋒緊貼槍桿向前掠過，無聲地切下半邊手掌。那足輕疼得厲聲慘叫，抱著手掌原地打轉。張維善策馬從他身邊掠過，反手又一刀砍下了他的頭顱。

他抬起眼看了一下周圍情況，繼續策馬去配合李彤。後者心痛李盛的死，下手再也不給自己留餘力，刀刀都是以命換命。策馬所過之處，斷肢碎肉亂飛，鮮血四下狂湧。

「殺！」張樹的眼睛也早已燒紅，徒步追在李彤的戰馬之側，朝兩名足輕發起了攻擊。手中刀刃不停地炫出一道道白芒，將對方的兵器砸得叮噹作響。那兩名足輕空有一身本事，力氣卻差了張樹太遠，被砸得連連後退數步，手臂又痠又麻，再也提不起力氣。而那張樹，卻不管他們接下來是打算投降，還是準備逃走。繼續追過去，一刀一個，將他們砍進了路邊的臭水溝。

「樹兄，上馬！」朴七騎著一匹大紅馬，左手拉著另外一匹黑龍駒，快速衝至。將左手的韁繩用力朝張樹身前一丟，隨即輕撥坐騎，衝向李彤身側。兩名徒步者慌忙躲避，卻被策動坐騎追了過去，先後撞得口吐鮮血，栽倒在地。一名徒步者躲避不及，高舉雙手求饒，被他跨下的紅馬揚起前蹄，「咔嚓」，踩了個筋斷骨折。

「上馬，能上馬的都上馬！」揮刀砍死最後一名膽敢攔路者，李彤撥轉坐騎，一邊向先前被甩在身後的倭寇發起進攻，一邊大聲提醒。

不用他提醒，老何和顧君恩等人，也早就跳上了繳獲的坐騎。其餘弟兄，則能上馬的上馬，不能上馬的徒步，在街道上互相配合，向剩下的足輕和徒步者展開平推。

那群倭國足輕和徒步者，原本是負責治安巡邏隊，人數雖然多，卻根本沒上過戰場。發現帶頭的武士老爺和大小頭目們全都死了個乾乾淨淨，頓時士氣崩潰，慘叫一聲，向街道兩側散去，翻牆的翻牆，鑽臭水溝的鑽臭水溝，不求逃得最快，只求不落於同夥身後。

「助けてください！助けてください！」本以為這次終於能將情敵推進萬劫不復深淵的朝長太郎，見到事情不妙，也趕緊掉頭緊隨足輕和徒步者們之後。他的反應不可謂不果斷，但是胖胖的身體和兩條小短腿，卻實在過於扎眼。

「狗賊，哪裡逃！」恨他帶領忍者害死了李盛，李彤大叫著策馬追了上去，手中的長刀高高舉起，在月光下亮如秋水。

「光子，命を助けてやる！」朝長太郎發出一聲好似女人的尖叫，拚盡全身力氣，將目光轉向朝長光子，期待後者能再度出言相救。

但這一回，朝長光子卻對他的求助視而不見。任由李彤手中的長刀在半空中揮落，「噗——」地一聲，將他砍了個身首分離。

「殺進長崎！」再度舉起血淋淋的長刀，李彤高聲咆哮，「讓倭寇血債血償！」

「血債血償！」

「血債血償！」

張維善、張樹、老何等人，齊聲附和。策動戰馬撲向長崎城內，不管前面是虎穴，還是狼窩。

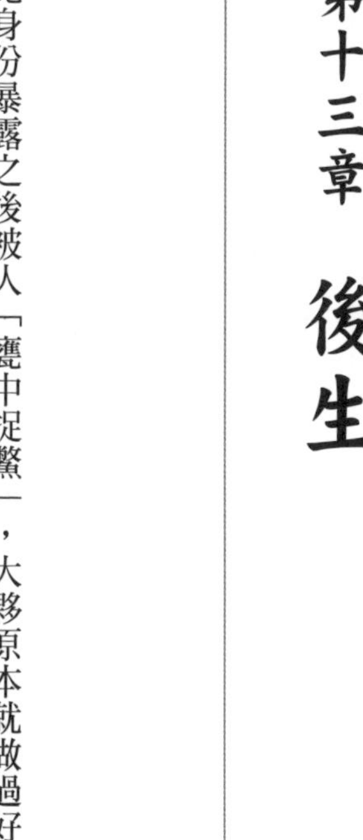

第十三章 後生

為了避免身份暴露之後被人「甕中捉鱉」，大夥原本就做過好幾套預備方案，並且一直在偷偷熟悉長崎城內的街道和建築。眼下雖然情況與任何一份預備方案都不盡相同，時間也是半夜，而不是白晝，可先前的努力終究沒有白費，將預案臨時調整後付諸實施，很快就見到了效果。

「李あきんど，何をしますか！（李商，你要幹什麼？）」一名稅吏帶著幾個下屬，手舉火把，匆匆忙忙從沿街的屋子裡衝出。發現策馬疾馳而至的李彤，頓時大吃一驚。質問的話脫口而出。

「要你命！」聽不懂對方在問什麼，卻知道此人是朝長家老麾下的爪牙之一。李彤毫不猶豫策馬掄刀撲了過去，將此人一刀砍成了兩段。

「人を殺しました！人を殺しました！（殺人了）」平素沒少跟在上司身後從李彤手裡拿好處的稅丁們，被嚇得魂飛天外，大叫著四散奔逃。顧君恩與老何聯袂追上去，將他們挨個砍翻，澆滿了鯨油的火把沿著血泊滿地亂滾。

張重生與崔永和兩個，各自帶著五名弟兄，默默地撿起火把。轉身衝進路邊的收稅所。將裡邊的書架挨個推到，將帳冊收攏堆做一堆，用火把迅速點燃。

濃煙夾著火星直奔房梁，眨眼間，就將純木結構的收稅所變成了一支熊熊燃燒的火炬。張重生與崔永和兩個抬頭朝李彤的背影望了望，發現自家僉事又跟另外一夥剛剛趕過來的武士和足輕戰做了一團。咬咬牙，轉頭又撲向了旁邊的一處酒屋。

酒屋同時也兼做妓院的生意，裡邊還有數名海客抱著土娼翻雲覆雨。聽到街道上的廝殺聲和腳步聲，這些膽大的海客果斷跳起來，拎著佩劍、彎刀和短銃衝出門外。待發現衝過來的是一群全副武裝的黑衣人，不遠處還有很多黑衣騎兵，海客們頓時又果斷將佩劍、彎刀和短銃，全都丟在了腳下。空著兩手，撒腿就跑。

「臆病者！（膽小鬼）」酒屋老闆和夥計原本還指望海客能幫自己擋住災難，卻不料這些平素動不動就亮刀子決鬥的海客，在危急關頭居然一個個跑得比兔子還快，氣得破口大罵。

然而，罵歸罵，當看到黑衣人衝進屋內，將火把湊向窗簾和門簾兒。他們也堅決不做英雄，與麾下的土娼們一道，尖叫著從後門奪路而逃。

張重生與崔永和等人不顧傷及無辜，只管用火把將酒屋變成火炬。緊跟著，又奔向曾經在地圖上熟悉了無數次的下一個目標，將裡邊的窗簾、門簾兒和羅帳等易燃物盡數點燃。

第三座火炬熊熊燃燒，附近的街道被火光照得亮如白晝。跳動的火焰下，李彤、老何、顧君恩等人，宛若一群殺神，呼喝衝刺，將第二支攔路的巡邏隊給殺了個人仰馬翻。

缺乏訓練，士氣也不怎麼高的巡邏隊，怎麼可能擋得住一群沙場老兵？隨著隊伍中的武士和足輕一一被陣斬，剩下的徒步者們不敢繼續找死，尖叫著一哄而散。

李彤也沒功夫去追殺潰兵，在顧君恩、老何兩人的保護下，繼續策馬向前推進。其餘弟兄或者騎馬，或者步行，快速跟上。大夥在前進的同時，調整隊形，騎兵在前方和兩側，步卒被護在中央，很快，一個簡化版的大三才陣，就出現在了長街之上。

因為連續兩場戰鬥都勢如破竹，大夥當中已經一半人有了戰馬代步。手中的兵器，也從單純的倭刀、佩劍，換成了竹槍、倭刀、彎刀及盾牌的多種混合，甚至還多出了六把沒來得及發射的長短鳥銃。

「止まれ！」有個日本武士帶著二十幾名足輕，衝上街頭，冒死擋住大夥的去路。竹子做成的長弓，也迅速在足輕手裡張開，羽箭一支支迎面射向大夥，宛若飛蝗。

崔永和與張重生兩個，毫不客氣舉起繳獲來的短銃還擊。還有幾名弟兄，也果斷架起了長銃。「呯、呯、呯，……」一串巨響之後，攔路的足輕被放翻了四、五個。剩餘手臂顫抖，射出來的羽箭上一支，下一支，完全失去了準頭。

「殺光他們！」李彤低吼一聲，雙腳磕打馬鐙。

胯下坐騎立刻做出響應，咆哮著開始加速。顧君恩、老何二人策馬緊緊跟上，一左一右，護住李彤兩翼。其餘搶到戰馬的弟兄，也快速舉起兵器，同時兩腳磕打馬鐙，努力在最短距離內，將坐騎的速度加到最可能的極限。

雙方距離只有二十幾步，戰馬速度只能衝起一小半兒。然而，對於列陣而戰的騎兵來說，這一小半兒速度，也已經足夠。搶在對面的武士舉刀砍向自己之前，李彤使出全身力氣揮刀斜劈，在人和馬的配合下，這一刀又快又沉。「噹啷」一聲，就將日本武士的倭刀砸得脫手而飛。

「呀——」那名武士沒想到一個「商人」，居然也有如此大力氣。抱著發麻的手臂在馬鞍上大聲尖叫。李彤反手又是一刀掃去，將此人掃下馬背，慘叫著死去。

另外一名騎兵慌慌張張舉刀迎戰，身前身側全是漏洞。李彤再度揮刀橫攪，將對方的手臂和兵器一起攪上半空。然後刀刃向外，借著戰馬的速度抹動，將此人的脖頸一分為二。

前方沒有第三名敵軍，武士帶領屬下倉促組成的隊伍，被他輕易殺穿。不回頭去看老何與顧君恩等人是否跟了上來，他繼續策動坐騎加速，撲向匆忙趕來的下一隊倭國將士。搶在後者整理隊伍之前，將長刀砍向當先一人頭頂。

「啊！」對手慌忙舉刀招架，卻架了個空。李彤的長刀在半空中轉向，「咔嚓！」一聲，卸掉了此人半邊肩膀。周圍的人影瞬間增多，卻全是敵軍。他繼續策馬揮刀，如同虎入羊群。

「殺光他們！」生生「碾碎」了對手的老何、顧君恩等人，快速跟了上來，揮動兵器向每一個膽敢抵抗者發起攻擊。人與坐騎配合嫻熟，將大明遼東鐵騎的威力，發揮了個淋漓盡致。

攔路的倭國將士抵擋不住，只能亂哄哄向後退卻。李彤瞅準時機，撲向一名槍足輕，將其手臂齊切斷。隨即策馬前衝，撞翻兩名弓足輕，直奔帶隊的大村家武士。那名大村家武士嚇得臉色慘白，咆哮著舉刀向他發出威脅。老何從側面急速衝過，手中倭刀斜著掃斷了此人的肋骨。

「啊——」大村家的武士慘叫著落馬，其餘足輕和徒步者們紛紛四散逃命。李彤策馬追上兩名騎兵，將他們挨個從背後砍下坐騎，然後俯身拉住坐騎的韁繩。

「唏吁吁……」失去主人的坐騎大聲悲鳴，卻無法掙脫韁繩的羈絆，被李彤拉著緩緩止步。老何與顧君恩等人，策馬向李彤靠攏，沿途不斷殺死逃命的足輕，收攏坐騎，轉眼間，就又將戰馬的數量提高了一倍。

負責斷後的張維善，帶著沒有坐騎的弟兄們快步跟上，沿途中，眾人不斷將火把扔進街道兩側的重點目標當中。轉眼間，火光熊熊，濃煙滾滾，哭喊聲此起彼伏，連綿不斷。

「上馬！」朝著跟上來的弟兄們大喊一聲，李彤扭頭去環視四周。

半邊長崎港，都已經被火光照亮，遠處的綠頂教堂、近處的賭場、妓院，酒屋還有各種鋪子，都一清二楚。身背後的碼頭方向，則有一條火龍，快向朝大夥追了過來。很顯然，先前埋伏在碼頭上的倭國將士，不願意讓整個長崎為大夥殉葬，主動掉頭殺回，試圖挽狂瀾於既倒。

「只殺大村喜前一個，奪取三山城！無關者讓路，西鄉家有仇必報！」目光又迅速落在剛剛跳上戰馬的弟兄們身上，他猛地高舉起血淋淋的長刀，扯開嗓子大聲疾呼，也不管那些逃命的倭兵們能否聽得懂。

「只殺大村喜前一個，奪取三山城！無關者讓路，西鄉家有仇必報！」朴七楞了楞，隨即用日本語重複。末了，又迅速添油加醋，「這是西鄉家與大村氏的私仇，無關者速速退散！」

正朝窄巷子裡逃命的幾名足輕和徒步者，猛地打了個踉蹌，隨即，以更快速度消失在附近巷子深處。周圍的房檐下，數名被嚇得手軟腳軟的長崎當地商人，也大吃一驚，趕緊將頭栽在了院牆後，雙手捂住耳朵，兩眼緊閉，裝作自己又聾又瞎。

而縮在臨近窄巷裡內無家可歸的浪人，卻猛地站了起來，兩眼當中瞬間冒出了咄咄光芒，彷彿看到了有一尊菩薩從天而降。

想當年，松浦鎮信、西鄉純堯和後藤貴明三位諸侯，集結一千六百「大軍」，攻打大村氏的三山城，原本勢在必得。而那大村純忠，卻陰險地派出了富永又助，冒充流浪武士，投靠了西鄉純堯帳下。然後趁著西鄉純堯麾下領兵主將尾和谷軍兵衛毫不防備之時，忽然將其刺殺。隨即，大村氏兵馬趁機反攻，專揀著西鄉家一方窮追猛打，非但保住了長崎和三山城，還令西鄉氏從此一蹶不振。

這筆帳，隨著豐臣秀吉一統日本，已經被強行了結。誰都沒想到，在謠傳豐臣秀吉臥病在床之時，「西鄉氏的餘孽」，居然又殺進了長崎！

既然「西鄉氏餘孽」前來找大村氏報仇了，那松浦家和後藤家的兵馬，肯定也不會遠了。無論此戰誰輸誰贏，亂世都會重新降臨，浪人們的翻身之機，也就在眼前！

「大村喜前殺し，仇を討つ！」浪人們一無所有，也不怕失去任何東西。很快，就做出了決定，咆哮著衝進平素需要繞著走的院子，砍翻裡邊的主人和奴僕，大搶特搶。

「大村喜前殺し，仇を討つ！」吶喊聲，在窄巷中如同瘟疫般傳播，更多的浪人、流氓，無賴，甚至海客加入進來，開始了一場殺人放火的狂歡。

而這一切的始作俑者李彤，哪裡知道自己的幾句叫喊，會引起如此嚴重的反應。對西鄉氏與大村氏之間的仇恨，他其實瞭解得非常有限。剛才之所以忽然打出了西鄉氏的旗號，僅僅是因為數日之前在酒桌上，無意間聽人說過大村氏以一敵三的壯舉，今晚乾脆順口喊了出來，以便將水攪渾。

長崎港有三座炮臺，十餘門萬斤大佛郎機，易守難攻。而其最大的短板，就是大村氏兵力有限。今晚小西行長偷偷潛入長崎，肯定也無法帶太多人馬。既然今晚此人和大村喜前兩個，試圖借顧誠為誘餌，將反對議和者一網打盡，並且將陷阱布置在了碼頭那邊。此刻能用在長崎城內的兵力，就勢必捉襟見肘。

所以，衝向長崎城內，攻敵必救，才是今晚的最佳選擇。

前些日子剛剛遭受了一場莫名其妙的火災，長崎城內人心未穩，驟然又遭到攻擊，必然會一片大亂。

長崎城內越亂，今晚的水就越混。水越混，大夥脫身的機會就越多！

「只殺大村喜前一個，奪取三山城！無關者讓路，西鄉家有仇必報！」舉刀衝向下一夥倉促趕至的武士和足輕，李彤繼續高聲斷喝。

「只殺大村喜前一個，奪取三山城！無關者讓路，西鄉家有仇必報！」朴七再度高聲用日語翻譯，唯恐別人辨別不出大夥的「真實」身份。「這是西鄉家與大村氏的私仇，無關者速速退散！」

「只殺大村喜前一個，奪取三山城！無關者讓路，西鄉家有仇必報！」張維善操著生疏的日語，朝著四周高呼，彷彿黑暗中，隱藏著無數西鄉家的冤魂。

「只殺大村喜前一個，奪取三山城！無關者讓路，西鄉家有仇必報！」顧君恩、老何等人，策馬跟上李彤，沿途反覆用生疏的日語「自報家門！」

「西鄉純堯來了，西鄉純堯給尾和谷軍兵衛報仇來了！」

「松浦鎮信來了，他要毀了長崎，好重振他的平戶港！」

「後藤貴明來了……！」

「快逃！快逃！」

四下裡，熟練的日語聲，接連響起。一個個火頭，在巷子深處自動出現，根本不用崔永和跟張重生兩個再費任何力氣。而剛剛硬著頭皮趕至的那夥日本武士和足輕，卻軍心大亂，居然沒等雙方交手，就作鳥獸散。

「只殺大村喜前一個，奪取三山城！無關者讓路，西鄉家……」正扯開嗓子喊得高興，忽然間看到前方的倭國將士做鳥獸散，朴七頓時有點無法相信自己的眼睛，吶喊聲瞬間就小了下去。

「朴七，幹的漂亮！」負責斷後的張樹反應極快，舉起刀，朝他大聲誇讚，「倭國能打仗的兵將都在釜山，留守老窩的全是廢物！你再喊上幾句，嚇也把他們嚇死了！」

「是，是僉事教我的！」朴七不敢居功，紅著臉輕輕擺手。心中卻美滋滋的，好生得意。論身手，他自知在選鋒營諸將眾肯定排在倒數第一。論謀略，他也自知排不上號。所以長時間來，一直有點兒心虛，唯恐被大夥瞧不起。而現在，他卻發現，自己在選鋒營中，竟是如此的不可或缺。

「朴七，再加點料，想辦法讓更多的人摻和進來！」恰恰李彤在前方回頭，大聲向他交代。「我就不信，那些隨時有可能被試刀的人，也跟大村氏是一條心！」

「得令！」朴七頓時精神抖擻，再度扯開嗓子，用日語高喊：「西鄉家前來找大村氏報仇，長崎港的東西，今晚誰搶到就算誰的。過期不候！」

「西郷家は大村氏の仇を討つために来た……」

「……期限が過ぎても待っていません！」

「……誰が先を争って誰のを計算しますか……」

老何、顧君恩、張重生等人也扯開嗓子，用生硬到了極點的日語，將朴七的喊話一遍遍重複。臨近的一些深巷子內，原本就已經有不少浪人和地痞、流氓們在趁火打劫。聽到大夥的喊聲，這些人雖然明顯能察覺出這些日語的發音古怪，卻主動將所有疑點全部忽略。更加努力地去砸開一道道院門，點燃一個個火頭。

被浪人和地痞流氓們盯上的，無一不是豪門大戶。這些有錢人平素仰仗大村氏的武力，作威作福，根本不把底下奴僕當做同類。危急時刻，他們麾下的奴僕，自然也不肯豁出去性命保護他們的安全。聽到有浪人帶著地痞流氓開始砸門，奴僕們只是壯著膽子喊上幾嗓子，就算盡到了職責。而一旦大門被砸開，奴僕們就立刻一哄而散，留下肥頭大耳的主人一家，任憑趁火打劫者宰割。

還有一些地位比奴僕還不如的穢多和賤民，經歷了最初的恐慌之後，壯著膽子跟在了地痞流氓身後，宛若一群群食腐的烏鴉。

他們因為缺乏食物體力孱弱，因為缺乏勇氣不敢加入趁火打劫的隊伍。他們卻可以跟在前者身後撿漏兒。所過之處，宛若梳子刮過般乾淨，堅決不給原主人留下一件兒值錢的東西。

「只殺大村喜前一個，奪取三山城！無關者讓路，西鄉家有仇必報！」顧不上檢查朴七的煽動效果，李彤帶領大夥，繼續吶喊著朝長崎港核心地帶推進。沿途凡是遇到膽敢抵抗的地方兵馬，皆揮刀殺散。沿途看到事先在輿圖上標記過的建築，則付之一炬。

那大村氏雖然坐擁富可敵國的長崎港，實力在日本諸侯中，卻只能算三、四流水平。原本能戰的兵馬就非常有限，還把精銳都放在了釜山，此刻留在長崎負責看守老窩的，只有一千出頭，並且其中絕大多數還是些沒經歷過戰陣菜鳥。

區區一千出頭菜鳥，還得分成七、八組，各自駐守城內不同地段。每組人馬數量，當然被分攤得更為單薄。

而如此單薄的兵力，怎麼可能擋得住一群來自大明的精兵強將？結果，無論是主動上前攔截李彤所帶大明將士的，還是稀裡糊塗被大明將士找上門的，全都招架不住，一支接一支，被大明將士殺了個落花流水。

倒是小西行長偷偷布置在碼頭上的那支伏兵，人多勢眾，戰鬥力也堪稱強悍。可這支伏兵苦等了大半夜，非但沒抓到正主兒，反倒跟一夥喝醉了酒誤闖陷阱的紅毛國水手起了衝突，被後者折騰了個手忙腳亂。

待他們發現長崎城內著了大火，再從碼頭上殺回來，哪裡還能看到要抓的目標！只見從碼頭通往城內的道路兩旁，處處烈焰翻滾。成群結隊的浪人，流氓、地痞、海客，甚至還有穢多和賤民，在大街小巷中殺人放火，唯恐錯過今晚，就再也找不到發財之機。

「開火！」帶隊的小西氏大將竹內吉兵衛暴怒，紅著眼睛向身邊的鐵炮足輕們下令。

「砰砰砰，砰砰砰，砰砰……」爆豆子般的槍聲響起，正在廢墟中搜撿財物的穢多們，頓時如同莊稼般被掃倒了一大片，血流成河。

「大村喜前的援兵來了！」有地痞機靈，大喊著躲開主街，一頭扎入深巷。

「援兵，大村喜前的援兵！」有些流氓反應快，也趕緊扛著搶來的金銀細軟，亂哄哄地扎進一些尚未起火的院子內，再也不肯露頭。

周圍僥倖沒被鉛彈擊中的穢多和賤民們，則一哄而散，隨即，就如同河水遇到了沙地般，迅速消失不見。而一些沒搶過癮，或者跟大村氏有私怨的浪人和海客們，卻借著廢墟和院落的掩護，悄悄架起了短銃，朝著竹內吉兵衛扣動了扳機。

「乒，乒……」

「乒……」

比起鐵炮足輕的齊射來，冷槍聲在氣勢上根本不可同日而語。由於射擊者水平太差，或者距離太遠，冷槍給竹內吉兵衛和他麾下弟兄們所造成的殺傷，也微不足道。然而，這零星響起的還擊聲，卻打得竹內吉兵衛暈頭轉向。

如果開火者是他今晚要捉拿的目標，他就必須先將隊伍停下來，搜索周圍的巷子。而如果開火者不是他今晚要捉拿的目標，他把隊伍停下來，就純屬浪費時間。

浪費一點兒時間，給小西氏不會造成多大損失。但大村喜前家的長崎港，卻有可能被徹底燒成廢墟。而為了節省時間徑直向前推進，弟兄們隨時會死在冷槍之下不說，還有可能跟被捉拿的目標擦肩而過，等同於放縱對方逃之夭夭。

戰場上，主將哪怕是下達了錯誤的命令，都好過猶豫不決。就在小西行長的心腹愛將竹內吉兵衛走走停停，左右為難的時候，長崎港最核心地段，忽然有一團火焰高高地跳起，緊跟著，半空中傳來「轟隆」一聲巨響，地動山搖。

剎那間，冷汗順著竹內吉兵衛的兩鬢，淋漓而下。

「れいはいどう！」（禮拜堂）

「彼らは教会を焼きました！」（他們燒了教堂！）

叫喊聲在他身邊緊跟著響了起來，麾下的武士和足輕們，一個個如喪考妣。

為了獲取傳教士的支持，更是為了獲取紅毛海商和海盜手裡的火炮和火銃，他們的主公小西行長在很早之前，就皈依了基督教，並且為了表達虔誠，在其治下各地，給予傳教士極高的禮遇。而今晚，竹內吉兵衛和他的屬下居然眼睜睜地看著作亂的「暴徒」，將長崎市的大教堂付之一炬。

此事被小西行長知道後，他們怎麼可能有好果子吃！如果過後有穿著黑袍的神父上門問罪，小西攝津守該借誰的腦袋，才能平息對方的怒火？

「教会ではありません！」（不是教堂）

「教会の隣の大きな倉庫です！」（是教堂旁邊的大倉庫）

「阿門！」

「阿門……」

就在竹內吉兵衛緊張得幾乎窒息的時候，忽然，又有人在他耳畔興奮地叫嚷。猛地瞪圓了眼睛，他朝長崎城中心眺望，竟然在火光之外看到了一片青翠的屋頂。

為了顯示對上帝的虔誠，教堂的屋頂包裹了一層銅板。而日本國內氣候潮濕，幾乎所有銅板時間長了，都會鏽成青綠色。青綠色的建築此刻還在火光之外，證明教堂沒有被焚毀！只要教堂沒有被焚毀，他竹內吉兵衛就能逃過一劫。

「阿門……」虔誠地在自己胸口處畫了一個十字架，竹內吉兵衛果斷用日語作出決定，「全體都有，跟我去保護教堂，捉到細作，當場格殺勿論。」

「保護教堂！」

「捉到細作，當場格殺勿論！」

「保護教堂！」

四下裡，傳來一片明顯透著慶幸的回應聲。他麾下的武士、足輕和徒步者們，冒著被冷槍射殺的危險，邁開大步，風一樣衝向長崎城中央的大教堂。

長崎港內其他建築，燒就燒了，反正是大村家的，勉強救下來也不會帶給大夥一文錢好處。但是，長崎港內的教堂，卻是上帝的。自家主公小西行長是上帝的虔誠信徒，大夥必須展示出同樣的虔誠。

今夜想展示虔誠，唯一的辦法，就是保住長崎城的大教堂。火沒有燒到教堂，肯定不是那些細作對上帝心懷畏懼，而是教堂內還有善男信女和傳教士一起在做殊死抵抗！這個節骨眼上，竹內吉兵衛帶著大夥衝過去，剛好可以裡應外合，將所有細作一網打盡。

「走，沿著小巷繞路回碼頭。」與竹內吉兵衛的推測恰恰相反，此時此刻，李彤卻對長崎城最宏偉的建築，十字教的大教堂毫無興趣。確認教堂旁的幾座屬大村氏的宅邸和私庫，都被烈火吞噬之後，立刻帶著弟兄們抽身而去。

「回碼頭，繞路回碼頭，殺倭賊一個回馬槍。」顧君恩、老何等人興奮的大呼小叫，絲毫不在乎周圍可能有人聽見。

聽見又能怎樣？日本民間有幾人能懂得大明官話？以大村喜前和小西行長兩人對十字教的「虔誠」勁兒，他們二人的部屬，接下來最大的精力，肯定都會被吸引到教堂附近。而等大夥的話輾轉傳入他們兩個耳朵裡，大夥也早就上了沙船。

鄧子龍老前輩曾經親口保證，只要大夥上了船，他就有辦法帶大夥突圍。眼下還是黑夜，敵我難辨。碼頭旁停泊的船隻成百上千，大村氏的炮臺，絕不敢胡亂開火。

正興奮地想著，身背後，忽然傳來了幾句斷斷續續日語，「看吧，這就是上帝的力量。……他無所不在……。讓惡魔在教堂門前止步，讓強盜迷途……」

扭頭望去，卻是先前嚇得不敢露頭的十字廟紅毛和尚（牧師），捧著一本厚厚的經書，在大夥身後的牆頭上開始裝神弄鬼。

這些話說得又快有低，大夥根本聽不懂，也沒功夫去深究。然而通譯朴七卻被觸動了心中傷疤，忽然間怒不可遏，猛地一扯戰馬韁繩，掉頭而回，用日語大聲質問：「兀那和尚，日本人進攻，殺人放火的時候，上帝他老人家可曾看見？如果他看見了，他為何不讓強盜迷途知返？他如果因為倭寇信了他的經，就偏幫一方，那他跟坐地分贓的土匪頭子又有什麼分別？」

「大俠，大俠你說什麼？」沒想到自己為了安撫信眾，隨口扯的幾句鬼話居然惹出了麻煩。那神父頓時被嚇得臉色一片慘綠，「大俠，上帝沒有幫助強盜，不，不對，上帝只會幫助誠心侍奉他的，不對，不對……」

此刻教堂內，還藏著不少長崎本地的虔誠信徒。如果他回答上帝不會保佑倭軍，過後教堂收穫的捐贈肯定會大幅減少。而如果他說只要信了上帝，殺人放火也會得到庇護，那就正應了朴七的話，他心中的上帝與坐地分贓的土匪頭子又有什麼區別？

「朴七，叫你不要耽擱！」正在又是害怕，又是尷尬之際，卻看到有人從遠處策馬返回。一把拉住朴七的胳膊，大聲喝止，「嘴裡念著佛經，卻殺人放火的事情，你又不是沒見過？何必跟此人一般計較。走了，再不走就來不及了！」

說罷，又舉起一把短銃，指著神父大聲命令：「你，把身上的袍子，脖子上的十字架，全丟下來，快，否則休怪老子對你不客氣！」

「大俠，大俠饒命！」那神父追悔莫及，只好一邊脫衣服，一邊在心裡祈求上帝保佑自己，不，保佑對面的強盜，千萬不要像傳說中某些主教那樣有特殊怪癖。

彷佛上帝真的聽到了他的祈禱，當他將衣服和十字架扔給對方之後，對方居然對他白嫩嫩的身體看都沒多看一眼，用銃管挑起衣服和十字架，撥馬就走。而先前對他大呼小叫的那個朝鮮「強盜」，也默默地調轉了坐騎，快速去追趕自家隊伍。

這些日子暗中所做的準備，的確沒有白費。長崎城內大小道路，朴七幾乎都牢牢地記在心裡頭。不多時，他就重新與袍澤們聚集在一起，然後跟著大夥一道，熄滅了火把，沿著曲曲折折的巷子朝碼頭狂奔。

長崎城內，到處都騰起了火光，但是，大多數火頭，卻根本不知道被何人所點燃。地痞、流氓、浪人、海盜，以及一些窮得連鞋子都穿不起的穢多、賤民們，避開前去保護教堂和大村氏私產的兵卒，成群結隊，在大街小巷中四處流竄。每當發現一處富貴之家，而周圍恰恰有沒有兵丁，他們就聯手砸開院門，將裡邊的財物洗劫一空。每當聽到馬蹄聲，或者兵丁的叫嚷，他們則又一哄而散。

有好幾次，李彤和張維善等人，跟趕向城中心救火的倭國兵丁，就隔著一條街的距離。但是，對方卻根本無法發現他們的身影。

太亂了，在趁火打劫者的無心推動之下，整個長崎城都亂作了一鍋粥！四下流竄作亂的「暴徒」也太多了，隨便拉一夥出來，規模都比他們這行人龐大。如果按人數來推算破壞力，他們根本排不上號！

「轟！」「轟！」忽然，兩聲巨響從城西炮臺上傳出，剎那間，壓住了城內外所有嘈雜聲。所有人都本能地扭頭，恰看到兩團紅色的火球，高速從炮臺飛出，如流星般，扎向黑漆漆的海面，轉眼消失不見。

「発砲しました！（開炮了）」

「発砲しました！（開炮了）」

「発砲しました！（開炮了）」

流星消失，尖叫聲立刻此起彼伏。正在打家劫舍的地痞、流氓，海盜和浪人們，厲聲喊叫著，亂哄哄跑進了臨近小巷。唯恐下一刻，那些該死的炮彈就會砸到他們頭上。

「不好，西面的炮臺開火了！」張維善也被嚇得寒毛倒豎，瞪圓了眼睛看向李彤，「子丹，倭寇被燒急眼了，準備玉石俱焚！」

「不能回船上，炮臺有三座！咱們的船根本禁不起幾炮。」

「趕緊回船上，趁著此刻天黑向外闖。倭寇的火炮不好調整，不可能把所有船全都打翻。」

老何、顧君恩等人，也紛紛開口。彼此的觀點，卻截然相反。

先前大夥之所以放心地殺向城內，一方面是出於自家主將的絕對信任，另外一方面，則是相信在天亮之前，長崎城的炮臺，根本無法發揮作用。

那三座炮臺，完全是為了防禦海盜從水路來攻所建。相互配合起來，可以有效封鎖海港出口處的水面。然而，對於已經進入泊位的船隻，卻構不成太大威脅。

原因很簡單，首先，萬斤佛郎機適合攻擊遠處目標，碼頭上大多數泊位都已經進入了火炮的射擊死角。其次，長崎以商貿立港，港內停泊的船隻甚多，貿然對港內的任何一艘船隻開火，都會殃及無辜，並且會從根本上動搖海客們對長崎的信任。

只是，大夥萬萬沒想到的是，小西行長或者大村喜前，居然如此喪心病狂。不顧動搖長崎根本的危險，突然下令發起了炮擊。

「轟！轟！轟！轟！」又是四聲炮響，東側炮臺也開始跟進。炙熱的炮彈如同流星般劃破天空，然後一頭栽向漆黑的海面。

港口內所有船隻，全都被嚇醒。燈籠一隻隻被挑起，將小半邊港灣，照得一片通亮。

「轟！轟！轟！轟！」炮擊還在繼續，卻沒有一枚炮彈，落在碼頭附近。

大夥心中稍定，困惑地舉目眺望，又看到有數名武士各自舉著燈籠，在碼頭上跑來跑去，一邊跑，一邊大聲高喊「みんな恐れないでください……」

距離碼頭已經很近了，大夥兒卻依舊聽不清這些武士們在喊什麼。只能困惑地再度將頭轉向李彤，期待他能早點做出決斷。

「他們好像是在安撫所有船主，開炮只是為了防止有奸細趁著黑夜逃走。不會隨便傷及無辜。」李彤也聽不見武士們在喊什麼，更不可能聽得懂這麼複雜的日語。但是，卻從炮彈下落的大致方向和位置，判斷出了小西行長和大村喜前兩人的想法。「張重生，把你剛才借來的神父袍子和十字架，給朴七穿上。」

「是。」先前奉命去拉回了朴七，並順手借了一件神父袍的張重生，大聲答應執行命令。然而，兩隻眼睛裡，卻依舊一片茫然。

知道此刻大部分弟兄，肯定跟張重生的感覺一模一樣。李彤卻沒功夫跟大夥做太多解釋，目光迅速掃過所有人的面孔，他繼續發號施令，「守義。朴七扮做神父，你和樹兄、光子，裝作是他的護衛，帶著十名弟兄返回碼頭。如果能找到鄧船主，就立刻上船。然後請他將沙船滅了燈，沿著港口內側開向西炮臺附近！如果找不到，你們就隨便搶一艘，然後逼著船主把船開向西炮臺。」

「好！」張維善想都不想，就高聲答應。隨即，又看了看大夥身上的黑色衣服，才快速問了一句，我們扮神父容易，反正衣服顏色一樣。你呢？身邊只有二十多個弟兄……」

「我去摸了西炮臺。」李彤笑著大聲回應，旋即，雙腿迅速磕打馬鐙。「其他人，跟我來。趁亂摸了西炮臺，教教小西行長怎麼打仗。」

「遵命！」老何、顧君恩、張重生等人，立刻明白了李彤的想法，啞著嗓子齊聲回應。隨即，簇擁著自家主將，旋風般消失在濃煙烈火之下。

第十四章 奇兵

「轟！轟！轟！轟！」

「轟！轟！轟！轟！」

一枚枚泛著紅光的炮彈，帶著刺耳的嘯聲劃破夜空，將長崎港的出口處的海面，砸得水柱四起。十幾艘挑著航燈的海船，宛若驚慌失措的梭魚般，不顧一切衝向港外。任身背後碼頭上的倭國武士和官員們如何呼叫、安撫，都堅決不肯回頭。

事實上，他們也不可能聽得見來自身背後的安撫聲。夜裡的海浪聲原本就非常喧囂，而東西兩座炮臺上不停傳來的轟擊聲，更令海船的主人除了逃命之外，沒心思去顧及其餘。

長崎港捲入戰爭中了，無論參戰的另外一方是誰，也無論大村喜前會不會再像他父親大村純忠那樣，再一次創造出以少勝多的奇跡，對商販們來說，趕緊逃離這個是非之地，都是最好的選擇。

炮彈打起來不會長眼睛，不會因為飛行路上有商船，就自行繞道。而大部分商船的船舷都沒有經過專門加厚，被萬斤大佛郎機隨便轟中一兩炮，就得破裂進水，甚至沉入海底。一旦大村氏跟進攻方打出了真火，長崎港的水面上，必然是炮彈橫飛。繼續留在泊位上，很容易就成為交戰雙方的靶子。

此外，以往的經驗也告訴大部分船主們，不要相信任何一支軍隊的紀律。這年頭，戰敗者趁亂洗劫，與勝利者殺良冒功的概率一樣高。大夥必須在勝負分明之前，趕緊衝到外海。哪怕在外海飄蕩上十天半個月，再灰溜溜地返回來，也好過把身家性命全都交在別人之手。

聰明且經驗豐富的海商，可不止十幾位。發現第一波離開泊位者，似乎有很大希望強行闖關而出，更多的海船陸續揚帆起錨。一時間，車關棒咯吱咯吱轉動的聲音令人牙痠，挑在船頭船尾的航燈，宛若點點流螢。

就在此時，長崎港西側的炮臺上，又有火光閃動，「轟，轟，轟，轟！」四枚猩紅色的彈丸，再度呼嘯著騰空而起，在夜空中留下四道淒厲的傷痕，重重地砸向了月光下的海面。

「咔嚓！」金屬撞擊木頭的聲音，在海浪聲的遮掩下，幾乎弱不可聞。但是，一艘倒楣的海船，卻忽然顫慄了一下，原地打起了旋轉。船老大和水手、夥計、貨主們，哭喊衝向被擊中的船舷，試圖用木頭緊急封堵住被炮彈砸出的破洞，然而，他們的動作速度，卻遠比不上船艙進水的速度。前後不過七八個呼吸功夫，船身就開始向一側傾斜，緊跟著，火光從貨倉沖天而起，「轟隆」一聲，將整艘貨船變成了一支巨大的蠟燭。

「完了，船上有生絲和鯨油！」周圍的其他海商們，本能地閉上了眼睛，一個個脊背發涼，心臟宛若針扎。

生絲、鯨油和硫磺，是日本當地少有的幾樣廉價大宗貨物，雖然利潤遠不如銅錠、珊瑚或者珍珠，但好在採買容易，出手也不用跑得太遠。所以，很多從南洋、琉球和勃泥一帶過來的海商，會大宗採購這三樣物品，以免空倉折返。而今天，這三樣貨物，卻成了海商們的催命符。炙熱的炮彈一旦穿透船舷後，與三樣貨物之中任何一樣發生接觸，商船都立刻在劫難逃。

「轟隆」「轟隆」「轟隆」爆炸聲接連而起，這回，卻不是來自炮臺，而是化作了「蠟燭」的商船自身。船艙裡，其他易燃貨物，也開始殉爆，熱浪翻滾，火焰四下橫掃。來不及放下小艇逃命的舶主、貨主和水手們，被熱浪和火焰一波波推上半空，然後又快速墜入大海，消失得無聲無息。

最先駕船逃走的那十幾位舶主，被同伴的悲慘結局嚇得大聲尖叫，一個個相繼收起風帆，停止前進，以免成為下一輪炮彈的攻擊目標。但是，仍有兩三個膽子出奇大的舶主，或者本身就見不得光的海盜頭子，咬著牙繼續駕船向外海逃竄。

他們的瘋狂舉動，讓臨近那些放棄逃命的舶主和水手們，紛紛閉上了眼睛，以免再次目睹海船被炮彈擊中，瞬間進水和起火的悲慘畫面。卻不料，先前努力封鎖港口的兩座炮臺，竟忽然變成了瞎子和啞巴，遲遲沒有向逃命者發起新一輪攻擊。

「Porqué?」（西班牙語，為什麼。）

「Porquê?」（葡萄牙語，為什麼。）

「Waarom?」（荷蘭語，為什麼。）

「Perché?」（義大利語，為什麼。）

南腔北調的驚呼聲，陸續在海面上響起。已經化作碎片的「蠟燭」附近，來自不同國家和水域的船老大們，瞪圓不同顏色的眼睛，滿臉驚愕。

現在長崎出口的水面，被那艘起火爆燃後化作許多碎片的海船殘骸，照亮了很長的一段水域。對於炮臺上的日本指揮者來說，理應更容易瞄準，也更容易分清楚誰選擇了服從命令，誰「做賊心虛」才對。然而，兩座炮臺上的日本指揮者，居然不約而同地停止了炮擊，眼睜睜看著四、五艘拒絕停航的海船，穿過海港出口那段狹窄的水域，消失在黑漆漆的外洋。

「Huir! No se atreven a llevar todos los barcos!」夜幕下，有人忽然用西班牙語大叫，緊跟著，是葡萄牙語，日本語，荷蘭語四起。

先前被嚇呆了的船主們，立刻如噩夢初醒，再度命令水手扯起風帆，探下船槳，以更快速度向港外逃去，唯恐錯過這一閃即逝的時機。

「Huir! No se atreven a llevar todos los barcos!」

「彼らはすべての船を撃沈する勇気がない！」

「Eles não ousam afundar todos OS navios!」

更多南腔北調的叫喊聲響起，碼頭上，更多得到提醒的船主們，紛紛起錨揚帆。寧可賭自己不會成為被炮彈命中的那個倒楣蛋，也不願意賭今晚獲勝一方的人品。

「開炮，趕緊開炮。再擊沉一艘到兩艘，其他船隻就會全部停下來！」看著如螢火蟲般衝向港灣出口的那一盞盞航燈，長崎港西炮臺上，小西行長的心腹愛將木戶作右衛門，跳著腳大聲催促。

「今道君，快快下令開炮啊！不要猶豫了！如果你繼續猶豫下去，明國奸細，肯定會與其他商船混在一起逃走！」

「開炮，今道君，寧可全部錯殺，也不能放過一個！」另外一位全身披掛著甲冑的島津氏足輕大將汾陽光禹，也陰森森地催促。彷彿遠處那一串串航燈下，漂浮的不是船隻，而是一串串飛蛾。

早就裝填完畢的炮手們，擎著粗大的佛香，齊齊回頭。只待今道純助一聲令下，就展開齊射，將帶頭逃命的船隻用炮彈砸成「蠟燭」。然而，大村喜前麾下的第一家老，長崎港的日常運營和掌控者今道純助，卻頂著滿臉的冷汗，顫抖得如風中殘荷。

長崎港口三座炮臺，都是專門請了傳教士幫忙設計，並且花費重金施工建造而成。三座炮臺配合開火，甭說封住長崎港的出口，哪怕橫掃大半個港灣都不在話下。但是，今夜港灣中成群結隊向外闖的那些船隻，卻不是敵軍或者海盜。

那成群結隊的海船當中，真正對日本有敵意，或者說有可能破壞掉大明與日本和談的，只有一到兩艘。而如果更多的海船毀於炮擊之下，大村純忠和大村喜前父子倆二十年的苦心經營，就要在一夜之間付諸東流。

已經主動改姓了小西的木戶作右衛門注七當然不會在乎，長崎港的商業信譽毀於一旦。小西氏統治下的界港，正愁無法對長崎取而代之。島津義弘麾下的足輕大將汾陽光禹，更不會在乎失去了商業收入的長崎港，將來憑藉什麼生存？作為龍造寺家族的背後支持者，島津氏早就將大村氏當成了眼中釘，全靠豐臣關白的嚴令，才沒敢輕舉妄動。如果大村氏的收入來源被毀，島津氏的人只會撫掌相慶！「開炮，今道君，你不能再猶豫了！」見今道純助遲遲不肯下令，小西行長的心腹愛將木

注七：木戶作右衛門，又名小西行重。

戶作右衛門，急得用力推他的肩膀。「如果明國奸細逃走，或者加藤清正的人，把大明不願和談的消息帶給關白，大村長崎守和小西攝津守的所有努力，就會全都變成了白日做夢！長崎非但無法成為與大明貿易的第一商港，並且可能被關白勒令封閉，到那時，你就是大村家族的罪人！」

「開炮吧，今道君，別猶豫了！」島津氏的足輕大將汾陽光禹，也繼續大聲催促，「不過是幾條西夷的貨船而已。只要有錢可賺，商人們肯定就像聞到血腥味的鯊魚。你儘管下令開炮，哪怕將港內船隻打沉了一大半兒，只要長崎跟大明的海路重新開啓，其他海商肯定還會蜂擁而至。」

「知道，在下知道！」今道純助被催得不勝其煩，抬手抹了兩把冷汗，大聲回應，「但是，在下需要等候大村長崎守的諭示，否則……」

猛然間，眼前靈光乍現，他的聲音迅速提高：「或者，小西攝津守的諭示。否則，萬一他們兩位，還有其他安排，咱們這裡搶先開火，反而壞了他們的大事。」

「沒有，沒有其他安排。」小西行長的心腹愛將木戶作右衛門再度蹦得老高，急頭白臉地大聲保證，「小西攝津守擔心大村長崎守的安全，今晚親自坐鎮三山城，怎麼可能及時給你諭示？一旦那夥大明細作，或者港內加藤清正的人逃到外海，咱們肯定追他們不上。」

「諭示肯定來不及了！」島津氏的足輕大將汾陽光禹眉頭緊皺，面沉似水，「小西攝津守今晚之所以叫我等來炮臺給你幫忙，就是為了不惜一切代價，留下那些破壞議和者。如果你連這點決斷都不敢做。今道君，在下真的懷疑有關你被大明細作收買的傳言，是否為真？」

「胡說！」今道純助頓時打了一個激靈，趕緊手握刀柄，大聲撇清，「汾陽君莫要聽別人的污蔑，在下也是直到今晚，才得知那些細作的真實身份。在下與他們之間的交易，都記錄在帳本上，每一筆都清清楚楚。在下，在下還命令過齋藤孝之去試探過他們，只是他們過於狡猾。不信，不信你可以當面去找齋藤孝之對質。」

一番解釋，說得語無倫次，甚至直接顛倒黑白，把齋藤孝之背著自己，去搜大明海商的沙船，說成是奉自己的命令，去蓄意試探。若齋藤孝之過後得知，肯定會毫不客氣地將謊言戳破，令他顏面掃地，甚至失去家主大村喜前的信任。但是，今道純助卻顧不上考慮那麼長遠了，眼下當務之急，是先擺脫跟那夥大明細作狼狽為奸的嫌疑。

否則，一旦汾陽光禹和木戶作右衛門兩個，以此為藉口，突然發難將他殺死。以家主大村喜前的實力，絕對不可能替他討還血債。長崎港的東炮臺控制權，也會在今後很長一段時間，落入外人之手。

「在下當然不會相信外邊的傳言，但是，如果今道君繼續拖延時間，給奸細創造逃走的機會。就別怪在下多疑了。」有道是，賊咬一口入木三分。那汾陽光禹見今道純助竟然被自己隨口一句懷疑，弄得方寸大亂，立刻決定再接再厲。

「今道君，保證了和議順利進行，小西攝津守，一定不會虧待長崎！更不會虧待你本人！」被汾陽光禹挑撥得心煩意亂，木戶作右衛門手握刀柄，陰笑著補充：「若是你執意放細作離開，在下，恐怕就不得不承擔起從五位兵衛佐的職責。」

從五位兵衛佐，乃是他被日本朝廷授予的正式職位。雖然平素只是用來彰顯身份，沒有任何相應的實際權力，可此刻當著今道純助的面兒提起，卻壓得後者踉蹌而退。

作為一個弱小諸侯的家老，今道純助的官方職位，只是從七位的少尉。跟對方差了整整兩大級。

如果木戶作右衛門堅持要他交出炮臺的指揮權，至少從日本朝廷角度，名正言順。雖然，雖然各方諸侯平素只奉關白的命令，事實上誰都沒把朝廷當一回事兒。

就在炮臺內劍拔弩張，即將發生一場火併之際，通往炮臺的步道上，忽然傳來了一串聲嘶力竭的日語，「開炮，誰在上面，趕緊開炮。堅決不能放走一個大明細作。那人是大明皇帝的心腹，放走了他，和談肯定前功盡棄。」

「誰？」今道純助、汾陽光禹和木戶作右衛門，齊齊扭頭，恰看到大明禮部郎中顧誠那扭曲的面孔。

「開炮，今道家老，馬上開炮，不能放走一個。」彷彿自己是一個土生土長的日本人般，大明禮部郎中顧誠急日本人所急，想日本人所想。「今晚所有損失，大明過後替你承擔，絕對不會虧欠長崎一文一毫！」

「あなたは何を言っていますか あなたはなにをいっていますか？（你說什麼）」不僅今道純助無法相信自己的耳朵，汾陽光禹和木戶作右衛門雙雙臉色大變，確認的話脫口而出。

如果是一艘、兩艘商船被擊沉，顧誠說大明可以負責對長崎港做出補償，還有人信。畢竟大明對於番邦的慷慨早已聞名遐邇，無論是去南洋抓幾個野人士著冒充異國貢使，還是從非洲弄幾頭長頸鹿來當做祥瑞獻上，都能從大明皇帝那裡騙到不菲的回賜。

可眼下如果想阻止海商結伴外逃，至少得擊沉四、五艘海船不說，長崎港的口碑也緊跟著一落千丈。這前後的損失疊加起來，往少了說也得二、三百萬兩。而那姓顧的不過是一個區區五品禮部郎中，他有什麼資格替大明答應下來如此巨大數額的賠償？

「今道家老，兩位將軍，繼續炮轟那些船隻，殺一儆百。只要能阻止商船外逃，今夜長崎港的一切損失，由我大明承擔。」相信李彤和張維善，此刻就躲在某艘船上準備渾水摸魚，顧誠跺了跺腳，再度大聲重申。

唯恐自己空口白牙，無法取信於人，他猛地一抬手，從腰間解下半塊玉玨，用日語大聲解釋：「這是江南顧氏的主事印信，作為六位主事之一，顧某拿著此玨，隨時可以直接從北京、南京、杭州、月港、廣州五地的鼎豐行，調取等值十萬兩的貨物。昨晚去大村家赴宴的海商當中，肯定有見過鼎豐行花押的，你找張紙蓋上一個，儘管拿去核實。」

「啊？」今道純助被手指寬的玉玨，壓得身體踉蹌，接連後退了兩三步，才勉強站穩腳跟。

對於長崎港來說，價值十萬兩白銀的貨物，其實數目算不得太大。但隨便拿著玉玨晃一晃，就能從北京、南京、杭州、月港、廣州五地，調用價值十萬兩物資的權力，卻著實有點兒嚇人。要知道，今道純助和朝長幸照、高野山弘三人，托妻獻女，甘心在來往海商面前低頭做小，每年能給大村氏賺取的稅款，折合成白銀也就是五十萬兩上下。而顧某人隨手一揮，就能動用其中五分之一。

「當年僅在釜山一地，朝鮮人憑藉倒賣大明貨物，每年所賺的稅金，都不止一百萬兩。如果大明與日本之間的海貿重開，長崎港憑藉得天獨厚的條件，還愁沒海客肯來？」向前追了兩步，顧誠快速扶住今道純助的胳膊，用力搖晃，「顧某還可以答應你，過了今晚之劫，江南五姓十三家的海船，皆把長崎當做出海必經之地。只要你們有本事轉手，無論蘇綢、越磁、蜀錦、魯緞，還是其他貨物，你們想要多少，顧某就能給你們運來多少。」

「顧，顧君，此話當，當真？」不知道是被晃暈了，還是被砸暈了，今道純助兩眼赤紅，喘息著大聲追問。

「當真！你要不信，可以把顧某扣為人質！」顧誠一改白天時那副從容淡定模樣，咬著猩紅色的牙齒繼續催促，「開炮，馬上開炮。不要吝嗇炮彈和火藥，這些花費，也可以算在顧某頭上。」

「顧君バカすごい！（厲害）」汾陽光禹在旁邊連挑大拇指，對顧誠的豪氣佩服的五體投地。

「今道家老，這位顧君的兄長，曾經差一點就成為大明國的宰相！」雖然打心眼裡頭瞧不起顧誠，木戶作右衛門也趕緊在旁邊幫腔。

「大島義盛，你集中火炮，封鎖海港出口。」在銀彈攻勢和外部壓力的雙重作用之下，今道純助終於堅持不住，咬著牙向身邊的部屬發號施令，「高野義弘，你掛出黑色燈籠，告知東炮臺和中央炮臺，我這邊的決定！」

「是！」被他點到名字的心腹愛將大島義盛，大聲答應著奔向炮位，親手用佛香點燃一門萬斤佛郎機後部的引線。

「轟！」一枚炙熱的彈丸迅速從炮口飛出，拖著猩紅色的尾巴墜向長崎港出口處海面，然後消失不見。

「轟！轟！轟！轟！」另外四門萬斤佛郎機炮也相繼開火，嚇得海面上的航燈瞬間熄滅了一大片。經驗豐富的海商們，寧可與鄰近的船隻發生碰撞，也不願航燈成為萬斤佛郎機炮瞄準的依據。

今夜的月光雖然明亮，卻不足以讓肉眼看到一里之外的船帆。而沒有了航燈作為指引，原本準頭兒便非常有限的萬斤佛郎機炮，想要命中目標，就只能憑藉設計時的理論彈道和炮手的運氣。

很顯然，這一輪炮擊運氣相當差。竟然沒有再將任何一艘海船打成「蠟燭」，反而助漲了海商和海盜的氣焰，讓他們爭先恐後向港外加速猛衝。

「高野義弘，為什麼還沒掛出燈籠。掛出燈籠，通知東炮臺和中央炮臺，配合這邊的動作！」今道純助頓時覺得臉上發燙，瞪圓了眼睛狠狠環視四周，然後大聲催促。

「今道家老，燈籠，燈籠裡的蠟燭不見了！」被點了名字的高野義弘滿臉惶恐，啞著嗓子大聲彙報。

為了配合方便，長崎港的三座炮臺之間，常備著傳遞消息用的各種信號標識。其中最常用的，就是彩旗和彩燈。不同的顏色和數量，代表不同的約定。白天用旗，夜裡用燈，組合起來，基本能將八成以上的信號傳遞無誤。

而今夜，在最需要跟另外兩座炮臺聯絡的關鍵時刻，黑色信號燈籠裡的蠟燭，居然被人偷走了！這，也實在過於湊巧。剎那間，冷汗再度淌了今道純助滿臉。咬了咬牙，他用日語高聲喝罵：「混帳，你不會用其他燈籠裡的蠟燭。燈籠有顏色，蠟燭又不用區分顏色！」

「沒，都沒了。大部分都沒了，要麼就是被弄壞了燈芯！」高野義弘欲哭無淚，抹著腦門子上的冷汗，大聲補充。

「八嘎——」今道純助氣急敗壞，咬著牙環視四周，除了拚命催他開炮的大明禮部郎中顧誠之外，卻找不到第二個可疑之人。

「把給炮臺照明的氣死風燈打開，把裡邊的蠟燭切為兩段！」顧誠也急得火冒三丈，揮舞著手臂，一跳老高，「一半留下，一半兒給傳信燈籠使用。快，快，別耽誤了，再耽誤下去，船隻都跑光了。」這是一個不算辦法的辦法，雖然會干擾到火炮的重新裝填，但總好過今道純助的決斷，無法及時傳遞給駐守在其他兩座炮臺上的倭將。當即，今道純助一咬牙，命人按照顧郎中計策行事，將掛在炮臺上方的氣死風燈打開，切斷裡邊手臂般粗細的鯨油蠟燭。

「我來！」一名姓富永的武士立功心切，放下刀，縱身跳上炮座。雙手剛剛跟半空中的氣死風燈接觸，耳畔忽然傳來一聲清脆的鐵炮聲響，「砰！」

再看此人，胸前被搗出了一個拳頭大的破洞，身體晃了晃，一頭栽進了海面。

「砰，砰，砰，砰……」又是幾聲清脆的鐵炮，正在努力裝填彈丸的兩名炮手，身體晃了晃，血染炮身。其他炮手嚇得寒毛直豎，趕緊將身體縮回炮臺上的垛口之內，同時啞著嗓子大喊：「敵襲です（敵襲）！敵襲です！」

「敵襲です（敵襲）！敵襲です！」

「敵襲です（敵襲）！敵襲です！」

炮臺上的其他倭國兵卒，也驚恐的大聲尖叫。用力拉住今道純助、汾陽光禹和木戶作右衛門三人的手臂，就往黑暗處躲。

大炮瞄準需要光亮，鐵炮（鳥銃）也是一樣。繼續站在燈下，很容易成為別人的靶子。而藏身於黑暗處，反倒更容易觀察來襲擊者模樣。

只有大明禮部尚書顧誠沒人管，兀自慘白著臉楞在原地。今道純助見狀，趕緊一個前滾翻撲過去，狠狠抱住這位「散財童子」的雙腿，「うつ伏せになる（趴下）！」

「啊——」顧誠被他撲了個措不及防，一個跟頭栽倒於地。兩支冷箭，恰好貼著此人的頭皮掠過，「嘩啦」一聲，將二人頭頂上空的氣死風燈，射了個粉碎。

蠟燭從破碎的氣死風燈中跌出，如流星般墜向炮臺上的火藥桶。好在汾陽光禹手疾眼快，猛地縱身而起，於半空中揮刀橫掃，「啪」，在千鈞一髮之際，將蠟燭掃進了炮臺下的大海。

「是李彤，大明參將李彤！」他的雙腳剛剛落地，一個聲嘶力竭的叫喊，就鑽入了他的耳朵。低頭看去，只見大明禮部郎中顧誠，頂著滿腦袋的血跡，正在瘋狂地叫嚷，「不要讓他攻上來，他是大明的參將。小西攝津守的生死寇仇。」

「大村喜前殺し，仇を討つ！」喊罷，忽然意識到自己用的是大明官話，趕緊又用日語重新示警，「彼の名前は李彤です……」

「李彤！」今道純助雖然沒聽過這個名字，卻將帶頭那個來襲者的身形，與自己無比熟悉的李有德對上了號，頓時氣得面目扭曲，兩眼噴煙冒火，「彼を殺しました（殺了他）……」

「所有人跟我來，殺了這夥大明奸細，免得他……！」木戶作右衛門也不知道李彤是誰，卻從顧誠的示警裡，聽到了參將兩個字。趕緊舉起倭刀，用日語大聲吩咐。

「小心！」還沒等他把一句話喊完，汾陽光禹忽然再度高高跳起，整個人如同炮彈般砸在了他後背上，將他直接砸了個狗啃屎。「小心他們手中的鐵炮！」

「砰，砰！」又是兩聲清脆的鳥銃響，雖然未必是以木戶作右衛門為目標，卻將後者嚇得亡魂大冒。

「高野家老，派人下去拿下他們，這裡有我們。我們對長崎不熟，萬一細作逃跑，肯定追他們不上。」翻身從木戶作右衛門背上爬起來，汾陽光禹用地道的九州腔大聲命令。

今道純助雖然不是他的部下，卻也明白這話絕對有道理。無論島津家的武士，還是小西家的足輕，對長崎港的熟悉程度，都遠不如大村氏的兵丁。更何況，敵軍今夜是在大村氏的港口放火，島津和小西家的兵將出馬，未必肯盡全力。

想到這兒，他一個翻滾，將身體站起。借著垛口的掩護，將手中倭刀，遙遙指向炮臺下的來襲擊者隊伍，用日語高聲吩咐：「高野義弘，你帶人衝上去，殺掉，殺掉李有德，還有，還有他和張發財手下所有人，不要讓一個漏網。」

「是！」高野義弘大聲答應著，點起大村家所有負責保護西炮臺的武士和足輕，貓著腰衝了下去。

對面的大明將士剛剛將鳥銃射空，來不及再度裝填，也吶喊著迎戰。雙方一個以逸待勞，一個士氣高漲，眨眼就正面撞在了一處，剎那間，血光飛濺，斷肢四下亂舞。

「這麼一點點人馬，也敢前來奪取炮臺，真是膽大不要命！」汾陽光禹從垛口後探出半個腦袋，一邊觀戰，一邊不屑地用日語數落。

「謝謝你，汾陽君！」木戶作右衛門驚魂稍定，走到他面前，躬身行禮，「剛才若不是你及時撞倒了我……」

話才說了一半兒，他面前的汾陽光禹忽然很失禮地將頭扭向炮臺之下，嘴裡發出厲聲尖叫：「不好，高野君他們不是對手！快，快去支援高野君，快，快，否則，我等就要徹底陷入被動！」

哪裡還來得及？只見先前氣勢洶洶與來襲者迎面相撞的大村氏兵馬，竟然如巨錘下的瓷碗般，四分五裂。而身穿黑衣的來襲擊者們，則騎著戰馬，從那道最大的裂縫處長驅直入。手中鋼刀左劈右砍，擋者無不身首異處！

「死開！」李彤策動坐騎，人借馬速，一招竟將擋在自己前面的日本武士，直接劈得倒飛而起。根本沒功夫管對方死活，他猛地又向下探身，同時將長刀自左下朝右上斜撩，「噗——」給一名長矛足輕開膛破肚，剎那間，內臟隨血漿噴了一地。

「殺！」兩名大村家武士一左一右殺來，細長的倭刀貼著地形成一個斜十字剪刀，試圖攻擊坐騎的前蹄。

「唏吁吁……」聰明的坐騎四蹄騰空，不給來襲者機會。馬背上，李彤迅速擰身，斜探，海底撈月，長刀帶著月光從戰馬身下掠過。「鐺！」「鐺！」，激起兩團耀眼的火花，試圖斬斷馬蹄的倭刀相繼飛上天空，倭刀的主人各自捂住脫臼的手腕，踉蹌而退。顧君恩躍馬快速衝過，刀光閃動，斬落兩顆醜陋的頭顱。

「擒賊先擒王，殺！」老何策馬越過血泊，長刀如臂使指，一連突破數人防守，殺到了高野義弘面前。後者嚇得肝膽欲裂，急忙縱身側躍，避開戰馬的衝擊，同時在半空中揮刀劈向老何的脖頸。

「去死！」身經百戰的老何，豈會被這種花招所傷？手中長刀猛地側轉刀刃，凌空來了一記斜拍，如同拍藤球一般，將高野義弘連人帶刀砸落於地。緊跟著，又是一記直劈，刀光直奔高野義弘鎖骨。

「噗——」血光飛濺，高野義弘身首異處。老何策馬越過他的屍體，揮刀奔向下一個日本武士，如惡虎撲向羔羊。

「殺倭寇！」其餘弟兄們躍馬掄刀，追著敗退的大村家兵馬劈砍，區區二十幾人，氣勢卻絲毫不輸於千軍萬馬。

「救人，趕緊跟我去救人！」汾陽光禹看得眼眶欲裂，忽然跳了起來，揮舞著倭刀就要下去跟來襲的明軍拚命。

「汾陽君，不可！」木戶作右衛門手疾眼快，一把拉住了他的胳膊，「騎兵，他們都是騎兵。」

「騎兵又怎麼樣，死在戰場上，是武士的榮耀！」汾陽光禹一邊掙扎，一邊大聲朝他自己麾下武士和足輕們大聲呼喊：「兒郎們，見證島津家榮耀的時候到了，給我……」

「住口！」木戶作右衛門氣得兩眼發黑，抬手死死捂住了他的嘴巴，「你到底上沒上過戰場？這樣貿然下去，咱們都得死！」

如果不是對方後背處的認旗之上，印著清晰的島津氏家徽。木戶作右衛門真的會懷疑此人是個冒牌貨。先前如果不是此人出言阻攔，他和此人，還有今道純助，聯手帶著各自麾下的武士去迎戰，也許還能憑藉人數優勢逼退敵軍。而現在，敵軍已經將人數最多的大村家守炮臺的兵馬給趕了羊，他和此人再帶著各自麾下的弟兄主動出擊，就等同於給燈盞添油。

「汾陽君，炮臺上所有兵馬加在一起，還不到一百人！」雖然恨不得將「李有德」等人全都挫骨揚灰，今道純助卻沒失去理智。知道汾陽光禹的主張是自尋死路，趕緊湊上前，拉住此人的另外一隻胳膊，「咱們不要浪費高野君用性命換回來的機會，死守，死守，死守炮臺！」

「死守，你們確定守得住？」在二人的全力拉扯之下，汾陽光禹終於恢復了幾分理智，瞪著發紅的眼睛，喃喃追問。

「他們人少，馬道是斜的。」木戶作右衛門丟下他的胳膊，快步衝向一個裝水的木桶，「來人，把木桶推到馬道口去！」

「來人，一起動手，堵死馬道！他們人少，肯定不敢在此地久留。」今道純助老謀深算，立刻明白了木戶作右衛門的打算，咬著牙大聲補充。

「不要讓他們接近馬道！」

「空火藥桶，把空火藥桶推下來！」

「水桶，水桶也行！」

眾武士，足輕和炮手們，都恍然大悟。不再理睬炮臺下的袍澤死活，也放棄了繼續開炮封鎖港口，只管將空的火藥桶、水桶，甚至裝著鐵彈丸的木箱推向馬道。

還沒等將馬道封堵住一小半兒，炮臺下那夥明軍，已經策動坐騎直衝而上。手中的鋼刀在月光和燈光的照耀下，耀眼生寒。

「把木桶推下去！」關鍵時刻，木戶作右衛門再度顯出了一個百戰之將的素質，果斷接掌了整個炮臺的指揮權，「還有所有圓的東西，都給我沿著馬道往下推，哪怕是炮彈。」

「是！」他麾下的小西家武士和足輕們群起響應，將幾個又濕又重的木桶放倒，順著馬道迅速推下。

正在逆著馬道試圖衝上炮臺的李彤等人，不得不拉著坐騎韁繩閃避，攻勢瞬間為之滯。看到辦法有效，今道純助也帶著麾下炮手們，將火藥桶、鐵彈丸等物，接二連三推下了馬道。借著馬道的坡度，將進攻者逼得手忙腳亂。

個別火藥桶中，還有殘留的火藥，順著馬道灑了一路。木戶作右衛門居高臨下看得真切，抓起一根放炮用的佛香，奮力擲下，「轟」火藥被引燃，剎那間，烈焰和白煙沿著狹窄的馬道上下翻滾。戰馬怕火，悲鳴著接連後退，任李彤等人如何努力，都不肯繼續向前邁步。而今道純助看到此景，立刻喜出望外。從腰間拔出短銃，一邊瞄著「李有德」的腦袋開火，一邊大聲喝令：「鐵炮，帶著鐵炮的都過來，給我狠狠地打。打中一個，賞綢緞十匹。」

他的射擊本領有限，鉛彈脫離銃口後就不知去向。然而，他提出的賞格，卻讓炮臺上的武士和足輕們怦然心動。很快，就有七八支鐵炮從堵路的木桶後探了出來，朝著進攻方瘋狂開火。

馬道狹窄，又是仰攻，地勢對李彤等人極為不利。勉強用鳥銃和弓箭還擊了兩輪，他就不得不帶著弟兄們再度後退。

就在此時，大伙的身背後不遠處，忽然又傳來一陣鬼哭狼嚎，「殺します……」，近百名名武士和足輕，鑽過巷子蜂擁而至。

「將軍，快走！」顧君恩大急，拉著李彤的馬韁繩高聲催促。「我帶著弟兄在這裡拖住他們，您出城向東，去找私港出海！」

「將軍，快走，再不走就來不及了！」

「走，僉事快走！」

「走，我們為您斷後！」

「走啊……」

眼看著搶奪炮臺的行動，功虧一簣，老何等人也大急，紛紛湊上前來，強迫李彤撥轉坐騎。

「弟兄們，多謝了！」李彤迅速舉目四望，笑著搖頭。

後路已經被新來的敵軍封死，他想要突圍而去，談何容易？與其在逃命路上，被倭寇抓住，平白遭受一輪羞辱。還不如現在就戰死沙場，好歹黃泉路上，還有一群肝膽相照的弟兄結伴而行。

就在他帶領弟兄，將坐騎轉向新上來的敵軍，準備跟對方拚個魚死網破之際。忽然間，那夥人身後，又傳來一陣清脆的馬蹄聲。「的的，的的，的的的的……」，緊跟著，三十幾名日本武士騎著高頭大馬，旋風般趕至，手起刀落，將新來的敵軍全給砍成了滾地葫蘆。

「內訌，倭寇內訌了！」

「不是內訌，是咱們的人，咱們的人！」

「錦衣衛，錦衣衛來了，咱們有救了……」

老何、顧君恩等人，在馬背上興奮地手舞足蹈，扯開嗓子大聲叫嚷。

「這，這到底怎麼回事兒！你們看清楚了嗎？援軍，援軍到底怎麼了。他們，他們為何要，為何要……」炮臺上，正準備搬開障礙，與新來援兵向明軍展開前後夾擊的今道純助，不敢相信自己的眼睛，啞著嗓子用日語連聲追問。

「後面那支恐怕不是援軍，而是明國細作！」汾陽光禹臉色鐵青，扯開嗓子大聲叫嚷，「壞了，前面那支援兵恐怕不是對手。壞了，敵軍，敵軍也衝過去了！」

「殺光倭寇，接他們過來！」炮臺下，李彤帶領顧君恩、老何等人策馬疾衝，與最後抵達的「日本武士」一道，對倒數第二支隊伍展開了前後夾擊。

兩支騎兵夾擊一夥步卒，即便人數只有對方一半兒，也輕鬆異常。前後只用了不到七、八個彈指，倒數第二支隊伍已經徹底崩潰。而李彤、顧君恩、老何等人，則與最後趕到的那夥「日本武士」匯合到一處，再度殺向了炮臺。

「史叔！多虧您來得及時。」一邊加速向馬道靠近，李彤一邊朝著帶隊的「日本武士」大聲道謝，「否則，今夜晚輩肯定在劫難逃！」

「不說這些，你們準備怎麼走？」史世用擺了擺手，抬頭看向高聳的炮臺，以及炮臺上那群嚴陣以待的人影，連聲追問。「為何非要拿下這座炮臺不可？」

「轟，轟，轟……」話音未落，炮擊聲宛若悶雷。卻是長崎東側的炮臺，遲遲見西側炮臺沒有動靜，獨自向試圖衝出海港的船隻發起了攻擊。

「奶奶的。」史世用立刻知道了李彤等人，為何先前捨了命也要拿下西炮臺，大罵著做出了決斷，「弟兄們，跟我來，放火燒了這土檯子，送上面的倭寇去見閻王爺！」

「遵命！」十八名錦衣衛大聲回應，隨即從馬鞍下抽出尾端拴著繩子的幾個葫蘆狀的物件，用火把點燃後，策馬衝向了炮臺邊緣。

「砰，砰，砰……」炮臺上的今道純助等人，雖然看不清錦衣衛們手裡拿的是什麼東西，卻本能地感覺到了危險，慌忙調轉鐵炮，阻攔後者的靠近。

只可惜，他們手中的鳥銃數量太少，準頭也太差。一輪齊射下來，只攔住了一匹戰馬。剩下的十七名錦衣衛繼續策動坐騎，從炮臺下一衝而過。手中繩索借著馬速奮力甩動，「嗖，嗖，嗖，嗖……」，將十多枚著了火的葫蘆甩上了半空。

「啪──」一枚火葫蘆落在炮臺上，碎裂，裡邊的鯨油噴湧而出，轉眼間，就燒成了一個巨大的火球。

「啪──」，又是一枚，火球翻滾，燒得臨近兩名足輕連連跳腳。

「啪──」第三枚火油葫蘆摔裂，火苗翻滾，竟燒向了一個火藥桶，嚇得今道純助魂飛魄散。

「潑水，趕緊潑水！」木戶作右衛門也嚇得魂飛天外，扯開嗓子大聲命令。

「不能潑，水滅不了油！一旦流開，咱們全都死無葬身之地！」先前救過他一命的汾陽光禹，再度大叫著救了所有人。先用身體撞開兩個剛剛舉起水瓢的冒失鬼，然後扒下自己的鎧甲，狠狠壓在了火苗上。

「脫鎧甲蓋住，用水把火藥淋濕，快，快！」一邊救火，他一邊大聲吩咐，容不得任何人質疑。鎧甲是厚牛皮所製，上面還覆蓋了一層鐵片，非常不易被點燃。落下之後，頓時就將火苗壓弱，隨即泛起滾滾濃煙。

裝火藥的木桶被澆了冷水，也立刻變得無比安全，輕易不可能再被火油點燃。

只可惜，炮臺上不是所有人都能夠像他一樣保持鎮定。大多數武士和足輕們，如沒頭蒼蠅般四下亂竄，根本不肯聽他的指揮。

汾陽光禹，他救得了一處火頭，卻救不了第二處、第三處。轉眼間，又有四、五枚油葫蘆落地，碎裂，在炮臺點起了一堆堆烈焰。

「脫鎧甲，脫鎧甲滅火。把火藥桶趕緊推海裡去，把火藥桶推到海裡去。否則，咱們今天都得死在這兒！」汾陽光禹又氣又急，紅著眼睛衝所有人大喊大叫。

「啊！」恰好一個油葫蘆在他身邊炸裂，燒得他連連跳腳。就在手忙腳亂之際，大明禮部郎中顧誠嘴裡發出一聲絕望的尖叫，一縱身跳上了炮管，緊跟著，一頭栽進了黑漆漆的海面。

「孬種！亂我軍心，不得好死！」汾陽光禹氣得用日語破口大罵，卻再也看不見顧誠的踪影。而其餘武士的足輕們得到提醒，竟接二連三跳出了炮臺，投水逃命。

「站住，你們這群廢物，孬種，沒用的蠢驢！」汾陽光禹仍然不甘心失敗，一邊罵，一邊努力將火藥桶往海裡丟。

木戶作右衛門見此，不敢再由著救命恩人等死。一把拉住接連兩次救了自己的汾陽光禹，縱身跳垛口，「去海裡，留著性命，不怕沒機會報仇！」

「把，火藥桶推到海裡，把火藥桶推進海裡。咱們能守住炮臺，能守住炮臺！」汾陽光禹堅決不願意跟他一道跳海逃命，掙扎著繼續大聲嚷嚷。

「沒有了火藥，炮臺還有啥用？」木戶作右衛門氣得大聲狂吼，雙腿雙手同時發力，抱著汾陽光禹，一道撲向了黑漆漆的海面。

「轟隆」一個火藥桶爆炸，熱浪橫掃，將十幾名武士和足輕推上了半空。

四下裡，被火光照得亮如白晝。

雖然僥倖沒有被爆炸波及，今道純助卻也不敢再做任何耽擱，趕緊縱身跳下了大海。就在身體栽進水面的瞬間，他卻隱隱看見，有一艘熟悉的海船貼著岸邊，向炮臺悄悄地駛了過來。

第十五章　歸航

「轟隆」「轟隆」「轟隆」……

爆炸聲一浪接著一浪，將整個西炮臺，都變成了一個巨大的火炬。

港口裡爭相逃命駕船的海客們，看到了西炮臺起火，個個喜出望外。叫嚷著調整航向，將海船駛入東炮臺的射程之外，然後繼續倉皇逃竄。而長崎港的東側炮臺，在片刻沉默之後，就變得更加瘋狂。將一枚枚巨大的炮彈不要錢般砸向港灣出口，恨不得將海面上所有船隻都砸成齏粉。

「轟轟，轟轟，轟轟……」沉默了整整一個晚上的中央炮臺，也忽然開始開火。更多的炮彈掠向海面，將沿途一切阻擋撕得支離破碎。

無論兩座炮臺打得熱鬧，都沒波及到西炮臺附近一分一毫。射程和死角，是萬斤佛郎機炮的最大缺陷。東炮臺打出的炮彈，搆不到西炮臺附近的水面。而中央炮臺，從設計之初所有炮口就全是正對海港出口，此時此刻，根本來不及做任何調整。

一艘位於中央炮臺射擊死角和東炮臺射程之外的沙船，在火光的照耀下，緩緩靠岸。劉繼業和張維善合力放下了踏板，揮舞著手臂大聲招呼：「姐夫，快上船。顧君恩、老何，你們也都趕緊，老天爺保佑，你們真的把西炮臺給摸了下來！」

「世叔，顧誠的供詞我已經拿到了，這廝和沈惟敬果然是在兩頭騙。但是涉案的不止他們兩個，背後還藏著很多貓膩！您趕緊上船，咱們一邊走，我一邊解釋給你聽。」李彤朝著劉繼業和張維善兩個揮揮手，隨即，主動向史世用發出邀請。

「不必了，你想辦法，將顧誠的供狀上交給皇上就行了。我這邊，還有別的事情。」史世用堅定的搖了搖頭，眼神中滿是從容。

「世叔您還要留在長崎！不行，世叔，這太危險了。小西行長知道我們逃走，非氣瘋了不可！」李彤大急，趕緊去拉史世用胳膊。「趕緊走，哪怕是出了港，我再找個地方把您放下，也好過繼續留在這裡。」

「他不發瘋，我怎麼有機會？」史世用又笑了笑，繼續堅定地搖頭。隨即，伸手從背後拉過一名黑衣蒙面的大漢，大聲介紹：「時間緊迫，你們先走，至於我去做什麼，到了海上，讓老林慢慢告訴你。」

「李老闆，咱們又見面了！」那大漢順勢向前走了幾步，笑呵呵向李彤拱手。

他不開口，李彤還沒什麼感覺，一開口，立刻讓李彤大驚失色。本能地向後退開半步，低聲驚呼：「你，你是林貨主，林海！」

「錦衣衛百戶林海，見過李僉事！」那壯漢也不隱瞞，大笑著撤掉臉上的黑布。「在下做了一輩子細作，這回跟著李僉事，最為過癮。」

「你，你……」李彤又驚又喜，不知道該說些什麼才好。

怪不得自己當初抵達長崎港後，無論做什麼事情，都是那樣的順風順水。原來，原來有林海這個老江湖，在暗中推波助瀾！怪不得自己好幾次都露出了明顯的破綻，孫、馬、范、陶等海商，卻毫無察覺，原來，原來有史世用帶著錦衣衛在背後幫忙查缺補漏。而現在，自己即將駕船乘風而去，史世用卻選擇繼續留在了龍潭虎穴。萬一哪裡出現紕漏，或者被沈惟敬認出身份，今夜一別……

正準備再開口勸上幾句，史世用卻已經撥轉了馬頭：「弟兄們，城裡頭還不夠亂，咱們再去加一把火！」

「走啊，加火去！」

「同去，同去！」

眾錦衣衛轟然響應，策馬緊隨其後，宛若去赴一場饕餮盛宴。

「世叔！」沒來得及跟史世用說上話的劉繼業，朝著後者背影肅立拱手，嗓音裡帶著一絲明顯哽咽。

「諸位將軍快走，放心，我家僉事自有脫身之計！」留下來的錦衣衛林海，卻早已習慣了這種別離，大聲吼了一句，帶頭朝沙船跑去，從始至終，都沒有回頭多看一眼。

眾人心裡帶著對史世用的祝福，默默地拉著坐騎上船。隨即在鄧子龍的指揮下，扯帆下槳，將巨大的沙船如同游魚般，駛入遠處黑漆漆的海面。臨近幾艘停在泊位的海船，本已經準備坐以待斃。看到沙船的走位和航向，也得到了提醒，快速拔錨升帆，悄悄地跟在了大夥身後。儘管船上的海客，根本弄不清大夥的身份，卻堅信在關鍵時刻有本事摸掉大村氏一座炮臺者，肯定能帶著他們逃出生天。

「轟！轟！轟！轟！」

「轟！轟！轟！轟！轟！」

炮擊還在持續，原本美輪美奐的港灣，已經徹底淪為屠宰場。滾滾濃煙之下，到處是熊熊燃燒的貨船。天空被火焰燒成了暗紅色，水面也變成了恐怖的猩紅色。落水的人抱著木板，在猩紅色海浪中且沉且浮。每當有船隻從附近經過，落水者都扯開嗓子高聲呼救。然而，他們卻從來得不到任何回應。

越是移動緩慢的目標，越容易成為岸炮的靶子。此時此刻，任何一位理智的船主，都不會為了挽救一個陌生人，把自己船上所有同伴都帶入絕境。

因為成功端掉了西炮臺，鄧子龍所駕駛的沙船，比起先前那些逃命者就輕鬆了許多。在老船主的指揮下，弟兄們不停調整船帆，反覆調整下槳頻率，讓整艘船貼著海灣繞了一個巨大的圈子，始終航行於東炮臺上萬斤佛郎機炮的射程之外，又使得中央炮臺上的萬斤佛郎機炮來不及對發射方向和角度做出調整。

「這大村喜前，真是崽賣爺宅不痛心！」眼看著長崎城內的火光，距離沙船越來越遠。崔永和站在船尾，對著下方血一樣的海水，連連搖頭。

縱使身為敵手，他也為長崎港的結局感到惋惜。想當年，大村純忠為了吸引海客們到此彙聚，非但把沿海三里的土地，盡數割給了西洋和尚，並且盡一切可能保證海客們的安全，哪怕後者在入港之前，桅杆上掛的還是敵國的旗幟。

如此苦心經營了近二十載，才有了長崎港的繁榮。大村氏才得以憑著不多的土地，數萬領民，成為日本諸侯中不可忽視的一個。才得到了豐臣秀吉的另眼相待，很多頒行全日本的政令，都對長崎網開一面。

而毀了這一切，卻只需要一個晚上。今夜過後，至少三到五年之內，海客們都會提起長崎色變，哪怕大村氏拿出再多的補救措施，甚至為每艘海船都提供巨額賠償，都無濟於事。

「恐怕，大村氏今晚根本做不了主。」鄧子龍一手操舵，另外一隻手輕輕捶打他自己的老腰，「你沒聽人說嗎？小西行長偷偷來了長崎。以他的權勢和手段，大村喜前除了俯首聽命之外，還能有什麼選擇？」

「唉——」崔永和聽得心有戚戚，嘆息著點頭。就在這一瞬間，半空中，忽然有一道火光掠過。

「哧」地一聲，將沙船的尾帆扯了個稀爛。

「不好，有敵艦！」崔永和大叫一聲，三步兩步竄到桅杆旁，手拉纜繩攀援而上。

更多的炮彈，從船首方向呼嘯而至，卻不只是針對沙船，也將臨近幾艘正在逃亡船隻的船帆，打得濃煙滾滾。

剛剛鬆了一口氣的海客們，被嚇得魂飛天外。拚命駕駛著船隻分散躲避，而忽然從夜幕下殺過來的大村氏艦隊，則像是看守羊群的牧羊犬般，靈活地在外圍兜著圈子，不時發出幾炮，將那些試圖脫離羊群的「公羊」趕回隊伍。

「奶奶的，欺負人也不是這麼欺負法！」劉繼業大怒，三步兩步衝下炮艙，用力拉開一門火炮的炮窗。

「永貴，住手，聽鄧前輩號令！」追下來的李彤手疾眼快，一把拉住他的胳膊，「天還沒亮，大村家的戰艦分不清哪艘船上坐的是咱們，哪艘船上坐的是尋常海商。」

「那群海商根本指望不上。」劉繼業急得連連跺腳，紅著臉大聲嚷嚷，「等會如果大村氏指名道姓說要留下咱們，他們肯定會立刻把咱們推出去，以求把自己摘清。」

「劉參將放心，老夫原本也沒指望他們。」鄧子龍的話從他身後傳來，令所有緊張的心情都為之一鬆，「老夫只是在等待一個時機。既然你已經在這兒了，正好幫忙指揮火炮。等會兒需要開炮時，老夫會在上頭下令，有專人站在懸梯上將命令轉述。」

「好！」劉繼業臉色微紅，肅立拱手。

鄧子龍向他點了點頭，又迅速將目光轉向李彤：「李僉事，這裡以你職位最高，老夫斗膽，請你做船上的監軍。凡是有不聽號令，亂跑亂動，哭喊嚎叫，擾亂軍心者，陸地上怎麼處理，船上也是一樣。」

「好！」李彤楞了楞，也果斷接受了鄧子龍的安排。

「張將軍，麻煩您到底艙去，指揮槳手。顧游擊，麻煩你去照看船帆。張千總，麻煩你……」鄧子龍不慌不忙，挨個點將。

被點到名字者，一個拱手領命，奔赴各自的崗位。

「其他人各就各位，找不到事情的，就去底艙幫忙划槳。」轉身返回甲板，一邊走，鄧子龍一邊大聲補充。

「遵命！」錦衣衛百戶林海和幾個正愁沒事兒可幹的弟兄也齊齊拱手，然後快速奔向底艙。

因為突然遭受襲擊而引起的慌亂，迅速平靜。弟兄們操槳的操槳，裝彈藥的裝彈藥，為即將爆發的惡戰，做最後的準備。

「尾帆降下來，緊急更換帆骨和帆葉，首帆斜拉到乾位，中帆下降一半兒。」鄧子龍的聲音，在甲板上再度響起，宛若定海神針。

沙船在風力的推動下，艱難的轉向。因為缺乏了尾帆的動力，速度漸漸落在了其他海船之後。即便有燈籠和火把照明，黑暗中衝出來攔路的那支大村氏艦隊，也看不太清楚沙船的具體模樣，隱約只能感覺到這艘船速度已經嚴重下降，便放心地將其丟在一邊，集中精神去對付其他可能出現的不聽話者。

「轟！轟！轟！轟！」

「轟！轟！轟！轟！」

一支艦隊，哪怕裡邊每一艘戰艦都是中等規模的安宅船，也不是某艘海船獨立可以應付。隨著更多的炮彈被艦隊射出，更多的「不聽話者」被擊傷了船帆和船舷，周圍的所有海船相繼選擇了束手就擒，落下船帆，放緩速度，等待聽候命運的安排。

「主帆升到三分之二，首帆拉正。底艙，把所有船槳都划起來。首炮，瞄準距離你最近的那艘戰艦。」鄧子龍聲音，繼續從甲板上響起，隨即，被大嗓門的水手，接力傳達到各個艙位。

劉繼業三步兩步奔向炮艙的最前頭，將頭貼在冰冷的佛郎機炮上，沿著炮窗向外眺望。夜色依舊很濃，即便有周圍的航燈照明，他仍然要花費好大力氣，才能看清楚敵軍戰艦的輪廓。好在對方托大，每艘戰艦的首部和尾部都亮著航燈。

「一，二，三，好，就是第三艘。給我瞄準他的吃水線！」迅速確認了目標，他咬著牙下令。隨即，一把搶過主炮手的佛香，放在嘴巴輕輕吹氣，「呼，呼，呼……」

手臂粗的佛香，被吹得越來越亮，越來越亮，照得他眼睛閃閃發光。然而，開火的命令，卻遲遲不至。

「咚咚！」劉繼業急得輕輕跺腳，隨即，明顯感覺到了自己和目標之間的距離，在快速拉近。

沙船在加速，在船帆和船槳的雙重作用下，悄悄加速。從一隻坐以待斃的羔羊，忽然變成了老虎。而前方攔路的大村氏艦隊，卻沒有注意到這個變化。戰艦上的倭寇，正忙著調整航向，逼迫被攔下來的海船，重新返回長崎港內。

「咯吱，咯吱吱吱……」一艘巨大的蓋倫船，努力調整船身，掉頭返航。發現沒有亮航燈的沙船，從自己身側急掠而過，蓋倫船上的佛郎機海客們，頓時一個個全都將眼睛瞪得滾圓。「他們要幹什麼？他們只有一艘船，居然敢去挑戰你一支艦隊！上帝，請保佑這群勇士，讓他們多堅持一會兒，讓那群不講道理的日本人知道收斂。」

「他們在幹什麼，天啊！」

「別喊，小心被日本人聽見！」

「躲開，別擋他們的路！」

「準備，準備，趁著他們吸引了艦隊的注意力，咱們一起逃！」

發現了沙船動作的海客，不止一個。但是，所有海客們，卻心照不宣地選擇了保持沉默。一艘沙船挑戰一支艦隊，結果在剛剛開始之時，就已經寫得清清楚楚。他們不相信沙船能夠成功，他們卻佩服沙船上那群明國人的勇氣。

勇氣無形無色無聲，卻如同火星般，點亮了很多人的眼睛。隨著更多人發現沙船的動作，幾艘剛剛吃了冤枉炮彈的海船，偷偷地拉開了炮窗。幾艘身體龐大的波斯海船，則故意笨拙地在原地轉動，試圖吸引戰艦的注意力。還有幾艘原本是做無本生意的海盜船，也悄悄做起準備，只待看沙船的挑戰結果。

如果沙船沒給大村家艦隊造成任何損失就被擊沉，他們自然會重新關起炮窗，聽候大村氏的安排。如果沙船能幸運地衝出一條血路，或者一艦換一艦，他們就會緊跟沙船的腳步，將命運重新奪回自己手中。

他們默默地看，默默地等。

他們看到，沙船距離艦隊越來越近，越來越近，直到變成所有海船當中距離大村氏艦隊最近的一艘。

他們看到，大村氏的艦隊終於被沙船驚動，先後開火警告，猩紅色的炮彈掠過半空，宛若一隻隻流螢。

他們看到，沙船周圍，巨大的水柱接連而起，宛若一條條被激怒的惡龍。

他們看到，沙船從水柱中一躍而出，彷彿一頭鳳凰，在海面上張開了無形的翅膀。

「轟！」一道紅色的火柱，從沙船頭部噴出，正中一艘攔路的安宅船吃水線。

「轟！」緊跟著，又是一道。

而那沙船速度卻絲毫沒有減慢，一邊將憤怒的炮彈砸向安宅船的側舷，一邊繼續加速。

「轟！轟！轟！轟！轟！」

大村氏艦隊中的其他安宅船瘋狂的開炮，卻因為反應慢了不止一拍，所有炮彈都砸在了沙船身後，將海面砸得白浪滾滾。

「轟！」利用中型佛郎機炮可以快速更換子銃的優勢，沙船在距離安宅船不到二十米的位置，射出了最後一炮。隨即，整艘船碾壓過去，如同車輪碾過了一捆稻草。

「咔嚓，咯咯咯咯……」海浪聲很急，但是所有海客的耳畔，卻都清晰地響起了木板被重物碾破的聲音。

「GOD——」儘管每個都聽得頭皮發乍，他們的手臂卻本能地舉了起來，在半空中用力揮舞。太解氣了，太過癮了。大半夜禍從天降，眾海商稀裡糊塗駕船逃命，又稀裡糊塗地成為長崎港岸炮和靶子和艦隊的俘虜，一個個原本就憋悶得幾乎炸了肺。猛然間看到一艘攔路的戰艦，被沙船攔腰碾得四分五裂，心裡非但對戰艦上那些倭國將士的下場生不起半點兒同情之念，反倒巴不得沙船再接再厲，能再多拚掉幾艘倭艦才好。

在海客們期盼的目光中，那沙船的確也做到了再接再厲，卻不是用龐大的船身去撞，而是船舷左右兩側的佛朗機炮，「轟！轟！轟！轟！」「轟！轟！轟！轟！」「轟！轟！轟！轟！」碾壓著前一艘安宅船的屍體，將另外一艘安宅船砸得濃煙滾滾。

「好——！」雖然依舊認定了沙船最終難逃沉沒的結局，海客們依舊揮舞著胳膊，歡呼出聲。海戰就是這麼打，才算內行。用自己炮位眾多的船側，對著炮位只有一個，甚至沒有安放炮位的敵方船首和船尾狂轟。像先前長崎艦隊那種，分明有上百門炮對著沙船，卻讓沙船直接衝進了火炮的射擊死角，並且攔腰將艦隊分成兩段的行為，則純屬門外漢。

「所有船帆扯到全滿，所有炮手，都給老子下去划船，給老夫把全身力氣使出來！」在若有若無的歡呼聲中，沙船船主鄧子龍扯開嗓子大吼，身如鐵塔，鬚髮飛揚。

打完了整整一輪炮彈的炮手們，顧不得重新裝填，答應一聲，撒腿就奔向底艙。底艙內，已經累得滿頭大汗的槳手，咬著牙使出全身力氣，努力將船速加快，重新拉開與敵方艦隊的距離。冒著中彈起火的風險，沙船的尾帆、主帆、首帆全部升到頂，借著後半夜的海風，迅若奔馬。

「轟！轟！轟！」

「轟！轟！轟！轟！」

「轟！轟！轟！轟！」

被激怒的安宅船紛紛調整方向，同時將成排的炮彈砸向沙船，將沙船四周砸得水柱群起，白浪滔天。

「完了！」圍觀的海客們無力的垂下手臂，閉上了雙眼。

結束了，徹底結束了。那沙船上的船主指揮再精湛，水手訓練再有素。終究是以寡敵眾。能夠憑藉偷襲戰術，將一艘安宅船擊傷指揮撞翻，將另外一艘安宅船打得濃煙滾滾，已經達到了極限。接下來，他們無論跑得多快，還擊得多頑強，都難逃被十多艘安宅船從兩側夾著打的命運。

沙船再大，終究是一艘貨船！

安宅船雖然個頭兒不到沙船的一半兒，卻是貨真價實的戰艦。

貨船為了貿易而造，船舷只有一層，並且必須在結實和分量之間保持平衡。

而戰艦為了生存，吃水線以上船舷，通常都是兩層木板，並且從不考慮減輕分量。

如果雙方船身都完好無損，並且已經將距離拉到了三里之外，憑藉四張帆提供的推力，沙船還有很大機會擺脫圍攻，逃之夭夭。

眼下雙方之間的距離，從最遠那艘安宅船到沙船都不足一里，後者怎麼可能逃過前者的圍攻？

「轟！轟！轟！轟！」

「轟！轟！轟！轟！」

炮擊聲一輪接著一輪，連綿不絕。幾名海客物傷其類，懷著沉痛的心情睜開眼睛給勇士送行，卻愕然發現，沙船居然還在白浪當中艱難地穿梭，驕傲得宛若一條白鯨。

「他們堅持不了多久了！」有海客目光敏銳，迅速發現沙船的首帆已經在冒火，左側船舷，隱約也騰起了黑煙，忍不住扼腕長嘆。

「他們，可惜了……」有人難過的搖頭。

就在此時，那如白鯨般驕傲的沙船，忽然又來了個漂亮的轉身，右舷對著一艘追擊過猛的安宅船船頭切了過去，同時，所有艦炮相繼開火。

「轟轟，轟轟，轟轟……」整整十二門佛郎機炮，在不到三百米的距離上，切著安宅船打了一輪兒。雖然因為海浪顛簸的影響，大多數炮彈都砸在了空處，卻仍然至少有兩枚猩紅色的彈丸，正中目標。

濃煙騰空而起，受傷的安宅船迅速傾斜，船上倭國將士不得不努力自救，非但顧不上對沙船發動攻擊，並且忘記了改變方向和船位，轉眼之間，就成了自家同伴的障礙。而那沙船，一擊得手之後，再度恢復先前狀態。拖著黑煙和火苗，一頭栽向遠處的大洋。

「首帆降下來，直接丟進海裡去。其他兩帆切坤位，拉滿！炮手返回底艙，幫忙划槳，槳手休息，半刻之後去給船炮裝填彈藥！」趁著敵方艦隊的陣型再度被打亂的機會，鄧子龍扯開嗓子下令。聲音已經嘶啞，卻依舊像先前一樣鎮定。

「是！」弟兄們大聲答應著，將命令付諸實施。

船帆轉動，受傷的船頭切開海浪，艱難對準西方。那是華夏的登州港所在，將船上所有人帶回大明，是鄧子龍的承諾！一旦許下，就不再忘記，也永不反悔。

「天，那沙船居然還在！」

「它居然還沒有被擊沉！」

「上帝，炮彈居然無法將其徹底擊穿。」

「怪不得那李老闆最近一直偷偷求購佛郎機炮，原來他早就知道日本人準備搶劫。」

「這是戰艦，戰艦！如此結實的船舷，怎麼可能還是貨船！」

望著越來越遠的沙船，海客們議論紛紛。目光裡，既有困惑，也有期盼。

「走啊，咱們現在不走，還等什麼時候！」有人忽然喊了一嗓子，指揮著船上的夥計，手忙腳亂的拉起風帆。

聰明人不止一個，幾乎是一轉眼，所有被長崎艦隊截下的海船，就全都動了起來。操船的舶主們按照各自的心願，辨明方向，揚帆而去。

沒有一艘再返回長崎，錢可以慢慢賺，命卻只有一次。從今往後，很長一段時間內，大夥寧願在別處花高價進貨，也不會再來占大村氏的「便宜」。

「轟！轟！轟！轟！」

「轟！轟！轟！轟！」

那十艘倭艦，卻絲毫不顧身後逃走的海客，如同蜈蚣般划動船槳，咬著沙船留下的水波緊追不捨。擔心距離過近，又著了對手的道，倭艦不約而同地選擇了保持五百米以上距離，只憑著火炮的絕對數量優勢，不停地狂轟濫炸。

火炮的數量只要足夠多，總有命中的時候。

忽然，沙船再度中彈，船身猛地一頓，然後繼續艱難地前進。李彤帶七、八個弟兄，衝到冒煙處，砍斷繩索，任由被擊穿的護板落入大海。崔永和則帶著另外三名弟兄，在貨艙內用棉被和木板頂住側船舷上的漏水點。

「左舷艦炮全部裝填完畢！」

「右舷艦炮全部裝填完畢！」

劉繼業、張樹兩個人的聲音，從炮艙響起，旋即被弟兄們接力傳上甲板，傳入鄧子龍的耳朵。每個人的聲音，都已經沙啞，但是卻有條不紊。

「主帆下降到底，尾帆切離位。槳手停下，右側艦炮準備！」鄧子龍滿意地笑了笑，再度高高舉起右臂，「開炮！」

正在順風前進的沙船，猛地減速，船身如同鯨魚般側轉。「轟轟，轟轟，轟轟……」安放在船身左側的十二艦炮輪番開火，將炮彈砸向一艘緊追不捨的安宅船。

這一輪，沒有一枚炮彈幸運地命中目標，卻將對手嚇得魂飛天外，竟主動降低速度，以換取最大可能的平安。

「哈哈哈哈哈……」鄧子龍朝著大海放聲狂笑，指揮著弟兄們調整船帆，再度加速，視十倍於己的敵軍如同無物。

「轟！轟！轟！」

「轟！轟！轟！轟！」

遭到了戲弄的倭艦氣急敗壞，將炮彈不要錢般砸了過來。鄧子龍指揮著沙船不停地加速，減速，變向，反擊，雖然以一敵十，卻始終不肯示弱。彷彿相信，對手終將被拖疲，拖垮，而沙船無論如何都能堅持到最後。

而對手，的確像他期待那樣，反應越來越慢。

安宅船的一大半兒推力，依靠於船槳。短時間內靈活迅捷，拖得久了，水手們的氣力就會難以為繼。

「靠上去，靠上去，用繩索拉住他！」

「接船，接船，用刀來解決他們！」

倭艦的舶主們，也很快發現了大麻煩的來臨。羞怒之下，果斷決定玉石俱焚。大罵著逼迫槳手使出最後力氣，將船隻貼向目標。拚著一兩艘戰艦被擊沉，也要將沙船拉住，將船上的大明細作碎屍萬段。

這一招，雖然笨拙，卻切實有效。儘管沙船努力提速，儘管劉繼業和張樹兩人帶著炮手們拚命開火，在付出了一艘戰艦為代價之後，長崎艦隊的兩艘安宅船，終於衝到了距離沙船十米之內。套著繩索的鐵爪紛紛騰空，如同章魚般，死死扣住了沙船的側舷。

「弟兄們，跟我來！」李彤快步奔向船左，揮劍斬落，將一根繩索切為兩段。隨即反手一劍，將另外一隻鐵爪擊入了大海

更多的鐵爪飛過來，令他擋不勝擋。

「砰砰砰砰……」倭艦上，鳥銃聲驟然響起，將兩名上前幫忙的弟兄，打得胸前紅霧亂冒，圓睜著眼睛栽倒。

「轟！轟！轟！」

「轟！轟！轟！轟！」

眼見沙船就要被拖入無恥的接舷戰，群蟻噬象。犀利的炮擊聲，忽然又在黑夜中響起。

一艘蓋倫，一艘波斯船和一艘說不出名字及產地的貨船，悄然入場，將距離沙船最遠的一艘長崎戰艦，轟了個四分五裂。

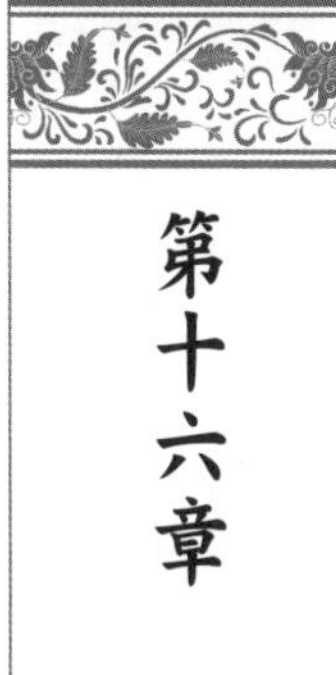

第十六章　脫離

「小子們，發信號給大村家艦隊，要他們停船等待檢查！」蓋倫船上，一個絡腮鬍子船主吐掉嘴裡的菸斗，獰笑著大聲命令。「否則，就全部擊沉！」

「是！」船上的水手們哄然以應，卻沒有掛出任何信號燈。而是駕駛船隻兜著圈子，將更多的炮彈，從最有利於自己的角度，砸向五、六百米外的安宅船。

另外兩艘海船也不約而同地，繼續朝大村氏的戰艦開火，雖然炮位遠不如後者多，攻擊角度卻靈活多變。原本已經勝券在握的大村氏艦隊，頓時方寸大亂。除了已經與沙船用纜繩相連的那兩艘安宅船之外，其餘各艦，不得不轉身迎戰。

沙船所承受的壓力，頓時大降。原本被逼得手忙腳亂的李彤，再度與弟兄們彙集在一處，蹲下身子，繼續用刀劍切割纜繩，令一串又一串正試圖沿著纜繩攀爬過來肉搏的倭寇，直接跌入了大海。

「轟！」安裝在沙船尾部的一門小佛朗，忽然開火，將上百枚散彈掃向斜對面的安宅船甲板。甲板上，正在用鳥銃掩護其同夥攀爬纜繩的倭寇，頓時被掃翻了一大片。剩下的紛紛就近尋找木桶、沙箱躲避，再也無法對沙船上的明軍構成威脅。

「呀呀呀——」一名倭國武士搶在自己所攀爬的纜繩被切斷之前，成功爬上了沙船。舉起先前叼在嘴裡的倭刀，嚎叫著四下劈砍，試圖護住身後的纜繩，為同夥保留住這條攻擊通道。

附近沒有任何大明將士，前四刀，他都劈在了空氣上，模樣甚為嚇人。還沒等他將第五刀劈出，李彤已經狂奔而至，手中大鐵劍借助身體的速度奮力上撩，「嘡啷」一聲，將倭刀直接撩得不知去向。

「啊——」那倭國武士尖叫著後退，身體卻被船舷阻擋，無處可去。李彤手中的大鐵劍在半空中猛地兜了個圈子，高速下拍，「噗」，將此人的腦袋拍了個粉碎。

「啊——」第二名沿著纜繩爬上來的倭寇剛剛露出半個頭，就親眼目睹了同伴的慘烈結局。果斷尖叫著向後退卻，與身後努力向前攀爬的同夥撞到一處，雙雙掉進了大海。位於第四順序的倭寇，猶豫著不知道該繼續向前，還是招呼同夥依次後退，就在此時，大鐵劍再度凌空劈落，「咔嚓」一聲，將纜繩砍成了兩段。

半條纜繩上的倭寇，都如同下餃子般掉入大海。李彤轉身揮劍，又撲向下一處戰場。那裡，已經有六、七名倭寇爬了上來，聚集在一起，結陣而戰。還沒等他趕到地方，耳畔忽然又傳來了一陣清脆的鳥銃聲，「呯呯呯砰砰……」卻是張維善和林海兩個，帶著七、八名先前幫忙划槳的弟兄，從底艙衝了上來，用鳥銃迎著倭寇就是一頓招呼。

沒想到明軍也擅長「鐵炮齊射」戰術，結陣而戰的倭寇被放倒了一大半兒。剩餘一小半兒被張維善、林海兩人，帶著弟兄們包圍起來，刀劍齊落，眨眼功夫剁成了肉醬。

「別耽誤功夫，繼續割纜繩！」鄧子龍的聲音從遠處傳來，依舊像最初時那樣從容不迫，「援軍當中，至少有兩艘是商船，堅持不了太久。」

「遵命！」李彤、張維善帶頭答應，然後與大夥一道，沿著船舷快速推進，遇到爬過來的倭寇，就用鳥銃和刀劍幹掉，遇到未割斷的纜繩，則迅速切為兩截。

「轟！」發揮小佛郎機炮分量輕，角度調整便捷，裝填方便的優勢，沙船的尾炮，朝著另外一艘安宅船的甲板開火。

五、六百枚鉛子，冰雹般掃過，將躲避不及的倭寇們，打得血肉橫飛。借助小佛郎機炮的掩護，李彤和張維善等人再接再厲，繼續清理爬過來的倭寇和船舷上的纜繩，不多時，就令沙船掙脫了羈絆，在風帆的推動下緩緩與兩艘安宅船拉開了距離。

「劉參軍，炮艙中所有艦炮和弟兄都交給你。自行選擇時機開火！」因為沙船的船體比安宅船龐大一倍，也高出甚多，站在船尾的鄧子龍很難判斷哪部分艦炮射角合適，果斷將決定權下放給了劉繼業。

他的命令迅速被接力傳入炮艙，早就急得抓耳撓腮的劉繼業，立刻命令各炮的炮長自行選擇時機。那些被鄧子龍操練了兩年多的炮長們，個個經驗豐富。通過眼前炮窗觀察到的角度和方位，陸續點燃了身邊艦炮。

「轟！」

「轟！」

「轟！轟！轟！轟！」

射擊聲單調且雜亂，然而，因為雙方距離太近的緣故，效果卻好得驚人。一艘安宅船結結實實吃了三顆炮彈，船身破損嚴重，即便沒有立刻沉沒，也難逃被拖回船塢大修的命運。另外一艘安宅船，雖然只被一枚炮彈命中，卻冒起了滾滾濃煙。偏偏船上的大部分水手，此刻要麼在海中奮力自救，要麼死於剛才的接舷戰，竟湊不起足夠的人手滅火，只能任由火頭跳得越來越高，越來越高。

「將所有炮彈射出去，然後全速脫離！」雖然有大便宜可占，鄧子龍卻拒絕接受誘惑，扯開嗓子高聲吩咐。

眾將士都對他的海戰本事佩服得五體投地，毫不猶豫選擇了執行命令。「轟！轟！轟！轟！」伴著數聲亂炮，千瘡百孔的沙船甩下大村家的戰艦，加速奔向大洋。

「給援軍發信號，請他們也及時脫離！」鄧子龍的聲音繼續傳來，終於透出了一絲疲憊。

「砰——」

「砰——」

「砰——」

三枚橙色的焰火，騰空而起，在半空中化作繽紛落英。原本趕過來就只是為了救人的三艘海船，發現目標已經脫困，立刻放棄了廝殺，各自張開風帆，揚長而去。

失去理智的大村氏水師主將，帶領長崎艦隊繼續緊追不捨。然而，嚴重依靠船槳的安宅船，卻再也加不起速度。追著追著，距離就跟沙船及另外三艘海船越拉越遠，直到最後看不見對方的踪影。

「主帆降低一半，放慢船速。把航燈點起來，向鄰近船隻指示方位。崔管事，你帶人做緊急修復。劉參將，你去檢查火炮和彈藥情況。張參將，麻煩你帶人去收治傷號。」鄧子龍將船舵交給身邊的一位弟兄，大步走向沙船的中央，緩緩給大夥分派任務。

崔永和、劉繼業、張維善三人拱了拱手，各自離去。李彤沒有被他點到名字，卻主動迎了上來，「前輩，那三艘援軍……」

「看到咱們放慢速度並點起航燈，他們會湊過來。」鄧子龍疲倦地笑了笑，啞著嗓子補充，「當然，如果他們不怕咱們是海盜，搶了他們物資自救的話。」

「啊！」不知道海盜居然還有搶劫救命恩人的習慣，李彤驚得嘴巴張開老大。

「海上，能活下來才是第一位的，其他都得靠後。說實話，剛才我根本沒想到，真的有人敢過來幫忙。」鄧子龍抬手擦了把額頭上的汗水，繼續喘息著補充。

李彤聽得又是一驚，凝神再看，這才發現，老將軍渾身上下，都濕得如同剛剛從海裡撈出來一般，根本分不清哪些是水，哪些是冷汗！

轉念想起先前沙船被倭船用纜繩拉住的情形，他終於知道，大夥剛才一隻腳已經踏入了鬼門關，頓時額頭上也是冷汗滾滾。就在此時，身邊卻又傳來了林海那市儈的聲音，「老將軍不必如此自謙，您肯定早就算準了，那麼多海船上面，肯定會有一兩個男兒。」

「老夫自打六十歲後，就不敢高估人性。」鄧子龍笑了笑，輕輕搖頭，「先前如果不是突然出現了援軍，老夫就只剩下了最後一招，放死士架著幾艘裝滿火藥的小艇下去，與靠上來的那兩艘船同歸於盡。然後，帶著大夥繼續逃命。好在，援軍來得及時，這一招最終沒用得上。」

李彤聽得第三次悚然而驚，那錦衣衛百戶林海卻繼笑著搖頭：「老將軍又嚇唬晚輩，您老分明早就看見，有海船悄悄趕了過來，才故意讓敵艦追上。也好給援軍創造偷襲的機會。」

這回，鄧子龍沒有繼續分辯，只是笑著拱手，「的確是看見了，只是沒想到其中還有一艘是錦衣衛專門留下的暗子。史公有心了，日後見到他，請林百戶替鄧某向他道謝。」

說罷，長揖及地。

林海慌忙跳開，臉上的得意，卻絲毫不加掩飾：「老將軍客氣了，客氣了。我家僉事，對老將軍敢駕船直闖長崎，也佩服得很。那艘船不是什麼暗子，而是史僉事怕遇到麻煩，花錢買來的援兵。船上的那些佛郎機人，雖然非我族類，做生意的信譽卻一向好。只要給足了錢，肯定會用心做事。」

「你是說，三艘海船之中，有一艘是專門受雇於你們的海盜？」李彤聽得頭暈腦脹，忍不住低聲打斷。

「不能算是海盜，他們平素也自己做買賣，打劫只是順便。更多的時候，則是接受雇傭，拿錢辦事兒。雇主讓他們做海盜，他們就做海盜，讓他們做海商，他們就做海商，至於他們自己，把一切都看做生意，無所謂。」林海眉飛色舞，說起來頭頭是道。

正說話間，望樓上卻有水手傳下消息，有三艘挑著航燈的海船正在靠近。看速度，不似懷有敵意。

「不用管他，等他們到了三百步內再向我報告。」鄧子龍想都不想，再度行使船主的權力。「劉五，準備焰火，待來船靠近到三百步內時，照亮附近海面。」

「是！」瞭望手和旗總劉五答應著各自準備，鄧子龍則趁著客人沒到之前，繼續向錦衣衛百戶林海打聽海盜船的跟腳。

原來，那夥亦正亦邪的海盜，乃是西洋那邊的干絲臘國人氏。其國在十多年前，成為佛郎機的藩屬，所以又被成為小佛朗機。然而，有一部分干絲臘官員，百姓和將士，卻不認可佛郎機的統治，便主動選擇了離開故國，四海為家。

偏巧這夥人中，有個名叫羅傑里奧，姓特謝拉的傢伙，做過水師的舶主，聽說過大明的繁榮。便拉了一夥弟兄，趁著兩國合併人心惶惶的時候，偷走干絲臘水師的一艘大蓋倫，不遠萬里逃向了大明。

在路上，這夥人缺乏補給，自然不願活活餓死，於是乎，就毫不猶豫地當了海盜。一路劫掠，壞事幹盡。偏偏在抵達大明附近之後，他們忽然又懷念起曾經做好人的日子，於是乎，又果斷搖身一變，改行做了海商，並且在濠鏡[注八]住了下來。偏偏佛郎機國吞併了干絲臘之後，國力蒸蒸日上。憑著實力翻倍的艦隊，搶占地盤無數，殺得血流成河。其國海商，也借著水師的撐腰，將生意做遍了天下。有些海商到了大明周邊之後，很快就發現了丟失的大蓋倫船和羅傑里奧•特謝拉等人，便聯合起來，試圖將其捉拿歸案。

結果，雙方海上交手，海商們以五敵一，依舊落敗，只好逃進了月港。向大明官府請求出兵捉拿海盜。那大明福建地方官員不願多事，便以萬里之外的案子管轄權不在境內為由，婉言相拒。但是，又唯恐丟了天朝顏面，回過頭來，乾脆派了個說客，告訴那特謝拉舶主，不准在大明周邊生事，否則，水師定要將其抓到岸上，以正刑典。

「呵呵，什麼婉言相拒，恐怕是沒膽子出海剿匪，所以只好編個理由搪塞。」劉繼業絲毫不肯

注八：濠鏡，即澳門。因為明朝官員對海島缺乏主權意識，一五五三年起，葡萄牙人獲得明朝地方官府准許，在此搭建居住點。

給福建官員留顏面，撇著嘴低聲數落。

「嘿嘿，嘿嘿！」錦衣衛百戶林海也不替福建官員辯解，乾笑著了幾聲，繼續補充道：「反正那特謝拉還算聽話，從此之後，再也沒在大明附近找過佛郎機人的麻煩。恰巧錦衣衛需要替朝廷買一些新款佛郎機做炮樣，而他偏偏手裡的貨最全，雙方一來二去，就有了交情。他需要什麼緊俏貨物，錦衣衛悄悄地替他張羅。朝廷需要炮圖、工匠之類，他偶爾也能幫忙蒐羅……」

「東南方向，五百步，海船三艘，一艘大蓋倫，一艘波斯船，一艘三桅方身船，品字形。」瞭望手的聲音，從望樓上響起，打斷了林海略帶炫耀的介紹。

「放焰火，迎接客人！」鄧子龍一聲令下，沙船上，立刻有傳信用的焰火被點燃。幾道明亮的火球跳上天空，化作一團團繁花，在表達出對來船的歡迎之時，順便也將黎明前的海面照得亮如白晝。

沒有心情觀賞焰火的絢麗，鄧子龍和李彤兩個借著短短的光亮，迅速分辨出來船模樣。一艘大蓋倫，一艘大食海船，一艘南洋或者三佛齊制式，混合了大明與大食兩種風格的三桅方船，都用船頭對著沙船的船尾。船舷上的炮門沒有打開，桅杆附近，也沒有太多的水手隨時候命。

「停船，等客人過來！」確認對方沒有敵意，鄧子龍終於鬆了一口氣，笑著向大夥下達命令。

沙船的風帆全部落下，任憑海流推著自己緩緩移動。那跟上來的三艘海船上的舶主，先是欣賞了一輪絢麗的焰火，又看到沙船主動落帆，也確認靠過去不會引起衝突，於是乎，便各自下令，繼續拉近雙方之間的距離。

不多時，四艘海船就湊到了一處。作為舶主，鄧子龍少不得要拿出一些貨物，答謝另外三艘海船的主人先前仗義出手。而三艘海船主人，卻堅決不肯接受，反倒通過翻譯，向鄧子龍英勇反抗長崎艦隊的搶劫行為，表示了深深地敬意。

這就讓鄧子龍有點兒丈二和尚摸不著頭腦了。在他印象裡，除了華夏以外，世上各國之人，做事都講究「等價交換」，那三艘海船的船主剛才既然出手幫了忙，肯定得有所收穫。更何況，這些貨物還是自己主動相贈，並非他們趁機勒索。

正百思不解間，卻聽到那特謝拉用生澀的大明官話，高聲說道：「前輩，您是明白人，我們就不繞彎子了。剛才如果不是您老帶頭反抗大村家的艦隊，大夥誰都逃脫不了大村家的魔爪。所以，救命之恩，我等，的確不敢當。」

「嘿嘿，嘿嘿！」另外兩位船主，雖然不會說大明官話，卻彷彿能聽懂特謝拉的意思般，只管在旁邊點頭陪笑。

「一碼歸一碼！」早就從林海的介紹中，得知了此人的身份。對他會說大明官話的事情，鄧子龍也不覺得奇怪。笑了笑，大聲回答，「反抗是為了自救，而你等已經脫險，趕過來幫忙，便是救人。所以，區區謝禮，還請諸位不要客氣。」

「真的不是客氣，不是客氣！」大蓋倫船船主特謝拉紅著臉，連連擺手，「禮物我們不想要。我們，我們其實，只想要一個，要一個人情。那長崎港，我們以後是不敢去了，但是，卻不能讓全船的人都餓肚子。所以，我等斗膽想跟您問一問，今後能不能在生意上，照顧我等一二。月港很好，但是太擠了，每次想把船裝滿，至少得等兩個多月。」

這下，鄧子龍立刻全明白了。長崎港不再可靠之後，眾多海商就面臨著一個共同的麻煩，那就是，今後去哪才能找到如此方便的貨物彙聚之地？如果找不到，大夥就要面臨著無貨可買，或者載著滿滿一大船貨，卻找不到下家的問題。

大明的月港，肯定是個選擇。但大明的月港早就擠得不堪重負。當地官員又喜歡巧立名目，肆意收錢，給人的感覺遠不如沒翻臉之前的長崎。

所以，在大明找一個靠山，既能保證自己不在港口內排隊傻等，又保證不被貪官污吏盤剝，價值就遠超過了現在拿走幾箱貨物。而那特謝拉，也早就從錦衣衛不惜代價保護沙船的動作中，隱約猜到沙船的主人在大明肯定地位顯赫，所以搶先一步，與另外兩位船主達成了協議，不拿實物報償，只要對方給大夥一個人情。

只是，這個人情，鄧子龍卻不方便給。首先，目前他本人還是戴罪之身，復起還需要一番運作手段和時日。其次，林海的職位再低，也是個錦衣衛。當著錦衣衛百戶的面兒，跟三個異國人談怎麼開後門兒，這未免也太拿豆包兒不當乾糧。

「特謝拉先生，你可真沒客氣！」彷彿猜到了鄧子龍在顧忌自己，錦衣衛百戶林海主動上前一步，笑著朝三個過船來訪的船主拱手，「怎麼，在月港進貨之時，有人刁難你了？還是弟兄們每次做生意都拖欠過你的款子？」

「沒有，沒有，絕對沒有！」大蓋倫船主特謝拉聽了，趕緊陪起笑臉擺手，「林船主誤會了，在下討要人情，主要是為了他們兩個。史老闆做生意一向大氣，在下佩服得很，也願意長久跟貴方合作。但他們兩個都是普通海商，所以……」

向左右兩個船主看了一眼，他迅速將話切換成了佛郎機語，但是內容卻跟前面，卻有許多差別，不著痕跡地隱藏了他本人此番是受了大明錦衣衛的雇傭才出手幫忙的事實。

那錦衣衛百戶林海，居然也能聽懂佛郎機語。笑了笑，主動將話翻譯給了李彤等人。末了，又念念不忘補充了一句：「一碼歸一碼，錦衣衛談錦衣衛的，各位上官談各位上官的。但是千萬記住，跟這些打交道，不能心軟。漫天要價，著地還錢才是正經。否則，你明明給了他好處，他還會以為你是傻子！」

這句話，擺明了告訴鄧子龍和李彤等人，他不會胡亂打報告。後者聽了，立刻心領神會。等接下來特謝拉又笑嘻嘻地提起了人情這個茬兒，張維善便主動接過了話頭。

「大明可做生意的海港，不止一個。只不過月港開海最早，名聲最為響亮罷了。如果三位想要做生意，不妨到寧波港，或者瀏家港。屆時，直接跟當值的官吏說，長崎舊人來了，他們自然給三位提供一切方便。」

「寧波和瀏家港？」特謝拉將信將疑，眉頭立刻皺了個緊緊。

「這位李老闆，張老闆和劉老闆，都是我們史老闆不惜任何代價也要好好保護的人。」錦衣衛百戶林海反應迅速，立刻笑著向特謝拉介紹。

他雖然沒有提李彤、張維善和劉繼業三人的官職，可那特謝拉也是混過官場的人，目光稍稍從兄弟三個身上一掃，立刻就無條件相信。隨即，學著見過的大明仕紳模樣，抱拳行禮：「在下特謝拉，見過三位老闆，祝三位老闆回去後老婆當官，孩子生下來就有官做。」

好好一句「封妻蔭子」，被他解釋成這般模樣，也算特殊。害得李彤、張維善和劉繼業三個，花了好大力氣，追溯出他話中原意。一個肚皮抽搐，強忍住大笑，拱手還禮，「升官，大夥都升官，特謝拉，你也升官！」

「特謝拉這輩子都不會再做官了，發財就行了！」特謝拉笑著接過話頭，臉上隱約泛起了幾分寂寞。

張維善先前聽林海介紹過此人的經歷，剎那間，竟有些感同身受。於是又笑了笑，大聲說道：「那就祝你三個發大財。我在瀏家港那邊，有一些朋友。拿到的貨物價格肯定不會比月港高，三位若是來，報稱是張發財的長崎舊人，他肯定會幫忙。」

「去寧波的話，也可以這麼說。」李彤想了想，笑著在一旁補充。

這回，特謝拉不再懷疑，立刻將二人的許諾翻譯成了佛郎機語，然後拉著另外兩名船主一起道謝。

那兩名船主原本只是抱著試一試的心態，跟他前來與沙船的船主會面。沒想到居然真的能討到如此大的好處，頓時喜出望外。立刻操著各自的語言，將感謝的話說了一大堆。

眼下大明雖然有些老態龍鍾，但大明提供的貨物種類，數量和質量，依舊是整個東方第一。所以他們能搭上大明官員的線兒，不用去月港排隊等貨，而是到寧波和瀏家港享受專門照顧，價值不可估量。而張維善和李彤之所以願意給三位海商人情，一是瀏家港和寧波港，的確都有大批供貨和吃下海外貨物的能力，二來，則是他們看到特謝拉的模樣，心中竟有些物傷其類。

想那干絲臘，既然其水師多年前就有本事遠渡重洋，其本身在西方，肯定也是個霸主類的角色。然而，偌大一個國家，在被佛郎機吞併之時，平素受了百姓供奉的宰相、大臣、將軍們，一個個裝聾作啞，誰都不肯為國家和百姓流一滴血，一滴淚。倒是這特謝拉，一個小小的船主，居然學起了伯夷叔齊，寧可泛舟萬里之外，也不吃佛郎機家的俸祿。

轉頭再想想大明，表面上花團錦簇，內部卻是烈火烹油。遇到個小小的倭國，就被耍個團團轉。若是改天遇到某個萬乘之國來攻，那些尸位素餐的高官，那些眼中只有家族利益的豪商，那些開口閉口全是大義，實際上全是生意的清流，還不知道要怎麼換著花樣去開門揖盜。真的到了那時，兄弟倆恐怕能像特謝拉這般做個海盜，都是一種萬幸！

越想，哥倆心情越沉重，越沉重，就越忍不住要琢磨。到後來，也沒了興致再跟特謝拉等人客套，將他們全都交給了鄧子龍和林海負責招待，各自以身體疲乏為由告了罪，拉上劉繼業，快步返回了船艙。

回到艙裡，哥倆變成了哥仨，難免又開始擔心，周建良那邊是否已經帶著劉穎和王二丫，及時駕船駛離了私港。雖然按照雙方約定，如果聽到長崎這邊有炮聲，那邊就要果斷駕船出海。可小西行長做事狠辣，今道純助也知曉有一艘中型蓋倫去了附近的私港。萬一他們先下手為強……

「應該不會，他們今天動手極為倉促，否則，趕在天明時，就派戰艦把沙船擊沉在泊位上了。哪肯給咱們機會燒了他的炮臺，登船衝出港口？」劉繼業天性樂觀，想了片刻，低聲安慰。

「小西行長想釣的大魚，一開始未必是咱們。」回頭再看，總比當時更為清楚。李彤疲倦地打了個哈欠，輕輕搖頭，「他估計沒想到咱們會來，所以才拿顧誠做誘餌。那顧誠也不知道自己被小西行長給利用了，行事才如此肆無忌憚。」

「肯定不止想釣咱們出來，光是咱們，長崎今夜不至於被燒得那般厲害。」張維善也打了個哈欠，苦笑著點頭。

「也不光是錦衣衛在放火，應該還有日本國其他不想看到和議成功的勢力。總之，各方不小心成了盟友。」李彤笑了笑，隱約感到了幾分僥倖。

「你是說加藤清正的人？」張維善反應甚快，立刻小聲刨根究柢。「顧誠不是說，他已經被關起來了嗎？」

「加藤清正又豈是肯老老實實等死的？」李彤搖了搖頭，輕聲推斷，「更何況，那姓顧的，未必說得全是實話。咱們跟他比起來，真的太嫩了些！唉，也不知道這廝，最後燒死在西炮臺上沒有。」

說到顧誠，兄弟三個，就難免又開始檢點起此番前往長崎的得失來。結果，心中更如灌了幾十斤鉛塊般難受。

顧誠的口供拿到了，大明和日本和談的真相，也瞭解得一清二楚。但回去之後，能不能令朝廷幡然悔悟，卻仍然有許多變數。

首先，這份供狀，要通過哪個途徑，才可以安全地送到萬曆皇帝朱翊鈞之手，而不是半途中又不翼而飛？史世用的錦衣衛都督僉事的職務，雖然實權不算大，卻已經高於南北鎮撫。有能力將他的密奏截留，並且敢派人來殺他滅口者，在大明恐怕一個巴掌就能數得清楚。

其次，如果迫不得已，要將和議真相公之於眾，倒逼朝廷悔悟。恐怕開始之地，就必須選擇在南北兩京。北京那邊，二人都不算熟悉。南京這邊，最方便散布消息的就是國子監。國子監的師兄師弟們義憤填膺之下，固然能掀起驚濤巨浪。可經歷此事後，參與者的前程也毀了……

再次，正如顧誠所言，這個和議，乃是江南幾大世家聯手運作，背後涉及到的勢力龐大無比。

可以直接顛倒黑白，指鹿為馬。跟如此龐大一個勢力鬥，即便兄弟三個這次贏了，恐怕，也傷不到對方的筋骨。反而會被對方當做眼中釘，日後無論仕途，學業，還是人身安全，恐怕都難……

商量半天也沒有一個特別妥當的辦法，哥仨的眼皮，就全都打起了架。正昏昏欲睡之際，忽然，耳畔又傳來一陣悶雷，「轟轟轟轟……」

「炮擊，大村家艦隊追上來了？真是陰魂不散！」兄弟三個激靈靈打了個哆嗦，剎那間，睏意全無。爭先恐後跑上甲板，卻赫然發現，天光已經大亮。

側前方不遠處，兩艘巨大的戰艦，一邊開炮，一邊高速衝了過來。而己方戰艦身邊，卻早已不見了昨夜那三艘海船的踪影。

第十七章 搏命

「後面，後面也有，大約四里之外，三艘，是福船，來意不明。」主桅杆頂的望樓中，傳來了瞭望手的聲音，帶著無法掩飾的疲憊與驚慌。

李彤、張維善和劉繼業的心臟，各自又是一緊，本能地扭頭向船尾遠眺。因為距離遠的緣故，他們稍微花了一些力氣，才在朝霞下看到三隻西瓜大的紅色船影，外形與記憶中的福船隱約有七八分相似，桅杆上卻換成了佛郎機式的厚布帆，顯得有些不倫不類。

「轟、轟、轟轟……」前方的戰艦又進了一輪炮擊，雖然沒有一枚炮彈命中，卻在沙船周圍掀起了一道道粗大的水柱，將沙船晃得上下起伏。

以一敵五，而沙船在昨夜激戰中受傷多處，只做了簡單的緊急維修。此戰，恐怕沒等開打，勝負就已經分明。

剎那間，冷汗再度從李彤、張維善和劉繼業三個額頭上滾滾而下。

「主帆轉巽位，首帆落到底！炮艙的弟兄們，準備好炮彈，咱們教教倭寇怎麼打海戰！」就在哥三個急得火燒火燎之際，鄧子龍的聲音於舵樓中響起，宛若定海神針般，讓船上所有人緊繃的心

神，瞬間就又是一緩。

崔永和親自撲向主桅，調整帆向。老何則毫不猶豫衝向了首桅。林海反應稍慢，乾脆快步衝到了舵樓旁，用身體充當盾牌，將鄭子龍護了個嚴嚴實實。

「不必，這幫傢伙的船雖然大，水平卻只能算是菜鳥。」鄧子龍笑了笑，推開林海，繼續發號施令，「向左打舵到兌位。別管對手，掉頭！主帆，拉到坤位，首帆聽老夫號令，準備拉升！」

「菜鳥？」林海頓時鬆了一口氣，困惑地向敵艦張望，隨即，苦笑又湧了滿臉。

從對手隔著老遠就開火，卻這麼半天都沒打中一炮的情況分析，敵艦的船主，的確像是兩隻菜鳥。然而，那兩艘敵艦，卻是如假包換的大蓋倫。艦身比沙船大了足足一倍，炮位也足足多出一倍！

海上不比陸地，玩不出太多花樣。同樣是戰艦，船大，往往就意味著能多挨幾門炮彈。而炮多，則意味著命中的機會也隨著增大。船大炮多的一方，保持一個對自己有利距離，跟敵艦對著開火，砸上二、三十輪，肯定能先把對手砸趴下。

正鬱悶的想著，腳下甲板忽然一頓。緊跟著，沙船竟在海面上畫出了一個漂亮的圓弧，放棄了右側的敵艦不顧，將右側船舷直接對向了左側敵艦的船頭。

「首帆，一，二，三，給老夫拉到頂！左側船炮，開火！主帆，回調……」鄧子龍的聲音，緊跟著在他耳畔炸響，每個字，都清晰無比。

正在轉彎海船又是一頓，緊跟著，十二門佛郎機炮，齊齊發射，「轟轟轟轟……」，將對面敵艦周圍打得白浪滔天。

受到船炮的反衝力道，沙船向內側快速傾斜，隨即，又在海水的推動下，迅速拉穩，將甲板上的李彤等人，甩了個東倒西歪。

好在大夥在來日本之前，都受過嚴格訓練。因此狼狽歸狼狽，卻都在千鈞一髮之際抓穩了身邊了護欄和纜繩等物，不至於被直接甩進大海。而腳下的沙船在經歷了這一記劇烈顛簸，航線竟由圓弧頂端，迅速內折，船頭和船尾的方向，與最初完全轉向。

「轟轟轟轟……」右側殺過來的敵艦拚命開火，炮彈擦著沙船的桅杆掠過，將海面砸得白浪滾滾。左側的那艘敵艦，卻被沙船的這輪近距離齊射，給砸了個暈頭轉向，竟遲遲發起不了新的一輪攻擊。

趁他病，要他命。戰場上可不講究什麼仁義道德。操縱尾炮的劉武，「砰！」果斷朝著敵艦開火。一枚鏈彈脫離炮膛，在半空中高速旋轉，旋轉，「呲啦！」撕下半面兒風帆。

原本就已經在齊射中受了傷的敵艦，頓時雪上加霜，速度驟然下降了一半，主帆上也冒起了滾滾黑煙。船上的倭國兵將，忙著落帆的落帆，救火的救火，愈發手忙腳亂，幾乎是眼睜睜地看著沙船將屁股朝向了自己，揚長而去。

「轟轟轟轟……」右側殺過來的敵艦船主大怒，命令麾下爪牙扯起滿帆緊追不捨。單獨應付一艘戰艦，可比同時應付兩艘簡單得多。在鄧子龍的指揮下，弟兄們有條不紊地調整風帆，改變航向，一邊跑，一邊還擊，跟此艦殺了個旗鼓相當。

「好在重樓兄識貨，居然早在兩年前，就給你推薦了鄧前輩。」看著危機漸漸解除，劉繼業抬手擦了一下額頭，帶著幾分僥倖大聲感慨。

剛才那種情況，他能想到的最好戰術，就是衝上去一艦換一艦，然後大夥一起戰死，醉臥碧海。

卻沒料到，鄧子龍居然還能利用火炮齊射的反衝，來一記倒掛金鐘，直接打懵了一艘敵方戰艦，並且逆轉了自家航向。

船首炮的數量只有一門，準頭也有限。追上來的敵艦想要擊沉沙船，可就需要費些力氣和時間了。而海上天氣瞬息萬變，如果碰巧遇到一場暴雨，沙船極有可能趁著對手視線模糊的機會，逃之夭夭。

「你別高興得太早！忘記了剛才咱們身後，還有三艘船嗎？船上的人，恐怕未必是尋常海商！而咱們用不了多久，就會跟他們迎面相遇。」張維善對前景的看法，遠不如劉繼業樂觀。緊鎖著眉頭，低聲提醒。

他的話音未落，一陣低低的海螺聲，忽然從海面上傳來，宛若惡龍狂吟，折磨著人的耳朵和心臟。

「你個烏鴉嘴！」李彤和劉繼業齊聲數落，雙雙將目光轉向船頭。先前那三個西瓜大小的福船，在視野中忽然變成了三棟高樓。潔白的風帆上，一枚枚熟悉的家徽符號，瞬間映入大夥的眼底。

「宗義智，這老小子陰魂不散！」劉繼業立刻認出了福船的所屬，氣得咬牙切齒。而李彤和張維善二人，則一個奔向了船頭，一個奔向了船尾，準備與弟兄們並肩而戰。

「別管他們，直接撞過去！」鄧子龍的聲音，快速傳入所有人的耳朵。令沙船上剛剛出現的慌亂苗頭，瞬間灰飛煙滅。

操帆手們長長吐了一口氣，平靜地站在了桅杆之下。槳手們迅速回到底艙，抄起木製的船槳。炮手們則在炮長的指揮下，將佛郎機的子銃默默地添入炮膛。

「嗚！嗚！嗚！嗚！」

「嗚！嗚！嗚！嗚！嗚！」

清涼的海風，將螺號的嗚咽聲源源不斷送過來，吹得每個人頭皮發緊。沒想到沙船居然在被追殺的情況下，還試圖以一挑三，福船上的倭國舶主全都勃然大怒。一邊命令手下吹響海螺，互相協調。一面將各自腳下的戰艦航速，加到了最大。

「首帆，主帆，全給老夫拉滿！船舵交給老夫。弟兄們，站穩嘍！」眼看著雙方的距離已經不到一里，鄧子龍依舊不慌不忙。一邊大聲發號施令，一邊走進了舵樓。

昨夜緊急修理過的船頭處，幾處補丁泛著木頭特有的慘白色澤。昨夜緊急處理過船帆，也黑一塊，黃一塊，色彩斑駁。然而，整艘沙船，卻高高翹著船頭，朝著對手碾過去，碾過去，碾過去，宛若一隻驕傲的巨龍。

「轟！」

「轟！轟！」

蔚藍的海面上，一艘大蓋倫追著沙船，不停開火。猩紅色的炮彈帶著白色的煙霧，從後者的桅杆上方和船舷左右兩側飛過，砸出一道又一道粗大的水柱。

「轟！」

「轟！」

沙船用尾炮有一搭沒一搭地還擊，同時還沒忘記加速撞向前方堵路的宗義家艦隊，以一挑四，毫無畏懼。

「八嘎，快，開炮擊沉它，擊沉它！」三艘福船正中央那艘上，對馬守宗義智麾下水師大將之一，中村成勇望著一邊輕蔑地向後開炮，一邊全速朝自己撞過來的明國沙船，氣急敗壞。

「明國的船長想幹什麼！覺得不可能贏，所以驅船來撞，莫非想跟我同歸於盡嗎？」另外一名水師將領小島吉成的臉色也極其難看，一邊不停地向左右張望，一邊用顫抖的聲音提醒。

如果不是開炮，而直接對撞的話，三艘福船接連撞上去，肯定能將對面加速駛來的沙船撞沉。然而問題是，他們腳下的福船，都是相對輕盈的中型福船，而對面的沙船，卻是沙船裡頭的最大號。雙方正面相撞，最後衝上去的那艘福船也許能確保凱旋而歸，第一艘衝上去的，下場肯定是四分五裂！

「撞就撞，誰怕！舵手，給我對準了，宗義家的武士，絕不會向敵人低頭。」敏銳地從小島吉成嘴裡，聽出了暫避鋒芒的想法，中村成勇臉色立刻漲了個青紫，蹦起來，大聲咆哮！

「撞過去，撞過去，宗義家的武士，絕不會向敵人低頭。」甲板上，幾名武士帶著水手大聲附和，一個個驕傲得宛若發情的皮皮蝦。

對於海戰，他們可全都不陌生。

宗義氏雖然沒有像大村氏那樣，為了推進海上貿易不惜一切代價。但是，憑藉地利之便，卻將大明、朝鮮、日本之間的貨物倒賣生意，做得風生水起。所以，幾乎每一名宗義氏的水師兵將，都有過跟海盜交手的經歷，並且所經歷的大部分戰鬥的結果，都是將對手打得落花流水。

今天，那支水師從不離開母港三十里的大明水師，居然派出一條沙船來日本招搖，並且還試圖以一挑五！如此囂張的行為，試問宗義家的將士們誰能忍受？撞就撞，誰先慫了，誰就是穢多生的賤種！

宗義氏的男兒，從來不懂什麼叫做畏懼！

宗義氏的男兒，早已做好覺悟，為主家盡忠。

想逼我讓開，然後你好逃之夭夭，做夢！

就算被撞到，只要船隻沒當場碎裂，就可以跳上去，將對面船上明人斬盡殺絕。

哪怕一時斬不盡，只要將他們纏住，後面的大蓋倫就會追過來，然後，所有人一擁而上，用倭刀和鐵炮淹死他們。

懷著視死如歸的榮耀，宗義家的水師將士們，一個個咬緊牙關，死死盯著變得越來越大的沙船，同時，心中不由自主估算起彼此之間的距離。

八百米、七百米、六百米、五百米、四百米……

一雙雙手掌，緊緊握住身邊的護欄、桅杆、沙箱、炮座，以免在兩艦對撞時被甩入大海。

一雙雙眼睛本能地閉緊。

一顆顆心臟瘋狂地跳動，宛若戰鼓。一幅幅曾經熟悉的畫面，迅速閃過腦海。

童年時的稻田，風箏，蜻蜓，斜陽。

斜陽下奔跑的孩子，含笑的妻子，白髮蒼蒼的父母……

腳下的甲板，猛地一陣，天旋地轉。然而，意料之中的撞擊聲，卻遲遲沒有響起。大夥驚詫地睜開眼睛，恰看見龐大的沙船依舊筆直的向前奔行。而自家所在的福船，卻側轉了船身，將尾巴對著沙船，宛若一隻主動露出肚皮的野狗。

「八嘎！」

「膽小鬼！」

「畜生，廢物！」

剎那間，罵聲四起，所有將士，都本能地將憤怒的目光轉向尾舵。卻再度愕然發現，操著尾舵控制船身讓路的不是別人，正是船主中村成勇。

「開炮，快快開炮！」彷彿感覺到了麾下眾人的憤怒，中村成勇一邊死死打住船舵，一邊用盡全身力氣大吼，「它已經受傷了，沒必要跟它同歸於盡。開炮擊沉他，擊沉！」

「開炮，開炮——」福船上，炮手們如夢初醒，大步撲向炮門，將佛香遞向引線。

「轟，轟轟，轟轟轟轟……」炮擊聲宛若天崩，卻不是來自他們自己身邊的火炮，而是來自對面。專門為海戰改造過，又被李彤不惜重金購買安裝了最新式佛郎機炮的沙船，在不到兩百步的距離上，用側舷對著福船的後半段開火。十二門炮彈拖著白色的水霧，宛若十二頭衝出巢穴的怒蛟。

時間突然變得很慢，喧鬧的海面也彷彿靜止，福船上的所有人，忽然都停止了動作，停止了呼吸，瞪圓了眼睛，看著炮彈距離自己越來越近，越來越近，越來越近，瞬間，變得巨大無比！

「砰！」距離船尾五尺遠，距離海面卻只有三寸高的位置，被一枚實心炮彈死死砸中。木板四分五裂，露出一個兩尺見方的破洞。

「砰！」一枚炮彈正中小島吉成，將他整個人推了起來，一道撞向桅杆。

「咔嚓嚓——」桅杆承受不住巨大的衝擊力，緩緩傾倒，白色的船帆從半空中墜落，宛若雲朵墜向大地，將甲板上目瞪口呆的宗義家眾將士，全都蓋了個正著。

「砰！」又一枚彈丸砸中了船舷，木屑迸射，宛若彈丸，扎入白色的船帆裡，帶起一團團紅煙。

「加速脫離，搶占上風口！」鄧子龍的怒吼聲，在炮擊聲過後，顯得格外清晰。

沙船衝破三艘宗義氏戰艦的攔截，拖著長長的尾痕破浪而去。

頭頂的陽光，忽然變得格外明亮。

碧海，藍天，流雲朵朵，群鷗蹁躚。

如畫的海面上，兩艘福船來不及轉向，不知所措。一艘大蓋倫則如同發了瘋般，將炮彈朝著沙船亂砸。

水柱一道接一道濺起，沙船卻始終安然無恙。

在沙船的身後，洶湧的海水倒灌入船體，受傷的那艘福船，迅速被海水吞噬，先是船尾，再是船身，然後是船頭。

結合了西洋海船優點的白帆，被海水托起，且沉且浮，宛若一頭巨大的水母。

白色的水母旁，一道道紅色的血線，快速上浮，發散，絢麗奪目。

「追上去，追上去，快，快，八嘎。這可是天底下最好的戰艦，居然追不上一艘被打爛了的沙船，你們這群廢物！白痴！蠢貨！」一名為「壹岐丸」的大蓋倫上，對馬水師的主將宗義晃面目猙獰，罵不絕口，「給我把所有手段使出來，追上去，砸爛他們。砸爛他們，讓船上的所有明國人都死無全屍！」

「是！」

「遵命！」

「明白！」

眾武士和兵卒們被罵得灰頭土臉，卻誰都不敢抗議，只能一邊大聲答應著，一邊手忙腳亂地去調整風帆，丟棄水桶、沙箱等一時用不到的輜重，以便將船速提到最快。

按常理，蓋倫船個頭大，帆多，又適合遠洋，早就該將前面那艘沙船咬住才對。然而，對方卻憑著對水流和風向的嫻熟掌控，始終將大蓋倫甩出了尷尬的一截。哪怕大蓋倫將多餘的載重，甚至包括飲用的淡水都丟進了海裡，也是一樣。

眼下雙方之間的距離不能算遠，但是也不算太近，剛好讓大蓋倫除了船首炮之外的其他火炮，都無法發揮作用。而船首炮偏偏又是大蓋倫上火力最弱的一門，打葡萄彈殺傷水手，或者打鏈彈攻擊風帆還有一定效果，要想擊碎前面那艘沙船上外掛的護板和特別加固過的甲板，簡直是痴人說夢！

「掛進攻旗，讓四號和五號衝上去，想辦法拖住明國戰艦！」追了足足一個時辰，都沒能追上，對馬水師的主將宗義晃愈發焦躁，扭過頭，朝著身邊武士小林義滿高聲吩咐。

「是！」小林義滿高聲答應著，去執行命令。不多時，就將象徵著總攻的角旗，高高地扯上了主桅杆頂。

甲板上忙得滿頭大汗的士兵和水手們見狀，頓時齊齊鬆了一口氣，彎著腰，不停地擦汗。

太累了，真是太累了。大蓋倫的確是海戰利器，皮糙肉厚，船帆眾多，不但抗擊，並且跑得快。但戰艦越是皮糙肉厚，自身分量就越大，靈活性就越差。而船帆越多，水手的任務就越繁重。

所以，單純從靈活和跑得快兩種角度，大蓋倫其實遠不如改良之後的中型福船。後者換上了西洋式厚布帆後，簡直是海上的劍魚，不僅僅能夠當戰艦用，甚至可以作為傳訊專用的哨船。勒令那兩艘福船追上去，只要不惜代價，肯定能讓前頭那艘明國戰艦的速度慢下來。

只可惜，儘管宗義晃的命令下得非常及時，兩艘福船的反應卻慢了大半拍。信號旗掛起了足足大半個時辰，才慢吞吞地超過了大蓋倫，距離前面的大明戰艦，至少還有一里半遠！

「八嘎！」宗義晃又氣又急，將頭轉向其中一艘福船，再度破口大罵，「沒吃飽飯嗎？還是草料裡沒有加豆子？追上去，趕緊追上去，哪怕是用撞的，也得把那艘明國戰艦給我撞停。」

海上浪聲太高，他的辱罵聲，根本不可能被福船上的船主聽見。後者繼續指揮著麾下戰艦，慢吞吞地向前「挪動」，好半晌，都沒見將自身跟大明沙船之間的距離，再縮短一丈。

「八嘎！膽小鬼，廢物，沒用的豬玀！」猜出後者是因為看到了第一艘福船被明艦擊沉，心生畏懼，宗義晃繼續大罵不止。猛然間，目光看到船頭的艦炮，三步兩步衝過去，手指其中一艘福船，對著炮長高聲命令：「給我朝著船尾開炮，告訴山下太郎，如果抗命，我現在就把他的座艦擊沉，然後回去替他請功！」

「這，這，這……」炮長嚇得臉色煞白，額頭上冷汗滾滾。然而，迫於宗義晃的權勢，最終卻不得不調整射角，儘量將炮口朝著天空，點燃了火炮的引線。

「轟！」炮彈脫離炮膛，帶著白色的水汽越過四號福船的桅杆頂，隨即一頭扎進了大海。

四號福船的船主山下太郎嚇得魂飛天外，再也不敢拖延時間。指揮著船上的兵將們迅速調整船帆，拋棄載重，轉眼間，就像尾巴著了火的公牛般向前衝去。

「調整角度，對準五號福船！」宗義晃一次威脅得手，頓時再接再厲，手指另外一艘自家的福船，大聲命令。

「是，是！」炮長哆嗦著答應，然後帶領麾下弟兄調整炮身。還沒等他將角度調整到位，五號福船已經主動竄了出去，唯恐反應太慢，真的吃了自家的炮彈。

兩艘福船被迫上前拚命，頓時，令沙船所承受的壓力，增大了許多。儘管鄧子龍依舊指揮若定，儘管弟兄們射出的炮彈，準頭比敵艦高出許多，但隨著時間的推移，形勢卻越來越窘迫。

沙船上的弟兄太少，承受不起大規模的接舷戰。想要不被拖入接舷戰，就必須阻止福船靠近自己。想要阻止福船靠近，就必須開炮射擊。而從昨天後半夜一路打到現在，船上的火藥和炮彈儲備都已經見底，再這樣打上一個時辰，恐怕就會面臨消耗殆盡的危險。

唯一能解決的辦法，就是儘快將兩艘狗皮膏藥般纏上來的日本福船擊沉。但是，海上風浪顛簸，想要創造先前那種奇蹟，談何容易？距離遠了，上百炮都未必能命中一炮，並且還得時刻提防對方用火炮給沙船造成破壞。放福船靠得太近，萬一未能及時將其擊沉，就會被福船上拋出的鐵鉤和纜繩套住，硬生生將炮戰變成接舷。

「主帆收起兩分，首帆轉向坤位！」眼看著三艘敵艦之間的配合，越來越密切，而身邊的弟兄們，個個都筋疲力竭，鄧子龍深吸了一口氣，果斷調整對策。

「咯吱吱……」多處中彈受傷的沙船，一邊發出刺耳的木頭摩擦聲，一邊緩緩調整方向。航線大幅向左偏移，與正準備從側面纏上來的四號福船，迅速夾出一個狹窄的銳角。

「開火，快開火，開火！」四號福船的舶主山下太郎的心臟猛地一抽，欲哭無淚。慌忙下令船上的炮手發炮射擊。

原本已經有些習慣了保持一定距離糾纏的炮手們，連射擊角度都來不及做任何調整，慌亂地將佛香探向炮門處的引線。

「轟，轟，轟轟……」七、八枚炮彈射出，卻連沙船的護板都沒碰壞一塊。而正在緊急改變航向同時大幅減速的沙船，則一直保持著沉默，非但沒有開炮還擊，甚至連羽箭都沒朝福船這邊射過來一支。

「他們沒火藥了！」四號福船的舶主山下太郎大喜，渾身上下，每一個骨頭都瞬間變輕了一大半兒，「停止炮擊，準備接舷。我要親手抓住這幫明國人，將他們全碎屍萬段！」

「是。」船上的倭國將士們，一個個也喜出望外，操縱戰艦，加速向沙船靠近，同時也迅速調整航向。從內側，用自家的右側船舷，靠近了沙船的左側船舷。

「轟！轟！」沙船上，有兩門火炮忽然開火，嚇得福船上所有人趕緊抱住腦袋，四處躲避。然而，轉眼之間，他們就幸福的發現，沙船射出來的，居然是空炮。徒有濃煙，沒有炮彈！

「貼上去，貼上去。我要親手抓住這幫明國人，將他們全碎屍萬段！碎屍萬段！」幸福來得是如此之突然，山下太郎聲音顫慄，手舞足蹈！

當前這個角度，雙方幾乎是並肩畫起了弧線。沙船再想將福船撞沉，是萬萬不能。而沙船又打空了炮彈，雙方距離靠得再近，都不會有風險。只要自己將對手拖入接舷肉搏，勝局就等於徹底鎖定。

「貼上去，貼上去，沙船，沙船將彈丸打空了。啊哈哈，這群愚蠢的明國人。衝上去，我要親手處死他們，一個都不放過。」另外一艘福船上，舶主酒井雄二也開心得大喊大叫，手指目標，唯恐落在自家同伴之後。

他麾下的武士和水手們，一樣是開心得忘乎所以。七手八腳調整風帆和航向，從外側包抄過去，試圖搶在四號福船得手之前，從戰功當中分一杯羹。

而那沙船，彷彿真的準備接受命運的安排。水手們在甲板上快速跑動，不時將手中刀劍用力揮舞，彷彿那刀光和劍光，能將對手嚇住一般。

「貼上去，貼上去。快，快！」

「貼上去，貼上去，接舷戰，接舷戰！」

見到沙船上大明將士的反應，福船上的倭寇們，愈發堅信對手炮彈已經打光。興奮地衝上甲板，叫嚷，跳躍，舞刀弄槍

「轟，轟轟，轟轟轟轟……」

「轟，轟轟，轟轟轟轟……」

就在他們幸福得幾乎眩暈之時，炮擊聲，忽然又在海面上炸響。

二十餘門炮，在沙船左右兩側陸續響起。數以萬計的散彈，在不到一百步的距離內，冰雹般掃過兩艘福船的甲板。所過之處，倭寇如同莊稼般一排排被攔腰掃倒。

「主帆升到頂，首帆轉到艮位，加速脫離！」鄧子龍大聲高吼，將命令傳遍所有弟兄的耳朵。沙船笨重地提速，衝破兩艘福船的包夾，搖晃著奔向遠方，身後留下哀嚎聲一片。

「八嘎，開炮，開炮，提醒這群廢料，開炮啊！」大蓋倫上，宗義晃揮舞著拳頭，將船舷砸得咚咚作響。

以三打一，追逐了這麼長時間，居然又被對方當了傻子耍。這口氣，哪怕死了，他都無法咽下。更可恨的是，福船經歷此番一場打擊，水手傷亡肯定慘重，再想像先前那般纏住沙船不放，已經沒有任何可能。

「轟！」在他的連聲催促下，大蓋倫的船首炮猛然發威，冒著誤傷自家戰艦的風險，將一枚巨大的彈丸向前砸去，砸得沙船左側水柱騰空而起。

「別管他，繼續切風向，提速！」鄧子龍輕蔑地朝身後掃了一眼，冷笑著吩咐，彷彿對手砸過來的不是一枚炮彈，而是一份赴宴的邀請函。

「情況如何？」在底艙幫忙的張維善順著懸梯爬出半個身體，朝著李彤大聲詢問。

「有鄧前輩在，你只管一切放心。」李彤低下頭，大聲回答，剎那間，心中對王重樓的感激更深。以一艘受了傷的沙船，對付五艘敵軍戰艦，依舊能取得擊毀一艘，擊傷三艘的戰績，這鄧老前輩，絕對是水戰行家中的行家！而王重樓，在第一次聽聞兄弟三個說，要去海上一展心中抱負之時，就毫不猶豫推薦了此人，其眼光之銳利，其心胸之開闊，也難以估量。

「我知道，有鄧前輩在，倭寇就肯定討不了好。」彷彿早就猜到李彤會如此做答，張維善鬆開一隻手，向鄧子龍所在位置，用力揮舞。就在此時，頭頂的天空，忽然變得一暗，一枚並不怎麼粗大的炮彈，急飛而至。

「小心！」張維善的手迅速握緊，抓住李彤的胸前絆甲絲縧，用力下拉。「砰！」二人的身體撞在一起，快速墜入船艙。「咔嚓！」船身劇烈顫慄，頭頂上方，暗無天日。

「壞了！」兄弟兩個齊齊跳起，一個重新奔向懸梯，一個奔向底艙。

「我去甲板上查看情況！」

「我去催促水手划槳加速！」

兩人的聲音，也不約而同的響起。緊跟著，回過頭互相看了眼，各奔目標。

甲板上，此刻已經是一片狼藉。有艘福船胡亂射出的炮彈，竟鬼使神差般，擊中了沙船的桅杆，將桅杆攔腰打做了兩截。巨大的主帆如同蒲扇般扣了下來，砸得弟兄們東躲西藏，狼狽不堪。

「有人受傷嗎？鄧前輩、老何、顧君恩——」用力推開頭頂的一塊船帆碎片，李彤焦急地呼喚大夥的名姓。

「我沒事兒！我沒事兒！」顧君恩從甲板左側鑽了出來，臉上掛著一道道血痕，卻努力張開嘴巴，強裝笑容。

「我也沒事兒，奶奶的，倭寇居然突然長進了。」老何從救火專用的沙箱旁鑽出，同時伸出手臂，拉出另外兩名弟兄，「桅杆有纜繩拉著，倒下來的慢。僉事，您只管去照顧底艙，讓弟兄們再加把勁兒。等把倭寇甩開，咱們就可以想辦法將桅杆再架起來！」

「我去幫忙划槳！」

「我也去！」

「我也去！」

顧君恩帶頭，幾個剛剛從船帆下鑽出來的弟兄，不顧身上的傷痛，快步奔向懸梯。

主桅杆斷裂之後，沙船的船帆，就不需要太多的人照管了。主要為沙船提供動力的，只有船槳。所以，多一個人手下去幫忙划槳，大夥就多一分擺脫敵艦的希望。

「儘管去！」李彤心中知道情況緊急，側身給弟兄們讓開通道，然後用身體貼著船舷內側，艱難地走向船尾。

一路上，到處都是受傷的兄弟，雖然每個人身上都不是致命傷，但主桅杆的斷裂和主帆的墜落，給士氣帶來的打擊卻極為沉重。一些人兀自強打起精神，試圖掌控船首帆和尾帆，令沙船的速度不至於下降太快。另外一些人，卻已經開始著手準備鳥銃和刀劍，打算在倭寇追上來時，拚一個夠本兒。

「僉事小心！敵艦仍在不停地開炮！」

「僉事，弟兄們這輩子能跟著你殺倭寇，死而無憾！」

「僉事，船尾那邊有小艇，等會弟兄們想辦法將倭寇纏住，您趕緊走！」

「僉事……」

看到李彤從自己身邊走過，弟兄們無論是還在努力保持船速的，還是準備進行最後一搏的，全都仰起頭，大聲表態。誰都不肯說自己已經絕望，更不肯表現出半點兒畏懼。

無論弟兄們說什麼，李彤都只管笑著點頭。直到走到了舵樓附近，才終於控制不住，抬手輕輕抹掉了眼角的淚珠。

舵樓附近，也是一片狼藉，碎木板飛得到處都是。幾處先前在跟福船纏鬥中，被炮彈擊出的創傷，隱約還冒著黑煙。

「前輩，鄧前輩！」李彤看得心臟猛地又是一抽，壓低了聲音繼續呼喊，「您老在哪？您老現在可好？」

「死，死不了，幫我，幫我把舵樓的門拉開。」鄧子龍的聲音，從舵樓內傳了出來，帶著明顯的喘息。

李彤又喜又怕，三步兩步衝過去，一把拉住變了形的舵樓門。「咔嚓」一下，竟將其直接扯散了架。

「嘿，好大的力氣！」鄧子龍扶著門框蹣跚而出，彎下腰，悄悄吐出一口鮮血，緊跟著，再度站直了身體，「崔管事，你幫我掌舵。老夫沒力氣了，得先歇歇。」

「您老歇歇，趕緊歇歇！」悄悄跟過來的崔永和，大步衝進舵樓，雙手死死抓住船舵，「怎麼打，您老儘管吩咐！」

「打正了舵，讓船保持這個方向不變！」肋骨斷裂，鄧子龍疼得臉色雪白，卻依舊努力將身體挺得筆直，唯恐自己的形象，影響到船上的士氣，「底艙的弟兄們，應該是在努力幫忙加速，你這邊別辜負了他們。」

「是，我保證！」崔永和抬手抹了把臉，大聲承諾。

「奶奶的，剛才有點兒托大了！」鄧子龍又搖了搖頭，小聲跟李彤解釋，彷彿是他一不小心，將必勝之戰打輸了一般。「否則，只要甩開這兩艘福船，遠處那艘大蓋倫，天黑之前甭想咬住咱們。而天黑之後，咱們想往那邊走，就往那邊走。」

「轟，轟轟，轟轟轟轟……」

「轟，轟轟，轟轟轟轟……」

兩排炮彈從後方追了過來，打得沙船周圍白浪滾滾。

宗義家的那兩艘福船，雖然因為大量減員，無法保持先前一樣的高速。但是，發現自己居然撞大運砸斷了大明戰艦的主桅杆，船上的倭寇們，士氣卻瞬間爆了棚。因此，兩艘船又搖搖晃晃地追過來上來，不停地向沙船傾瀉炮彈。

「不用管他們，給他們一個時辰，也不可能再打出同樣的一炮。」鄧子龍頭都懶得回，笑著吩咐。隨即，又壓低了聲音，跟李彤商量，「此地距離對馬島沒多遠，據林海兄弟說，他們錦衣衛在島上的走私商人裡頭，也安插了不少眼線。咱們費盡心血才得到了顧誠的供詞，不能浪費。老夫努力讓沙船堅持到天黑，天黑之後，你們哥仨坐上小艇……」

「想都不用想！」李彤笑著搖了搖頭，斷然拒絕。「天黑之後，讓林海帶著供狀走。他是錦衣衛，懂得如何隱藏身份，帶上我、守義和永貴中任何一個，都是拖累。」

「小子，你可剛成親沒多久？」早就料到李彤會如此回應，鄧子龍翻了翻眼皮，大聲提醒。

「內子從沒讓我操過心。」李彤也翻了翻眼皮，伸手架住鄧子龍的腋窩，「要麼一起返回大明，要麼一起戰死這裡。其他，您老再多說一句，就是對晚輩的羞辱。」

「怎麼，你還要跟老夫較量不成？」鄧子龍眉頭緊皺，怒目而視。

「現在算了，回到大明，酒桌上見！」李彤才不怕他的威脅，毫不客氣地抬起頭，與他針鋒相對。

二人的目光在半空中相遇，剎那間，都看到了對方眼中的決然。頓時，鄧子龍果斷選擇了放棄，搖頭而笑：「也罷，那老夫就再想辦法賭一回，賭成了，咱們回大明一醉方休。賭輸了，咱們就在這裡一醉方休！」

「一醉方休！」李彤笑了笑，笑著伸出另外一隻手。

「轟，轟轟，轟轟轟轟……」

「轟，轟轟，轟轟轟轟……」

又是兩排炮彈飛至，在沙船周圍激起一道道水柱。多處受損的沙船，劇烈搖晃，彷彿隨時都會覆傾。而鄧子龍和李彤兩個人，對交替而起的水柱卻視而不見，各自伸出手掌，在半空中緩緩相擊，「啪！啪！啪！」

「小子，你很有種！」三擊過後，鄧子龍笑著點頭。緊跟著，面色突然一凜，提高聲音吩咐道：「右轉舵，右側船炮全給老夫填滿，實心彈！」

「前輩，還要打？」崔永和以為自己聽錯了，瞪圓了眼睛詢問。

「來而不往，非禮也！咳咳，咳咳。」鄧子龍大聲拽了一句文，眼睛裡同時閃爍起一種狡黠的光芒，「那兩艘福船，已經被咱們打怕了。想讓他們別再給咱們添亂，就得拿出不惜同歸於盡的勇氣來！如果能努力打傷一艘，剩下那艘，就是驚弓之鳥，輕易不敢再向咱們靠近。沒有福船干擾，咱們才能騰出全部手來，跟大蓋倫周旋。」

「前輩英明！」崔永和大聲稱頌，雙臂用力，將船舵向右轉了個滿滿。

沙船再度改變航向，向外猛切。追上來的五號福船不明就裡，船速本能地放緩。從遠處追過來的大蓋倫，則氣勢洶洶地也跟著轉向，變換角度切往沙船的前方，堅決不讓沙船再找到脫身之機。

「崔管事，繼續轉向，壓回去，壓向那艘福船。右舷所有火炮，聽老夫命令——」見敵軍果然上當，鄧子龍喜出望外，將手臂高高地舉向了半空。

「轟轟，轟轟，轟轟……」還沒等他將手臂落下，半空中，忽然搶先傳來了一陣劇烈的炮聲。他的手臂僵了僵，本能地向炮聲起處眺望。只見那艘闊別多日的中型蓋倫，挑著大明日月旗，忽然出現在了水面上。一邊走，一邊向宗義氏水師的大蓋倫開火，雖然因為距離遙遠，沒有一枚炮彈命中，卻在對方身側，砸出一道道巨大的水柱。

第十八章　大謊

濃煙、烈火和翻騰的巨浪交織在一起，燒紅了天空，燒沸了海面，令所有身處其中的人，都血脈賁張。

然而，這場發生在長崎港和對馬海峽的殊死搏殺，影響力卻遠不如一場風暴。很快，就被人刻意地淡忘。哪怕是半個月之後，有關大村、宗義兩家艦隊差點兒被人打得全軍覆沒的消息，通過各種途徑傳遍了沿海所有港口，大明和日本兩國之間的議和大業，卻依舊按部就班。

和談雙方的參與者，都對曾經發生在眼皮底下的戰鬥三緘其口，彷彿，彷彿這樣做，海戰就沒有發生過，那些屈死於岸炮之下的無辜者，就從沒在長崎港出現。

萬曆二十四年（公元一五九六年）九月初，日本關白豐臣秀吉終於處理完了最近一場地震帶來的種種問題，心情大好，終於決定接見大明使團。為表達對和談的重視，豐臣秀吉及其麾下文武重臣，皆穿戴起大明衣冠。消息傳到正使楊方亨耳中，此人立刻心情大悅，當場提筆賦詩一首，以記大明天朝憑藉深厚的德治，再度令四夷不戰而臣服。卻絲毫未注意到，在自己身邊的副使沈惟敬的眼中，寫滿了狡黠與鄙夷。

後者也的確有鄙夷楊方亨的資格，從萬曆二十四年六月出海到現在，整整三個月時間，楊方亨作為正使，幾乎什麼正事兒都沒幹。整個和談大事小情，都是由他沈某人一手包辦。姓楊的每到一處，除了寫詩做賦就是遊山玩水。好像文章寫得好了，就能讓豐臣秀吉讀過之後立刻率部歸降一般。

除了楊方亨之外，另一個讓沈惟敬鄙夷的，則是大明禮部郎中顧誠。此人作為大明國的五品高官，仕途上春風得意，顧氏家族作為大明的江南豪門，也也從國家身上拿到了令普通人羨慕都羨慕不過來的好處。然而，無論姓顧的本人和姓顧的那兩個族兄，卻好像都跟大明有著血海深仇一般。多年來，兄弟三人有的在台前，有的於幕後，使出的手段花樣百出，卻幾乎每一招，都是把大明當做豬肉來賣，而他們和他們身後的家族，則吃得滿嘴流油。

不過，鄙夷歸鄙夷，表面上，沈惟敬卻不敢對楊方亨和顧誠有絲毫的輕慢。這二人的家族，都樹大根深，隨便掉下樹枝來，就能把他沈某人砸成肉泥。特別是後者，同族兄弟中進士出了一大堆，無論是在朝堂之上，還是地方上，人脈都極為廣闊。最近據說還資助並推動成立了一間書院，甚受儒林推崇。若是不小心得罪了此人，沈惟敬相信，自己即便爬得再高，也得立刻被拉下來，並且被狠狠丟進泥坑，遭受萬足踐踏，永世無法翻身！

好不容易才把握住了千年一遇的機會，從尋常海商，變成了大明游擊，和談副使，沈惟敬當然不想輕易失去。因此，趕在前去赴宴之前，特地找個了合適機會，將顧誠請到一間空屋子裡，一邊給對方斟茶，一邊小聲詢問：「悟時兄，可曾有那幾個亂臣賊子的消息了？按照推算，他們十幾天前，恐怕就已經回到大明了。萬一他們將真相捅到上頭去，或者煽動學子鬧事兒，咱們於日本這邊哪怕做得再好，恐怕也會功虧一簣。」

悟時，正是禮部郎中顧誠的表字。後者因為在長崎畫了供狀，原本有些心懷忐忑，聽沈惟敬話語裡頭對自己尊重一如既往，心中立刻偷偷鬆了口氣，想了想，很是認真地回應：「沈兄放心，他們翻不起風浪來。家兄已經發動故舊，搶先一步，彈劾他們擅離職守。如此，他們捅到上面的罪名，就等同於情急反咬，根本做不得真。更何況，朝中有石尚書和趙閣老，內廷有張掌印，他們三個的奏摺想送到皇上面前，難比登天！」

「半個月前，你也把話說得這麼滿，結果呢，被人燒了個灰頭土臉！」沈惟敬心中嘀咕，臉上卻依舊帶著恭敬的笑容，先給對方續上了茶，然後小聲提醒：「兄長高明！未戰，就讓那三個傢伙輸了一大半兒。但是，還需要提防他們狗急跳牆，用謊言煽動學子鬧事。那三個傢伙，可都是南京國子監的高材生。當年大兄在北京……」

當年族兄在北京指使讀書人向東征軍頭上潑髒水，卻被李彤等人用事實狠狠抽了個大耳光的事情，乃是顧誠心中的一根刺，最不願聽人提起。因此，不等沈惟敬把話說完，他就豎起眉毛，低聲打斷：「他們想煽動，就能煽動得起來了？你別忘了，最近國子監日常事務，和南直隸鄉試，是由誰來主持！除非那些學子們不想要功名了，否則，誰有膽子跟他們一起鬧？」

唯恐沈惟敬再沒完沒了地囉嗦，頓了頓，他又低聲說道：「況且他們也未必能活著上岸。宗義智向來不是肯吃虧的主，被他弄沉了兩艘戰艦，還損失了那麼多弟兄，早就恨不能將他挫骨揚灰。眼下整個東海的水上豪傑，都接了宗義智的懸賞令，駕駛著船隻四下裡堵截他們。而福建水師的一些將領，還有南洋那邊專做水上生意的甲必丹注九，也早就接了英雄帖，專程駕船來東海上等著割他們的腦袋。」

「可終究沒抓到他們。只要他們一天沒被抓到，我這裡頭就無法踏實！」沈惟敬聽得心煩意亂，指著自家的胸口，小聲嘆氣。

如果按照顧誠的描述，日本與大明支持議和通商的勢力聯手，已經在大明沿海布下了天羅地網，李彤等人，早就該成為網中魚蝦才對。然而，直到現在，這些人卻活不見人，死不見屍。甚至連他們所駕駛的那兩艘據說已經嚴重受損的海船，至今也沒在大明沿海露出踪影。

直覺告訴沈惟敬，時間拖得越久，麻煩就越大。的確，與顧誠身後的江南各大家族比起來，那三個小傢伙連三隻螞蟻都算不上。的確，議和一事，外有閣老趙志皋、兵部尚書石星等數名高官背書，內部還有秉筆太監張誠「捂住」大明皇帝朱翊鈞的耳朵和眼睛，兼給大夥通風報信兒，可謂萬無一失。可不怕一萬，就怕萬一。螞蟻再小，咬人一口也得腫個大包。萬一那螞蟻嘴巴上還帶了致命毒液，一口咬在血管上，後果必將不堪設想！

「不踏實又怎樣？走到這裡，難道咱們還能往後退不成？」實在受不了沈惟敬的婆婆媽媽，顧誠狠狠瞪了他一眼，低聲呵斥，「只要雙方在和約上用了印，哪怕真相傳開了，自然有人出馬逼皇上認帳。屆時，謊言就是真相，真相就是謊言！而現在退縮，沈兄，當初那些人對你抱著多大期望，過後就會對你有多失望。」

「沈某當然明白這道理，退一步，沈某就得腦袋搬家！」沈惟敬用手刀在自己脖子上虛劃一下，

注九：甲必丹：西班牙人對南洋華人僑領的稱呼。實際為 capitán 的音譯。

冷冷道，「所以，當然不會後退。但是，沈某卻擔心，咱們身後有人撐不住。或者事後會把咱們拋出來，給皇上消火！」

那顧誠的心機，在同齡人之中，幾乎無人能望其項背，但在沈惟敬面前，卻毫無優勢。不知不覺間，就沿著後者的話想去，頓時汗流浹背：「消火，咱們都是男人，怎麼給皇上消——，你是說……？」

「悟時兄剛才說，有人能逼皇上認帳，沈某對此不敢懷疑。可皇上終究是一國之君，逼完了他，總得給他一個出氣的機會。沈某就怕，事情做成了之後，咱們兩個，就成了出氣筒。」沈惟敬又嘆了口氣，快速打斷，「沈某出身寒微，真的到了那個地步，也算拿自己的性命，還了石尚書的知遇之恩。而悟時兄你，卻是十年寒窗苦讀，又經歷了鄉試、殿試，才從數萬人中脫穎而出。如果稀裡糊塗地成了出氣筒，唉——」

「不可能，不可能！」天氣已經轉涼，顧誠的額角處，卻汗出如漿。抬起手，擦了又擦，才咬著牙說道：「如果真的有些想把咱們當做棄子，來，來給皇上消火，顧某，顧某豁出一切與沈兄共同進退便是。」

沈惟敬要的就是這句話，立刻轉憂為喜，笑著點頭：「沈某不是蓄意挑撥，但終究是有備無患才好！真的有那麼一天，石尚書肯定會竭盡全力保全沈某，但顧兄你那邊……」

「顧某這邊，除了族兄之外，還有恩師！」顧誠想了想，咬著牙發狠，「顧某今晚就給恩師寫一封信，委托心腹星夜送給他老人家。他向來護短，斷然不會眼睜睜地看著嫡傳弟子，被人當了棄子。」

想到座師嚴鋒，顧誠心中頓時又底氣大增。自己這位老師，可是有名的黃蜂尾後針，又狠又毒。六年之前被政敵趕出了朝堂，到南京賦閒，一直是自己這個當弟子的盡心供養，才使得他僅憑著一份官俸，依舊能夠在南京的那銷金窟裡錦衣玉食。如果自己將來被人當了棄子，恩師可就斷了供養。所以，即便不念師徒之情，光念著每年那數千兩銀子，他老人家也不應該袖手旁觀。

正在肚子裡拚命給自己打氣兒之時，忽然間，外邊傳來了一聲低低的咳嗽，「嗯，哼！」緊跟著，有個五短身材的傢伙快步走進，正是日本攝津守小西行長。而本該在驛站門口當值的大明使團幾個從吏，則紅著臉跟在了此人身後，誰都沒膽子抬頭。

不經通報，徑直闖入，乃是極為失禮的舉動。然而，先前在沈惟敬面前大部分時間都能做到趾高氣揚的顧誠，卻絲毫想不起來去怪罪。竟然主動迎上去，躬身問候：「不知小西攝津守蒞臨，我等未能遠迎，還請攝津守包涵一二！」

「顧郎中客氣了！」對於這個一心幫著外人設計自己母國的傢伙，小西行長連多看一眼的興趣都沒有，隨便擺了擺手，就徑直將目標轉向了沈惟敬，「沈將軍，怎耽擱如此長的時間？關白已快趕到花畠山莊了，莫非還要讓他提前恭候你等駕臨？」

說來也怪，沈惟敬對顧誠心存忌憚，對小西行長，卻一點都不畏懼。聳了聳肩，冷笑著回應：「這話應該是沈某問你吧，小西攝津守？我等的車駕，皆有貴方負責安排？你遲遲不露面，莫非還要我等自己找上門去，通報求見？」

「這？」小西行長被問了個措手不及，紅著臉，半晌都不知道該如何做答。

「沈某早就說過，大明與日本之間的和議，乃是無數人殫精竭慮，才終於修成正果。其中少不了顧兄和沈某的心血，更少不了你小西攝津守的苦勞。」如果不是知道和約的日文和漢語內容不一樣，沈惟敬的表現，真的有幾分蘇秦遺風。一句話問住了小西行長之後，立刻步步緊逼，「所以，越是最後關頭，我等越要默契配合，切莫因為一時意氣，令三年辛苦毀於一旦。」

「對，大夥都是一根繩上的螞蚱，裝啥無雙國士？」幾個從吏在旁邊看著解氣，自動在心中將沈惟敬的話替換成自己所想。「我們就是去得再晚，你小西行長還有膽子把和談攪黃了不成？真的敢那麼做，恐怕不用豐臣秀吉下令，立刻有人聯手給你好看！」

「此言甚是，甚是！」在眾人快意或者輕蔑的目光中，小西行長果斷選擇退讓，「咱們現在走，也來得及。還請沈兄幫忙，催一下楊掌印，早點登車。」

正使楊方亨在大明的官職是都指揮使，所以稱一聲掌印，毫厘不差。而沈惟敬，卻繼續雞蛋裡挑骨頭，笑了笑，輕輕搖頭，「敢叫攝津守知曉，若是私下裡，甭說催，就是拉掌印一起去喝酒，沈某也可以幫忙。可現在，卻是國事，所以，還請攝津守以正式官職稱之，並主動入內相邀。」

「這……」小西行長被逼得好生難受，忍了又忍，才低聲問道：「沈兄，莫非在下最近有什麼做的不妥之處？怎麼事到臨頭，你偏偏在細節上跟在下沒完沒了地較起了真兒？」

「不是沈某較真兒，而是怕你隨意慣了，到了關白面前，出了紕漏。」見他終於認真了起來，沈惟敬收起笑容，正色相告，「關白雖然對你信任有加，石田家老也答應全力幫忙，可兩國議和這等大事，禮節卻從來馬虎不得。若是你隨便一句話，就將我等指使得團團轉，關白又如何會相信，我等真的是大明的使者？那些原本就試圖阻礙和議之人，又如何不會節外生枝，甚至當場提出要求，得寸進尺？」

「這，這。」小西行長被問得心驚肉跳道，再度拱手認錯，「多謝沈兄提醒，在下，在下，在下剛才感覺大功即將告成，的確有些得意忘形了。請沈兄代為向楊都指揮使，向大明議和正使楊君方亨通稟，就說日本攝津守小西行長，封關白之命，特來迎接他前去當面簽署和約，為兩國永世修好之憑證。」

「攝津守客氣了，沈某這就入內通稟！」沈惟敬笑了笑，客氣拱手。然而，卻沒有立刻挪動腳步，而是再度壓低了聲音，快速追問道：「三年苦功，成敗皆在今日。攝津守不要怪沈某囉嗦，貴方那邊，可否能確保萬無一失？」

「沈兄請放心，絕對萬無一失！」聽對方問到自己最熟悉的事情，小西行長立刻就來了精神，手按胸口，鄭重發誓，「否則，在下寧願當場自盡，以謝無能誤事之罪。」

「可不敢讓攝津守拿性命來擔保！」沈惟敬見了，趕緊笑著擺手，「攝津守只要仔細琢磨一下，看還有沒有可能出現麻煩的地方就好。咱們提前彌補窟窿，總好過事後追悔莫及。」

「嗯，理應如此！」聽沈惟敬說得鄭重，小西行長立刻皺起眉頭，反覆檢視自己的所有安排。足足花了十個西洋分鐘，才再度將眉頭舒展開來，拍著胸脯保證：「沈兄儘管放心，一切盡在掌握之中。除了兩位家老之外，在下還花重金收買了關白大人身邊的通譯西笑承兌。在場除了你我和他之外，絕對，絕對找不到第四個人，還通曉兩國語言和文字！如果這樣，還會出意外，在下甘願——」

「攝津守慎言！」沈惟敬擺擺手，突然出聲打斷，緊跟著，又咬了咬牙，斬釘截鐵地補充道：「沒有意外，今日，也絕不能出任何意外！」

「沈兄說的對，今日，不能出任何意外。」小西行長立刻改口，然後再度躬身催促，「沈兄，有勞你入內通稟！」

「小西攝津守稍候！」沈惟敬鄭重還禮，轉過身，昂首闊步走入內堂，峨冠高聳，博帶飄飄，不勝倜儻。

和談正使楊方亨，正等得坐立不安。忽然見沈惟敬闊步入內，趕緊上前一把拉住了他的胳膊，低聲責問：「沈游擊，日本人不是說今天要正式簽約嗎？怎地還不派人來接？他們不會又要反悔吧？畢竟他們在朝鮮死了很多人，如果一點甜頭都不給他們，他們心中肯定會有所不甘。」

「不會，不會，您老儘管放心。小西行長那廝，已經親自來接咱們了。」在楊方亨面前，沈惟敬立刻展現出了第三張面孔，攙扶著此人的胳膊，笑呵呵地給此人吃定心丸兒，「您老請想啊，那豐臣秀吉為何要打朝鮮，不就是想通過開疆拓土之功，讓日本國內的諸侯服氣嗎？雖然和約簽署後，他在朝鮮沒占到什麼便宜。可只要接受了大明的冊封，他就會變成第二個李成桂注十。名正言順地做日本國王，比起現在他做不倫不類的關白，豈不是好了太多？更何況，我大明對待藩屬一向寬容，那朝鮮國王對大明稱臣，在其國內卻自稱天子，兩百多年下來，大明也始終睜一隻眼閉一隻眼兒。」

「嗯，倒是！」楊方亨原本就不是一個很有智慧的人，否則也不會被趙志皋、石星、顧憲成等人聯手推為議和正使。而兩百二十多年前，朝鮮李氏也的確依靠著大明的支持和冊封，成功取當時的國王而代之。因此，聽了沈惟敬的話，他心中先前無端湧起的那一絲緊張，瞬間消失殆盡。環顧

注十：李成桂是朝鮮王氏麾下大將，奉王氏之命進攻大明，卻率兵回撲篡位。大明順水推舟給了他冊封。

四周，志得意滿。只覺得過了今天，中日兩國定會約為止戈修好，永不再戰。而他本人作為功臣，也必將名垂青史

人心情高興，幹什麼都利索。只用了不到一刻鐘，整個使團就集結完畢。然後在小西行長的帶領下，登上專門為他們準備的馬車，浩浩蕩蕩前往豐臣秀吉的居所，花畠山莊。

待大夥到了目的地，又有日本國另一位重臣石田三成，鄭重迎上。先是畢恭畢敬地跟楊方亨說了一大堆場面話。隨即，鼓樂齊鳴。如同接新娘一般，吹吹打打，將整個使團接進了正堂。

寬大素潔的正堂內，早已有多位日本重臣，焚香恭候。文官居左，領兵的諸侯居右，每個人都穿著大明官員的袍服，看上去非常齊整，儼然有三分大明官員上朝時的景象。只是這些日本人的前額和頭頂上的頭髮，都剃得乾乾淨淨，很難頂住大明的紗帽注十一。不主動上前相迎還好，身體不動，冠冕自然也安穩。而一主動上前相迎，紗帽立刻歪的歪，掉的掉，瞬間就露出了滿屋子青虛虛的禿腦殼。楊方亨看了，立刻忍不住想要放聲大笑。然而，又知道自己如果笑出來，肯定失禮至極。只能緊咬牙關，屏住呼吸，苦苦忍耐。好在他也不需要忍得太久，剛剛在石田三成的安排下，帶領使團眾人也分品階高低落座，正堂外，就響起了字正腔圓的漢語唱喏，「關白大人到！」

按照事先約定好的禮儀規矩，室內的大明日本兩國官員皆起身迎接，只待一個身穿王服，頭戴金冠的削瘦老者，緩緩從側廊走入，便異口同聲大喊：「恭迎關白！」緊跟著，日方眾臣同時跪拜，而明朝使團上下，則都深深一揖。

注十一：日本人的髮型名為「月代」，起初是武士為了方便作戰和戴頭盔，慢慢在整個日本社會都盛行起來，直至明治維新才有所改變。

「嗯？」那老者正是日本關白豐臣秀吉，只見他輕輕點了一下頭，就緩緩走向首席，倨然高坐。隨即虎目橫掃，來回打量著大明使團諸人，彷彿一位屠夫在考慮如何於肥羊身上下刀。

這可不符合雙方事先的約定，作為上國正使，楊方亨頓時眉頭輕皺。正準備示意自己的副手顧誠，出馬斥責對方不守規矩，卻聽到身後有人大聲唱喏，「大明使團，參見關白大人！」

話音未落，那人已撲通一聲跪倒在地，恭恭敬敬撅起了屁股，對著豐臣秀吉三叩九拜。

即便面對大明皇帝，非逢大典之時，臣子們也不會施三叩九拜之禮。當即，楊方亨的眼睛就瞪了個滾圓，腦海深處，也彷彿有無數道悶雷轟然炸響。然而，他的反應卻實在太慢，還沒等他想好，自己到底是該立刻出手，將副使顧誠從地上硬生生扯起來，還是出言訓斥幾句，敲山震虎。耳畔就又傳來了「撲通！」「撲通！」「撲通！」數聲，卻是另外一個副使沈惟敬，帶著其他屬吏一起跪了下去，宛若一排被狂風吹倒的蘆葦。

「顧誠，沈惟敬，你們兩個給老夫起來！還有爾等，全給老夫起來！我堂堂大明使臣，奉旨前來簽署和議，豈能跪拜異族藩王！」一股熱血直往頂門，楊方亨手指身後眾人，咆哮聲脫口而出。

他不明白，怎麼也想不明白，那顧誠平素眼高於頂，常對日本君臣極盡挖苦之能事。那沈惟敬八面玲瓏，談起議和細節來頭頭是道，自稱一切盡在掌握。怎麼才一見到了簽約的正主兒，話還沒說，二人就相繼變成了磕頭蟲。

帶著一群磕頭蟲，如何能夠在接下來交往中，力保大明的國威不墜，顏面不失？萬一那豐臣秀吉臨時變卦，漫天要價，帶著一群磕頭蟲，又怎麼可能跟他據理力爭？熱血在楊方亨頭顱內不停地翻滾，悶雷在楊方亨心中不停地炸響。有股寒意，卻同時順著他的腳下傳來，迅速傳遍了整個脊梁骨。

「怎麼回事！大明國沒人可用了嗎？居然派了如此一個不通禮儀的人前來求和？」不光楊方亨一個人怒火中燒，主座之上，豐臣秀吉見明朝來的正使非但不向自己跪拜，並且當眾呵斥隨從，也覺得氣往上衝，豎起眼睛，用日語大聲質問。

「且慢，關白，請以國事為重！」跪坐在豐臣秀吉的斜右方的五奉行之首的石田三成反應極快，搶在通譯開始轉述之前，大聲用日語阻攔，「此人，此人，乃是大明皇帝的女婿，故而，除朱家皇帝，不能跪拜任何人。所以，還請關白對他多多體諒。」

「啓稟關白，大明那邊，也有許多人，並不心服。這正使剛才還跟在下有說有笑，現在卻忽然當眾呵斥隨從，想必是受了別人挑撥，想要利用這種手段，掩飾主動求和的尷尬。」小西行長反應也不慢，在一旁快速補充。

「呵呵，都帶著和約來日本請求簽署了，還裝什麼裝？」

「關白，沒必要在乎這些細節，反正今天和約他想簽也得簽，不想簽也得簽。」

數名跟石田三成早有密謀的文治派家臣，也紛紛開口。所說的話語不盡相同，但意思卻一模一樣，那就是，即將簽署的和約中，日本是占了大便宜的勝利方。所以，沒必要理睬楊方亨的敗犬之吠，也不能給對方節外生枝的機會。

這都是他們早就跟小西行長反覆勾兌過的說辭，因此，端出來之後，效果立竿見影。豐臣秀吉的面色瞬間就恢復了正常，撇了撇嘴角，微微抬手示意：「算了，免禮！所有人都免禮！」

顧誠和沈惟敬立刻大聲致謝，然後雙雙爬起來，各自扯住楊方亨的一隻胳膊，勸他不要在異國藩王面前，計較這些細枝末節。以免讓對方發現大明的議和正使與副使之間失和，找到可趁之機。

那楊方亨當然不肯相信，然而，一來他本人聽不懂日語。二來他知道自己此刻身處虎穴，周圍從屬全都被顧誠和沈惟敬兩個收買，繼續僵持下去，恐怕難逃「病故」的下場。所以，只能強行壓下怒火與懷疑，聽憑顧、沈二人擺布。

那豐臣秀吉，卻懶得理睬三位前來求和的大明使者，互相之間正在玩什麼貓膩兒。只管按照他自己的想法，大聲表示：大明與日本，都是當世大國，能夠罷兵止戰，避免了生靈塗炭，乃天下之幸。日本國重歸一統，國運昌隆，取得朝鮮南部四道之後，定然能給那裡的百姓帶來福澤。而大明多年前就已經重新開關，跟天下萬國通商，卻唯獨禁止與日本貿易，實乃是對日本的歧視，也不利於大明自身。所以，能夠早日廢除，才是正理……云云。

自有通譯將西笑承兌，按照跟小西行長之間的約定，將這番話，不著痕跡地，替換成了大明那邊的說法，楊方亨聽了之後，雖然還是有所懷疑，心中怒氣卻平息了許多。而那沈惟敬起身後，一直在留神觀察他的表情，見他雙眉之間，始終有一團皺紋遲遲不肯散開，頓時在心中就泛起了殺機。

大明和日本遠隔東海，往來一趟頗為不易。旅途中，淹死或者病死幾個人，實在太正常不過。所以，只要今天能將楊方亨穩住，讓他別再跳出來壞事，就不用考慮日後。

想到這兒，沈惟敬趕緊裝出一副可憐巴巴的面孔，啞著嗓子朝楊方亨祈求：「掌印，今日請一切以國事為重。倭人乃虎狼之性，且忌當面扯其鬍鬚。若是掌印對哪裡不滿，儘管告訴屬下。屬下事後一定找那小西行長，讓他給您一個滿意的解釋。」

「哼！」楊方亨撇了撇嘴，不置可否。沈惟敬聽了，卻是心中雪亮。對方的意思很清楚，就是暫時顧全大局，回頭再找他和顧誠兩個算帳。而他和顧誠兩個，哪裡會怕秋後算帳？只要兩國議和能成，他們兩個就是數一數二功臣，自然有趙志皐、石星、張誠，以及那些拿了江南幾大豪門銀子的官員，替他們擋住一切攻訐。甭說楊方亨只是一個臨時委任的都指揮使，無兵無權，就算是重兵在握的實權總鎮，又能拿他們奈何？

他的這些小心思，迂闊的楊方亨當然無從知曉。二人之間的小動作，正在高談闊論的豐臣秀吉，也完全沒有注意到。後者年事已高，精力大不如前，說著說著，就進入了自我的世界裡，只管高談闊論，不顧其他。

結果，足足說了大半個時辰，豐臣秀吉才終於過足了訓話的癮。可難為壞了負責翻譯的西笑承兌，幾乎絞盡腦汁，才讓翻譯出來的內容，符合小西行長事先對自己的交代，不知不覺間，就累得了個大汗淋漓。

那些竄改過的內容，當然不會脫離雙方事先說好的和約框架，只是顯得拖沓冗長，枯燥無味。楊方亨聽得昏昏欲睡，隨便拱了下手，就算了事。顧誠和沈惟敬兩個見了，連忙又雙雙上前，長揖及地，代替整個使團，向豐臣秀吉表示感謝。

豐臣秀吉對楊方亨的無禮，也有些習慣了。笑著向顧誠和沈惟敬兩個擺了擺手，隨即示意石田三成進入下一個環節。

石田三成臉色，立刻變得紅潤，站起身高聲宣布：「有請大明使節，宣讀大明皇帝國書！」

「有請大明使節，宣讀大明皇帝詔書！」西笑承兌又深吸了一口氣，將日語翻譯成了大明官話，卻不著痕跡地，將「國」字改成了「詔」字。

屋內眾人坐直了身體，目光齊齊看向楊方亨。後者等的就是這個時候，拋開所有雜念，從隨行屬吏手中接過一卷黃綢，當眾展開，大聲宣讀：「奉天承運，皇帝制曰：聖仁廣運，凡天覆地載，莫不尊親帝命。溥將暨海隅日出，罔不率俾……」

豐臣秀吉不通中文，但在他看來，一切皆如自己所願，眼下不過是走個形式而已。待儀式完畢，自己便是東亞三國共奉的大明王，在日本歷史上，此等功績，可謂前無古人，後無來者！

一時間，他早已渾濁的雙目，就像被點燃了一般，迅速變亮。整個人，也散發出一種睥睨天下的氣勢，宛若龍盤虎踞。

關白幕府下的一眾文武，大多數都沒把注意力放在聽詔書上，而是仔細留意豐臣秀吉的一舉一動。瞧見自家主君宛若枯木逢春，有些人不禁在心中暗嘆：關白終於得償所願了，即便用不了多久便壽終正寢，也可含笑九泉。

要知道，那豐臣秀吉，出身極為貧寒。能夠從賤民之子，躍居日本關白，把天皇當做了傀儡隨意拿捏，簡直是創造了一個前無古人的奇蹟。

然而，這個奇蹟，與打的那個不可一世的中華上國遣使求和相比較，立刻黯然失色。

日本國的土地太狹窄了，也太多災多難。從九百三十多年前[注十二]開始，日本的往聖先賢們，就試圖帶領國民走出海島，去西面那片天佑之土，尋找一處落腳之地。然而，這個夢想，卻一次次被

注十二：唐朝的白江口之戰，日軍被唐軍打垮，從此不敢再起西侵之念。

人強行打碎，直到今天，才終於有希望徹底變成現實。大明王，大明、朝鮮、日本三國的關白。除了大明的皇帝和日本的天皇，三國軍民，都必須唯豐臣秀吉馬首是瞻！和議達成之際，就是日本取代中華，成為世界之主的起點。和議達成之際，所有追隨關白的人，名字都應永載史冊，受萬世敬仰。

「今後，有史必有你我。」此時此刻，不僅僅是豐臣秀吉和他麾下的諸侯們激動得難以自抑，沈惟敬和顧誠兩個，也是心潮澎湃。

他們一直擔心的「露餡」麻煩，始終沒有出現。他們與小西行長一道，成功將大明日本兩國，無數良臣名將，甚至皇帝和攝政，都玩弄於股掌之上。和議簽訂，他們就走上了人生的巔峰，從此受萬眾膜拜。而那些在商路重啓獲得巨額好處的家族，也不會忘記了他們，每逢年終，都有大筆的分潤主動送上。

他們二人光顧著開心，卻完全沒有注意到，有一名家臣打扮的年輕人，不知道何時，已經悄悄坐在了豐臣秀吉身側。而自從此人出現之後，西笑承兌的翻譯聲，立刻帶上顫慄，到最後，竟然結巴了起來，再也無法跟上楊方亨的宣讀。

「翻譯啊，大明皇帝的詔書到底說了些什麼，怎麼不翻譯了？」豐臣秀吉緩緩站起了身，順手從年輕家臣腰間拔出了倭刀。

剎那間，正堂內，幾乎萬籟俱寂。只有楊方亨的聲音，兀自堅定地迴響，「……以其知進退，有畏威之心，冊封為日本王……」

「關白饒命！」西笑承兌膝蓋一軟，立刻跪倒於地，「不是我自作主張，是……」

「關白，請聽我解釋！」小西行長見勢不妙，也趕緊衝上前，試圖向豐臣秀吉行禮。

「我讓你翻譯，沒問你其他。」豐臣秀吉猛地一揮刀，將小西行長逼出三尺之外，隨即，刀尖指著西笑承兌的脖頸，大聲命令。

「關白息怒！」小西行長畢竟比豐臣秀吉年輕許多，又久經戰陣，果斷避開刀鋒，跪倒於地，「定是，定是西笑承兌聽錯了，明使說的，就是，就是大明王。」

側臉朝收了自己重金的西笑承兌望去，他換了一副神情，咬牙切齒，「西笑通譯，你說，是不是，是不是？」

「其麾下謀士與將佐，依大明官制……」楊方亨也發覺事情不對，果斷停止了宣讀。

屋內死一樣寂靜，只有豐臣秀吉拉風箱一樣的喘氣聲在迴盪。西笑承兌望了前者一眼，緊跟著，又感覺到屋內幾股無形殺氣，同時聚集在自己身上。他明白，除了小西行長，還有石田三成等一班文治派，在等著自己按他們的吩咐回答，只要再說錯一個字，自己恐怕就難逃一死。

霎時間，無數個念頭在他腦海裡閃過。最後，西笑承兌緩緩跪直了身體，咬緊牙關大聲補充：

「大人，他宣讀的不是國書，而是詔書。上面確實說的是，是封您為日本國王，為天朝鎮守日本！」

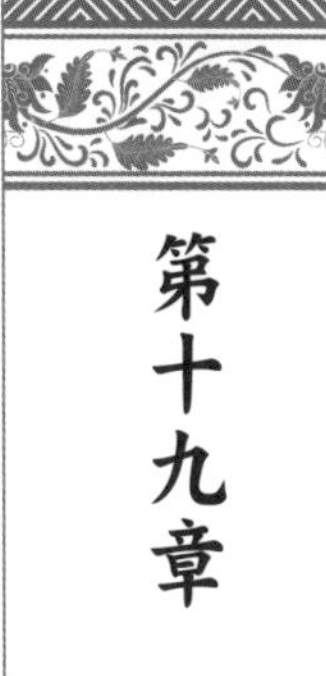

第十九章　遲暮

「西笑承兌，你污蔑！」不等豐臣秀吉做出反應，小西行長已經縱身跳起，宛若一頭被逼入窮巷的瘋狗般，直撲西笑承兌。還沒等他的手指碰到對方脖頸，半空中忽然傳來一聲怒喝：「住手！」緊跟著，一個高大粗壯的身體，彷彿城牆般擋在了西笑承兌身前，與他的腦袋撞了個結結實實。

「撲通」一聲，小西行長仰天摔倒在地，手腳掙扎，宛若一隻翻蓋兒烏龜。

「加藤清正，你，你不是——」五奉行之首的石田三成手指來人，像是見到鬼般的驚呼，眼睛瞪得宛若兩顆雞蛋。

「我怎麼了，石田奉行莫非以為我早就該死在伏見城的監獄裡了嗎？」來人正是加藤清正，只見他嘴角上挑，陰笑這搖頭，「讓您失望了。關白在大地震來臨前，剛好將我暗中轉移到別處。死在伏見山城監獄裡的，不過是一個替身而已。」

說到這兒，此人轉過身，面對豐臣秀吉跪倒，恭恭敬敬的叩首。隨即，又快速爬了起來，再度轉身面對石田三成等一干文治派，咬牙切齒地補充：「天照大神不收我加藤清正，就是要讓在下為關白效力，親手揭開一場天大的陰謀。小西行長，你以為買通了西笑承兌，就可以蒙混過關嗎？很

可惜，關白身邊，還有第二個通曉大明官話的人。」

「羽柴秀康，見過各位前輩！」豐臣秀吉身邊那個忽然出現的年輕人，微笑自報家門，「在下奉關白之命，入光靜院修習佛法，幸得恩師傳授明人言語。今日聽聞關白在此召見大明使節，特地趕來為關白效力，若做得有未能盡善之處，還望各位前輩不吝指教。」

剎那間，宛若半空中又打了一個驚雷。將先前參與了欺騙豐臣秀吉密謀的一眾文臣武將，劈得個個面如土色。

羽柴乃是豐臣秀吉在剛剛崛起之時，曾經用過的姓氏，對他本人來說意義非凡。而「秀」字和「康」字，則分別來自豐臣秀吉和他麾下實力最強大的諸侯，德川家康！

換句話說，眾人即便沒見過這個年輕人，也都知道德川家康曾經把自己的一個兒子，作為人質過繼到了豐臣秀吉膝下。而這個兒子，十有七八，就是大夥眼前的羽柴秀康。

而他的出現，不僅僅意味著，小西行長所謀劃的騙局，功虧一簣。還清楚地告訴了所有在場者，傳說與石田三成、小西行長暗中已經結盟的德川家康，事實上究竟站在了哪邊。

「不，不是這樣——」就在大夥惶惶不可終日之際，小西行長絕望的發出一聲嘶吼，撲向豐臣秀吉面前，以頭搶地，「關白明鑑，在下絕對沒有背叛您的意思。在下之所以這樣做，乃是因為……」

「小西攝津守，請你別忘了一名武士的榮譽！」加藤清正卻不給他狡辯的機會，大叫著打斷。隨即，再度將面孔轉向豐臣秀吉，高聲指證：「關白，在下已經調查清楚，此事，就是小西行長主謀，買通了石田家老等文治派鬼畜，準備哄騙您在一份假和約上用印畫押。和約的內容，大明文字與日本文字，沒有一句能對得上。他們之所以要這樣做，就是看中了重啓大明與日本海上貿易之紅利，損國運而肥自家。在下懇請……」

「關白，此舉不禁喪權辱國，而且令您成為天下人的笑柄。在下懇請您下令，追查到底，將所有參與者，處以極刑！」彷彿唯恐小西行長死得不夠快，傳聞中另外一個參與了密謀的諸侯，豐臣秀吉麾下五大老之一小早川隆景，搶先站出來，與他劃清界線。

加藤清正的指證被打斷，眉頭緊皺。還沒等他出言接上自己先前的話頭，第三位手握重兵的諸侯毛利輝元，也長身而起：「關白，這些人與明朝使臣內外勾結，賣主求榮，罪不可赦！在下願意為您持刀，盡斬此僚，捍衛您的尊嚴！」

說話間，倉啷一聲，腰間的倭刀已經離鞘，寒光四射。與此同時，院子裡，也響起了沉重的腳步聲和刺耳的鎧甲碰撞聲，宛若突然冒出了千軍馬萬。

「你，你……」沒想到加藤清正準備的如此周全，更沒想到德川家康、小早川隆景和毛利輝元三人居然先後背信棄義，小西行長心中的最後一絲希望也徹底破滅，手指加藤清正，抖若篩糠。

站在他身後不遠處的楊方亨，雖然都聽不懂日語，可眼前這個場景，根本不需要任何語言來解釋，因此，嚇得汗出如漿。再看那平素自吹一切盡在其掌握的沈惟敬和顧誠兩個，比楊方亨更是不堪，竟雙雙癱倒在地，宛若兩團沒有殼的蛞蝓。

「關白，此事既然已經涉及我日本內政，就不該當著外國使者之面處置。還請您下令，將大明使者送回館驛，然後，再追查所有參與者，以及整個事件的來龍去脈。」一片絕望的氣氛中，整個騙局的主謀之一石田三成，竟始終保持著從容。忽然笑著向豐臣秀吉躬了下身，大聲提醒。

「住口！你沒有說話的資格。」豐臣秀吉心中的怒火，瞬間又如同被澆了一桶鯨油般，直衝屋頂。站起身，跳過面前矮几，手指著石田三成的鼻子，破口大罵：「別以為我不知道你都做了些什麼？如果沒有你的支持，小西行長哪裡來的這麼大膽子？我一直視你為心腹與手臂，你竟然如此對待我？你做這些事情的時候，就沒有摸一摸自己的胸口？」

他人老體虛，叫嚷起來，嘴巴上白沫飛濺。石田三成被噴了滿頭滿臉，卻絲毫不做閃避。只管繼續坦然地看著他，低聲催促：「關白，大明使者還在這裡。您的一言一行，他們都能看得清清楚楚。」

「我殺了他們！」豐臣秀吉抬起腳，將石田三成踹翻在地，然後轉身去抽加藤清正的倭刀，「然後再殺了你。我要把你們這些欺騙我的人，全都殺光，以儆效尤。」

加藤清正不敢阻攔，也不想阻攔，任由他從自己手中取走了倭刀。然而，右手握住了刀柄，豐臣秀吉的雙腳卻打了個踉蹌，遲遲無法轉身。

殺石田三成很容易，後者雖然位高權重，卻是個文官。失去了自己這個關白的支持，就毫無抵抗之力。殺小西行長也不難，作為征伐朝鮮的主將之一，小西行長麾下的可戰兵馬，此刻差不多全都集中在釜山港，誰也不可能突然返回日本作亂。殺跟石田三成可能勾結的淺田長政、增田長盛等人，更是簡單，只要自己一聲令下，就能讓他們乖乖去剖腹自盡，連手中的刀都不用弄髒。然而，殺光這些人之後，自己所能依仗的，就只剩下了德川家康、小早川隆景、毛利輝元、加藤清正和伊達政宗。

這些人中，實力最強的德川家康，年入為二百五十五萬七千石。實力最弱的伊達政宗，年入也有六十八萬石。其中隨便三人聯手，就足以掀起一場震動日本的內亂。若是四人以上聯合，更是強大到了不可壓制的地步，甚至不用廢太多力氣，就可以再來一次本能寺之變，讓自己成為織田信長第二。

想到德川家康以往屢屢背叛的行為，以及處死石田三成、小西行長等人的後果，一股無形的冷氣，從天空中直接倒灌進了豐臣秀吉的頂門，讓他心中的所有怒火，瞬間都變成了餘燼。

他已經老了，最近半年不到的時間裡，接連病了三場。而他的兒子豐臣秀賴，還沒長出第一顆乳牙。如果他哪天突然撒手西去，能輔佐他兒子繼承基業的，可以是石田三成，絕不會是德川家康。後者只要失去制約，就會像其以往習慣做的那樣，起兵造反。屆時，自己怎麼對待織田信長的後人，德川家康就會怎麼對待秀賴。

「加藤清正，將明國使者送回驛館，非我的命令，不准任何人跟他們接觸！」緩緩後退了兩步，豐臣秀吉終於將倭刀舉起，卻沒有砍向任何人，也沒有轉身去看閉目等死的小西行長和躍躍欲試的德川家康。「今日之事，不准任何人對外洩露，否則，如同此案！」

話音落下，他手中的倭刀，也化作了一道閃電。「咔嚓」一聲，將剛剛用過的矮几砍成了兩段。

「關白——」加藤清正楞了楞，雙目之中立刻露出了一縷無法掩飾的失望。然而，多年左右逢源的經驗，卻讓他迅速收起了心中的想法，雙腿並攏果斷躬身，「遵命！」

「來人，與加藤主計頭一道，送大明使團回驛館！」見豐臣秀吉主意已定，年入一百二十萬石的諸侯毛利輝元果斷收起了倭刀，扯開嗓子大叫。彷彿主動請纓替豐臣秀吉「鏟除奸賊」的，是另外一個人般。

立刻有一隊人馬蜂擁而入，也不管楊方亨如何抗議，連推帶搡，將他與沈惟敬、顧誠等人押了出去。隨即，毛利輝元又是一聲令下，幾名眉眼清秀的小廝匆匆走進正堂，手腳麻利地將被豐臣秀吉劈斷的矮几，以及摔在地上的茶杯茶壺等物，收拾了個一乾二淨。

當外人和地上的雜物都不見之後，豐臣秀吉的頭腦也徹底冷靜了許多，冷冷橫了一眼石田三成，咬著牙吩咐：「行了，那幫明朝使臣已經走了！你跟小西行長為何要聯合起來騙我，可以說了嗎？」

「關白息怒，此事，並非在下與小西攝津守蓄意欺騙，而是，而是陰差陽錯！」石田三成依舊滿臉平靜，彷彿自己完全是個局外人一般，慢聲細語地解釋，「與大明議和，乃是三年之前，關白全權委派於在下與小西攝津守。在下接過此重任之後，也曾試過，完全達到不戰而征服朝鮮和大明的目標，然而，在瞭解我軍在朝鮮的真實情況之後，卻不得不接受現實，退而求其次。」

「什麼叫退而求其次？我軍在朝鮮的真實情況又怎麼了？」彷彿當頭又被潑了一桶熱油，豐臣秀吉好不容易才壓下去的怒火，再度熊熊而起。「難道我軍三個月內，橫掃朝鮮，所向披靡的戰績，全是假的？難道不是大明向日本求和，而是你等，你等被打怕了，所以躲在釜山不敢出戰？」

「咳咳，咳咳，咳咳……」正堂內，忽然響起了一片咳嗽之聲。所有領軍諸侯，除了沒去朝鮮參戰的德川家康和伊達政宗，全都將頭藏在了衣袖之下，面紅耳赤。

「你等……」豐臣秀吉迅速扭頭掃視全場，目光如刀。然而，下一個瞬間，三年之前小西行長騙得明軍停止進攻後，親筆寫給他的那封信，卻又從他記憶深處迅速浮現。

三年前，日軍橫掃朝鮮，所向披靡的戰績，的確不是假造。但是，那僅僅發生於明軍主力沒有跨過鴨綠江之前。自打李如松帶領明軍主力跨過鴨綠江，正式介入日朝兩國的戰爭之後，日軍就被壓得節節後退，在短短不到五個月時間內，接連丟失了平壤、開城、王京，一路被壓回了朝鮮東南方的尚州！

當初他之所以同意小西行長全權負責跟大明交涉，一則是意識到日軍準備不夠充分，需要通過談判爭取時間，以便整軍再戰。二來則是為了減輕自己在國內的壓力，避免有些心懷不軌的諸侯，趁著小西行長等人損失慘重之機，起兵造反，挑戰自己的地位。

只是後來隨著時間推移，議和這件事，就漸漸脫離了他的掌控。小西行長每次向他彙報，都是大明不斷讓步的好消息。而他因為聽信了小西行長和石田三成等人的話，認為光憑著談判就能拿到大明、日本、朝鮮三國總攝政的權力，才沒有催促已經修整完畢，並且補充了大量鐵炮的日軍，再度揮師北上！

「啓稟主公，退而求其次的意思就是。我軍重新修整之後的實力，依舊不足以實現關白的野望。」彷彿能猜到豐臣秀吉心中的所想，石田三成忽然開口，直接指向了問題的關鍵所在。「而那時，距離雙方停戰之日，已經過去了三個多月。日本國上下都傳開了我軍擊敗明軍，逼迫他們不得不主動求和的消息，關白您的聲望，也如日中天。」

「主公，如果當時在下實話實說，告訴所有人我軍並無任何勝算，則如同火上澆油！」小西行長的反應是何等的靈敏，從石田三成的解釋當中，迅速嗅到了一線生機，立刻向前爬了兩步，悲悲切切地補充：「在下為了讓我軍能有更多的修整、準備時間，也為了不讓天下人失望。所以，所以才決定繼續欺騙大明，告訴他們關白答應了他們的所有要求。在下當初只是想，想竭盡全力將戰事拖延到一年之後。然後，然後以明國毀約為藉口，領軍北征。這樣，關白您的聲望不會受到任何損害，我軍也適應了明軍遼東騎兵的瘋狂戰術，不會再重蹈覆轍。誰料，誰料後來竟，竟一錯再錯，以至於，以至於無法回頭……」

這番話，有一大半兒是事實，另外一大半兒，則是他給自己找的藉口。可說著說著，他忽然就悲從心來，進而泣不成聲。

「毫無勝算，此話當真？哪怕，哪怕是重新整軍之後，還給你們買了那麼多鐵炮？」豐臣秀吉雖仍在氣頭上，卻依舊從小西行長的辯白中，發現了一個無法相信的事實，皺著眉頭，緩緩追問。

「關白明鑑，最初趕赴朝鮮參戰的各部兵馬，士氣已折。即便重新整軍，也沒有信心面對敵人！」小西行長抹了一把眼淚，沮喪地點頭。

「大明不同於朝鮮，大明將士，也不同於朝鮮官兵！」石田三成接過話頭，實事求是地補充，「特別是騎兵和火炮。前者多年與塞外諸部作戰，經驗豐富且戰法老練，只需要百餘人，就能衝破我方上千人組成的軍陣。而我軍的騎兵，卻無法阻擋其腳步。」

頓了頓，他繼續大聲補充：「明軍的火炮，射程超過兩里，移動方便，每次開火，便是成千上萬枚彈丸橫掃。我軍的鐵炮足輕，連對射的機會都沒有，便會被打成蜂窩。」

「真的？他們說的都是真的？」實在無法相信敵軍竟然如此強大，豐臣秀吉迅速將目光轉向其他去過朝鮮參戰的諸侯，大聲詢問。

「小西攝津守在這件事上，的確沒有說謊！」先前曾經落井下石的小早川隆景這回沒有再趁機踩上一腳，而是輕輕嘆了口氣，低聲回答。

「明軍的遼東騎兵和火炮，一直是我麾下將士的噩夢。」毛利輝元也一改先前態度，鐵青著臉替小西行長作證。

加藤清正不在，德川家康和伊達政宗沒有率軍前往朝鮮參戰，沒說話的資格。忽然間，小西行長的兩頭欺騙舉動，就變得非常情有可原。甚至，甚至還可以稱作：為了顧全大局，才不得已而為之！

如果不假意答應明國提出的條件，雙方兵馬在三年之前，就得不死不休。那樣的話，士氣瀕臨崩潰的日軍，除了被趕下大海之外，根本沒有第二個結局。

如果不假意答應明國提出的條件，對方怎麼可能整整三年，不向釜山發一彈一矢？怎麼可能放任分散在各地的日軍撤回釜山，而不派一兵一卒中途攔截？怎麼可能任由日方將和議的簽署時間一拖再拖，甚至更改了和約最後簽訂的地點？

反過來，如果不對日本這邊宣稱，日軍在朝鮮大獲全勝，三年前，日本國內恐怕就已經燃起戰火；如果不對日本這邊宣稱，大明皇帝準備封日本關白為三國的總攝政，大明王！不光是日本國內的主戰派，甚至一些以「穩健」著稱的傢伙，也會推動在朝鮮的日軍儘快重新北上作戰，然後卻不肯接受失敗的結局。

如果不對日本這邊宣稱，日本登陸大明的夢想，就近在咫尺，三年來，日本國內的各項施政措施，也不會推行得如此順利，甚至包括一些明顯會削弱諸侯全力的政令，也堪稱暢通無阻；如果……能從一個卑賤的「穢多」，爬到天下人的位置上，豐臣秀吉這輩子吃過數不盡的苦，也忍受了無數他人所不能忍。這些屈辱和苦難，造就了偏執和自大的性格，同時也充分鍛鍊了他的能力，拓展了他的視野，提高了他的智慧。之前，他與其說是被人蒙蔽，倒不如說，是自己利令智昏，主動將自己推進了如此幼稚可笑的騙局之中。而現在，好夢破碎，他卻以常人無法企及的速度，恢復了清醒，隨即看明白了整件事的起點，演化過程，和如今所面臨的尷尬現實。

如果說不憤怒，那肯定是假的。可除了憤怒之外，作為多次在生死邊緣走過的梟雄，他卻更清楚，該如何因勢利導，才能避免情況繼續惡化，甚至動搖自己的統治根基。

他已經老了，無論精力、體力，都遠不如當年。有些麻煩，他必須儘快解決，甚至轉嫁出去，而不能留待後來。為此，哪怕原諒一些不該原諒的人，做一些違心的事情，甚至顛倒黑白！

他需要的是，快刀斬亂麻。需要的是，維持麾下各方力量的平衡。需要的是，給兒子留下一個安穩的未來。需要的是，讓家族的榮華千秋萬代。

唯獨臉面這東西，豐臣秀吉從來就沒需要過，今後也不打算在乎。猛然間，他深吸一口氣，提著倭刀，再度掃視全場。

除了石田三成之外，在場的文官武將們，紛紛將頭側開，誰都不願跟他的目光相接。更不願意因為哪句話，或者哪個動作不對，成為他的發洩目標。

必須要有人，要為自己所受之羞辱，付出代價。也必須要有一個目標，將這件事引發的內部矛盾，向外轉移。心中忽然有了決斷，豐臣秀吉再度將倭刀舉過頭頂，大聲宣告：「大明皇帝，欺人太甚！竟敢私自更改和約，出爾反爾！此恥非我一人之恥辱，而是日本舉國之恥！若不能洗雪，我必然死不瞑目！」

說著話，猛然將刀向下一揮，聲色俱厲：「我決定，從即日起，興傾國之兵，渡海西征。此番將士們如果不能飲馬北京，絕不止步！」

「西征！」

「西征！」

「踏平朝鮮，飲馬鴨綠江！」

「朝鮮不自量力，挑釁我國，在下願提兵為關白分憂！」

「在下願舉封地之力，為踏平朝鮮！」

剎那間，四下裡吶喊聲響成了一片。特別是那些暗中參與了小西行長與石田三成密謀的諸侯，一個個叫嚷得格外賣力。

「我說的是，飲馬北京，踏平大明！」豐臣秀吉冷冷一笑，再度舉起了手中倭刀，「而不是區區一個朝鮮。上次出兵太少，我軍才被大明所欺。此番，我決定出兵六十萬！按諸位的歲入比例，分攤出兵數量。如果不夠，就繼續徵兵，直到將大明納入日本版圖。」

「西征，西征！」

「西征，西征！」

吶喊聲再度響起，卻比上一輪弱了許多。小早川隆景和毛利輝元兩個的胳膊耷拉了下來，揮舞得有氣無力。德川家康和伊達政宗等人，則乾脆閉上了嘴巴，默不作聲。

「關白，在下願戴罪立功，領麾下所有兵馬，為大軍先鋒！」小西行長忽然站了起來，拔出腰間倭刀，一刀割破了自己掌心。

他的動作實在太快，周圍所有人都來不及反應。待大夥發現他並非準備行刺，他已經將血淋淋的手掌舉上了半空，「請關白准許在下，以武士的身份戰死沙場！」

「關白，在下願意與小西攝津守同往！」

「關白，在下願意持刀披甲，為大軍先導！」

彷彿是受到了小西行長的感召，黑田長政、島津義弘兩人互相看了看，也各自上前半步，拔刀割掌請纓。

「三位忠勇可嘉。」豐臣秀吉笑了笑，低聲誇讚。卻不肯立刻答應三人的請戰要求，只是將目光緩緩轉向了毛利輝元。

歲入一百二十萬石的毛利輝元心中打了個哆嗦，只好硬著頭皮請戰：「關白，在下願意提麾下將士，渡海西征，與明軍再戰沙場！」

「在下，在下上次就不服氣，只是以大局為重，才沒催著關白早日出兵。」知道下一個就輪到自己，站在毛利輝元身邊的小早川隆景，也趕緊主動表態。

「在下，在下也願意提麾下所有兵馬，供關白驅策！」毛利輝元和小早川隆景兩人已經屈服，伊達政宗知道自己無論如何都胳膊擰不過大腿，只好大聲請纓。

「在下，在下願意為關白而戰！」

「在下願意駕船西征……」

「在下……」

其他諸侯陸續開口，誰也不敢讓豐臣秀吉的目光，在自己身上稍作停留。

豐臣秀吉也不過分難為大夥，只管繼續挨個掃視眾人，直到最後，才將目光緩緩停在了德川家康臉上。

年入為二百五十五萬七千石的德川家康，當然明白自己才是豐臣秀吉的真正目標。然而，卻找不到任何盟友分擔壓力，只好也用刀在自家左手心處輕輕蹭了一下，然後舉起滴血的手掌，「在下願意盡起關東七地兵馬，為關白西征朝鮮和大明，不到北京，誓不回頭！」

「不到北京，誓不回頭！」

「不到北京，誓不回頭！」

小西行長帶頭，黑田長政、島津義弘等人緊隨其後，在場所有諸侯陸續扯開嗓子，大聲發誓，宛若一群餓紅了眼睛的野狼。

「嗯——」豐臣秀吉滿意的點頭，隨即，將刀刃轉向左手，迅速割破掌心。讓自己滴血的手掌，與諸侯們的手掌挨個相擊。「諸君努力，我在京都等諸君的喜訊。踏平朝鮮和大明之後，所得土地，百姓和戰利品，按出兵多少分配。豐臣氏不取一分一毫！」

「踏平朝鮮，踏平大明！」

「踏平朝鮮，踏平大明！」

眾諸侯聞聽，叫嚷得越發瘋狂。卻誰都沒注意到，就在將手臂舉起的剎那，豐臣秀吉的身體忽然顫抖了一下，同時還有一股疲憊和無奈，悄悄地滑過了他的眼角。

跟小西行長暗中勾結的，不僅僅是石田三成一個。剛才對小西行長喊打喊殺的那些人，也未必與此事無關。作為從底層一路爬上關白之位的老狐狸，豐臣秀吉能清楚地猜到，此事幕後還藏著多少貓膩，多少利益輸送。

然而，他都不想去追究，也沒有勇氣去刨根究柢了。他必須趁著自己還能鎮住群雄之前，將幾個潛在威脅，盡可能地削弱。如德川家康，如毛利輝元，如伊達政宗……

接下來對大明的戰爭，因為準備更為充分，結果可能會比上次好一些，但是，豐臣秀吉絕不敢保證，自己有生之年，能看到日本國的戰旗插上北京城頭。

他太老了，也太疲倦了，就像一支蠟燭，已經燃到了最後一小截，或許用不了太久，就要油盡燈枯。

最後這段時間，也許是三年，也許是五年、八年，但絕對不足以支撐到日本吞併一個比自身大了足足三十倍的國家。但那又有什麼關係呢？只要盡可能地將德川家康、毛利輝元、伊達政宗等人的實力消耗掉，他的兒子秀賴，就能在石田三成的輔佐下，安穩地成長為下一任關白，繼承他的遺志。

當豐臣秀賴成年之後，面對的，將是一個政令暢通無阻，且兵強馬壯的日本。屆時，第三次揮師西征，就能將他的野望最終變成現實。

想到日本最終將在自己的子孫帶領下，從海島走上陸地。想到先賢持續做了九百餘年的美夢，最終還會因為自己而兌現。豐臣秀吉的心臟，忽然又開始有力跳動，一如四十年前，他剛剛披上竹甲，成為織田家的一名足輕。

那時候，他什麼都沒有，除了熱血、勇氣和時間。

如今，他沒有多少時間了，但勇氣仍在，血仍未冷！

「關白，已經將明國使者軟禁在館驛中了。只要您一聲令下，可以隨時取了他們的頭顱祭旗。」加藤清正匆匆自門外走入，在豐臣秀吉的面前躬身交令。

「什麼？」豐臣秀吉的心神，迅速被從回憶之中拉到了現實世界，楞了楞，隨即大聲調兵遣將：「加藤君，你來的正好，此番西征，就由你做前軍總大將。六十萬大軍無法同時渡海，你先率本部兵馬，趕往釜山。然後將駐紮在釜山的所有人馬整編前軍，無論其原本是誰的屬下，連其主將一道，盡歸你調遣。」

「是！在下一定不辜負關白期待。」加藤清正喜出望外，立刻躬身領命。

豐臣秀吉對他嘉許地點頭，隨即目光越過人群，落到了縮在門口，始終大氣都沒怎麼敢出的宗義智頭上，「對馬守，你負責組織海船，運送糧草和兵馬。」

「遵命！」不久前剛剛在海上損失慘重的宗義智不敢拒絕，硬著頭皮上前接令。

「在此之前，你先派船，將明國使者全都送回去。記住，一定要保證他們毫髮無傷地抵達朝鮮。」豐臣秀吉忽然笑了笑，嘴角下撇，蒼老的臉上寫滿了陰險。

「關白您……」宗義智又被嚇了一跳，兩隻眼睛瞬間瞪了個滾圓。

按照他對豐臣秀吉性格的瞭解，即便不殺了明國的使者祭旗，也絕不會讓那些人落到一個好下場。而現在，豐臣秀吉居然大度地決定，將明國使者送走，並且不准他沿途中製造事故加害，實在太令人難以置信！

「我不殺他們，無論他們做了什麼。」早就料到宗義智不會理解自己的用心良苦，豐臣秀吉搖頭冷笑，「他們有本事，就繼續騙，騙得大明皇帝毫無覺察才好。我軍剛好從容布置，殺他一個血流成河！」

「關白英明！」剎那間，讚頌聲響徹大堂，震得屋頂簌簌土落。

第二十章　長歌

到底是一代梟雄，豐臣秀吉幾乎沒花任何代價，就將一場無數人暗中參與，針對自己和大明皇帝雙方的騙局，變成了大明皇帝單方背信棄義。並且因勢利導，將幾名實力過於雄厚的日本諸侯，推入了即將爆發的傾國之戰中。

這些還都不足以證明他的睿智，對整個事件的處理過程中，他最睿智之處便在於，強壓下去了心中的殺人欲望，將整個大明使團，包括騙局的始作俑者沈惟敬在內，都完好無損地禮送去了朝鮮。而使團到了朝鮮之後的作為，也跟他預料的幾乎毫厘不差。

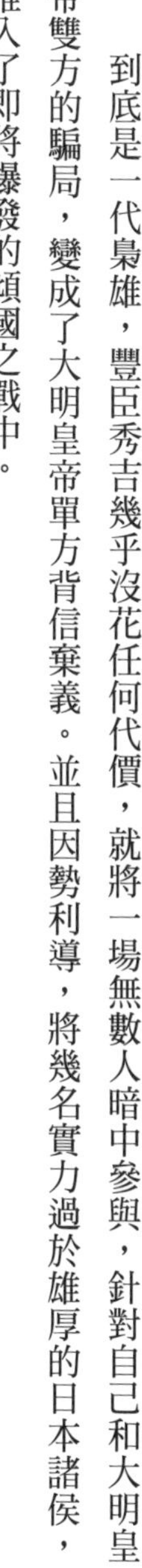

正使楊方亨一脫離險境，就立刻因水土不服，躺進了朝鮮國接待大明使者的驛館中一病不起。而兩位副使，沈惟敬與顧誠，關起門來一番爭執、抱怨之後，竟然又齊心協力炮製出了一封《日本國王謝表》，派人快馬加鞭送去了北京。

因為路途遙遠，《日本國王謝表》抵達北京之時，已經是數日後的深夜。當值官員不敢怠慢，立刻將其送往了皇宮。而最近一直將全部心思放在議和結果上的掌印太監張誠，則迫不及待地將這份標誌著大功告成的謝表，親手呈給了大明皇帝朱翊鈞。

「那豐臣秀吉倒也知禮數，居然懂得上表謝恩！」御書房內，大明皇帝朱翊鈞展開謝表，對著燈火緩緩瀏覽，蒼白的面孔，被燭光照得忽明忽暗，就像寺廟裡正在享受煙火的神像。

「皇上的恩德澤被萬里，那豐臣秀吉雖然是蠻夷之主，想必也受到了一些感化，故而上表叩皇上隆恩。」存心拍馬屁哄朱翊鈞高興，掌印太監張誠彎下腰，裝模作樣朝謝表上掃了一眼，笑呵呵地解釋。

「嗯，這話也對，朕以赤誠待人，即便他的心臟是一塊石頭，也該捂熱了幾分。」朱翊鈞接過話頭，似笑非笑，「就是不知道，他寫完這份謝表之後，是真心臣服呢，還是轉頭就開始厲兵秣馬？」

「呼——」秋風拂窗，御書房內的燭光猛然跳起，將朱翊鈞的身影迅速拉長，映在張誠頭上，宛若泰山壓頂。

「這……」張誠的心臟，沒來由打了個哆嗦，趕緊後退了半步，硬著頭皮回應道：「想必，想必應該真心臣服吧。不過……」

稍微猶豫了一下，本著萬無一失的原則，他又快速補充：「不過夷狄皆虎狼之性，前腳謝恩，後腳就翻臉不認帳也有可能。為了穩妥起見，奴婢斗膽請陛下給顧經略一份手諭，讓他提醒駐紮在朝鮮的大明將士多加小心！」

「嗯，此言甚善！」朱翊鈞笑了笑，輕輕點頭，「虎狼之輩，皆畏威而不懷德。朕不該對它們毫無提防！你說呢，張大伴？」

天不冷，張誠額頭上，卻立刻滲出了大顆大顆的汗珠，一粒粒晶瑩可見。

他不知道該如何回答朱翊鈞的話，只覺得兩腿發軟，脊背發涼，眼前漆黑一片。而朱翊鈞的話，卻清晰地傳來，每個字，都重逾萬斤。「大伴，你進宮伺候朕，算起來應該有二十四年了吧？不知道朕到底哪裡失德，竟讓你心冷如斯！」

「皇上，皇上這是什麼話？」張誠嚇得魂飛魄散，本能地就想撲過去，先下手為強。然而，身體卻提不起任何力氣，直接將「撲」這個動作，變成了雙膝跪倒，以頭搶地，「皇上對奴婢恩重如山，奴婢沒齒難忘。奴婢願意生生世世都做太監，伺候皇上左右！奴婢沒有心冷，真的沒有心冷。皇上開恩，皇上開恩，奴婢沒有背叛您。奴婢只是一時糊塗，才被他們拉下了水。奴婢真的沒有背叛您，是他們告訴奴婢，繼續打下去，只會讓府庫一空，民不聊生。讓您勞心勞力，卻什麼好處都拿不到……」

「好一個憂國憂民的張掌印！」朱翊鈞聽得又是傷心，又是惱怒，抬起腳，將張誠一腳踢出了半丈遠，「原來是朕，一意孤行，窮兵黷武！原來是朕，專門做賠本生意，費力不討好！原來是朕，昏庸糊塗，任用奸佞……」

「皇上息怒，息怒啊！」張誠的額角撞在地上，血流滿面，卻顧不上去擦，手腳並用爬了回來，朝著朱翊鈞連連磕頭，「奴婢不是這個意思，真的不是這個意思。是奴婢糊塗，奴婢貪心，總想著給家中侄兒找一門好親事，攀附高枝！奴婢真的沒想過背叛您，奴婢只是不知道他們如此膽大，竟然什麼都敢偽造。奴婢剛才還試圖補救，提醒您小心倭寇挑起戰端。」

最後一句話，雖然說得極為心虛，卻比前面所有話都管用。朱翊鈞已經抬起來的腿，忽然僵在了半空中，一時間，竟不知道該踢下去，還是不該踢。

二十四年的陪伴，終究不是萍水相逢。更何況，這二十四年裡，還有十多年是共同面對首輔張居正的威壓。

雖然，雖然每次見到張居正，張誠和張鯨都嚇得比貓還乖，根本給朱翊鈞提供不了任何支持。可如果沒有他們在張居正告辭之後，立刻想方設法哄自己開心，甚至陪著自己一起哭，一起罵，一起扎小人兒，朱翊鈞知道，自己也許早就瘋掉了，根本不可能堅持到把張居正熬至油盡燈枯。

「奴婢該死，奴婢該死。皇上，您想踢就踢，千萬別這樣站著，小心摔倒。」那張誠是何等的奸猾？發現朱翊鈞的大腳遲遲沒有落下，立即知道自己的活命機會來了。趕緊一邊重重磕頭，一邊大聲提醒。

「你閉嘴！朕不需要你裝好人！」朱翊鈞這才意識到，自己竟然保持著金雞獨立的姿態，晃了晃，差點摔倒。迅速站穩了身形，他再度抬起腿，狠狠踹向了張誠的肩膀，「朕就喜歡這樣站著，朕喜歡單腿站著。朕一條腿站著，照樣能收拾你。朕踢死你，踢死你！」

一邊大聲咆哮，他一邊繼續用腳猛踹。咆哮得一聲比一聲高，下腳卻本能地避開了張誠的要害，只管照著皮糙肉厚地方招呼。

那張誠疼得眼前金星亂跳，卻清醒地知道，自己今天肯定不會死了。像團爛泥般趴在地上，任由朱翊鈞怎麼踢，都堅決不躲不閃。偶爾疼得受不了，嘴裡發出一聲痛苦的呻吟，也努力憋住氣，不讓聲音太高。

「你個蠢貨，你個忘恩負義的白眼狼！你想給子侄改換門庭，朕封官的封官，賜功名的賜功名，幾時沒有滿足你？你以為，跟武清侯聯姻，你的侄兒就前程遠大了。狗屁，如果不是衝著你在朕身邊說得上話，武清侯怎麼可能把女兒嫁入張家！你這老王八，才上了秤盤，就不知道自己幾斤幾兩？

你這老糊塗蛋，簡直比豬還蠢。即便是一頭豬，也知道有人餵自己一碗糠，是為了將來多割一塊肉。」朱翊鈞踢了足足二十多腳，終於踢得累了，心中卻餘怒未消，站穩身體，指著滿臉是血的張誠，繼續破口大罵！

張誠雖然被打得痛徹心扉，卻始終保持著清醒，聽到「武清侯」三個字，就立刻知道，自己所做的那些事情，大部分都已經被人捅給了朱翊鈞。愈發沒勇氣抵賴，只管掙扎著繼續磕頭，「奴婢該死，奴婢該死。奴婢是忘恩負義的白眼狼，不知道好歹的王八蛋。皇上千萬不要為奴婢生氣，不值得，真的不值得。皇上可以賜奴婢去死，奴婢絕無半點怨言。還請皇上息怒，對朝鮮之事，早做決斷。」

他不提朝鮮還好，一提，朱翊鈞心裡剛剛變弱的一些火頭，立刻又熊熊而起。再度抬起腳，狠狠踹了他一個後滾翻，「那你就去死吧！朝鮮之事，朕用不到你來提醒。」

「謝皇上洪恩！」張誠嘴裡發出一聲悲鳴，掙扎著爬回來，跪正身體，給朱翊鈞磕了三個頭。然後又掙扎著爬起來，踉踉蹌蹌往外走去，每一步，都在身後留下一個清晰的血痕。

「去死，死得遠遠的，朕不想再看到你！」朱翊鈞朝著他的背影，大聲怒吼。然而，心中卻終究痛的厲害，頓了頓，朝門外大聲吩咐：「來人，將他的印信奪了，押入內行廠！朕要親自審理他，把一切查個水落石出。」

「是！」幾名早就布置在外邊的錦衣衛，快步衝進御書房，架起張誠，轉身便走。

「找個郎中給他治一下傷，別讓他死了，也別讓人謀害了他。」朱翊鈞咬著牙，繼續大聲補充。因為憤怒而變成青黑色的臉上，卻閃過了一絲無法掩飾的難捨。

另外一個陪著他從小到大的太監張鯨，四年前就被他變相放逐。今天，他又不得不罷免了張誠。從此，他徹徹底底成了孤家寡人，他身邊再沒一個當年的夥伴。

「奴婢多謝陛下鴻恩！」張誠努力睜開眼睛，望著朱翊鈞，剎那間，眼淚不受控制地淌了滿臉。

剎那間，朱翊鈞的心中又痛如刀割。

但是，理智卻告訴他，這個時候絕對不能心軟。如果他包庇了張誠這次，就等於告訴皇宮內的大小太監，他這個皇帝可以隨意欺騙。而如果連身邊的太監都開始肆意欺騙他，皇宮對他來說就不再安全，他早晚會像武宗皇帝死得一樣稀裡糊塗。

「你的幾個侄兒和義子，朕會下旨撤了他們的職。」咬著牙深吸一口氣，儘量不跟張誠淚眼相對，萬曆皇帝朱翊鈞大聲宣布，「只要他們沒有參與兩國和議之事，朕就不會抄他們的家，也不會斷了他們今後的上進之路。至於你自己，如實招供吧，朕儘量讓你活著離開北京！」

所謂活著離開北京，就是逐出皇宮，押回原籍去把牢底坐穿。這個結局，對掌印太監張誠來說，無異於從雲端之上被打入了萬丈深淵。然而，當他聽完了這個許諾，竟猛地一晃身體，擺脫掉架著自己的錦衣衛，再度轉身跪倒，向朱翊鈞重重磕頭：「奴婢謝皇上！奴婢自知罪該萬死，能不牽連家人，已經心滿意足。」

「你下去吧！」朱翊鈞輕輕揮了下手，轉身走向書案，孤零零的影子，被燭光拉長、縮短、縮短、拉長，變幻不定。

「皇上，奴婢去了。」張誠抹了把臉上的血和眼淚，站起身，一邊倒退著往外走，一邊大聲進諫，

「奴婢這回不是參與國事，奴婢有幾句話，不說就來不及了。陛下，倭寇可以背信棄義，但皇上和朝廷的顏面，絕不能丟！」

「你說什麼？」朱翊鈞的身體猛然一僵，旋風般轉過身，眼睛裡射出的目光宛若兩把鋼刀。

「奴婢是個佞幸！」張誠停住腳步，彷彿擔心自己沒等把話說完就會死掉一般，越說越快，「佞幸所說的，肯定都是讒言，陛下聽聽就算了，千萬不要採納。倭寇貌醜性狹，狡詐善，背信棄義和臨時反悔，都屬正常。而陛下您乃聖明天子，朝廷之內，又是群賢畢至，無論如何，都不應該被幾個奸佞騙了三年之久！」

「滾，滾出去，你既然知道自己是奸佞，就休要再信口雌黃！來人，押他走，朕這輩子不想再見到他！」朱翊鈞的臉，頓時漲成了青紫色，手指宮門，大聲咆哮。

「遵命！」幾個做事不利的錦衣衛，被嚇得頭皮發乍，慌忙又架起了張誠，倒拖著向外狂奔。這一回，張誠沒有掙扎，也沒有開口求饒。閉上眼睛，任由錦衣衛對自己隨便處置。

「奸佞！白眼狼，不知道好歹的王八蛋！」朱翊鈞餘怒難消，轉過頭，將書案上的奏摺全都掃落在地。

周圍的太監、宮女們誰都沒膽子上前撿拾，更沒膽子出言相勸，一個個低下頭去，眼觀鼻，鼻觀心，如土偶木梗！

「奸佞！白眼狼，王八蛋！」

「奸佞，蠹蟲，城狐社鼠。朕就不該相信你們！朕把你們滿門抄斬！」

「奸佞，國賊……」

一邊罵，他一邊將奏摺踩來踩去。足足發洩了一炷香時間，心中的怒火才終於開始減弱。喘著粗氣，大聲吩咐：「孫暹，給朕滾進來收拾！」

「遵命！」門外當值的一眾小黃門背後，秉筆太監孫暹答應著閃出，快步走到御書案前，彎腰收拾地上的奏摺。

周圍的「土偶木梗」們，也瞬間又變成活人，爭相蹲下身幫忙。不多時，就將地面上的奏摺收拾得乾乾淨淨，交給孫暹重新排了順序，端端正正擺在了御書案頭。

「給朕叫一碗參湯來！」朱翊鈞不耐煩地看了孫暹一眼，忽然覺得此人遠不如張誠用起來順手，雖然，雖然他今晚除了要求此人撿奏摺之外，並沒安排此人做其他任何事情。

「皇上稍候，奴婢這就去御膳房。」孫暹極為有眼色，立刻感覺到了朱翊鈞對自己的不滿。連忙答應著轉身離去，兩條腿兒邁得比逃命還要快。

朱翊鈞看了，心中頓時又湧起一股煩躁。瞪圓了兩眼四下掃視，一時半會兒，卻找不到合適的發洩目標，只好又把注意力放在了御書案上。

書案上，擺著一摞剛剛整理過的奏摺。恰巧，最上面的那份，還是沈惟敬和顧誠兩人炮製出來的《日本國王謝表》。封皮上的每個字，都像釘子一般扎眼。

「朕絕不會放過你們！」朱翊鈞抓起謝表，三把兩把扯成了碎片。然後隨意朝腳下一丟，再度將目光看向了第二份奏摺。

那是一份早在半個月之前就送到他案頭的密摺。由他的鐵桿心腹，漕運總兵王重樓親筆所寫。因為被翻看的次數太多，密摺的表面已經變了顏色。密摺內的所有內容，他也通過不同管道，逐一調查核實過了，並且確認無誤。

他本來曾經打算，對寫這份密摺的王重樓，和密摺上提到的那三名忠心耿耿的年輕人，重重嘉獎。然而，就在目光與密摺接觸的那一瞬間，卻忽然覺得上面的文字，竟和《日本國王謝表》一樣扎眼。

「如果密摺上所奏，全是假的就好了！」疲憊地閉上眼睛，朱翊鈞緩緩搖頭。

如果密摺上所奏全是假的，沈惟敬就不是一個曠古絕今的大騙子，而是出身草莽的義士，通常這種義士，只有在天子聖明，眾正盈朝之時才會出現，並且每次出現，都能留下千古佳話。

如果密摺上所奏全是假的，兵部尚書石星就是忠臣，薊遼經略顧養謙就是良將，大學士趙志皋就是千古明相！他身邊就全是棟樑之材，齊心協力，要開萬世之太平。

如果密摺上所奏全是假的，日本國就會出現一國兩主，進而爆發內戰。盤踞在釜山的倭寇，將因為老巢大亂，不得不倉皇退兵。大明將不費一箭一矢，收復朝鮮全境。他就是以仁德拯救朝鮮，壓服蠻夷的堯舜之君！他的英明，他的睿智，他的果斷，將永遠為後世敬仰，聲望不亞於大唐太宗。

「昔舜舞干戚有苗乃服！今萬曆垂拱，群倭自潰。」如果歷史能像這般記述，將是何等的榮耀，想想，就令人熱血沸騰。

「倭寇貌醜性狹，狡詐善變，背信棄義和臨時反悔，都屬正常。而陛下您乃聖明天子，朝廷之內，又是群賢畢至，無論如何，都不應該被幾個奸佞騙了三年之久。」張誠的話，忽然又在他耳畔反覆迴盪了起來，一遍比一遍清晰，一遍比一遍響亮！

日本人背信棄義，這個理由絕對說得通，並且不會損害他的形象分毫。而從他這個皇帝開始，滿朝文武三年來被幾個騙子耍得團團轉，消息傳出去，肯定讓朝廷威信掃地，讓他這個九五之尊成為全天下人的笑柄！

「不行！」猛然間面紅耳赤，朱翊鈞睜開眼睛，雙手抓起了王重樓的奏摺。

只要稍微一用力，他就能將奏摺扯得粉身碎骨。然而，他的手臂，卻又僵在了半空中。

那份密摺當中每一件指控，他都派心腹去反覆調查過，全都證據確鑿，真的無法再真。毀掉密摺容易，封住所有接觸者的嘴巴，卻難比登天。除非，除非他不分青紅皂白地大開殺戒，讓所有知情者，都永遠說不出話來。

那意味著，他曾經的心腹侍衛，現在的漕運總兵王重樓，在本月某一天會突然暴斃身亡。他親手提拔起來，並且寄予厚望的李彤、張維善和劉繼業，也得因為擅離職守，率部走私，或者勾結海寇等罪名，被迅速處以極刑。

此外，所有知道此事，或者最近被他派出去查證密摺上內容的心腹，至少也得被殺掉一大半兒。另外一小半兒，則被迫變成啞巴，永遠活在恐懼當中。

這個代價未免太大了，大到他作為帝王，也未必承受得起。

王重樓是他專門派去梳理漕運的，此人意外亡故，多年來他針對漕運的所有布置，就會無疾而終。漕運就會繼續被當做某些家族竊取朝廷稅收的方便之門，他如果哪天動了那些人的利益，運河依舊會被航船堵塞，漕夫依舊會聚集鬧事，京城內的糧價，就會再次一日三升。

而李彤、張維善和劉繼業三人，則是他專門為了武將青黃不接，提前做出的儲備。這三人既上過國子監，又去過朝鮮戰場，可謂個個文武雙全。這三人從名字第一次出現在功勞簿上那時起，就深深地打上了他的烙印，可謂貨真價實的天子門生。這三人投筆從戎，因戰功獲取了麒麟服、秋水雁翎刀以及銀鎁瓢方袋，可謂天下年輕學子的楷模。這三人在朝鮮多次捨命相救上司和同僚，深受同僚的欽佩和麾下弟兄的擁戴……。

「不行，奸佞之言，絕不可信！」重重地將密摺放到書案一角，朱翊鈞用力搖頭，將張誠的聲音，硬生生從腦海裡驅逐。

他的心腹愛將王重樓不能死，作為帝王，他也不想永遠受制於人。李彤、張維善和劉繼業三人不能出事，否則，非但會讓所有為大明浴血奮戰的將士們心寒，也會失去大部分錦衣衛的忠誠。

按照密摺上所奏，李彤、張維善和劉繼業三個，之所以能從日本刺探清楚和談的真相，並且成功返回，以都指揮僉事為首的史世用等一干錦衣衛，在整個過程中功不可沒。如果為了大明不惜冒險遠渡重洋的忠臣良將，個個都不得好死。所有知道此事的錦衣衛，誰還敢再為大明拚命？

至於半個月來奉命核實密摺的那些心腹，更不能隨便加害。那是他手中唯一一支，不受任何外人控制和左右的力量，也是他最後的依仗。如果這支隊伍也心灰意冷，他將更沒有辦法知道，文臣是不是在合夥欺騙他，武將們是否對他忠誠。他早晚會變成睜著眼睛的瞎子，耳朵完好無損的聾子，皇宮對他來說，就徹底成了牢獄。

做皇帝如同做囚徒的日子，他可不是沒有經歷過。在張居正做首輔的最後那幾年，他幾乎每天都是睜著眼睛睡覺。唯恐自己早晨從夢中醒來，就被廢掉，皇位上坐著的，則是張居正所欣賞的某個親王。

那種日子，他一天也不想再過。所以，熬死張居正之後，才堅決不給予任何人跟張居正同樣的權力，才堅決不給予任何人絕對的信任，才不輕易向群臣讓步，才不輕易准許任何有損自己帝王尊嚴的事情發生。

「倭寇貌醜性狹，狡詐善變，背信棄義和臨時反悔，都屬正常。而陛下您乃聖明天子，朝廷之內，又是群賢畢至，無論如何，都不應該被幾個奸佞騙了三年之久！」張誠的話，忽然又在他耳畔響起，宛若魔咒。

如果不選擇殺人滅口，而是將被欺騙的事情追查到底。首先，他這個做皇帝的就要承認一件事，那就是，自己昏庸糊塗。竟然被一個簡單無比的騙局，愚弄了三年之久。

其次，他這個做皇帝的，還要承認，自己剛愎自用。這三年間，不止一位官員試圖提醒他，並且列舉出了種種可疑之處。而他，非但對所有疑點視而不見，並且將那些官員降職的降職，下獄的下獄，一個都沒有手軟。

再次，他這個做皇帝的，還必須承認，自己毫無識人之能。上自大學士、六部尚書，都御史、薊遼總督，下到主事、知事、游擊、給事中，一半以上都是奸佞。這些人全都為了錢財，將大明律法視作一紙空文。這些人全都對他這個皇帝，毫無尊敬之心，每天都只想著糊弄他，敲詐他，將他視作黃口小兒，

再次……

「不——」萬曆皇帝朱翊鈞嘴裡，忽然發出一聲痛苦的悲鳴。站起身，發了瘋般翻動御書案上的其他奏摺。

大部分奏摺，都是彈劾李彤、張維善和劉繼業三人的，從三人當年在南京仗勢欺人，謀殺士子，

到三人在朝鮮畏敵如虎，貪污軍餉。再到三人參與海上走私，坐地分贓。再到三人擅離職守，私通海盜，謀財害命……。

每份奏摺上都羅織了不止一條，每一條都足以讓三人身敗名裂，甚至被抄家滅族。

「陛下您乃聖明天子，聖明天子，聖明天子……」張誠的話，一遍遍在御書房內迴盪，每一遍，都帶著如假包換的真誠。

「轟！」抬腳將御書案踹翻，萬曆皇帝朱翊鈞大步走向書房門口。

不能再留在書房裡了，再留在書房裡，他相信自己非瘋掉不可。他迫切需要讓自己冷靜一下，迫切需要，在兩種處理方案之間，做一個擇優選擇。

作為帝王，他不能，也不該光追求公正。

他必須選擇，怎麼做，讓自己看起來更英明神武，怎麼做對自己最為有利。

這些，都是當年老師張居正手把手教導他的。他雖然在熬死了老師之後，又抄了老師的家。卻沒有將老師所教的帝王心術，做一丁點兒遺忘。

「如果讓他們做一回岳雲、張憲，過幾年後，朕再給他們平反昭雪。然後利用他們的冤屈，將趙志皋、石星等人分別……」在夜風吹到臉上的一瞬間，有個堪稱絕妙的主意，忽然湧入了朱翊鈞的腦海。

「皇上，參湯，參湯來了！啊，皇上您……」下一個瞬間，孫暹帶著幾個小太監，急匆匆跑了回來，差點兒就跟他撞了個滿懷。

「皇上恕罪！」猛地來了個急剎車，孫暹順勢跪倒於地，「皇上恕罪，奴婢回來晚了。請皇上趕緊回到書房裡頭，快入冬了，外邊風硬！」

「你還知道回來晚了？」被打斷了思路的朱翊鈞，怒火上撞，抬起腳，就準備朝孫暹肩膀上招呼。然而，眼角的餘光，卻猛然發現在小太監們的身後，還跟著一個陌生的身影。

「末將史世用，叩見陛下！」沒等朱翊鈞喝問來人是誰，陌生的身影已經快步上前，端端正正地向萬曆皇帝朱翊鈞行禮。「末將斗膽，肯請陛下恕罪，孫秉筆是半途中接到末將的急報，才耽擱了一些時間。」

「史世用？快快平身！」朱翊鈞努力眨了好幾下眼睛，才終於將此人的身份辨認了出來。先習慣性地吩咐對方免禮，隨即又皺著眉頭追問：「你從日本回來了？何時回來的？你和你麾下的弟兄，可都平安？」

「謝陛下！」史世用磕了一個頭，快速從地上爬起。「末將十二日前從登州上的岸，然後扮做私鹽販子，易裝北返，一個時辰之前才終於跟南鎮撫司的弟兄接上頭，被他們帶著來見孫秉筆。末將麾下的弟兄，同去日本以及先前安插在日本的共一百七十二人，除了兩個尚未暴露身份的，包括末將在內，只回來了九個。其餘，其餘皆為陛下盡忠了。」

話說到一半兒，他已經淚流滿面。而大明萬曆皇帝朱翊鈞雖然習慣了別人為自己去死，聽罷之後，心中也覺得像被鋼針接連扎了好幾下，又疼又麻。輕輕嘆了口氣，他大聲吩咐，「史將軍別難過，他們都是為國而死，朕不會忘記他們。回頭你把他們的名字和功勞報上來，朕，朕賜予他們身後哀榮，並且厚撫他們的家人。」

「謝陛下！」史世用抬手迅速在自己臉上抹了抹，再度拜倒。「能為陛下效力，乃是我等錦衣衛的榮耀！弟兄們即便身死，也都含笑九泉。」

「起來，起來！」想到一百六十多位錦衣衛精銳明知前路九死一生，依舊毫無猶豫地坐上海船，去日本替自己打探消息，朱翊鈞心中不由得又是一熱。彎腰托住史世用的手臂，將他緩緩從地上扶起，「此處不是朝堂，史將軍不必如此多禮。跟朕進來，好好說說在日本的事情。孫暹，把參湯端進來，給史將軍也分一碗暖暖身子。」

「遵命！」發現自己幸運地逃過了一劫，孫暹趕緊大聲答應，隨即，帶著小太監們前呼後擁，將朱翊鈞和史世用二人送進了御書房內。

令他羨慕又驚奇的是，先前差點拿自己當了出氣筒的萬曆皇帝，對待史世用極為友善。前腳剛拉著此人進了書房門，緊跟著就大聲吩咐賜座。為了君臣兩個說話方便，還特地用手指示意小太監們，把一只錦凳擺到了御案正面，與龍椅幾乎是臉對臉兒。

「皇上厚愛，末將愧不敢受！」史世用即便膽子再大，也沒勇氣與萬曆皇帝朱翊鈞面對面坐著喝參湯，慌忙又拜了下去，大聲辭謝，「末將，末將能為陛下做事，已經是幾輩子修來的福分。末將站著就好，不敢坐，更不敢享用陛下的參湯。」

「讓你喝你就喝。你為了朕，連性命都捨得下，朕豈能捨不得一碗參湯。」萬曆皇帝朱翊鈞眉頭輕皺，故意做出一副生氣的模樣，沉聲命令。

「末將，末將謝陛下隆恩！」眼淚再度從史世用雙目中淋漓而下，他哽咽著拜謝，然後親自動手，將錦凳挪到了書案左角，「末將福薄，當不起陛下如此厚賜。能坐在這裡，下去後已經夠吹噓一輩子。還請陛下，原諒末將膽小。」

這番話，既維護了皇家的威嚴，又給他自己找了充足理由。朱翊鈞聽了，頓時覺得心中好生舒坦。笑了笑，無奈地點頭：「也罷，就由你。孫暹，還不給史將軍端參湯！」

「來了，來了，奴婢來了！」孫暹羨慕得兩眼放光，連聲答應著跑上前，親手打開放參湯的磁鉢。早有機靈的宮女重新整理好了御案，供孫暹擺放盛參湯的瓷碗和各色宵夜。後者知道今晚史世用簡在帝心，在分盛參湯之外，也機靈地用目光示意小太監在御案角落給此人把每樣宵夜也單獨留了一份，然後又躬著身子緩緩退在了一旁。

史世用這輩子，幾曾受過皇帝如此禮遇？直感動得熱血沸騰，眼淚不受控制地往外湧。心中暗暗發誓，即便為了聖明天子死上一百回，也心甘情願！

想到如此聖明的天子，居然被一群奸臣包圍、蒙蔽，遭受奇恥大辱。他一分鐘都無法再忍受，咬了咬牙，大聲彙報：「陛下，和議乃是騙局！朝堂上有人跟倭賊勾結，聯手欺騙您。末將先前幾次派人送信示警，都石沉大海。末將這次之所以費了十多天才輾轉回到北京，並且不敢白天進城，就是為了躲避那些奸賊的聯手追殺。」

「呼——」秋風吹開了書房門，吹得燭火高高地竄起，照亮了朱翊鈞那不再年輕的面孔。

然而，那張面孔上，卻既沒有震驚，也沒有憤怒，只有如冰山般的冷靜。

「朕剛才就已經猜到了，你為何要喬裝返回。」同樣冷靜的聲音，緊跟著就從朱翊鈞嘴裡說了出來，每一個字，落在史世用耳朵裡都無比清晰。「朕也早就知道，朝堂中有奸佞膽大包天，並且不止一個。史將軍儘管放心，朕不會放過他們。來，咱們君臣先喝參湯，你鞍馬勞頓，剛好用此物補一補元氣。」

「謝，謝陛下！」沒想到朱翊鈞的反應竟然如此平淡，史世用在肚子裡醞釀了不知道多少次的彙報，立刻被卡在了嗓子眼兒。足足發了半分鐘的楞，才紅著臉拱手。

「再吃些點心，你半夜入城，想必也餓得厲害。」不愧為張居正前後教出來的弟子，此時此刻，朱翊鈞真的做到了泰山崩於面前也不變色。竟用銀筷子替史世用夾了一片兒蜜餞，笑著吩咐。彷彿朝堂上出了再多的奸佞，也比不過史世用陪著自己吃宵夜重要。

事物反常必為妖！史世用雖然被感動得熱血沸騰，卻沒有完全失去理智。楞了楞，先拱手拜謝，然後低下頭，將蜜餞和面前的各色宵夜，伴著參湯大嚼特嚼。

參湯用的是上等的遼東老山參，至少七品葉兒。而蜜餞和其他各色宵夜則是來自各地的貢品，市面上很難見到。但是，靈藥也好，珍饈也罷，落在史世用嘴裡，卻味同嚼蠟！

能在錦衣衛中爬到都指揮僉事，他肯定足夠聰明，也足夠機敏。否則，即便沒死於敵方細作之手，也早就被上司當了炮灰。所以，只要稍稍動動腦子，就能猜出，萬曆皇帝不想追查那些奸佞，至少現在不想！

可不追查奸佞，就意味著弟兄們在日本的血要白流；就意味著無辜死於奸佞之手的弟兄們，也將永不瞑目！就意味著那些騙子將要繼續招搖過市！意味著所有試圖拆穿騙局的同伴們，都要被人當成傻子和蠢豬！意味著大夥三年來的所有努力和付出，只是一個巨大的笑話。

「皇上，請恕末將失禮！」狠狠將嘴中的食物咽下去，史世用硬著頭皮，起身拱手，「和談乃是騙局，沈惟敬與顧誠欺君。此事，參與者還有江南十三家豪門，以及南京戶部尚書李三才，僉都御史嚴鋒，薊遼總督顧養謙，兵部尚書石星，大學士趙志皋。末將斗膽，懇請皇上明察！如果有半句誣告，末將寧願反坐自身！」

說罷，後退數步，雙膝跪倒。揚起臉，坦然地望著朱翊鈞，無悔，亦無懼。

「大膽！」沒想到史世用四十多歲的人了，竟然還如此不懂事，孫暹唯恐連累自己，搶在朱翊鈞發怒之前，高聲斷喝：「錦衣衛是幹什麼的？莫非你忘了嗎？刺探敵情是你的職責，但如何決斷，你卻無權染指！史世用，皇上是念在你剛剛從日本歸來，沒有功勞也有苦勞，才好生安撫於你。你，你居然不識好歹！」

「孫秉筆，末將知道自己僭越。」史世用被罵得面紅耳赤，卻咬著牙，大聲回應，「但皇上以國士之禮相待，末將必以國士之禮相報。更何況，捨命遠渡重洋，為皇上拆穿騙局者，不止末將一人。即便末將今天隱瞞不報，他們也早晚會將所探得的結果，送到陛下面前。」

「無論還有誰去了？無論探聽到了什麼消息，最後如何處置，都得交由皇上。皇上高瞻遠矚，自然知道如何處置，才最為合適。豈會，豈需要，需要你來多嘴？」如果時光能夠倒流，孫暹真恨不得在一刻鐘之前，自己見到史世用那功夫，就命人將此人直接亂棍打死。而現在，他卻做什麼也都來不及了，只好儘量拍萬曆皇帝馬屁，以免後者發作起來，讓自己又遭了池魚之殃。

「孫暹，退下！」再一次出乎所有人意料，萬曆皇帝朱翊鈞，這次居然沒有生氣。而是先斥退了孫暹，然後笑呵呵從書案後站了起來，走到史世用面前，親手將他扶起，「史將軍果然忠義，朕心甚慰。但是，將軍也許只是管中窺豹。朕這裡，還有幾分密摺，想請史將軍也幫朕分辨一下，哪份為真，哪份是偽？」

「這……」史世用猜不到萬曆皇帝朱翊鈞的葫蘆裡頭，究竟賣的是什麼藥。只好暫且收拾起了死諫的心思，順著後者攙扶緩緩站起，隨即，又任由後者拉著自己回到了御案旁。

「參湯再給史將軍加一碗，其餘全都撤了。」朱翊鈞也不著急，先命令太監宮女們收拾了宵夜，然後將自己先前看過的奏摺，一股腦推到了史世用面前。

「末將，末將斗膽了！」史世用明知道自己沒資格參與朝政，為了不讓弟兄們死不瞑目，卻只能硬著頭皮謝罪，隨即逐個翻閱奏摺。

第一份，居然就是王重樓親自執筆，向萬曆皇帝揭穿騙局的密摺。史世用的眼光一亮，狂喜旋即湧遍全身。

子丹、守義、永貴他們三個沒死，他們活著返回了大明，並且把情報送給了王總兵。而王總兵也果然不負眾望，想方設法將大夥兒打探到的真實情況，直達天聽。

然而，短短幾個彈指過後，史世用的目光就黯淡了下去，心中的喜悅也消失不見。

密摺已經被摩挲得變了顏色，很顯然，萬曆皇帝看過不止一遍，卻既沒有做任何批覆，也沒有對密摺上提到的奸佞們，採取任何動作！這還不夠讓人心涼，更讓人心涼的是，密摺上所寫的時間，竟然是半個月之前。

也就是，早在半個月之前，萬曆皇帝朱翊鈞幾乎就通過王重樓的密摺，瞭解清楚了整個騙局。他為什麼不下旨將那些奸佞繩之以法？他即便怕引起朝廷動蕩，不按圖索驥，至少也應該把幾個主要參與者抓起來，以免一誤再誤。

他不動趙志皋、石星是投鼠忌器，至少應該撤換備倭經略，薊遼總督顧養謙，以免倭寇惱羞成怒後貿然興兵，殺駐紮在朝鮮的將士們一個措手不及！

他即便不願意追究江南那幾大世家，以免牽連過重，至少，至少應該下旨給駐紮在朝鮮的大明將士，見到沈惟敬和顧誠之後，立刻拿下，以免二人逃之夭夭。

他，他即便不想丟了顏面，公開處置沈惟敬和顧誠，至少，至少也該嘉獎李彤、張維善和劉繼業！

他，他即便不想嘉獎李彤、張維善和劉繼業，至少也該暗中下旨，要求三人早做準備，一旦朝鮮有事，立刻帶領麾下弟兄，揚帆東渡，千里馳援。

他，他即便不想再管朝鮮的事情，至少，至少也應該把大明駐紮在那裡的將士們撤回來，而不是，而不是聽憑他們……。

無數個疑問，全都沒有答案！史世用只好抓起第二份奏摺，一目十行。才讀了不到一半兒內容，他臉色就變得鐵青，竟不顧君前失儀，再次長身而起，「倒打一耙！陛下，這絕對是倒打一耙。那嚴鋒乃是顧誠的恩師，跟後者狼狽為奸……」

「史將軍，不要急著下結論，何不接著把其他奏摺全都看上一遍？」朱翊鈞笑了笑，鎮定自若。

「陛下恕罪！」史世用無奈，只好告了一聲罪，繼續去翻看其他奏摺。越看，心裡也是憤怒，越看，越覺得周圍冷得出奇，不知不覺間，竟然渾身顫慄。

每份奏摺，都出自不同的人之手。各份奏摺所羅織的罪名，也不盡相同！唯一相同的是，他們彈劾的目標。李彤、張維善和劉繼業，三個「欺君罔上」「罪大惡極」的匹夫，從三人在南京讀書之時，一直彈劾到三人揚帆東渡。

有道是，眾口鑠金。如此多的御史和重臣聯手，即便是三塊寶石，也能一起碾成塵埃，更何況是三個完全憑藉戰功升遷，沒有多少根基的少年將領。

無形的寒氣，順著史世用的頭頂貫下，將他的血液全部凍僵！他終於知道萬曆皇帝今晚為何對自己恩遇有加了，不是因為他冒死拆穿了騙局，勞苦功高。也不是因為他多年捨命為國，忠心耿耿。而是想通過他史世用倒戈相擊，堵住所有知情的嘴巴，蒙住所有知情者的眼睛，將騙局進行到底。

如此，天子就永遠聖明，群臣就個個賢良。大明就沒有被騙子耍得團團轉，朝廷的威望就永遠如日中天。

只是日本豐臣秀吉狼子野心，居然在條約簽署之後，立刻反悔。只是幾個武將和錦衣衛多事兒，居然不小心被賊人利用，差點引發了一場誤會。或者是幾個武將辜負聖恩，為了升官發財不惜挑起事端。

「陛下，末將第一眼見到劉繼業，就跟他極為投緣！」緩緩活動了一下被「凍僵」了的身體，史世用抬頭看向朱翊鈞，緩緩啓奏，「他長得跟末將特別像，眼神也特別像，特別是笑起來之時，沒心沒肺，也沒有半點塵雜。」

「既然史將軍欣賞他，朕會給他一個機會，准許他到你麾下戴罪立功。」誤以為史世用是在替劉繼業求情，或者跟自己討價還價，朱翊鈞笑了笑，果斷答應。

「陛下，請准許末將解釋！」史世用後退兩步，肅立拱手，「末將不是為了他們三個求情，末將也不敢干涉陛下的決斷。末將之所以說，他們三個，幾乎跟末將當年一模一樣。他們眼中沒有塵雜，是因為他們三個，對大明還未失望，心中的熱血也還未冷。如果陛下為了投鼠忌器，就辜負了他們。事情做起來簡單，人心若是冷了，卻很難再喚得回。」

「史世用，你，你竟敢威脅朕！」沒想到史世用竟然如此不識抬舉，朱翊鈞拍案而起，手指對方鼻梁，厲聲喝問。

「來人，將這欺君罔上的蠢材拿下！」孫暹急於摘清跟史世用的關係，迫不及待地在旁邊下令。

「是！」門外的侍衛蜂擁而入，按住史世用的肩膀，就準備將他拖進昭獄。而那史世用，心中絕望至極，也不掙扎，一邊任由侍衛將自己往外拖，一邊大聲補充：「陛下，末將願意為陛下去死。可是，那豐臣秀吉卻不知道好歹。在末將回來之時，他已經下令起傾國之兵，進攻朝鮮和大明！還望陛下早做準備。」

「你，你，你這沽名賣直的蠢材！」朱翊鈞氣得直哆嗦，手指史世用，繼續破口大罵，「朕不需要你來提醒，朕早就命人，暗中做了充足準備，朕……」

一句話沒等說完，御書房外，忽然又傳來了一陣凌亂的腳步聲。緊跟著，錦衣衛都指揮使駱思恭慘白著臉，狂奔而入。根本顧不上看到底誰在場，雙手捧起一份急報，高高舉過了頭頂：「陛下，警訊！豐臣秀吉誣陷陛下失信，以加藤清正為先鋒，盡起釜山倭寇，興兵北犯。朝鮮兵馬無力抵擋，泗川、南海、光州等地一夜盡失。我軍副總兵楊元在南原城以三千弟兄對敵十四萬，血戰突圍，不知所終！」

「啊！」本以為在保住了顏面之後，自己還有時間從容布置的朱翊鈞，被警訊打了個目瞪口呆。在場的孫暹，所有太監、宮女，以及內宮侍衛們，也如聞驚雷，一個個全都變成了泥塑木雕！

「陛下！」趁著侍衛們呆呆發楞的機會，史世用掙脫他們的羈絆，快步返回朱翊鈞身前，躬身請命，「南原距離登萊，走海路最多需要五天時間。走私海商，個個對航路熟悉無比。末將聽聞，漕運參將張維善和浙江都指揮使司僉事李彤、參將劉繼業，三年來練兵不輟。如今倭寇興兵北犯，末將願舉薦他們，帶領麾下水營將士，渡海東征，馳援朝鮮，為大軍再度入朝，贏取時間。」

「這……」剛才還對李彤、張維善和劉繼業三人動了殺心，此刻又需要派三人去前線拚命，朱翊鈞雖然身為帝王，也有點兒拉不下臉，眉頭緊鎖，遲疑不語。

「陛下！」秉筆太監孫暹眼珠急轉，迅速權衡明白了所有利害得失，上前一步，大聲進諫：「倭寇背信棄義，毀約在先，還倒打一耙，污蔑陛下，罪不容恕！幸好陛下三年前就預料到倭寇狼子野心，特地安排李僉事、張參將和劉參將，在南直隸和浙江暗中布置。如今他們三個麾下的水營，兵精糧足，陛下何不儘早啓用他們，星夜馳援朝鮮，給那倭寇當頭一擊？」

這番話，解釋得非常完美。非但將上當受騙，說成了倭寇毀約。並且還把李彤、張維善和劉繼業三人擅自做主訓練水師的行為，說成了萬曆皇帝的暗中布置。頓時，就讓朱翊鈞眼前如同撥雲見日。

嘉許地朝著孫暹點了點頭，大明萬曆皇帝朱翊鈞斷然決定：「也罷！既然倭寇不願意罷兵，朕就如了他們的願。駱思恭，你立刻派得力麾下，星夜趕赴南京，替朕傳口諭給王重樓、李彤、張維善、劉繼業四個，說倭寇興兵北犯，朕命令他們四個，揮師渡海，馳援在朝鮮的大明官兵。情況緊急，朕准許他們接到口諭之後，便宜行事。」

「末將，末將……」錦衣衛都指揮使駱思恭根本不知道剛才發生了什麼事，也沒膽子追問。楞了楞，果斷躬身：「末將遵命！」

「史世用，朕命你帶領一百名錦衣衛，趕赴朝鮮，捉拿楊方亨、沈惟敬和顧誠。不管誰敢阻攔，一律格殺勿論！」顏面已經沒有了挽回的餘地，朱翊鈞反而不再畏首畏尾，咬著牙，繼續調兵遣將！

「末將遵命！」史世用死裡逃生，頂著一頭冷汗，領命而去！

向著他點了點頭，朱翊鈞毫不猶豫將目光轉向了孫暹：「孫秉筆，朕命令去急招大學士和各部尚書入宮，商討倭寇背信棄義、毀約來犯之事。記住，兵部尚書、禮部尚書，不在宣召之列。」

「老奴遵旨！」響鼓不用重錘，孫暹立刻明白了萬曆皇帝朱翊鈞準備將「倭寇毀約」或者「沈惟敬欺君」之事，追究到哪一步，躬著身子，大聲回應。然後雄赳赳，氣昂昂走出門外，彷彿自己是一名凱旋歸來的將軍！

「呼呼——」寒風順著御書房的門吹入，滿屋燭光搖曳，將萬曆皇帝朱翊鈞的面孔，照得忽明忽暗，宛若寺廟裡享受香火的泥塑神明。

尾聲

宜寧城二十里外的一個偏僻的漁港，數輛馬車靠岸而停。十餘個家丁打扮的人，手忙腳亂地將一個個大大小小的箱子，往一艘中型三桅福船上搬。

「快點兒，快點兒，沒吃飽飯啊，你們！再不抓緊點，等姓楊的追上來，你們誰也活不了！」船艙門口，沈惟敬一改平素氣定神閒模樣，跳著腳，大聲呵斥。恨不得能吹一口仙氣兒，將所有家當吹到船上來，然後立刻揚帆起錨。

「知道了，游擊！」家丁們連聲答應著，繼續搬動箱子，速度卻絲毫未見提高，反而忙中出錯，將一隻裝滿了朝鮮古董的箱子摔在了甲板上，剎那間，四分五裂！

「該死！」沈惟敬頓時火冒三丈，拔出倭刀衝過去，就準備將失手的家丁砍翻，殺雞儆猴。才向前衝了幾步，腰帶卻被跟上來的顧誠一把拉住，「沈兄，息怒！弟兄們也是不小心，些許身外之物，碎了就碎了，歲歲平安。」

「碎碎平安個狗屁！」沈惟敬猛地回過頭，氣急敗壞地大罵。猙獰的面孔上，再也找不到半點兒曾經對顧誠的那種尊敬，「老子豁出性命去跟李昖那廝周旋，才從他手裡弄了這點兒家底兒。哪像你，生來就含著金勺子。哪怕將來到了日本，也不愁家裡那邊不給你送錢花。」

「沈兄，這是哪裡話來？」習慣了沈惟敬對自己唯唯諾諾，顧誠頓時被罵了個猝不及防，楞了半晌，才鬆開手，強笑著安慰，「咱們兩個相交莫逆，若是家裡給小弟送安身的本錢來，小弟還能不分給沈兄一份兒？您儘管放心，只要跟家裡頭派來的人聯絡上，咱們兩個，就是長崎最受尊敬的海商。任何緊俏貨物，只要世上有，小弟都能讓家中長輩幫忙給咱們運過來。」

「那也得跟你們顧家的其他人聯繫上了才成。」沈惟敬撇了撇嘴，連連搖頭。才不相信到了這種時候，顧氏家族依舊會拿已經失去了利用價值的顧誠當個寶。

然而，他也不敢賭真的不存在那萬分之一的可能，於是，主動緩和了臉色，笑著補充：「我是說，聯繫上之前，咱們兄弟倆肯定還得過一段緊日子。所以，千萬不能慣著這群沒良心的傢伙！否則，今天他敢捧一箱子古董，明天就敢捲款潛逃。」

說罷，轉過身，朝著戰戰兢兢的家丁們輕輕舉刀：「是誰失的手，自己站出來領罪。我不殺你，只割你一根小拇指，讓你長個記性。」

「游擊饒命！」一名身材瘦小的家丁雙膝跪地，連連磕頭。「小的真的不是故意的，小的……」

「沈兄，這箱子損失，算在顧某身上！」顧誠很不適應沈惟敬不給自己面子，再度追上來，大聲替那名家丁求情，「顧某在長崎那邊，有一棟宅子，抵給沈兄便是。咱們船還沒開，見了血不吉利。」

一邊說，他一邊連連眨眼。那沈惟敬看到了，頓時就有些猶豫：「賢弟言重了，沈某怎麼可能要你的宅子。也罷，既然你給他求情，沈某看在你的面子上，就饒了他。晦氣東西，還不過來，給顧公子磕頭？」

「謝顧郎中仁德，謝沈游擊仁德！」那身材矮小的家丁逃過一劫，連忙爬了幾步，給顧誠磕頭道謝。額頭還沒等與甲板接觸，身後不遠處，卻忽然傳來了一陣激烈的馬蹄聲。「的的，的的，的的，的的……」

緊跟著，一名放哨的家將連滾帶爬地跑上棧橋，聲嘶力竭地提醒：「游擊，不好了，是楊元！楊元帶兵來抓您了！楊元帶兵來抓您了！」

「胡說，那楊元前幾天剛吃了敗仗，此刻自顧不暇，哪有膽子來抓我？」再也顧不上心疼自己的古董，沈惟敬丟下一句話，三步兩步竄上船頭最高處，手打涼棚向遠處瞭望。

「明」，一面日月戰旗，迅速出現在他的視野裡。戰旗下，六百餘將士騎著快馬，風馳電掣殺向棧橋。幾個被沈惟敬提前安排在外圍警戒的家丁逃命不及，被鐵騎輕鬆追上，從背後挨個砍成兩段。

「起錨，起錨，升帆，趕緊升帆，所有人下到底艙，一起划槳！」到底是豪門大戶專門培養出來的人才，關鍵時刻，顧誠的行動遠比沈惟敬正確。大叫著衝向船頭，一刀砍斷了拴船的纜繩。

還沒上船的家丁，丟下沈惟敬的大半兒數家業，一個接一個從棧橋跳上甲板。已經上船的家丁，則一窩蜂地衝向了底艙。高價雇來的船老大也知道事情不妙，招呼起手下的夥計們一擁而上，起錨的起錨，升帆的升帆，很快，就令福船開始加速。

「沈將軍，顧郎中，皇上有旨，叫你們回北京去接受嘉獎！」眼睜睜看著船隻離開，恰恰追到棧橋上的副總兵楊元又氣又急，扯開嗓子，大聲高喊。

一大半兒坑蒙拐騙來的財產，都白白便宜了他人，沈惟敬正疼得心如刀扎。聽楊元居然還想騙自己上岸，頓時就找到了發洩目標。將倭刀朝甲板上一丟，迅速從腰間拔出了小西行長贈與的西洋短銃：「姓楊的，沈某謝賞了！」

「哧嗟！」銜鐵砸進了藥池，卻沒有引發鳥銃的轟鳴。沈惟敬低頭細看，這才發現自己忘了點燃火繩，只氣得連連跺腳

岸上的楊元，卻被沈惟敬手裡的短銃給嚇了一大跳。連忙跳下坐騎，從馬鞍下取出騎弓：「弟兄們，給我射！」

「嗖嗖嗖……」數以百計的羽箭騰空而起，飛蝗般撲向福船。卻被海風一吹，在半路上紛紛墜落，徒勞地濺起一串串水花。

「砰！」甲板上，顧誠用鳥銃還擊。然而，彈丸卻不知去向。

雙方之間的距離已經超過了鳥銃和騎弓的有效射程，誰都對另外一方構不成威脅。所以，開火也好，放箭也罷，都是在瞎咋呼。

「砰！」

「砰！」

「砰！」

即便是單純的咋呼，沈惟敬也不肯吃虧。搶在雙方之間的距離被拉得出一百步之外，點燃火繩，朝著岸上接連放了幾銃，直到視野裡楊元的影子開始模糊，才悻然轉身進了船艙。

「沈兄剛才開火的英姿，好生倜儻！」顧誠沒有沈惟敬那麼無聊，早就進了船艙喝茶。此刻見他終於發洩夠了，笑著朝他舉起了茶盞。「來，咱們兩個以茶代酒，慶賀逃離生天！」

「媽的，皇上真他媽的不夠意思！」既然已經開始逃難了，沈惟敬也懶得再裝斯文。抓起茶壺，嘴對嘴狂灌了幾口，喘息著叫罵，「咱們這幾年來，風裡來，雨裡去，還不是全為了他？結果事情沒談攏，他一推二五六，居然什麼都不認帳了。還聖明天子呢，這點兒擔當都沒有，連揚州那邊撈偏門的老大都不如！」

見茶壺嘴兒上全是白色的唾液，顧誠噁心得直想嘔吐。然而，終究身在別人的船上，他忍了又忍，乾笑著撫掌：「罵得好，罵得好，朱家天子，就是一點兒擔當都沒有！老子不信，這三年來，他一點兒都沒聽聞過沈兄在幹什麼。無非是揣著明白裝糊塗，談成了他就是堯舜之君，談崩了，則推咱們出來頂缸。」

「就是。」沈惟敬聞聽此言，立刻感覺找到了知音。抓著茶壺又嘴對嘴兒喝了幾口，繼續大聲叫罵，「還有那趙志臯、顧養謙、李三才，當初用到老子之時，一個個恨不得跟老子斬雞頭燒黃紙拜把子，現在事情搞砸了，就什麼都往老子身上推。狗屁，老子連這個游擊將軍，都是虛職，哪有那麼大的本事把他們全都騙了？也就是朱翊鈞那傻子，才相信他們個個都是無辜。」

「有啥辦法呢？朱翊鈞不敢追究了！否則，滿朝文武就得殺掉一半，那樣的話，他還怎麼上朝啊！」顧誠明明看不起沈惟敬這粗坯，卻只能耐著性子，跟他一起大罵，「甚至弄不好，那些人合夥鋌而走險，讓他連皇上都做不成。」

「做不成才好，換個別人，肯定比他有擔當。」沈惟敬越想越委屈，繼續叫罵不休，「老子這回算是看清楚了，給誰辦事兒，都不能給朝廷辦事兒。給別人辦事，即便辦砸了，沒功勞也會念你幾分苦勞。給朝廷辦事兒，功勞全是別人的，惹出了麻煩，卻全得你自己拿性命去兜。」

「要不說最是無情帝王家呢！」顧誠聳了聳肩，不屑的搖頭，「家兄當年對皇上忠心耿耿，到頭來又得到了什麼？不過是好心勸他早立太子，就被他一腳踢回了老家。」

二人你一句，我一句，越罵，越委屈，越委屈，就罵得越大聲。彷彿彼此都是諸葛亮、張良那樣的大賢，一心為國。而大明舉國上下，都不識好歹，都欠了他們幾萬兩銀子一般。

正罵得過癮之際，忽然間，半空中響起一串悶雷。「轟，轟，轟隆隆……」，隨即，船身猛地一晃，在海上打起了擺子，起伏不定。

「游擊，不好啦，戰艦，大明的戰艦追上來了，開炮逼咱們停船！」一名家丁連滾帶爬地闖入，慘白著臉大聲彙報。

「胡說，大明的戰艦還在福州，怎麼可能跑到朝鮮來？」沈惟敬哪裡肯相信？三步兩步衝上了甲板。

「轟，轟，轟，轟……」數枚炮彈，剛好落在福船左右，擊起大團大團的水柱，將船身推得左搖右晃。

「別開炮，讓他們別開炮。我船上有錢，我可以花錢買路！」不敢再懷疑家丁的話，沈惟敬扯開嗓子，大聲吩咐，「殺了我，他們也沒啥好處拿！放我一條生路，船上的錢財全給他們，我一文都不留！」

「跟他們交涉，放顧某和沈兄一條生路，江南顧氏……」到了此時，顧誠依舊覺得背後的靠山夠硬，強作鎮定走到沈惟敬身側，大聲補充。

然而，話才說了一半兒，他卻忽然變成了啞巴。兩隻眼睛直勾勾地望著已經追到兩百步遠的戰艦，渾身顫抖，宛若篩糠。

那是一艘改裝過後的沙船，前一段時間，顧誠做夢都想找到它，所以，在長崎之時就通過各種手段，弄清了它的模樣！

而現在，這艘沙船終於出現在他的眼前了，他卻徹底變成了，成語裡那個好龍的葉公。

「咯咯咯，咯咯咯，咯咯咯……」眼看著沙船越來越近，船上那三個熟悉的身影也越來越清晰，顧誠無法再說出一句完整的話，上下牙齒不停地相撞。三年前，在運河上，他曾經見過那兄弟三人。不費吹灰之力，就把對方繞了個暈頭轉向。

一個半月前，他曾經與那三兄弟在長崎重遇。雖然因為沒有防備，吃了一些小虧，最後，他仍然憑藉自己的機智成功脫身，並且差點就讓那三兄弟插翅難逃。

三十幾天前，他頒下重賞，委託全大明的海盜和走私商人，捉拿那三兄弟，發誓要將對方碎屍萬段。然而，那三兄弟卻消失在了茫茫大海之上，讓他和他身後的顧氏家族，無論如何都找不到人影。

今天，在他逃亡的路上，三兄弟終於出現了，腳下踩著他熟悉的海船。船上開著黑洞洞的炮窗。

「轟，轟，轟……」又是數聲炮響，斜對面，一艘佛郎機船破浪而至，與沙船一道，封死了福船的去路。

「老天爺，你玩我！」耳畔傳來一聲悲憤的咆哮，沈惟敬撲向船舷，縱身跳下了大海。

一張魚網從沙船上撒落，將其蓋了個正著。幾名水兵七手八腳拉動繩索，轉眼間，就將他拉上了甲板。

「天——」顧誠嘴裡，終於又能發出了聲音。悲鳴著癱倒，宛若一團爛泥！

數月後，天朗氣清。南京秦淮河上，燈火跳動，亮如白晝

一艘堪稱巨大的畫舫裡，已升做掌櫃的女校書許飛煙，懷抱琵琶，信手而彈。在她身側三尺遠位置，則有個高價挖來的說書先生，輕輕一拍驚堂木，伴著琵琶聲，緩緩開口：「列位看官，想當年，南京國子監裡，出了三名豪傑。他們生得個個唇紅齒白，面如敷粉，身高八尺，猿臂狼腰。端的是宋玉在世，潘安重生……」

「老九，你這廝好生沒趣，他們乃是我國子監師兄。長什麼樣，我們還能不清楚？如果真的像你說得那般，怎麼可能拎得起大鐵劍，舞得動鋼鞭。」一名貢生打扮的客人不滿意，扯開嗓子大聲打斷。

客艙裡，立刻響起一片支持聲，每一聲，都義憤填膺！

「對，九叔，你別瞎說。三位師兄可不是娘娘腔，他們三個文武雙全，上馬能殺敵，下馬能治理地方。哪怕是上了戰船，稍微下了一些功夫之後，也履風波如平地。」

「對，九叔，你別瞎說。該是什麼樣就什麼樣！戰場上天天日曬雨淋，再白淨的人也得曬成黑炭頭。只有天天在秦淮河上找軟飯吃的，才會面如敷粉。」

「各位客官說得有理，小老兒這就改，這就改！」那說書的老漢倒也機靈，知道今天自己倒楣，碰見了評書中三位主角的熟人。趕緊笑呵呵地改口，「這三位豪傑，一個身高八尺，肩寬背闊。另外一個身高七尺五寸，虎背熊腰。還有一個，則是個高高大大的白胖子，不笑不說話，一笑就露兩大酒窩……」

「這段跳過去，這段跳過去，別在長相上浪費時間。」一眾聽書的客官仍然不滿意，繼續扯著嗓子大聲鼓噪。

「放心，不會虧了你的茶水錢。」其中一個姓周的客官最為闊綽，站起身，從錢袋子掏出兩錠大銀，直接丟在了說書人面前。

「那小老兒就多謝了！」說書人也要養家糊口，頓時眼神發亮，跳過書中英雄長相部分，開始講述他們的傳奇，「他們三個，起初在太學之時，便嶄露頭角。君子六藝，禮樂射御書數，樣樣精通。太學裡的教授都說，他年金榜之上，他們三個……」

「你又瞎編了，他們當年，成績只算中上而已。」

「教授才不喜歡他們呢，總覺得他們愛惹事！」

「他們在同窗之中人緣倒是不錯，特別是那劉繼業，出手極為大方。」

「嗯，劉師兄我記得，他還請大夥喝過花酒。不過他現在肯定不承認，他家娘子可是真正的文武雙全，據說動起手來，一個能打他倆。」

「劉師兄那是捨不得用力氣打。」

「打老婆用吃奶的力氣，算英雄嗎？」

眾客官再度出言糾正，一個比一個說得大聲。倒讓說書的李老頭兒插不上話，只能在書案後頻頻點頭訕笑。

那女掌櫃許飛煙，則只管繼續信手彈琵琶，彷彿客人們都在引吭高歌，需要自己拿琵琶伴奏一般。

那書中三位主角，她可是很久沒有見到了。也不知道他們三兄弟，如今過得可好？官場險惡，終究不是十里秦淮。十里秦淮頂多騙人的銀子，官場當中，稍不留神，卻會丟掉性命。

正默默地替三人擔心著，忽然，看客中跳起了一個熟悉的身影。轉身面對眾人，振臂高呼：「列位，且聽常某一言。他們三個，與我等年相近，閱歷相似。四年前先走了一步，投筆從戎，殺敵疆場，才闖下了偌大的名頭，如今眼看著封妻蔭子在即。我等也是國子監貢生，跟他們讀的同樣的書，練得同樣的拳腳槍棒，與其在這裡聽他們三個的傳奇，那不如也去朝鮮一展身手？」

「常師兄說的對！」一名姓杜的貢生激動的渾身顫抖，拍案而起，「強敵在外，我輩讀書人，焉能充耳不聞，躲在脂粉堆裡做個酸腐書生？我杜子騰願跟隨常師兄一道，投筆從戎，殺賊報國！」

「在下雖三尺微命，一介書生，卻也願與常兄同往！」

「倭寇猖狂，背信棄義，欺我屬國，犯我疆土，是可忍，孰不可忍？」

「走，一起去朝鮮！」

「去舟師營，張師兄過些日子肯定會回來補給。」

「去海防營，我跟劉師兄一起喝過花酒。他殺敵時，不能不帶著我。」

「同去！同去！」

一張張年輕的面孔，充滿了豪氣。大夥沒心思繼續聽書，紛紛起身，催促女校書許飛煙將花船泊向河岸。

那女校書眼看著今晚就要虧本兒，卻不著急。只管點頭吩咐艄公將船隻駛向河畔，然後站起身，食指飛速在琵琶上滑動，竟奏響了一闕《出塞曲》，權當給滿船的好男兒送行。

只有那說評書的老九，見大夥忽然間就要走，心中好生著急。卻又沒膽子追，坐在書案後，手扶額頭，小聲嘟囔：「客官，小老兒知道你們前程似錦，可是也別忘了小老兒的茶水錢啊！」

四年後，東海之濱，朝霞如火。

三艘巨大戰艦，乘風破浪，船帆被霞光染紅，宛若三隻浴火重生的鳳凰。

最前方的主戰艦上，李彤扶著船舷遠眺，目光彷彿能穿越萬里，看到水天相接的終點。

「姐夫，我姐問你，倭寇已經被趕回老窩了，接下來，咱們該去哪？」劉繼業笑呵呵地從船艙裡鑽了出來，大聲追問。

「我聽那干絲臘船主特謝拉說，由大明沿著海岸向西，然後再向南繞過一個叫好望角的地方，就可見到另外一片水域。接下來繼續沿著海岸往北走，還可以抵達他的故鄉。」李彤想了想，繼續望著遠方，緩緩回應，「有道是，讀萬卷書，不如行萬里路。這世界很大，風物各不相同。與其聽人說，不如自己親眼去看看。」

朝陽跳出水面，剎那間，浮光躍金，靜影沉璧！

大明長歌　全書終

後記

歷史，時代和我們

又到了跟讀者朋友說再見的時候了，擺好了電腦和鍵盤，許久，卻遲遲敲不出第一行字。

怎麼說呢，《大明長歌》，不是酒徒整個寫作生涯中，最感覺痛苦的一本，卻是寫得最艱難的一本。

原因很簡單，四百二十多年前那場壬辰之戰，大明帝國雖然取得了最後的勝利，卻也將帝國的缺陷和暮氣，暴露無遺。

曠日持久的對峙，更是將帝國的元氣消耗殆盡。

當戰爭結束，大明的國庫，從盈餘白銀近千萬兩，變成了寅吃卯糧。統治集團內部的矛盾，也激化到了爆發的邊緣。

大明最強的兩大戰鬥集團，遼軍和浙軍，全都風光不再。前者實力折損了百分之六十，後者，則因為鬧餉，被大明朝的文官們，親手斷送！

而愛新覺羅家族，卻趁勢崛起。先借著大明支持，一統女真各部。然後掉過頭來回撲，通過前後兩代人的努力，橫掃中原，用野蠻征服了文明。

有些歷史學家認為，萬曆三大征，是大明走向滅亡的起點。而壬辰之戰，恰恰是三大征中耗時最長，損失最重的一場。

且不討論這個觀點正確與否，就酒徒自身而言，在觸及壬辰之戰的過程中，的確從頭到尾，沒看到多少亮色。

因此，無論酒徒如何努力，在《大明長歌》這本書之中，描繪局部的輝煌，都始終無法扭轉，整個故事背景的灰敗。

不像酒徒另外的一部作品《盛唐煙雲》，在那部作品中，酒徒好歹能通過馬方之口宣告：「我們在哪裡，哪裡就是大唐。」

因為在歷史上，安西軍最終又回到了安西。在群狼環伺之下，一直堅持到了大唐覆滅後近百年，堅持到了大宋的建立。

而《大明長歌》中的主角們，卻沒有自己的安西。

他們所守護的大明，在壬辰之戰結束後沒多久，就迎來了薩爾滸慘敗。隨即，一敗再敗，直到徹底亡於女真人的馬蹄之下。

這是整個時代的悲哀，非幾個當事人之力所能扭轉。

對於平均年齡只有三十歲的大明人來說，八年壬辰之戰，消耗掉的是他們人生的四分之一。所以，書中的幾個主角，最後與其說是為大明而戰，倒不如說為自己而戰。

為了時代的悲哀，不成為自己的悲哀。

個人之力單薄，無法對抗時代的車輪。

但個人之力，如果運用得當，卻可以讓自己的人生，不被時代的車輪，碾得粉身碎骨。

甚至可以，讓自己的人生，站在車輪之上，迎風傲立。

不要讓時代的悲哀，成為你自己的悲哀。

任何時代，放在歷史角度，都是短短的一瞬，而放在個人角度，也許就是一生！

這，也是酒徒在本書中，一直想表達，卻沒有表達清楚的主旨吧！

酒徒出身於草根，目光始終也停留在草根。

酒徒寫不出「羽扇綸巾，強虜灰飛煙滅」那種豪氣。也無法像玄幻作家那樣，把八年時間，看做一個彈指。

所以，酒徒只能讓書中的少數人，在灰色的時代裡，儘量活得精彩，活出幾分人性和亮色，活得沒有太多遺憾。

當本書進行到最後一卷之時，瘟疫忽然席捲整個世界。

除了少數幸運兒之外，酒徒所認識的大多數人，生活都受到了影響，變得遠比以往艱難。

這裡邊，也包括酒徒自己。

原本推都推不完的合作方們，忽然集體銷聲匿跡。

一些已經簽署的合作方案，也遲遲不見下文。

從被人求著簽約，到求著別人簽約，這其中落差有多大，可想而知。

酒徒一度心情沮喪，幸運的是，在給書中角色尋找道路之時，也給自己尋找到心靈的方向。

現在說起這些，不是想給讀者增添牽掛。

而是想告訴大家，酒徒很好，也希望讀者們，全都沒有受到災難的影響，哪怕偶然逢凶，也能迅速化吉。

相距萬里，酒徒無法當面向所有讀者表達祝福。

就把書中的話，再度送給所有自己關心，也關心著自己的朋友。

不要讓時代的悲哀，成為個人的悲哀。

災難終將過去，而你我的生活，卻仍將繼續。

酒徒

二〇二一年九月於燈下

AC00092

大明長歌・卷六・大明歌　下

作者—酒徒
編輯—黃煜智
校對—魏秋綢
行銷企劃—吳儒芳
封面設計—莊謹銘
內頁排版—辰皓國際出版製作有限公司

總編輯—龔橞甄
董事長—趙政岷
出版者—時報文化出版企業股份有限公司
108019台北市和平西路三段二四〇號七樓
發行專線—（〇二）二三〇六六八四二
讀者服務專線—〇八〇〇二三一七〇五
（〇二）二三〇四七一〇三
讀者服務傳真—（〇二）二三〇四六八五八
郵撥—一九三四四七二四時報文化出版公司
信箱—一〇八九九台北華江橋郵局第九九信箱
時報悅讀網—http://www.readingtimes.com.tw
思潮線臉書—https://www.facebook.com/trendage
法律顧問—理律法律事務所陳長文律師、李念祖律師
印刷—勁達印刷有限公司
初版一刷—二〇二一年十一月二十六日
定價—新台幣四二〇元
（缺頁或破損的書，請寄回更換）

時報文化出版公司成立於一九七五年，
並於一九九九年股票上櫃公開發行，於二〇〇八年脫離中時集團非屬旺中，
以「尊重智慧與創意的文化事業」為信念。

大明長歌・卷六，大明歌　下／酒徒作 .-- 初版 .-- 臺北市：時報文化出版企業股份有限公司，2021.11

392 面；14.8×21 公分

ISBN 978-957-13-8548-8（平裝）

857.7　　109022234

ISBN 978-957-13-8548-8
Printed in Taiwan